추억을 안주 삼아 봄비를 마시다

추억을 안주 삼아 봄비를 마시다

2007년 5월 17일 초판 발행
2015년 5월 20일 개정판 인쇄
2015년 5월 27일 개정판 발행

지은이 김현정
발행인 이종주

기획 편집 박지해

발행처 (주)로크미디어
출판등록 2003년 3월 24일
주소 서울시 용산구 원효로97길 46 5층
Tel (02)3273-5135 **Fax** (02)3273-5134
홈페이지 http://rokmedia.blog.me/ · **E-mail** rococo@rokmedia.com

ⓒ 김현정, 2007, 2015

값 10,000원

ISBN 979-11-255-8900-6 03810

본서의 모든 내용에 대한 편집권은 저자와의 계약에 의해
(주)로크미디어에 있으므로 무단 복제, 수정, 배포 행위를 금합니다.

작가와의 협의에 의해 인지는 생략합니다.
잘못된 책은 구입처에서 바꾸어 드립니다.

추억을 안주삼아 봄비를 맞시다

김현정 장편소설

ROCOCO

contents

프롤로그	7
봄밤, 비에 홀리다	11
인연이 사람을 잡는다	39
설마는 사람을 잡고 봄바람은 그들을 잡는다	59
그와 나의 인연에 콘크리트를 바르다	93
비밀은 없고 첫값은 반드시 치른다	123
After shaving	137
알고 싶어요	177
당신의 외로운 등짝, 나의 서러운 심장	191
당신이 부르신다면……	217
나와 같다면……	237
연애의 걸음마	251

태클에 걸리다	273
말해 줘요	291
주물럭 배틀	305
Oh, my brother	331
기회는 예고 없이 온다	355
괜찮아, 괜찮아	367
잘할게요	389
준비, 손잡고 출발	413
발목을 잡아도 나는 간다	427
에필로그	439
Side Story - 내가 사는 이야기	451
추억을 안주 삼아 봄비에 취해	495

프롤로그

미안하다 사랑한다 님의 말 :
너도 알지?
난 너 없으면 아무것도 아닌 거.
이 대리는 그냥 스치는 바람일 뿐이야.
미안해. 정말 미안해. 정말 사랑해.

머릿속이 환해진다.
 저 앙증맞은 채팅창 안의 표현대로라면 나는 그저 불어치다가 발광하는 바람일 뿐이다. 그렇다면 저 자식은 가만히 있는데 나 혼자 불어쳤다는 것인가.
 뭘 기대했던 걸까?
 새삼스럽게 무엇을 더 보겠다고 다시 연애에 연연했던 걸까?
 나는 정말 의연하게 돌아서려고 했다. 머릿속으로는 분명히 그렇게 생각했는데 몸이 그것을 무시했다.
 최 대리가 파티션 위에 올려놓은, '왕궁 안마'라고 굵게 쓰인 보라색 라이터를 집어 든 후 굵고 세련된 웨이브가 진 윤신영의 머리카락에 불을 확 댕겼다.
 내가 불을 댕긴 지 1초 만에 신영은 '피구왕 통키'의 화신이 되어 버렸다. 이런 불이 날 거라고는 상상조차 하지 못했다. 겁이 더럭 났지만 내가 한 짓에 놀라 몸을 움직일 수 없었다.
 그때였다.
 해병대에 다녀왔다고 여자를 무시하는 최 대리가 상비약처럼 두는 사이다를 신영의 머리에 부어 버렸다.
 거짓말처럼 일어난 불은 거짓말처럼 잦아들었다.
 "욱아!"
 최 대리는 거친 호흡을 하며 당혹감과 공포가 뒤범벅이 된 목소리로 나를 불렀다. 저 인간이 나를 '욱아'라고 부르는 것은 잔머리 굴릴 때와 날 이용해 먹을 때뿐이었다.
 그런데 무서울 때도 저렇게 부른다는 것을 오늘 알았다.
 불벼락과 사이다 세례를 번갈아 맞은 신영은 얼이 빠진 채 눈알이 튀어나올 만큼 눈을 크게 뜨고 나를 쳐다봤다.
 "놀랐니?"
 입을 벌리기는 했지만 목소리가 나오지 않는지 그는 뻐끔거리고 있었다.
 "너 말이야, 까불지 마. 세상이 우습고 내가 만만했지? 근데 있잖니, 너무 까불고 날뛰면 죽을 수도 있어."
 나는 싸늘하게 웃어 준 후 가방을 챙겨 들고 표표히 사무실을 나왔다. 비상구 계단을 천천히 내려가는 동안 머릿속이 텅 비었다.

로비 한가운데 우두커니 섰다.

내가 뭘 한 거지?

손이 덜덜 떨리기 시작하더니 무릎이 휘청하고 다리에 힘이 빠졌다. 간신히 걸음을 옮겨 정문을 나오다가 푹 주저앉았다. 다리의 모든 기운이 풍선 바람 빠지듯이 한 번에 빠지는 기분이었다.

5분도 안 되는 동안 나는 천당과 지옥을 다녀왔고 방화 미수에 살인 미수범이 되고 말았다.

무식하고 재수 없는 마초 최 대리가 내 인생을 인고와 수형의 세월에서 구하다니. 사람은 오래 살고 볼 일이다.

거리는 여전히 평온하고 차들은 매캐한 매연을 뿜었다. 서울의 매연 사이로 힘을 잃은 태양이 누리끼리하게 비치고 있다.

담배 끊지 말걸. 담배는 바로 이럴 때 피우는 건데. 이런 엿 같은 세상에서 무슨 영화를 누리겠다고 그 좋은 걸 끊었을까.

회사 앞에 번쩍거리는 까만색 에쿠스가 살찐 검은 뱀처럼 서 있다. 얼마나 닦았는지 거울 같은 차 문짝에 비친, 길고 건장한 내 몸이 압축기를 맞은 것처럼 짜리 몽땅 해 보인다.

그리고 번쩍이는 검은 차에 비친 나는 엉엉 울고 있었다.

사람들이 구경할 만했다.

오늘 나, 이재욱은 서른 살이 되었다.

봄밤, 비에 홀리다

내가 저지른 죄는 일종의 살인 미수다. 그런데 세상은 정말 거짓말처럼 조용하다.

뒹굴뒹굴.

아침 9시부터 밤 10시가 넘은 지금까지 꼼짝하지 않고 소파에 누워 뭉개고 있는데도 정말 아무 일도 일어나지 않는다.

리모컨으로 TV 채널만 이리저리 돌리다가 비 냄새를 맡았다. 심장이 바깥공기가 그립다는 신호를 머리에 넌지시 보내왔다.

추리닝을 입고 머리를 묶은 다음, 손으로 푸석푸석한 얼굴을 비벼 댔다. 거울을 보니 내 모습은 정말 머리에서 발끝까지 어느 한 군데 빠지는 곳 없이 후줄근하다.

매일 빨아서 색이 바랜 추리닝 바지와 웬만하면 입을 일이 없기에 아직도 새 옷 냄새가 나는 것만 같은 윗도리는 내가 벌벌 떨며 십구만 원을 주고 샀던 한 벌의 옷이 아닌 것 같았다.

"역시 인생은 혼자 가는 거야."
"지랄을 한다. 한밤중에 어디 가려고 그래?"
"고운 말 바른말 많잖아."
"서른 넘어 인생 혼자 간다는 딸년한테 고운 말이 잘도 나오겠다."
"박 쌤, 내일 학교 가면 험한 말 쓰는 애들 잡아다 벌세울 거면서. 그 순진한 애들한테 미안하지도 않아?"
"미안 같은 소리 하고 있네."

엄마와 말씨름을 시작하면 봄비 내리는 밤의 산책은 물 건너간다. 무시하고 나가거나 이쯤에서 항복해야 한다.

"나 생리대 사러 나가는데 필요한 거 없어?"

생리는 지난주에 끝났다.

"한 지 얼마 안 됐잖아."

차라리 콜라라고 할걸. 엄마는 학교에서 별명이 '개코불여우'다.

"아직 청춘인가 봐. 또 하려고 그러네."
"청춘 좋아하시네. 청춘이 아니라 발광하는 거지."
"생리하는 거 갖고 뭔 토가 그렇게 많아?"
"이 계집애야. 그 생리도 이제 지겨운 거지. 애 생겨서 좀 쉬고 그래야 하는데 십 몇 년을 주야장천 하니까 발광이 든 거야."

이쯤에서 꼬리 내리자. 승산이 없다.

"그냥 동네에서 사. 회사도 때려치웠다면서 마트 가서 돈 쓰지 말고."
"말 나온 김에 내 돈 좀 내놔. 여행이나 가게."

너무 덤볐다. 엄마의 무지막지한 손바닥이 내 등짝에 작렬했다.

"여행 같은 소리 하고 있네. 내일부터 이력서 들고 여기저기 찌르러 다녀. 직장이나 있어야 선 자리에 말을 넣어 보지."
 잠시 동안 잠수를 타야 한다.
 취직이라니 당분간은 어림도 없다. 완전히 다른 업종에 익명의 이 모 씨로 밥벌이를 한다면 모를까.
 "좀 쉬었다 합시다. 그동안 열심히 벌었잖아."
 "얼마나 벌었기에. 네가 재벌이나 되는 줄 알아? 그리고 재벌들이 돈 많다고 놀디?"
 말로는 엄마를 이길 수 없다.
 "알았어. 알았다고."
 이쯤에서 손을 들자. 나는 오늘 이 밤에 내리는 비를 보고 싶었고 그 냄새를 맡고 싶었다. 우선은 나가고 보는 거다.

 "아, 젠장……."
 안 하던 짓을 하면 이런 개 같은 경우를 당한다.
 그냥 누워서 뒹굴뒹굴하다 스르르 잠드는 건데 도대체 뭐에 홀려서 쓸데없이 이 밤에 하지도 않는 생리를 위해 생리대를 사 들고 돌아다니다가 이 봉변을 당하는 것일까?
 흙탕물을 튀겨 대고는 당황한 얼굴로 미안해할 저 차의 주인을 향해 선량한 얼굴로 '괜찮아요.' 말 한마디를 날리고 표표히 사라져 줄 것인가, 아니면 쨍 하고 한 번 째려봐 줄 것인가.
 물론 잠깐, 아주 잠깐 세탁비를 받을 수 있을까 고민했지만 그건 내가 생각해도 꼴값이었다. 천만 번을 봐도 후줄근한 이 추리닝에 대해 세탁비를 청구한다면 나는 분명한 협박범이 되는 것이다.
 그러지 말자.

이 봄에 내 발로 안 와도 될 길을 걸어 나왔으니 한 번 선량하게 웃어 주는 것으로 나의 품격을 높이면 된다. 그러나 이 시점에서 마땅히 열려야 할 운전석 창문은 여전히 꿈쩍도 하지 않았다.

스멀스멀 울화가 치밀어 올랐다.

"어느 놈인지 참 사람 각박하게 만드네. 젠장."

나는 흙탕물을 뒤집어쓴 생리대 봉지를 들입다 운전석 앞창에 메다꽂았다. 그럼에도 불구하고 한참 동안 창문은 열리지 않았다.

"뭐 이런 게 다 있냐?"

역시 흙탕물에 진흙까지 묻은 슬리퍼로 차의 옆구리를 차 버렸다. 그래 놓고는 혹시나 차가 우그러졌으면 어쩌나 싶어서 가슴 한쪽이 덜컹한다. 이런 생각은 미리 좀 해 주면 좋을 텐데 말이다.

스르르.

마피아 영화의 한 장면처럼 운전석 유리창이 내려왔고, 잠시 주춤했던 울화가 다시 치밀어 올라 천장을 뚫었다.

"지금 뭐 하는 겁니까?"

귀가 잠깐 맛이 간 줄 알았다. 저건 내가 해야 할 대사가 아닌가!

"아하, 눈이 안 좋으시구만요. 내가 뭐 하고 있는지 안 보여서 묻습니까?"

"다시 걸게요. 지금은 전화할 상황이 아니네요."

이 정신 나간 작자는 나의 악다구니나, 일부러 무서워 보이라고 부릅뜬 눈 따위는 별로 상관없다는 듯이 전화 통화를 마무리한다.

눈먼 세단 주인이 문을 열고 나온다. 희멀건 게 내가 맘먹고 치면 죽일 수도 있게 생겼다.

"인내심이 좀 없으시네요?"

"내 인내심은 선택 사항이라서 아무한테나 베풀지를 못하네요."
"마침 전화가 와서요."
"이런 상황에 전화를 먼저 받았다는 건 그쪽 인성에 문제가 있는 거죠. 제대로 배우고 멀쩡히 큰 사람이라면 이런 상황에서는 전화가 천둥처럼 울려도 생까는 게 순리죠."

아, 생까다라니! 이런 말은 이런 데서 쓰는 게 아니다. 후진 국어 실력은 언제나 이렇게 적절하고도 결정적으로 무덤을 판다.

그런데 이 눈먼 인간이 웃는다. 아주 기분이 나빠지려고 한다.

"**미안합니다**. 오는 전화 생까지 못해서……."

내가 밀린다.

다시 보니 눈먼 인간이 기름칠까지 했다. 토하고 싶다.

"당연히 미안해야지요. 인간이 전화보다 중요한 거 아니겠어요?"
"전화도 인간이 하죠."
"오늘은 재수가 좋아서 구정물 뒤집어쓴 걸로 끝났지만 내가 저 잘난 차 밑에 깔렸으면 어쩔 뻔했어요. 그때도 인간의 전화 받느라고 차 밑에 들어간 인간을 생까시겠어요?"

오늘 말을 거의 안 했더니 혀끝에 감기는 말이 생까다인가 보다.

"상상력이 풍부하시네요."
"그럼요. 어릴 때부터 워낙 잘 커서 상상력이 좀 되죠."
"제가 변상할 게 뭐 있나요?"

여기서 돈까지 받는다면 난 진짜 꼴이 우스워진다.

"많죠. 세탁비, 위로금, 피해 보상금."

미쳤나 보다. 일 그만둔 지 3일 만에 돈에 걸신이 들린 걸까?

"얼마면 됩니까?"

드라마가 사람 여럿 망친다더니. 개나 소나 언제 적 원빈 흉내다.
"그 돈으로 엿이나 사 처드세요."
나는 생리대 봉투를 냅다 집어 던지고는 아무렇지도 않은 것처럼 터벅터벅, 그렇지만 좀 빠르게, 점점 더 빠르게 골목을 질주했다.
슬슬 겁이 났다. 내가 발을 있는 힘껏 내질렀으니 아무리 처음 보는 외제 차라지만 성할 리 없다. 알량한 사과 한 말씀 듣겠다고 까불다가 덜미를 잡히면 정말 도망칠 길이 없다.

길을 잃었다.
오밀조밀 골목으로 연결된 이 동네는 나 같은 길치에게 ≪해리 포터≫에 나오는 미로와도 같다. 지금 지나친 저 슈퍼만 네 번째 보는 듯했다. 부슬부슬 내리는 비까지. 완전히 호러 영화 분위기다.
나는 도저히 이 미로와도 같은 동네를 빠져나갈 수 없을 것만 같다.
선균이 자식이 내비게이션에 토하지만 않았어도 나는 지금쯤 샤워한 후 편안한 침대에 누워 책을 보거나 자고 있을 것이다.
모든 건 아침에 받은 선균의 전화 때문에 시작된 거다.
―형, 형이 좀 와 줘. 부탁이야.
늘 그렇다.
선균이는 '부탁이야'라는 말로 나를 부르고, 나는 뻔히 별일이 아니란 걸 알면서도 그 녀석을 만나러 나간다. 나가서 내가 하는 일이라고는 그 녀석이 벌인 사고를 수습하기 위해 돈 주고, 사과를 하고, 술에 취해서 눈이 벌건 녀석에게 숙취 약을 먹이고 집에 실어다 준다.

오늘도 녀석의 전화를 받았고, 하던 일을 접고 차를 몰아 새로 옮겨서 한 번도 가 보지 못한 동네에 있는 선균이의 학교 주변을 뒤진 끝에 녀석이 널브러져 있는 호프집을 찾아냈다. 그리고 별로 취하지 않았던 녀석이 술에 떡이 될 때까지 그 녀석이 요즘 열을 올리고 있는 똑똑한 계집애에 대한 술주정을 들었다.

그다지 자주는 아니었지만, 선균이는 나를 불러낼 때마다 언제나 대책 없이 유치하고 치졸한 고민거리를 두 개도 아니고 꼭 하나씩만 들고 왔다. 게다가 그 고민이라는 것이 대개 억울하게 당해서 열뻗쳐 한 대 쳐서 돈 좀 들어갈 것 같다는 식의 결론이 난다.

이번에는 애정사였다. 처음인 것 같기도 하다.

그런데 이번의 고민 상담은 정말 진지했다. 같은 이야기가 반복되었지만 결론은 애절했다. 저 녀석의 짧은 어휘력으로 이렇게까지 길게 말하는 걸 보면 마음이 좀 깊은 것 같다. 그래 봤자 스무 살짜리 사춘기 소년의 풋풋한 연정이겠지만 말이다.

갑자기 선균이가 곡을 했다. 내가 알고 있는 선균이가 아닌 것 같아서 당황스러웠다.

결국 나는 선균이가 내비게이션에 노란 물을 토할 때까지 술을 따라 주었고 독 오른 새어머니에게 녀석을 데려다주고 세차장을 찾아다녔다.

비가 올 거라는 예보 때문인지 문을 연 곳이 셀프 세차장밖에 없었다. 그러나 없애야 할 오물은 그렇게 간단히 치울 수가 없는 것이기에 내 손으로 하기는 싫었다. 손 세차장을 찾아 돌고 돌아 결국은 한강 다리를 건넌 후 대책 없이 강변로를 따라 올라와 이 후미지고 평생 와 본 적이 없는 동네까지 오게 된 것이다.

문을 닫으려는 세차장 아저씨에게 만 원짜리 하나를 더 얹어 주겠다고 꼬드겨 초고속으로 세차했다. 기다리면서 담배를 네 개비나 피웠더니 목구멍에 때수건이 들어가 있는 것처럼 껄껄거렸다.

후드득후드득.

강한 비 냄새를 풍기며 비가 오고 있었다.

이 동네는 지나가는 사람도 없다. 차 문을 열고 누군가에게 이 미로를 어떻게 빠져나가냐 묻고 싶어도 사람이 없다.

저 정겨운 태일 슈퍼, 벌써 네 번째로 보고 있는 저 슈퍼에 들어가 담배라도 사야 하나 할 때 추리닝을 입고 이어폰을 낀 채로 빗속을 걷는 여자가 보였다. 어깨 언저리와 질끈 동여맨 머리가 비에 젖었는데도 여자는 끄떡하지 않고 검정색 비닐봉지를 빙빙 돌리면서 노래를 부르고 있는 것 같았다.

제정신으로 보이지 않는 저 여자를 부를까 말까 망설이는 순간, 내 차는 가랑비가 오기 전부터 고여 있던 것이 분명한 시커먼 물구덩이를 지나갔다. 그리고 그 구덩이에서 튀긴 물은 그녀의 추리닝 바지에 고스란히 쏟아져 내렸다.

타이밍은 언제나 절묘해서, 물을 튀기는 광경을 본 후 곧바로 브레이크를 밟았을 때 전화벨이 울렸다. 새어머니의 전화번호가 아주 선명하게 들어왔다.

한 0.1초쯤 고민했다. 전화를 받을 것인가, 무시하고 나가서 저 여자한테 사과할 것인가. 선팅이 짙은 차 안에서 본 그녀의 얼굴은 아까 봤던 미친 여자라고 할 수 없을 만큼 밝아 보였다.

결국 나는 헛다리를 짚고 언제나처럼 궁지에 몰린 상황에서 내가 제일 잘하는 최고의 악수를 두었다. 선균이가 2시간째 울고 있다면서 무슨 일이냐고 땍땍거리는 앙칼진 새어머니의 질문에 제대로 대답하지 못했고, 또 그녀의 말대로 재깍 내려서 사과해야 하는 인간의 마땅한 도리도 확 생까 버린, 싸가지 없는 놈이 되고 말았다.

그렇지만 기분은 나아졌다.

그녀의 처진 눈꼬리와 그녀의 목소리에 딱 맞는, 홀딱 깨는 언어들이 선균이를 보낸 이후에 겪은 내 감정과 고생을 위로했다. 복잡한 머리는 고단한 몸으로 때우는 거라며 말도 안 되는 위로를 하던 정태의 말대로, 어쩌면 선균이와 새어머니에게 시달리고 난 직후의 피로를 나는 저 눈 처진 여자와의 입씨름으로 위로받았나 보다.

결국 나는 길을 물어 이 미로 같은 동네를 벗어나겠다는 야무진 계획도 이루지 못했고, 비 맞으며 길에서 노래 부르는, 성질 있는 여자에게 욕만 바가지로 먹고, 태일 슈퍼 아줌마의 도움으로 길을 찾아 그 동네를 벗어났다.

별로 필요하지도 않은 일회용 면도기와 면도 크림, 그리고 당분간은 먹을 것 같지도 않은 주전부리들을 사 들고 나는 아줌마에게 올림픽대로를 어떻게 타냐 물었다.

"이 앞길 따라 쭉 나가면 공덕동로터리인데?"

이게 무슨 말도 안 되는 말인가! 나는 그 앞길을 따라 이 슈퍼를 네 번 지나쳤는데.

"아닌 것 같은데요. 지금 몇 번째로 이 동네를 도는지 모르겠어요."

갑자기 내 인생의 지향점이 공덕동로터리가 된 것 같다.

"에구, 뒷방길 탔구만."

"뒷방길이라뇨?"
"뭐, 이 동네 명물이라고 안 없애고 있는데, 똑같은 집하고 나무가 있는 통에 두 길이 헷갈려서 초행인 사람들이 물 좀 먹지."
대한민국 서울에서 이 상황이 말이 되는 것인가?
"근데 이 동네에 첨 들어왔나 봐. 이 동네는 서울이라도 서울이 아니야. 첨 들어오는 사람이 별로 없어. 다들 토박이들이지. 한 15년은 살아야 이 동네 사나 보다 하지."
"정말 특이하네요."
특이한 게 아니다. 지랄 맞은 거고 괴상한 거지.
"근데 아까 보니까 재욱이랑 실랑이하던데?"
"재욱이요?"
"아까 구덩이 물 뒤집어쓴 그 아가씨."
"아, 그분요. 제가 실수했지요."
"애가 참해서 괜찮았던 거야. 요즘 젊은 아가씨들은 그런 경우를 당하면 악악거리는 것도 모자라 돈 달라고 할 텐데, 재욱이는 걔 엄마가 워낙 잘 키우고 단속시켜 놓아서 얌전하게 잘 넘어갔지. 별말 없이 웃고 말았을 거야."
말없이 웃다니. 말끝마다 생깐다고 들이대던 여자가 참하고, 얌전하고, 가정 교육까지 잘 받은 규수라니 정말 이상한 동네다.
필요하지도 않고, 먹을 것 같지도 않은 그저 그런 물건을 챙겨 들고 운전석에 앉았을 때 발에 뭔가가 걸렸다. 축축하고도 칙칙하며 바스락대는 비닐봉지였다. 그 양갓집 규수가 강스파이크로 날린 물건이었다.
발밑에 떨어졌었나 보다.

손에 구정물이 묻을까 봐 발로 조심스럽게 한쪽 구석으로 몰아넣은 나는 도깨비 같은 뒷방길이 아니라 공덕동로터리로 가는 길을 찾아 시동을 걸었다.
　요술도, 마술도 아닌, 도깨비 같은 밤이다.

　어차피 엄마에게 잔소리를 들을 게 뻔했지만 대충 물기라도 닦으면 좀 나을까 싶어 신발장에 걸어 놓은 수건으로 대충 머리에 묻은 진흙을 털어 냈다. 그러나 그것은 거친 수건으로 박박 문질러도 잘 떨어지지 않았다.
　"아이 씨, 이런 젠장."
　"너 뭐 하냐?"
　현관 계단에서 들려오는 목소리는 잘나고 뛰어나신, 엄마의 희망이며 자랑인 연년생 오빠 강욱이었다.
　"웬일이야, 이 밤에?"
　"옷 가지러. 근데 너 그게 뭔 줄은 알고 머리에 문지르는 거냐?"
　이 인간은 의사다. 가뜩이나 청결을 좋아하시고 깔끔을 떨어서 재수 없는 인간이 의대에 가서 메스를 잡더니 아예 소독약을 향수 삼아 뿌리고 나의 칠칠함을 따라다니면서 지적한다.
　게다가 이 인간은 결벽증 환자다. 증세가 얼마나 심하냐면 발수건과 얼굴 수건, 밑 수건으로 나누는 것도 모자라, 설거지를 하고 쓰는 부엌 수건을 색깔별로 구별해서 쓰도록 한다. 또 행주도 야채 행주, 도마 행주, 싱크대 행주 등 여섯 가지로 나누어 놓는, 아주 별나고 같이 살기 힘든 인간이다.

눈꼴신 건 못 참는 나는 최대한 오빠의 성질을 건드리기 위해 기를 쓰고 더 지저분하며 더럽게 살았다. 물론 그게 버릇으로 굳어져서 지금은 변명의 여지도 없이 너저분한 노처녀지만.

평상시에도 지저분하다고 나를 발수건 보듯이 하는 이강욱한테 발도 아닌 구두 먼지 털어 내는 수건으로 머리를 문질러 대는, 바로 그 한심한 현장을 들킨 거다.

봄비가 사람을 미치게 하더니 개망신을 골고루 시킨다.

"알 거 없어. 내가 수세미로 때를 밀든, 발수건으로 머리를 밀든."

"그건 상관 안 하는데, 왜 재구 밑 닦는 거 들고 머리를 문지르는 거냐고?"

재구 밑 닦는 수건이라니…….

재구는 우리 집에서 3대째 기르는, 혈통이 애매한 진돗개다.

나란히 걸려 있는 수건 두 개 중에 내가 집어 든 건 분홍색이 아니라 노란색이었다. 그건 재구가 큰일 봤을 때 물로 대충 닦아 주고 그 물기를 털어 내는 수건인 것이다. 진흙을 뒤집어쓴 불쌍한 내 머리는 이제 개새끼 똥구멍 닦는 수건까지 뒤집어쓰는 수난과 모욕을 당했다.

정말 울고 싶은 밤이다.

"일자리 따로 안 알아봐도 되냐?"

팝콘을 튀기려고 부엌에서 얼쩡대는데 강욱이가 묻는다.

"나 회사 나온 지 3일 됐거든."

"나온 게 아니지, 정확히 말하면."

이게 무슨 소리인가. 박수무당도 아닌 저 인간이 도대체 뭘 알기에 이리도 알은체를 구체적으로 하는 것일까.

"오빠, 너 내 뒷조사하냐?"

"연애하는 냄새가 나긴 했지만 설마 했지."

뚜껑을 못 찾아서 대충 사이즈 맞는 솥뚜껑으로 덮고, 손으로 눌러 가며 튀기던 옥수수 알갱이들이 달궈진 팬 안에서 요란한 소리를 낸다. 하지만 그보다 더 요란한 소리가 나는 건 지은 죄 때문에 제 발 저린 내 심장이다.

"네가 알고 있는 게 뭔데?"

강욱이는 손으로 턱을 괴고 무심한 눈으로 무덤덤하게 입을 열었다.

"연애를 끝내야겠다 싶으면 조용히 품위 있게 끝내지. 남자 놈이 양다리였다고 어떻게 머리에 불을 지르나?"

"누구한테 들었는데?"

"누구한테 들었으면 어쩔 건데?"

"나 스토킹 하냐?"

"팝콘 골 터지는 소리하고 있네. 야, 그거 타나 보다. 정신 차려. 눌어붙으면 그거 닦기 힘들어. 불 꺼."

"말해, 집에 불 지르기 전에."

"방화가 취미냐? 네 사무실 소장이 누구야?"

"고정태."

"그 동생이 누군지 기억은 나겠지?"

당연히 기억난다. 지난번 회사를 박차고 나와서 놀 때 강욱이가 친구 형 회사라고 소개시켜 준 곳이 바로 고 건축이었다.

"고민태."

강욱이 친구인 성형외과 의사 고민태는 고 건축의 고정태 소장 동생이다. 고 브라더스를 까먹고 있었다.

"이제 기억나? 내 친구, PS 치프 고민태. 정태 형이 그놈 데리고 E.R로 뛰어왔더라. 그 형 그렇게 놀라서 방방 뛰는 거 첨 봐."

성형외과를 꼭 PS, 응급실을 ER이라고 한다. 재수 없다.

"고 소장은 원래 방정맞아. 너희들 앞에서만 폼 잡는 거지."

이래서 세상에 비밀은 없고, 죄 짓고 못 사는 거다.

"엄마한테 말했어?"

이제 나는 강욱이의 입을 막아야 한다.

"나도 집안 시끄러운 거 싫다. 어쩌다 한 번 들어오는 집이지만 평온하고, 안정되고, 정상적이길 바란다고."

강욱이의 한없이 올라가는 이기심이 득 될 때도 있다.

"엄마한테 말하지 마. 초상나."

"큰 초상 나겠지."

넌 신나겠지. 이 왕재수야!

"근데, 오빠야. 신영이 자식 많이 다쳤대?"

아쉬우니 어쩌겠는가. 잠시 비굴할 수밖에.

"머리카락만 홀라당 탔던데. 너 아주 예술적으로 방화했더라. 그런데 좀 되다 만 놈 아니냐? 그냥 빡빡 밀면 될 걸 울고불고. 가관이더라."

빵빵하게 부풀어 심장 오른쪽에서 쉬웅 하고 바람이 빠지는 것 같다. 만약 머리통이 조금이라도 다쳤다면 나는 그 죄를 어떻게 치를 것인가, 나름대로 남모르게 애간장을 졸였다.

"남자 보는 눈 하고는. 야, 너 안 쪽팔리든?"

"죄 지은 놈을 응징한 게 왜 쪽팔리는데?"

그놈이 멀쩡하다는 소식에 나는 비로소 당당해질 수 있었다.

"남자 놈이 딴 계집애 만난다는 거 자체가 쪽팔린 일인데 그거 광고할 일 있냐? 그냥 네가 몇 대 쥐어박아도 반병신이 되겠던데 머리에 불은 왜 질러."

"담뱃불도 불이냐?"

"무슨 칠공주 파도 아니고 왁스 잔뜩 바른 놈 머리에 담배 빵은 왜 하냐고."

"지금 네가 가장 마음 아파해야 하는 게 뭔 줄 알아, 오빠? 너의 사랑스러운 여동생이 거지발싸개 같은 놈한테 얼마나 심하게 마음을 다쳤으면 그 여린 심성에 그런 짓을 저질렀나 하는 거야."

"넌 사랑스럽지도 않고, 여린 심성은 더더욱 없어."

"왜? 아예 방화범으로 고발하지그래?"

"귀찮아서 안 해. 근데 너 그런 놈이랑 연애는 왜 했냐? 생긴 게 꼭 기생오라비 같던데."

"너까지 취조하지 마. 그리고 사랑에 무슨 이유가 있어? 확 돌아서 화르르 하는 게 사랑이야."

"사랑 좋아하시네. 엽기 호러지 사랑은 아니라고 봐."

"너나 잘해서 머리에 담배 빵 맞지 마."

나는 이렇게 해서 강욱이한테 또 후진 약점 하나를 잡히고 만다.

세상은 불공평하다. 내가 무슨 잘못을 하거나 망신살이 뻗칠 일이 생기면 그 사건은 바로 강욱이에게 들어가게 된다. 어떤 때는 얘기가 돌고 돌아 심지어 2년 5개월 만에 강욱이의 귀에 들어가서 까많게 잊고 있다가 벼락을 맞는다.

"내가 여자랑 연애하는 거 본 적 있냐?"

갑자기 나는 모골이 송연해졌다.

그렇다. 내 오빠 이강욱은 31년을 하루같이 여자 없이 산 인간이다. 그렇다면 저 멘트는 나에게 하는 커밍 아웃인가?

"오빠, 너 남자 보면 불끈하냐?"

강욱이 냉장고 문을 열고 마시던 동치미 국물을 그대로 뿜는다.

"이 계집애가! 어디서 그런 소릴 해?"

"그럼 너 불구야? 그래서 여자가 눈에 안 들어오는 거야?"

나를 한심하게 째려보던 강욱이는 고개를 살살 저어 대더니 냉장고 청소용 젖은 행주와 마른 행주, 소주병까지 챙겨서 냉장고로 돌아간다. 그리고 차근차근 자기가 뿜은 동치미 국물을 꼼꼼히 닦는다.

"내가 너냐? 연애한다고 여기저기 증거며 증인을 흘리고 다니게?"

"그럼 너도 연애질을 해 봤다는 거야?"

"오빠라고 안 불러?"

"그래, 오빠야. 나한테 말해 봐. 나도 너한테 다 말해 주잖아."

"네가 말해서 아냐? 질질 흘리고 다녀서 다 알지."

"아, 그래 네 코 개코야. 네 연애나 좀 말해 봐. 난 축농증이 있어서 네 연애질의 냄새를 못 맡았잖아."

"좀만 기다려. 나 결혼할 거야."

"누구랑?"

"그건 나도 모르지. 이제 때가 온 거 같아. 슬슬 알아봐야지."

그럼 그렇지.

저 인조인간 마징가가 사랑과 정념에 불타올라 연애할 리 없다.

저 인간은 아마 친, 외가 팔촌을 통틀어 먼지 없는 여자로 고르고 골라 《연애의 몇 단계》 같은 후진 책 구해 단계 밟아 가며 결혼할 거다. 어쩌면 계산 야박한 저 인간은 병원 차려 줄 여자를 고를지도 모른다.

12시가 되려면 아직 멀었을까? 오늘 밤 몇 시간은 정말 다시 겪고 싶지 않을 정도로 아주 진저리가 난다.

신데렐라는 12시를 알리는 괘종의 종소리가 싫었겠지만, 나는 휴대폰에서 악에 받친 아이가 내뱉는 '열뚜 시!' 소리를 간절히 기다렸고, 또 반가웠다.

공덕동로터리를 찾아 헤매다 집에 돌아오니 11시가 좀 넘었다.

내가 길치라는 건 어릴 때 집을 못 찾고 허구한 날 헤매고 다니면서 익히 깨달은 사실이었다. 또 그 사실에 익숙해져서 살아왔던 터라서 불편함을 별로 못 느꼈지만, 오늘은 정말 불편하고 짜증 났다.

"차라리 눈먼 게 낫지."

오늘도 나는 빈집에서 말대꾸해 줄 상대도 없이 혼잣말을 한다. 집에서 나온 후, 아니면 그 이전부터였는지 모르지만 언제부터인가 혼자 묻고, 대답하고, 웃고, 화낸다는 걸 알았다.

열쇠를 늘 놓아두던 첫 번째 신발장 안 고리에 걸어 두고 신발을 정리해 넣는다. 나는 벗어 둔 신발이 현관에 널브러져 있는 걸 싫어한다. 신발이 흐트러진 채로 돌아다니면 안에 누군가가 나를 기다리는 게 아닌가 하는 막연한 기대를 하게 된다.

이유도 없는 설렘을, 그렇지만 무너질 설렘을 갖는 건 마음 한구석에 전기가 오른 것 같은 기분이 들게 한다. 나는 그런 기분이 싫다.

미연이와 살던 집을 정리한 후 이 집을 마련하고 수리하면서 신발장을 아주 커다랗게 짜 넣었다. 정태는 신발장에 집착하는 내 정신 상태가 절대로 온전하지 않다고 했지만 난 원래 그의 말에 별로 개의치 않는다.

신발이 널브러져 있고, 농구공이 굴러다니고, 우산이 구석에 서 있는 것을 참을 수 없기 때문에 커다란 신발장을 위해 넓은 현관을 주문했다. 이건 미친 게 아니라 개인 취향일 뿐이다.

중문을 열고 들어갔을 때 집 안은 깔끔하게 정리되어 있었다. 혜진이네 아주머니는 나도 모르게 만들어 놓은 집 안의 질서를 그대로 유지시켜 주신다. 이런 고요와 평화를 지켜 주는 아주머니가 고맙다. 말이 많지도, 무뚝뚝하지도, 또 자기 자식처럼 날 아껴 준다거나 생각해 주는 것도 아니지만, 어떤 기대도 하지 않고 있을 때 가끔씩 날 감동시킨다. 가령 목이 칼칼할 때나 감기가 오기 바로 직전일 때 식당에 가 보면 커다란 보온병 안에 뜨거운 보리차가 가득 들어 있다. 그러면 나는 울컥한다. 그리고 밤새 서너 번씩 화장실을 들락거리면서도 그 보리차를 다 마셔 버린다.

일하는 첫날, 아이도 없고 나도 아침에 나가 밤에 들어온다고 들은 아주머니가 말씀하셨다.

'그럼 일주일에 몇 번이나 오면 될까요?'
'일요일 빼고 매일 5시간씩 와 주실 수 있나요? 토요일은 오전 3시간만 오셔도 되고요.'

'특별히 어지르는 사람도 없는데 괜찮으시겠어요?'
'청소를 매일 신경 써서 해 주세요.'

말이 많거나 참견을 좋아하는 사람이었다면 '깨끗한 거 좋아하시나 봐요.'를 시작으로 꼬치꼬치 내 사생활을 들추려고 했을 것이다. 하지만 혜진이네 아주머니는 잠시 생각하는 표정을 짓더니 좋다고 했다. 그게 벌써 3년 전 이야기다. 그동안 나는 아주머니에게 혜진이라는 이름의 딸이 있다는 것과 남편이 우리 집에 오기 2개월 전에 죽었다는 사실 외에는 어떤 것도 알지 못했다.

아주머니는 아주머니대로 자신의 일을 했고, 나는 아줌마의 일솜씨에 별다른 토를 달지 않았다. 그동안 변한 것이 있다면 일당으로 계산하던 수고비를 월급제로 바꾸었고 아주머니가 그만두지 않도록 수고비를 때에 맞추어 인상한 것뿐이다. 내 생활은 햇빛에 따라 색깔이 조금씩 바뀌는 정물들처럼 조심스럽게 질서를 갖추고 유지되었다.

샤워한 후 삶아서 빨아 놓아 희고 깨끗한 러닝셔츠를 입고 나니 온몸에 차가운 감촉이 느껴지며 오스스 소름이 돋는다. 따뜻한 것이 마시고 싶어 부엌으로 가는데 전화벨이 울린다. 선균이다.

자정이 되어 가는 시간에 이 자식이 전화한다는 건 엄청 불길하다. 특히 오늘처럼 엿 같은 날에 어울리는 엿 같은 마무리다.

―형, 엄마 울어.

새어머니가 운다는 건 대개 돈 들어갈 일이 있는데 자기 돈을 쓰기 싫을 때, 아니면 나한테 불만이 있다는 표시다.

"왜?"

친절할 수가 없다.

―술 마셨나 봐.

"너 때문에 그러시겠지. 고등학교 졸업할 때까지는 좀 얌전히 살아라."

―내가 고딩이라도 성인이야.

"그래, 퍽도 자랑이다."

선균이는 싸우느라고 휴학하고, 맞아서 휴학하고, 몸 사리느라고 휴학하는 바람에 스무 살에 고등학교 2학년이다.

―그러니까 학교 안 다닌다잖아.

"야, 너 땜에 내가 오늘 좀 힘들었거든. 그러니까 이만 접지?"

―종이야? 접고 말고 하게?

"언제 적 개그냐?"

―내가 1차 원인이지만 형도 원인 제공자야.

"왜? 술 처먹고 늘어진 놈 토해 대는 걸 참아 가며 끌고 다니느라고 골 다 빠지겠는데."

―형, 아까 엄마 전화 생깠다며?

오늘의 명언 내지는 전 국민이 한 번씩 쓰는 말이 생까다인가 보다. 평상시엔 한 달에 한 번 듣기도 힘든 단어를 오늘은 계속 귀에 붙이고 산다.

"무슨 소리야? 내가 어머니 전화 안 받는 거 봤어?"

―안 받는 것만이 생까는 게 아니지. 아까 전화 받아 놓고 확 끊어 버렸다며?

그 뒷방길과 양갓집 규수에 질려서 다시 전화한다는 걸 잊었다.

"접촉 사고 땜에 그런 거야."

─사람 쳤어?

"사람 친 놈이 집에 들어와 전화받겠냐?"

─근데?

근데라니!

접촉 사고는 아니지만 아무튼 내가 그렇게 말했다면 상식적으로 사고의 경위와 부상 정도, 그딴 걸 물어봐야 하는 게 아닌가?

"그 여자랑 시비 붙었을 때 어머니가 전화하셨더라고. 경황이 없었어."

이제 짜증이 도를 넘어서고 있다.

─그랬어?

나는 선균이를 보면 가끔씩 녀석의 앞날이 갑갑하다.

저 자식이 착한 건 알겠는데, 힘만 세고 무식하며 정말 단순하다. 아주 돌아 버릴 정도로 단순하다. 조선 시대 머슴도 아니고 창창한 21세기에 저렇게 단순하다는 건 지능적인 살인범보다 더 치명적이다.

"어머니께 말씀 잘 드려. 나도 오늘은 좀 피곤하다."

─알았어. 그럼 발 닦고 자.

목욕재계하고 잘 거라고 쏘아붙이고 싶었지만, 발만 닦으면 목욕은 안 해도 되는 줄 아는 놈한테 시비를 걸 만큼 내 기운은 넘치지 않는다.

자려고 누웠는데 그 여자가 생각난다. 째려보는 눈매가 어색한 그 여자의 처진 눈이 천장에 어렴풋이 보이는 것 같다.

"어제는 전반적으로 조용했네요?"

"뭐 그렇죠. 토요일에는 웬만해서 큰일이 없으니까요."
"주식 말고 뭐 좀 큰 건수가 없으려나 몰라요."
"우리 같은 피라미는 현상 유지 내지는 적금 붓듯이 착실히 사는 게 좋아요."

주식 투자해서 돈 버는 인간들이 착실하다는 건 조금 웃기다. 더구나 각자의 일을 하는 이 투자 그룹 사람들에게는 어울리지 않는 단어다.

한 1, 2년 재미 볼 때는 주식 투자가 나에게 잘 맞는 일이라고 생각했다. 하긴 그때 나는 사채업만 아니면 뭐든지 좋았던 걸 수도 있지만 지금은 좀 시들하다.

아침 미팅을 끝내면 각자의 사무실로 돌아간다. 개인 투자자 그룹이 만든 이 모임은 정보만 공유하기 때문에 개인의 판단과 능력에 따라 수익 구조가 전혀 다르다. 이쪽에서 대박이 터질 때, 같은 시간에 마주 보고 있는 방에서는 쪽박을 찰 수도 있다.

나는 대박을 터뜨린 횟수가 중간쯤 가지만 손해 본 횟수는 이 모임에서 가장 적다. 다시 말하면 몸을 사리고 모험을 하지 않으며 헛꿈을 꾸지 않는 것이 내가 이 바닥에서 낙오되지 않고 아직까지 살아남아 있는 비결이다.

물건을 만들고 파는 것보다는 있는 돈 가지고 돈놀이하는 게 우리 집안 핏줄에 어울린다. 또 책임지고 이끌어야 할 직원이 없다는 면에서 나는 이 일이 좋다.

사채 시장에서 큰손으로 이름을 날리던 아버지는 새어머니와 선균이에게 갈 신탁과 적당량의 부동산, 그리고 꽤 풍족한 생활비를 제외한 모든 재산을 내게 상속했다. 평상시에 소 닭 보듯 살던 부자지간이었기에 의외라는 생각이 들었다. 내가 모르는 끈끈한 부자의 정이 있었나 하고 허벅지를 꼬집어 보고 싶을 정도였다. 하지만 지금처럼 새어머니의 억지와 생떼를 겪고 나면 혹시 이런 고난을 예측한 아버지가 만든 고도의 복수전이 아닐까 하는 의심도 슬쩍 든다.

아버지의 수족과 같은 전씨 아저씨 말에 따르면, 새어머니와 선균이에게 남겨 줬으면 밑 빠진 소쿠리에 물 새듯이 돈이 새어 나갔을 거다. 또 선균이 사고 뒤치다꺼리하느라 다 날렸을지도 모를 일이다. 어쩌면 나는 평생 저 모자의 재산 관리인으로 돈을 불리고 여기저기 치고 다니는 사고를 수습하면서 늙을지도 모를 일이다.

"사장님 전환데요?"

이곳에 있는 사람들은 모두가 사장이다. 개인 사업자 등록을 한 사람들이니 사장일 수밖에. 그래서 우리끼리 대표를 하나 뽑아 놓았다. 그는 공동으로 출자한 자본금으로 로비도 하고 슬쩍슬쩍 나쁜 짓도 하면서 우리의 부를 유지시킨다. 우리들은 자본주의의 곁다리 인생이면서 그 수혜를 아주 짭짤하게 받는 악어새들이다.

벌건 눈두덩을 하고 내선을 연결해 주는 이진숙 양은 나 외에 세 명의 잡일을 봐 주는 계약직 비서다. 일하러 나오는 5일 동안 하루도 빠지지 않고 아이섀도 색이 바뀐다. 오늘의 콘셉트는 '금자 씨'인 것 같다.

"네, 김선우입니다."

—친구야, 누구게?

정태다. 그러고 보니 이놈한테 전화 올 때가 됐다. 이자 낼 날짜란 말이다.

"미친 거냐? 왜 그래?"

―뭐 하냐? 돈 버냐?

"나야 뭐 그게 일이니까. 넌 집 잘 짓고 있지?"

―일도 별로 없어. 야, 너 빌라 좀 짓고 분양해라. 내가 아주 간지 좔좔 나게 뽑아 줄게.

"돈이나 갚아. 나까지 수렁으로 끌어들이지 말고."

건축 설계 사무소를 하는 정태는 가끔 대금을 못 받아서 절절맬 때면 내게 돈을 융통해 간다. 못 갚아도 차 뺏어 가진 않겠지라고 하면서 아주 당당하게 돈을 꿔 간다.

―이자 보냈어, 이 사채업자 놈아.

"그래? 웬일이냐? 제 날짜에 돈을 다 보내고."

―그런 날도 있어야지.

"근데 목소리가 왜 그래?"

이자 날에 맞춰 돈을 보내면 대개 기고만장이 하늘을 찌르는데, 오늘은 정태의 목소리가 가라앉아 있다.

―뭐긴. CEO의 고뇌랄까? 일개 사채업자는 이해 못하지.

"열 명도 안 되는 것들 데리고 노가다 뛰는 주제에 무슨 CEO 타령이야?"

―소수 정예라는 거 아냐?

"누구 암살할 일 있냐? 집 지으러 다니면서 무슨 소수 정예야? 기껏해야 5층짜리 상가 지으면서."

―야, 15층짜리도 있어.

"그래, 있지. 지금은 내 거잖아. 네놈이 돈 못 받는다고 나한테 떠넘긴 거."

―암튼. 내 평생의 역작을 왜 빼!

"역작 좋아하시네. 그 역적 같은 빌딩이 돈 얼마를 잡아먹는 줄 알아?"

―왜, 임대 잘 안 돼?

"임대만 잘 안 되면 좋게? 무슨 놈의 빌딩이 3년 만에 총체적 부실이냐?"

―그거야 건물 올릴 때 건축주 놈이 돈을 안 대서 좀 대충 올려서 그렇지.

"원두막 지었냐? 15층짜리 대충 지었다는 헛소리나 하고 있게?"

―걱정 마. 안 무너져. 내가 철근 하나는 진짜 굵은 걸로 넣었거든. 그거 무너져서 네가 TV에 나올 일은 없을 거야.

"확 부숴 버리고 싶은 걸 구청에서 허가 안 내줘서 참는 줄 알아."

―싸게 내놔. 그럼 나갈 거야. 위치는 좋잖아. 근데 선우야…….

불길하다. 또 무슨 꿍꿍이로 이렇게 닭살 돋게 나를 부를까?

"용건을 말해. 너 그렇게 엉기면 불안해."

―내가 우울하다.

"왜 또 누가 공사 대금 떼먹고 날랐냐?"

―아니. 우리 새끼들 둘이 연애하다가 싸우더니 분신하고 난리다.

"동반 자살이란 말이야?"

소장이 저 모양이니 밑에 있는 것들도 가관이다.

―그럼 좋게? 그게 아니라……. 설명하자면 조금 복잡한데…….

정태는 등장인물이 둘 이상인 영화와 드라마, 만화가 복잡하고 엉켜 있다고 생각한다.

"그럼 끊든지."

―빌어먹을 것들이 연애질을 했어.

"치정 사건이냐? 유부남과 처녀, 그런 거?"

―차라리 그게 낫지 싶어. 근데 때려죽일 놈이 양다리를 걸친 거야.

"능력 있는 놈이네."

―능력도 안 되는 게 돼먹지 않게 양다리 걸치다가 들켜서 사달이 난 거지.

"무슨 사달인데?"

―그 순한 욱이가 그놈 머리에 불 지르고 사라졌어.

"욱이는 뭐고 불 지르는 건 뭔데?"

―아니, 그 연애한 여직원 이름이 욱이거든. 애가 힘은 좋아도 성격이 평온한 애야. 그런 애가 그놈이 다른 년이랑 채팅인지 뭔지 하는 거 보고 확 돌아서 그놈 머리에 불을 놨어.

무섭다. 어떻게 그런 일이 신문이나 인터넷에도 나지 않고 넘어간 걸까?

"근데 그 둘이 연애를 하든, 불을 지르든 네 머리가 왜 아픈데?"

―아프지. 일 잘하는 년은 튀쳐나가서 감감무소식이더니 메일로 회사 그만둔다고 하지. 일 못해서 조만간 잘라 버려야지 했던 놈은 안 나가고 붙어있지. 그러니 내가 머리가 안 아프겠냐고.

"내 생각에 그 일 잘하는 무서운 년이 언젠가 널 불쏘시개로 쓸 수도 있잖아. 전화위복이야."

머리 아픈 일이라는 게 난 알지도, 보지도 못한 인간들의 연애사였다. 몇 마디를 주고받다 전화를 끊고 나니 벌써 점심 약속 시간이다.

오늘은 다른 투자 그룹 사람들과 오찬이 있다. 그래서 대표와 가야 한다. 내키는 자리는 아니지만 가끔 아주 쏠쏠한 정보를 얻어 올 수도 있다.

대표는 마누라가 애 데리고 미국 나가서 돈을 어찌나 써 젖히는지, 대표 명함 박으면 없다가도 만드는 운전기사도 없이 자기가 운전한다. 그런데 얼마 전, 음주 단속에 걸려 면허가 취소되었기에 내 차를 타야 한다.

앞자리의 차 문을 여는 대표에게 말했다.

"뒤에 타시지 그래요?"

"왜, 네가 내 운전기사 노릇 하려고 그러냐?"

"보기에는 그게 낫지 않겠어요?"

"운전기사랑 같이 밥 먹고 회의하러 가는 게 더 웃기지 않겠냐?"

97킬로까지 늘어났을 때 자기 몸무게를 밝힌 후 체중 증가량에 대해 입을 닫은 그룹장은 내 차 앞좌석에 큰 몸을 구겨 넣는다.

"김선우, 근데 이게 뭐냐?"

어디서 많이 본 비닐봉지다.

저게 뭐더라 하는 순간, 마포 양갓집 규수의 처진 눈이 번뜩이며 내 뇌를 지나간다.

"보지 마세요!"

급하게 외쳤음에도 불구하고 둔한 그룹장은 그녀가 던져 놓고 간 비닐봉지를 풀었다. 그 안에는 생리대가 말라서 부스러지는 흙탕물을 뒤집어쓴 채 떡하니 자태를 드러내고 있었다.

"너 취향이 이상한 거냐? 아님 이거 쓰는 여자랑 연애하는 거냐?"

짜증이 나면서 눈 처진 양갓집 규수에게 남아 있던 약간의 미안함이 깨끗하게 사라지는 것을 느꼈다.

인연이 사람을 잡는다

    나는 공사판에서 나름대로 알아주는 십장이었다. 건축 기사 자격증이 아니라 넘치는 힘과 타고난 근성 그리고 우렁찬 목소리로 그 험한 노가다 판을 제압했다. 덕분에 고 건축 고 소장의 총애를 한 몸에 받고 승승장구해서 입사 2년 만에 팀장이 되었다.
    일에만 몰두하다 보니 한 가지 부작용이 있었다. 너무 오랫동안 남자에 굶주린 것이다. 그 기나긴 인고의 끝은 치졸했다. 내 밑에 들어온 신입을 낚아채고 만 것이다.
    남자에 걸신들려 방심한 나는 결국 나이 어리다는 거 하나로 무조건 눈 아래로 봤던 개날라리 똥걸레에게 걸려든 것이다.
    윤신영은 그런 놈이었다. 이름부터 야리야리하지 않은가?
    도대체 무슨 마음으로 손녀딸 이름을 잘난 맏손자 이강욱의 이름을 따라 돌림자로 지었는지 확인할 수 없는 할아버지의 작명 덕에 나는 태생적으로 야리야리하고 말랑말랑한 남자 이름에 약하다. 내 첫 번째 남자 친구의 이름은 연우였고, 두 번째 놈의 이름은 희영이었다. 그 이외의 여러 잡다한 놈들의 이름은 기억나지 않지만 적어도 '강' 자라든가 '욱' 자는 들어가지 않았다.

 진실을 밝히지 않은 채 내가 여덟 살 때 홍어 삼합을 거하게 잡수시고 방 안 가득히 고리탑탑한 냄새를 풍기며 주무시다 돌아가신 할아버지의 순간 실수로 나는 다들 비웃는 남자 이름에 대한 거부감을 가지게 되었다. 그리하여 이강욱의 동생 이재욱은, 태어나서 이름을 받는 순간부터 이강욱의 영향권 아래서 인생을 시름시름하며 구기고 있었다.

 다시 윤신영의 이야기로 돌아가자면, 그놈은 생긴 것과 이름이 아주 잘 어울렸다. 공사장 인부들을 다독인다는 핑계로 퍼마신 술 덕에 툭 튀어나온 배와 까치집 같은 머리를 한 사무실의 남자들과 달리, 61킬로그램에 182센티미터의 몸을 가진, 고수머리의 남자다. 아니, 남자였다. 강욱이 말대로 내가 마음먹고 몇 대 치면 죽거나, 최소한 반병신을 만들 수 있었던 것이다.

 나는 살집이 많은 사람이 아니다. 다만 내 어머니 박강순 여사의 골격을 물려받아서 건장하다. 말하자면 '용가리 통뼈'인 것이다.

 어린 시절 동네에서 팔씨름으로 나를 이긴 놈은 아무도 없었다. 174센티미터의 키와 건장한 골격으로 입학한 여자 고등학교에서 나는 체육 선생님의 관심을 집중적으로 받았다. 1학년 첫 번째 체육 시간에 아직도 이름이 잊히지 않는 손기수 선생님이 나를 불렀다.

 쫙 째진 눈으로 내 머리끝에서 발끝까지 기대에 찬 눈으로 훑어본 그 선생님은 내 손을 덥석 잡았다. 그리고 감격한 목소리로 말했다.

'너, 투포환 하자. 내가 너를 백옥자로 만들어 주마.'

나는 백옥자가 누군지 몰랐다. 그래서 엄마에게 물어본 끝에 괴력으로 '아시아의 마녀'라는 별명을 가진, 여자 투포환 선수라는 것을 알게 되었다.

그날 밤 나는 대성통곡했다. 나를 달래고 족치던 엄마는 다음 날 본인의 수업이 비는 시간에 우리 학교로 찾아와서 —어떻게 했는지 모르지만— 그 체육 선생을 조용히 손봐 주고 갔다.

그 이후로 나는 초등학교부터 내내 해 왔던 매트리스 옮기기, 뜀틀 옮기기 따위의 완력을 쓰는 모든 봉사 활동에서 제외되었다. 아마도 나보다 더 백옥자 같은 엄마에게 무언가 큰일을 당했을 거라고 생각했지만, 나는 아직도 그 일을 덮어 두고 있다. 말해 봤자 내 얼굴에 침 뱉기니까.

사정이 그러하다 보니 윤신영 그놈은 확실히 나에게 어필했다. 하얀 얼굴로, 또 더 하얀 손으로 커피를 건네주며 씨익 웃는다든지, 목을 덮는 그 찰랑찰랑한 머리카락에서 풍기는 깨끗한 샴푸 향기에 나는 그만 맛이 가 버렸다.

문제의 가을비가 오던 저녁, 응봉동 빌라 건축 현장에서 우리는 안전모에 작업용 장화까지 신고 키스했다.

분명히 말하지만 절대로 내가 덮친 게 아니다. 그놈이 횟가루가 묻은 내 얼굴을 야리야리한 손가락으로 닦아 준답시고 주물럭거리다가 영화처럼 내 입술을 훔쳤다. 솔직히 그놈이 먼저 덮치지 않았다면 내가 덮쳤을지도 모르지만. 하긴, 시작은 그놈이 했어도 들고 있던 도면을 집어 던지고 그놈 목을 끌어안으며 덤빈 건 나였다.

윤신영과 나는 그렇게 연애를 시작했다. 사무실에 앉아서는 메신저로 채팅을 했고 아무도 의심하지 않는데도 간첩처럼 접선 장소를 정해 시간 차를 두고 퇴근했다. 이런 한심한 짓을 했기 때문인지 사무실 사람들은 그놈과 내가 연애하고 있다는 걸 몰랐다.

그러면 뭐하겠는가?

모두가 있는 사무실에서 그놈이 에센스 발라 가며 가꾼 고운 머리카락에 불을 붙여 내 입으로 떠벌인 거나 다름없는데 말이다.

내가 달콤한 꿈에서 깨어난 건 방화를 저지르기 일주일 전이었다.

3일 동안 밀린 숙변을 40분간 공을 들여 밖으로 배출하고 후들거리는 다리로 걸어 나오다가 엘리베이터 앞에서 그놈의 통화를 들어 버린 것이다.

"걱정 마. 이 팀장은 내 손안에 있잖아. ……알지. 네가 속상한 것도 알아. 내가 잠깐 흔들린 걸 용서해 준 거 정말 미안하고, 고맙게 생각해."

이게 무슨 소리란 말인가!

"알았어. 알았다고……."

그러나 얍삽한 놈이 엘리베이터를 타는 바람에 수상한 대화를 더 이상 듣지 못했다. 호기심이 뭘 죽인다고 했던가. 기억은 안 나지만 뭔가를 죽이긴 한다고 했던 거 같은데…….

아무튼 내 경우는 내 순정을 내 호기심이 죽이고 말았다. 나는 CSI를 능가하는 수사력을 발휘해서 그놈의 뒤를 캐기 시작했고, 결국 윤신영이란 놈이 개날라리 날제비란 걸 알았다.

마침내 일주일의 수사 기간이 지난 후 밥을 먹어도 더 먹고, 나이를 먹어도 더 먹은 인생 선배의 품위를 가진 내가 차분하게 연애를 정리하려고 그 자식에게 다가갔을 때 모니터에 떠 있는 메신저 창을 보게 되었다.

미안하다 사랑한다 님의 말:
백옥자랑 똑같다는 건 좀 그렇지.

컴온베이베 님의 말:
오빠, 아직도 그 여자한테 미련 있는 거야?

미안하다 사랑한다 님의 말:
그게 아니라 너 같은 천사가 사람을 미워하는 게 맘이 아파서 그래.

컴온베이베 님의 말:
됐다구 해.

미안하다 사랑한다 님의 말:
너같이 예쁘고 착한 애가 그런 마음을 먹도록 만든 게 미안하고, 속상하고, 내 자신이 미워서 그래서 그런 거야. 너도 알지? 난 너 없으면 아무것도 아닌 거. 이 대리는 그냥 스치는 바람일 뿐이야. 미안해. 정말 미안해. 정말 사랑해.

아주 꼴값하고 있었다.
아마 그 순간 눈에 들어온 게 라이터가 아니라 소 잡는 칼이었다 해도 나는 그걸 휘둘렀을 것이다.

아직까지 형사가 들이닥쳐서 손에 수갑을 채우거나 고소장이 등기로 날아오지 않았다는 건 그 자식이 최소한의 양심의 가책을 가지고 입을 다문 거다라는, 비굴하고 치졸한 결론을 내리고 있지만 뒷골이 당기는 건 사실이다.

정말 불안하다. 더욱더 불안한 건 업계 전체로 소문이 퍼져 나가면 혼삿길은 물론이요 취직 길까지 막히는 사태가 발생할 수 있다는, 아주 현실적이고 절실한 문제 때문이다.

아직은 엄마도, 세상도 나의 만행을 모르는 것 같다.

설마 내내 놀지는 않을 거라는 엄마의 믿음은 —그간의 사정을 전혀 모르기에 가능한 거지만— 나를 더 이상 볶아치지 않고 좀 쉬게 하는 분위기로 흘러갔다.

나는 뒹굴다 자고, 뒹굴다 먹는 평화로운 생활에 만족하고 있다. 다행히 뼈대는 커도 덕지덕지 살이 붙는 체질이 아니라서 먹고 자는 것만으로 진짜 백옥자가 될지도 모른다는 걱정은 안 했지만 좀 근질거리기는 하다.

심판의 날이 예상보다 빨리 와서 평화는 오래가지 않았다.

화창한 봄날, 나는 드디어 엄마의 무지막지한 손에 내 등짝을 맡기고 엄청난 강 스파이크를 맞고야 말았다.

"이게 하다 하다 사람한테 불을 질러."

밑도 끝도 없이 엄마는 내 등짝을 때리기 시작했다.

어쩌겠는가? 맞는 수밖에. 변명의 여지가 없다.

내가 죄를 지으면 지옥도 가기 전에 엄마에게 응징당할 거다. 그럼 나중에 죽어서 천국에 갈 수 있을까?

나는 맞으면서 그런 생각을 했다. 이렇게 몸으로 때우니 얼마나 좋은가! 내 몸은 정말 튼튼하다. 취직이 안 되면 프라이드나 K1에 진출해서 이 맷집만으로 밥을 먹을 수 있을 것이다.

단지 천기를 누설한 강욱이는 심판하고 갈 것이다.

재구 밑 닦는 수건을 그 자식의 입에 처박아 버리고야 말 것이다.

지금은 그저 맞는 것만이 살길이다.

"죄송해요. 2개월은 쉬어야 할 거 같아요."

이런 날벼락이라니.

"어디가 안 좋으신 건데요?"

아주머니는 그냥 쓸쓸히 웃는다. 지쳐 보였다.

"말씀하시기 곤란하신가 봐요."

"아니, 그런 건 아니고 마음이 좀 그래요. 제가 암이라네요."

갑자기 미안해졌다. 다른 일자리를 구해 놓고 딴 핑계를 대는 걸지도 모른다고 아주 잠깐 아주머니한테 서운해했다. 내 집의 질서를 유지해 주고, 내 집을 집으로 느끼게 해 주는 사람은 혜진이 아주머니뿐인데. 나는 아주머니에게 길들여졌다가 버림받은 강아지 같다.

"많이 안 좋으신 건가요?"

"다행스럽게 초기라서 수술하면 괜찮다는데, 그래도 암이라니까 좀 무섭네요. 애도 아직 어린데 내가 어떻게 되면 어쩌나 싶고 사장님 댁도 걱정이고요. 아무나 드나들게 할 수도 없고요. 어쩌죠?"

"글쎄요. 저도 아주머니 없이 어쩌나 싶어지네요. 혹시 아시는 분

없으세요? 아주머니 다시 오실 때까지 임시로 누가 오셨으면 하는데요."

"그래도 괜찮으시겠어요?"

"아주머니 같은 분 또 만나기 어렵다는 거 저도 알아요. 보수는 아주머니랑 같은 조건으로 할 테니까 사람만 구해 주세요. 전 알아볼 만한 데가 없어요."

이곳으로 이사 와 처음으로 연락한 파출부 사무실에서 파견된 사람이 혜진이 아주머니였다. 나는 그것이 정말 행운이라고 생각한다.

알아보겠다며 고맙다고 말하는 아주머니 눈에 물기가 보인다. 어색하게 웃어 주고 방으로 돌아와 책상에 앉으니 등이 시리다.

봄인데 나는 춥다.

그날 그 봄비 이후 서울은 내내 메말라 있다.

황사가 한 번 아주 강하게 왔다 가더니 그 이후 내내 날이 흐리고 시야는 답답했지만 비는 오지 않았다.

비행기 시간까지는 아직 여유가 있었다. 정리해 놓은 책상에 멍하니 앉아 있고 싶지 않아서 옥상에 올라갔다.

오늘 저녁 비행기로 홍콩과 상하이를 가야 한다.

샌디와 만나기로 한 것도 귀찮아진다. 섹스할 때는 좋은데 그 외의 시간을 같이 보내는 건 좀 곤혹스럽다. 일할 때는 독사 같은 샌디가 개인적인 관계로 만나면 전형적인 파티 걸 흉내를 낸다. 처음에는 그런 그녀가 재미있었지만 이제는 좀 부담스럽다. 나는 하나의 인연에 매이는 것이 정말 힘들다. 이번에는 그녀에게 어느 정도 선을 그어야 할지도 모른다.

뿌옇게 펼쳐진 서울을 보자 아버지가 머릿속에 떠올랐다. 나는 아버지와의 시간을 한 번씩 곱씹는 버릇이 있다.

워낙에 단답형의 대화와 의뭉스러운 행동으로 날 긴장시키던 분이어서 나는 지금도 의미를 알 수 없는 아버지를 떠올리며 그분의 마음을 읽어 보기 위해 자꾸자꾸 시간을 거슬러 올라가곤 한다.

언제였더라? 술을 얼큰하게 마신 아버지가 저녁 강의가 끝났을 무렵 학교 앞에 차를 대 놓고 나를 기다린 적이 있었다.

이맘때였던 거 같다. 그날 나는 정말 당황스러웠다.

경영대 입구 계단 앞에, 그것도 총장이나 이사장 같은 사람들도 그러기 힘든데 떡하니 검정색 벤츠를 주차해 놓았던 것이다. 게다가 차 문을 열고 나를 향해 웃는 사람이 전씨 아저씨라는 게 놀라웠고, 내 아버지가 고개를 뒤로 젖힌 채로 졸음이 묻은 눈으로 나를 보고 있는 것도 당황스러웠으며, 강의가 끝나고 모두들 몰려나오는 현관 바로 앞에 무슨 대통령 차처럼 떡하니 버티고 있는 벤츠가 무서웠다.

삼수생에 군대까지 다녀와서 어울리는 과 친구들이 별로 없었던 나는 그 이후 조폭의 아들 취급을 받았다. 그래서 밥을 먹거나 술이 마시고 싶을 때면 정태가 버티고 있는 공대 앞을 기웃거려야 했다.

그날, 아버지는 무슨 맘이었는지 나를 데리고 영등포 뒷골목 갈빗집으로 향하셨다. 갈빗집이라면 학교 앞에 널려 있었고 돈 자랑 하려고 다니는 고깃집도 즐비한데, 다시는 뒤돌아보고 싶지 않다고 입버릇처럼 말하던 그 영등포 뒷골목을, 아버지는 개선장군처럼 아들인 나를 데리고 찾아갔다.

누구 지문인지 모를 얼룩이 묻어 있는 소주잔을 내게 권하고는 술을 따라 주더니 내가 다 마시기를 기다렸다. 나를 바라보는 아버지의 눈이 너무 어색해서 나는 제일 무서워하는 것 중의 하나인 소주를 한 번에 들이켰다. 아버지는 정말 대견하고 뿌듯하다는 얼굴로 나를 보셨다.

  학교에서 아무리 좋은 성적을 받아 와도 무덤덤했고 나도, 학교도, 그 누구도 예상치 못했던 나의 첫 번째 대학 낙방에도 무덤덤했다. 재수를 거쳐 삼수가 돼서야 합격증을 받아 들었을 때도 제일 먼저 한 말은 '1년 다니다 군대 갔다 오라우.'였다.

  내가 알기로 아버지의 고향은 황해북도 봉산군 사리원이었다. 그런데 그곳에서 살았던 기간은 고작 2, 3년뿐이고, 서울에 터를 잡은 할아버지 손에 서울에서 자라서 돈을 벌고 나이를 먹었는데도 아버지는 누군가를 협박하거나 명령할 때만은 꼭 이북 사투리를 썼다.

  아버지가 열여섯이 되던 해에 할아버지는 연탄 배달 트럭에서 떨어져 다시는 깨어나지 못하셨다고 했다. 그 장례를 거적과 리어카 하나로 치른 아버지는 악착같이 돈을 모으고 독사같이 독하게 벌었다고 했다. 덕분에 나는 아주 풍족한 부를 누리며 컸다. 물론 뒷골목 문화를 무시하는 건 결코 아니었지만 당혹스러웠다.

  벚꽃이 눈처럼 내리던 날, 아버지는 떠나 버린 어머니 이야기를 처음으로 했다. 내가 알기로는 지금의 새어머니가 생겼기 때문에 존재가 약하던 조강지처 어머니가 떠난 거였는데 아버지는 생각이 달랐다.

  '여자 생겼단 말을 듣더니만 냉큼 짐을 싸더구먼. 눈알 빠지게 기다린 것처럼 말이지. 눈 내리깔고 나긋나긋 말하는 게 그렇게 무서

운 건지 낸 그때까지 몰랐다우.'

나에게 엄마의 모습이란 봄날에 흩날리는 엷은 복숭앗빛 스카프처럼 아련한 것이었는데 아버지에게는 아니었나 보다. 같은 사람에 대해 아버지와 내가 가지고 있는 기억의 차이는 이렇게 컸다.
아버지의 말에 나는 대답할 말이 없었다. 아버지는 내 침묵을 버거워하셨다. 작정하고 지키는 침묵이 아니라 할 말이 없어서 멍하니 있었던 건데 아버지는 내가 속에 무언가를 담아 놓았기 때문이라고 생각했던 것 같다.
서먹서먹했던 아버지와의 사이에는 그날 이후 아주 선명한 금 위에 높고 굳건한 벽이 생겼다. 나는 벽 저편의 아버지의 마음이 언제나 정말 미칠 정도로 궁금했다.
그러나 아버지는 이제 세상에 없다.

내 어머니 박강순 선생님은 정말 위대하다.
결국 나를 이 모양 이 꼴로 만드시다니 정말 대단하달 수밖에 없다.
그날 나는 똑바로 누워서 천장을 보기 힘들 정도로 등짝을 난타당했다. 손에 들고 있던 가방으로 후려갈겼고 나중에는 눈에 보이는 대로, 손에 잡히는 것 모두 무기로 이용했다. 사전에 경고라도 했다면 치명적 손상을 입히는 구둣주걱과 배드민턴 라켓 따위는 치워 두었을 것이다.

입이 방정인 데다가 싸가지도 없는 이강욱은 경고 한 번 안 날리고 날 몰매 맞게 했다. 내가 돈 좀 있다면 마포 뒷골목 양아치들에게 돈을 찔러 주고 그놈을 손봐 줬을 테지만. 그러나 돈이 원수다.

엄마는 내 금전 감각이 구멍 난 삼베 속곳이라면서 내 월급을 다달이 차압해 가고 대신 매달 사십만 원씩 용돈을 주었다.

재주는 이재욱이 넘고, 돈은 박강순 선생님이 챙기고, 박 선생님이 챙긴 돈은 이강욱이 썼다는 것이 맞을 것이다. 그렇지 않고서는 어떻게 병원 앞에 아파트 전세를 얻어 호의호식한다는 말인가. 그것도 버블 세븐 지역에 속하는 분당에서 말이다.

엄마와 내가 그렇게 같은 골격을 가지지 않았더라면 분명히 나에게 출생의 비밀이 있다고 생각했을 것이다. 하지만 엄마와 나는 너무 똑같이 생겼다.

패다 패다 지쳤는지 엄마가 입을 열었다.

"그나마 유부남 아니니까 여기까지만 하자. 그랬다면 넌 오늘 나한테 죽었어."

어련하시겠는가. 하지만 난 이미 산목숨이 아니었다.

닿지도 않는 곳에 약을 바르느라고 목줄기에서 경련이 일어날 지경이었지만 파스로 도배해서 그런지, 내가 타고난 뭇매 체질이라서 그런지 나의 등짝은 하루 만에 정상으로 돌아와 천장에 있는 야광 별을 세면서 '저 별은 나의 별, 저 별은 너의 별' 하는 노래까지 불렀다.

나는 정말 터미네이터가 아닐까?

어슬렁어슬렁 일어나서 커피를 한 잔 만들었다. 향기도 좋고 색깔도 좋았다. 황사가 분위기를 좀 깼지만 엄마가 퇴근할 때까지의 평화를 맘껏 누리기로 했다.

아침에 자율 학습 감독이라며 늦게 들어올 거라고 했으니 나는 이쯤에서 낮잠 한판 자 주는 게 좋을 것 같았다.

자도 자도 졸리고, 먹어도 먹어도 배가 고팠다. 내 몸과 마음 모두 결핍으로 허덕이고 있다.

10시가 넘자 엄마는 야무지게 생긴 여학생을 하나 데리고 들어왔다.

공부하기 싫어 가출한 모범생인가?

아이는 말갛고 똘똘하게 생겼다. 교복은 크기를 줄인 것 같지 않았고 짚더미를 뒤집어씌운 것처럼 더벅머리도 하지 않았다. 단정하게 빗어서 깔끔하게 핀을 꽂은 머리 아래 하얗고 둥근 이마가 예뻤다.

예쁜 아이를 다정하게 부르며 살갑게 구는 모습을 보니 혹시 저 아이가 딸 모습에 대해 엄마가 가진 이상적인 로망이 아닐까 하는 생각이 들었다. 속이 좀 쓰라리긴 했지만 박강순 여사가 내 이상적인 엄마상이 아닌 것과 마찬가지가 아닐까?

멀뚱하게, 또 어색하게 얼굴에 웃음을 띠고 서 있자 엄마가 여자아이를 소개해 줬다.

"예쁘지? 우리 반 반장이야."

"똘똘하게 생겼다 했어."

"똘똘하게 생겼다고 다 반장 하니? 인기도 많고 성격도 좋아."

"성격이 좋으니까 인기가 많겠지. 근데 우리 집에서 자고 갈 거야? 가방을 싸 가지고 왔던데."

"응. 엄마가 수술 받으셔서 혼자 있어야 한다기에 데리고 왔어."

말갛게 생긴 아이는 살짝 웃음을 짓고 서 있었다.
예뻤다. 어려서 예쁜 건가?
"반가워. 난 이재욱이고, 박 쌤 딸이야."
"안녕하세요."
"엄마 때문에 걱정이 많겠지만 힘내."
아주아주 친절하고 사려 깊은 척하는 착한 동네 언니의 대사를 던져 본다. 엄마가 도끼눈으로 보고 있으니 약간의 연기가 필요하다.
"좀 걱정되지만, 괜찮을 거라고 생각해요."
예쁜 계집애가 생각도 긍정적이군.
좋겠다. 너는 인기 많아 나처럼 후진 서른 살은 안 되겠구나.
"혜진이는 어서 씻고 2층 올라가서 자."
이것이 무슨 소리인가?
2층에는 내 방과 골방밖에 없다. 설마 경우가 바른 박강순 선생님께서 애제자를 골방에서 자라고 하진 않을 것이다. 그렇다면 저 아이에게 배정된 곳은 내 방이다.
"난 어디서 자고?"
"어디긴? 강욱이 방에서 자."
"엄마, 거기가 더 깨끗할 텐데?"
"너 청소 안 했어?"
"지난주에 했잖아. 내가 언제 매일매일 청소하는 거 봤어?"
"자랑이다. 얼른 올라가서 방 좀 치우고 환기도 시키고 그래."
"선생님, 제가 딴 방에서 잘게요."
"그런 말 마. 재욱이는 제 오빠 방이니까 거기서 자도 되지만, 너는 아무리 어려도 아가씨인데 어떻게 남자 방에서 자라고 하니. 안 그러니? 재욱아!"

 엄마 목소리에 힘이 들어가고 내 등짝은 아직 욱신거린다. 더 맞을 수 없다.

 "그래, 내 방이 좀 더러워서 그런 거야. 씻고 나와. 얼른 청소할게."
 비굴해야 산다.

 "제가 치울게요. 저 청소 잘해요."

 "내 방은 내가 치워야 해. 딴사람은 손도 못 댈 거야. 얼른 씻고 나와."

 착하고 속 깊은 딸 노릇을 억지로라도 해야 한다. 백수는 이래저래 서럽다.

 강욱이 방이 더 깨끗하고 쾌적할 텐데, 엄마의 저 남녀유별에 따라 빈방도 남자 방이라고 더럽고 냄새 나는 여자 방에 아끼는 제자를 재운단다.

 창문을 열어 환기를 시키고, 이불을 새로 깔고, 여기저기 눈에 보이는 쓰레기와 과자 봉지, 만화책, 소설책 그리고 이런저런 도면들, CD 케이스 등을 제자리에 가져다 놓는데 아이가 들어온다.

 씻어서 그런지 더 예쁘다. 남자들이 왜 비누 냄새에 확 가 버리는지 알겠다. 진짜 예쁘다.

 "언니, 제가 할게요."

 "됐네요. 너 부려 먹었다가 나 허리 부러진다."

 "선생님 진짜 무서워하시나 봐요?"

 "무섭지. 넌 우리 엄마 안 무섭냐?"

 "잘해 주시니까 무서울 리 없죠."

 "좋겠다. 난 아니야. 무서워."

아이의 얼굴을 보지도 않고 말하다 보니 내가 눈치 주는 듯한 기분이 들었다.
"신경 쓰지 말고 편안하게 있어. 처음 있는 일이 아니라 내 방 내주는 거 기분 안 나빠. 근데 너 형제는 없니?"
"네, 무남독녀예요."
예쁘고 공부도 잘하는 게 복도 많다.
"너 진짜 좋겠다."
"뭐가 좋아요? 외롭지."
"얘야, 네가 모르나 본데 원래 사람이 외로우려면 사람이 바글바글 끓어도 외로운 거다. 차라리 혼자면 인간에 대한 기대가 없잖아."
내 무덤은 언제나 내가 판다. 이렇게 스스로를 차별 대우와 구박에 찌든 불우한 인간으로 만들어 놓고 나니 신세가 처량하다.
혜진이는 소리 없이 크게 웃는다. 나처럼 꺽꺽 소리도 내지 않고 웃는데 진짜 재미있어하는 게 느껴진다. 천성이 우아한 아이일까?
잘 자라고 인사한 후 보던 소설을 들고 1층으로 내려오다가 갑자기 바람을 맞고 싶어졌다. 엄마가 깰까 싶어 조심스럽게 현관을 열고 마당에 놓인 항아리에 앉았다. 비가 오려는지 공기에 비 냄새가 섞여 있고 저녁 이슬이 축축하다.
사계절 비 냄새 중에 봄비가 오기 전의 냄새가 가장 좋다. 신선하며 쓸쓸하고 매혹적인 향기를 맡고 있자니 말갛던 혜진이의 얼굴이 생각났다.
어려서 예쁜 걸까? 나에게도 저런 시간들이 있었을까?
저 나이 때 나는 무슨 고민을 했는지 기억도 가물거린다. 기억이 가물거리고 추억을 더듬는 건 아주 나이가 많아져야 하는 줄 알았는데, 불과 10년 전 일도 가물가물하다.

그때 나는 웃었을까?

서울 대 붙었다고 자랑하면 덜 재수 없었을 텐데 열려 있는 문으로 당연히 제가 갈 데에 갔다는 듯 아주 심드렁한 얼굴을 했던 강욱이의 신입생 시절을 보면서 배 아파했던 건 기억난다.

고등학교 본관 앞에 있던 커다란 산수유나무, 친구와 자율 학습을 땡땡이 치고 나와서 그 밑에 앉아 마시던 작은 코카콜라 병, 에델바이스 크림빵. 또 뭐가 있더라? 고3 교실에서 느끼던 그 신선하고 긴장된 공기, '전원 합격全員 合格'이라고 쓰여 있던 급훈 액자…….

별 볼 일이 없는 기억인데 눈물이 난다.

아무래도 나는 아직 시작도 하지 않은 혜진이의 미래가 부러운 것 같다. 하얀 도화지 같은, 꿈같은 청춘 말이다.

서른은 어떤 분기점 같다. 내 지난 10년은 도대체 어떤 것으로 기억될까. 나에게 그런 긴장감과 신선함, 그리고 미래에 대한 기대가 다시 돌아올 수 있을까.

서른 살에 나는 앞으로 살아갈 시간에 대한 기대가 없어져 버렸다.

날 도발시키고, 흥분시키고, 열중시킬 그 뭔가가 날 기다려 주길. 이렇게 김빠진 콜라같이 산다면 남은 시간들이 너무 안쓰럽지 않겠는가.

내가 알거지가 되는 것은 시간문제다. 오늘 카드 대금이 빠져나갔다. 윤신영 놈에게 사 준 봄 점퍼 할부가 아직 4개월이나 남았는데 내 통장의 잔고는 이십구만 칠천 원이다.

돈 주고, 마음 주고, 사랑도 줬더니만 남는 건 거덜 난 통장과 엄마한테 맞아 부은 등짝뿐이다.

내 사랑은 언제나 이렇게 뒤끝이 구리다.

차라리 내 옷이나 사고 말 걸 왜 그 자식 옷을 사 줬을까. 아마도 신영이는 내가 사 준 아이보리색 점퍼를 입고 그 여우 같은 년을 만나러 갔을 거다. 죽 쒀서 개 주는 연애는 이제 정말 그만하고 싶다.

이십구만 칠천 원에서 삼만 원을 인출하고 보니 현금 지급기가 있는 편의점에 붙은 구인 광고가 보였다. 아쉬운 대로 저거라도 해야 하나 싶었지만 이내 생각을 접었다.

하지만 집에서 너무 가깝다. 만약 엄마 눈에 띈다면 분명 나의 재정 상태가 들통 날 거다. 멀리 떨어진 곳에서 할 수 있는 아르바이트를 구해야 한다. 목구멍은 언제나 포도청이니까.

집으로 돌아오니 엄마는 아직도 전화통을 붙잡고 있다. 일요일 아침부터 어디에다가 저렇게 전화를 거나 싶어 귀를 쫑긋하는 내가 처량해진다. 돈 없고, 직업 없고, 나이 많은 현실이 참으로 처절하다.

가만히 전화 통화를 듣고 있자니 혜진이의 엄마가 치료할 동안에 일할 임시 파출부를 구하는 이야기였다.

갑자기 내 머리 위에 별이 번쩍인다.

"애도 없고, 힘들 거 없는 집이라고 하던데, 언니가 한번 알아봐요. 보수도 좋더라."

귀가 번쩍했다. 통장 잔고는 바닥나고 나는 궁핍해지고 있었다.

"월급이 이백만 원이라던데 괜찮지?"

정말 괜찮다. 돈 냄새가 나를 부른다.

자꾸 엄마 옆으로 몸이 간다.

"그래요. 연락 줘요."

전화를 끊은 엄마는 얼굴을 바짝 들이대고 어설프게 웃는 나를 인상 구기며 바라본다.

"너 왜 그래?"

침이 꿀꺽 넘어간다. 엄마가 그 소리를 들으면 안 되는데.

"엄마, 그거 내가 할게, 혜진이 엄마 대타."

엄마가 뜨악한 표정을 짓는다.

당연하다. 얼마 전까지 나는 사무실로 멋지게 출근하는 이재욱 대리였다.

"미쳤어!"

"사람 구하기 힘들잖아. 내가 할게. 엄마가 속상할 거 같지만 나도 집에만 있으니까 몸도 찌뿌드드하고."

"찌뿌드드하면 공사판에 다시 나가."

냉정도 하시지.

"그게 좀 그래. 소문이 어떻게 났는지, 얼마나 가라앉았는지 아직 모르겠고."

"너 써 준다는 데 없어?"

"안 알아봐서 몰라."

"집에서나 해. 어딜 가서 누구를 망신시키려고 그래? 너 보냈다가 그 집에서 혜진이 엄마까지 자르면 어쩌려고. 차라리 강욱이를 보내고 말지."

"나도 알아. 강욱이가 가면 딱이지."

맞다.

이강욱은 의사 대신 가사 도우미가 됐어도 대박이었을 것이다.

"네가 강욱이 하는 거에 반만이라도 깔끔하면 내가 네 등을 밀어서라도 보낼 거야. 근데 너도 알지? 네가 어떤지?"

"엄마, 강욱이는 병이거든. 걔처럼 하면 사람들이 다 미친 거라고 하지. 정상이라고는 안 해."

"암튼 안 돼. 네가 가서 초 치면 걔 엄마는 수술하고 나와서 몸도 못 추스르고 식당 일로 어디로 돌 텐데. 절대로 안 돼. 딴 데나 알아봐."

나는 결심했다. 월급이 이백만 원이면 2개월만 모아도 사백만 원이다. 그걸로 유럽을 도는 거다. 거지꼴로 다니겠지만 가우디랑, 로마랑, 파리를 보는 거다. 멋지지 않은가! 그러므로 나는 이 일거리를 놓칠 수 없다.

"진짜로 잘한다니까. 엄마, 생각해 봐. 이런저런 일을 시키고 엄마가 감독하려면 나같이 만만한 애가 있어야 하잖아. 또 누가 알아? 그 집 조건이 그렇게 좋으면 혜진이 엄마 몰아내고 자기가 눌러앉겠다고 할지. 내가 좀 부실해도 그런 짓은 안 할 거라고. 일이야 배우고, 익히고, 노력하면 될 거야. 엄마가 모질게 가르쳐. 나 신부 수업 한다고 생각하면 되잖아."

내가 이렇게 달변가였다니! 공대 말고 법대 갈걸.

엄마는 곰곰이 생각에 잠기는 것 같았다.

그렇다. 여우 같은 여자가 들어와 좋은 조건의 일자리 꿰차고 앉아서 박힌 돌 빼내면 엄마의 선의는 코 푼 휴지가 되는 것이다.

승리의 여신이 서서히 내게로 다가온다. 미켈란젤로의 천사가 나를 보고 웃는 것 같다.

아싸!

설마는 사람을 잡고 봄바람은 그들을 잡는다

엄마가 냉장고에 붙여 놓은 메모대로 번호판을 누르고 문을 여니 이게 현관인지 드레스룸인지 헷갈린다.

공상 과학 만화에 나오는 멸균실처럼 바닥도 하얗고 양옆을 가득 채운 신발장도 하얗다. 입구가 이렇다면 저 안쪽은 안 봐도 뻔하다.

혜진이 엄마가 병날 만도 하다. 반짝반짝 빛나는 타일과 신발장을 보자 나는 한숨이 나온다.

솜씨는 없지만 힘쓰는 일이야 내 전문이 아니겠는가. 힘으로 밀어붙이면 웬만한 땟국은 벗겨질 것이다. 하긴 이런 집에 묵은 땟국이 내 몫으로 남겨져 있을지 모르겠지만 말이다.

세밀화를 보는 것 같다. 문이 꼭꼭 닫혀 있는 걸로 봐서 바람 들어올 구멍은 없는 것 같은데 왠지 오한이 든다. 아무래도 엄마한테 맞은 장독이 안 가셨나 보다.

역시나 예상대로 주방은 싱크대 광고처럼 웬만해서 밥 같은 거 안 해 먹을 듯한 분위기다.

　우리 집 부엌이 생각난다. 각종 장아찌와 온갖 술을 병에 담아 생물실처럼 늘어놓은 오래된 부엌과 이 집은 딴판이다.

　도대체 어디를 어떻게 청소하라는 거냐?

　내려앉으려던 먼지가 민망해서 다시 공중을 돌아다닐 것만 같다. 차라리 더러운 게 낫지. 청소할 것도 없는 집을 어떻게 청소하라는 말인가!

　주인 내외가 쓰는 듯한 방문을 열고 들어가니 정말 전단지에 나오는, 주름 하나 없이 정리된 침대 시트가 제일 먼저 눈에 들어온다.

　이 방은 정물화 같다. 먼지도 없고, 사람 사는 냄새도 안 난다.

　천재 건축가는 아니지만 집을 설계하고 지으러 돌아다니면서 머릿속에는 내가 만든 집들에 대한 기대가 있다.

　밖에서 갖은 조롱과 모욕과 냉대를 받아도 현관을 여는 순간 안온함과 평화가 그리고 사람의 향기가 느껴지는 집이 되고, 낡아지면서 그곳에 사는 사람들과 같이 늙어 가기를 바랐다.

　그런데 이 집은 전혀 그런 기대를 할 수 없을 정도로 정성이나 온기도 없이, 찰나의 눈요기만을 제공하는 불쌍한 피조물이다. 내가 만든 집이 이렇게 되었다면 나는 문고리를 잡고 울었을 것이다.

　집을 이따위로 만든 주인들에게 화가 난다.

　직업병이다. 나는 나를 이해한다.

―새로 온 임시 파출부인데요.

맞다. 출장 간 동안 혜진이 아주머니의 수술이 예정되어 있었고 샌디와 노느라고 새 도우미가 온다는 사실을 잠시 잊었다.

샌디는 내 예상과 달리 더 이상 달라붙지 않고 세련된 애인같이 굴었다. 난 이내 긴장을 풀고 그녀와 아주 잘 놀다 돌아왔다.

"아, 네. 언제부터 나오신 거예요?"

―오늘요.

"잘 부탁합니다."

―그다지 부탁할 게 없어 보이는데, 굳이 부탁하신다면 열심히 할게요.

이 세상을 내려다보면서 무심하게 툭툭 내뱉는 듯한 불길한 목소리. 찜찜하다.

멍하니 앉아 있자니 뭔가가 목에 걸리는 것 같았다. 이 불안함이 어디에서 기인하는지 원인을 찾아봐야 한다.

우선 첫째, 나는 저 뚱한 목소리의 주인공이 내 집의 평온한 질서를 깨뜨리지 않을 사람인가를 확인해야 한다. 혜진이 아주머니가 알아서 하셨겠지만 그래도 나는 불안하다.

나는 새로운 사람이 껄끄럽고 부담스럽다. 더구나 짧은 통화를 하는 동안 아주 깊은 심연으로 빠져드는 것 같은 불안감에 소름이 돋았다.

둘째, 낯선 사람이 내 물건에 손대는 게 걸린다. 내 속옷, 셔츠, 바지, 아주 지극히 개인적인 것들. 하다못해 안방 화장실 벽장에 있는 콘돔을 만지는 상상까지 하다 보니 자리에서 발딱 일어날 지경이다.

재킷을 들고 사무실 밖으로 뛰어나가면서 나를 멍하니 바라보는 진숙 씨에게 어떤 말이라도 해야 한다고 생각했다. 그렇지만 그런 자잘한 인사말은 내 혓바닥 중간쯤에서 사라진다.

정태는, 여자들은 이런 내 소심함을 차가운 매력 어쩌고 한다며 그게 다 내 돈 때문이라고 했다. 듣기 좋은 말은 아니지만 내가 소심한 것과 돈이 많다는 것은 사실이다.

집으로 가는 차 안에서 누가 내 물건을 만질까 봐 황사가 뿌연 길을 달려가는 내가 정상인지 곰곰이 따져 봐야겠다. 그리고 내 집의 안위를 살펴야겠다고 생각했다.

현관문 앞에 서니 스스로가 한심해진다.

아직 장도 안 끝났는데 임시 파출부가 화장실 벽장 안의 콘돔을 볼까 봐 헐레벌떡 달려온 나는 도대체 뭔가? 정말로 정신과 상담을 받아야 하는 건 아닐까?

문을 열자마자 당황했다. 중문 앞에 널브러져 있는 운동화를 도대체 어떻게 해야 할지 모르겠다. 잠시 서서 막연하게 신발 두 짝을 본다. 오른쪽은 똑바로 있고 왼쪽은 뒤집어진 채 저만큼 떨어져 있다.

내 안의 질서가 흔들리는 일에 익숙하지 않다. 심지어 선균이도 내 집에서는 조심하는 기색이 역력하다. 그래서 그 자식은 나를 밖으로 불러내는 거다.

사람의 기척은 느껴지지 않는데 내 방에서 어떤 여자가 나온다.

그 여자다! 마포 양갓집 규수.

숨이 멈추는 줄 알았다.

사람 얼굴을 잘 잊는 버릇 때문에 오해를 많이 받는다. 그러나 절대로 잊지 못하는 얼굴이 있다. 벌써 오랜 시간이 지났기에 기억 속에서 사라졌을 거라 생각했던 그 여자다.

그 여자도 나를 보더니 멈칫한다. 처진 눈이 커지고 미간에 주름이 잡힌다.

"여기서 뭐 하세요?"

지금 이 시점에서 내가 할 수 있는, 아주 시기적절한 질문이다.

"일하는데요."

살짝 처진 눈이 무심하게 나를 보고 있다. 그녀는 팔짱을 척 끼더니 고개를 약간 삐딱하게 돌리고는 내게 묻는다.

"누구세요?"

"집주인인데요."

"아, 네."

갑자기 꼬리를 확 내린다. 롤러코스터 같다.

저 여자는 나를 기억하지 못한다. 아마 내 차에 생리대를 던지고 성질을 부린 일도 잊었을 것이다.

"저는 그러니까…… 파출부죠. 맞죠. 제가 잠깐 일하러 온 임시 파출부……. 맞죠?"

나에게 질문하는 것인가? 대답하는 것인가?

"혜진이 아주머니는?"

"오늘 수술하신다고 하더라고요."

"아주머니와 잘 아는 사이세요?"

"그럼요."

아주 당연하다는 듯이 냉큼 대답한다. 더 불안하다.

"그럼 주의 사항은 다 들으셨죠."

그녀의 처지고 커다란 눈이 복잡해진다. 무슨 생각을 하는 것일까?

"그럼요, 그럼요. 걱정하지 마세요. 제가 집에 관한 한 전문가 축에 들거든요."

믿어지지 않는다.

"지금 이 상태로만 유지해 주시면 돼요. 딴건 없습니다."

"그렇죠. 제가 뭐 집에 불을 지르겠어요? 걱정 마세요. 딴건 몰라도 열심히는 할 테니까요."

내게 잘 보이려고 하는 말인지 비아냥거리는 건지 조금 헷갈린다.

"근데 회사 안 가세요?"

예리한 질문이다. 오전 11시에 집에 들어오는 남자가 정상으로 보이지는 않을 것이다.

"출장을 다녀와서요. 옷 갈아입고 다시 나가야죠."

"아, 네."

나는 사람들과의 관계가 늘 어색하기 때문에 전혀 모르는 사람들과의 대면이 정말 어렵다. 머리끝부터 발끝까지 철심을 댄 것처럼 온몸이 뻣뻣하다. 이런 게 어색하다는 거겠지.

그녀는 스스럼없이 부엌으로 들어간다.

방으로 들어가 침대에 앉고는 잠시 동안 멍하니 시트 무늬를 본다. 한참 보다 깨달았다.

침대 시트는 무늬가 없는 자주색 면이다.

이런 상황이 심리적 공황 상태가 아닐까? 머리도 아프고 속도 메슥거린다. 이마에 땀이 배어 나온다. 끈끈하다. 양복 재킷을 벗고 보니 인질극을 한 것처럼 와이셔츠 겨드랑이 부분이 젖어 있다.

우선 좀 씻어야 할 것 같다. 이런 상태의 몸을 좋아하지 않는다. 양갓집 규수가 밖에 있는 게 마음에 걸리지만 여기는 내 집이다. 내가 팬티 바람으로 집 안을 뛰어다녀도 저 여자는 뭐라고 할 수 없는 것 아닌가?

오기가 나고 객기가 치민다.

욕실로 들어가 물을 틀었다. 내가 좋아하는 온도로 맞추고 한참 동안 물을 맞았다. 센 물줄기를 맞다 보면 하루 종일 모니터 8대를 보느라 굳어진 내 척추가 흐물흐물해지는 것 같다.

지금처럼 조용하게, 아무 일도 없이 평온하게만 살았으면 좋겠다. 흥분할 일도 없고, 울어야 할 일도 없고, 사람들 입에 오르내릴 일도 없이 그렇게 나이를 먹었으면 좋겠다.

그렇게 살다 보면 그리 오래 지나지 않아 마흔이 될 것이다. 나의 마흔은 아마 쓸쓸할 것이다. 하지만 옆에 아무도 두지 않았기에 당당히 쓸쓸할 수 있을 것이다.

센 물을 너무 맞았는지 어깨가 따끔거린다. 물기를 꼼꼼히 닦고 준비해 둔 팬티를 입은 후 방으로 나왔다. 욕실 앞 콘솔에 놓아둔 안경을 쓰다가 심장이 멎는 줄 알았다. 벌컥 문이 열리더니 걸레를 든 양갓집 규수가 얼굴을 들이댔기 때문이다. 그녀는 앞뒤 가리지 않고 내게 묻는다.

"저기, 우리 어디서 봤죠?"

정말 난감하다.

누가 내게 자서전을 쓰라고 한다면 나는 한 줄밖에 쓸 말이 없다. 내 무덤 내가 판다.

내가 방문을 벌컥벌컥 열어서 강욱이가 아직 심장 마비로 안 죽은 게 다행이라고 성질을 피워도, 남매 사이에 내가 뭘 봤건 솔직히 신경 쓰지 않았다. 또 봐도 뭐 별것도 없었다. 강욱이가 예민하게 굴고 성질 피우는 게 오히려 재미있어서 더 심하게 굴었던 것도 사실이다. 하지만 이번 건 좀 다르다.

 만난 지 30분 됐고 두어 마디의 대화를 나눈 생면부지의 남자가 홀딱 벗은 채 안경과 팬티만 입고 있는 걸 보니 참 난감하다. 한 2, 3분만 빨리 방문을 열었더라면 난 저 남자를 책임져야 했을지도 모른다.

 분명 구면인 것이 확실한 집주인 남자를 어디서 봤는지 굳이 확인할 필요는 없었다. 기어이 알고자 했다면 기다리다가 저 남자가 나왔을 때 정중하고 조신하게 물으면 될 일을, 나는 왜 굳게 닫힌 문을 열어젖혀 가며 궁금증을 풀다가 이런 사달을 낸 걸까.

 권상우처럼 감탄할 만한 몸매도 아니고, 눈을 부라린다고 해서 내가 주눅이 든다거나 깨갱해서 짐을 싼 후 두 손 들고 나가떨어질 것도 아닌데. 뻔뻔하게 나가는 것이 차라리 낫다.

 "아, 실례했네요. 옷 마저 입으세요."

 침 떨어지겠다. 저 남자는 턱뼈가 빠진 사람처럼 나를 본다. 이미 본 걸 어쩌라는 거지.

 문을 닫고 나오자니 좀 미안해진다.

 자기 딴엔 개 같은 경우를 당했다고 생각할 것이다. 홀딱 벗은 채로 거울 보며 폼 잡는 걸 들켰으니 내 얼굴이 그다지 보고 싶지는 않을 거다. 그렇다면 창고나 다용도실쯤에 숨어서 이 순간을 모면해야 하는 게 아닐까.

 돌 굴러가는 소리가 날 정도로 짧은 시간 동안 다양한 경우의 수

와 그에 따라오는 결론을 조합한 결과, 내가 내린 결론은 이거다.

아무 일도 없었다.

나름대로 결론을 내린 나는 정말 본 것도, 기억나는 것도 없는 것처럼 걸레를 빨았다. 이 집은 수압이 어찌나 좋은지 걸레 빨다 목욕할 지경이다. 지은 지 15년째에 접어드는 우리 집의 졸졸 삼매경 수도꼭지와는 천양지차다.

혹시 주인 남자가 쪽팔린 김에 가지 않았나 싶어서 걸레를 들고 여기저기 문대고 다니다가 거실에 가까이 와서 동정을 살핀다.

여전히 적막강산이다. 이런 환경에서는 스파이 노릇도 못 할 것이다. 어떻게 이런 주거 환경이 존재한단 말인가! 이런 곳에서 사람이 숨을 쉬며 산다는 게 나는 참 신기하다.

때 타기 딱 좋게 생긴 흰색 소파를 걸레로 쓱쓱 문지른다. 당연히 먼지가 없다. 내 방은 양말 신은 발로 쓱쓱 문지르면 털실을 뽑아도 될 만큼 먼지가 나올 테니, 나는 정말 상반된 환경에서 낮과 밤을 보내고 있는 것이다. 먼지를 좀 모아 여기저기 뿌려 놓고 일한 흉내를 내 볼까 하는데, 조신하게 문 여는 소리가 난다.

내가 피하고 싶던 순간이다. 쪽팔리는 순간! 선수를 쳐야 한다.

"어디 가시나 봐요?"

내 목소리는 이런 식으로 나오면 안 된다. 강욱이와 나는 성별이 다른데도 전화상으로는 헷갈려하는 바보들이 있다. 그런데 그 성대를 가지고 하이 톤의 명랑하고도 쾌활한 교성에 도전하는 걸 보면 나는 참 무모하다. 아쟁 대신 톱을 켜는 것 같다.

"네에."

저 남자의 눈빛이 참으로 복잡하다.

사랑하는 여자를 저렇게 봤다면 뭔가 심오한 갈등이 있다고 생각하겠지만 저 남자와 나 사이에 그런 게 있을 리 없다. 아무래도 날 자르고 싶은 욕구와 혜진이 엄마를 봐서 한번 봐줄까 하는 아량이 저 남자의 머릿속에서 부딪치고 있을 것이다.
　결국 나는 궁금한 건 하나도 물어보지 못하고, 한마디로 새 됐다.

　대충 여기저기 닦은 후 걸레를 빨고 나니 집안일이 우스워진다. 2시간 정도 오락가락하다 보니 우리 집보다 2배는 넓어 보이는 집의 청소가 끝났다. 이쯤에서 엄마에게 중간보고를 해야 한다.
　마침 쉬는 시간이다.
　"엄마, 나."
　―네 전화로 하지, 주인집 전화는 왜 써!
　"백수가 한 푼이라도 아껴야지. 그리고 지금 아무도 없어."
　―아무도 없으면 남의 거 덥석덥석 막 갖다 쓰라고 가르치디?
　"거참, 전화 한 통 갖고 어지간히 하셔."
　―사람들은 어떤 거 같아? 혜진이 말로는 몇 년째 일 다니는 집이라던데, 그거 아무나 못 한다. 일하는 사람이나, 시키는 사람이나 둘 다 인연이어야지.
　"사람들은 그냥 점잖아. 아주, 아아아주 점잖아."
　점잖은 사람이니 그 상황에 비명도 못 질렀겠지.
　―잘해. 기왕에 좋은 일 하는 거 깨진 바가지 티 내지 말고.
　"그 바가지 밖에 나가면 잘 붙어 있으니까 걱정 마. 근데 엄마, 청소하고 걸레 빨아 놨는데 또 뭐 해야 해?"
　―빨래했어? 밥은?

빨래는 나도 하고 싶다. 그렇지만 빨랫감이 하나도 없는 걸 어쩌란 말인가.
"빨래는 할 게 없고, 집에 먹을 거 하나도 없는데 밥을 어떻게 해?"
―시장 봐서 해야지!
"내가 뭘 할 줄 안다고."
―잘났다! 서른 살이나 처먹은 년이 할 줄 아는 게 없다는 게 자랑이야?
"박 쌤, 학교에서 전화받으시는데 고운 말 바른말 좀 쓰시지."
―시끄러. 이거저거 한꺼번에 넣고 세탁기 돌려 대지 말고 색깔별로 잘 분류해서 돌려. 손빨래할 거는 따로 조물조물해서 헹궈.
"그러지, 뭐. 까짓것 그 정도 못 하겠어."
―덤벙덤벙하지 말고.
저 말을 하지 않으면 엄마는 대화의 마무리를 못 한다. 내가 집 지을 때 얼마나 꼼꼼한지 그렇게 말해도 못 믿는다. 안 그랬다면 벌써 여기저기 무너지고 금이 갔을 것이다. 적어도 내가 지은 집들은 정말 견고하도록 최선을 다했다.

지난 일 되씹어서 뭐하겠는가. 이미 지나가 버려서 부질없는 것을. 목욕했으니 허물을 벗었을 것이다. 그렇다면 그 허물을 수거해서 깨끗이 빨아 놓으면 되는 것이니 일도 아니다. 남자 속옷 빨래야 강욱이 거, 아버지 거 보고, 만지고, 빨고 했으니 문제 될 것도 없다. 남자야 뭐 거기서 거기지. 내가 아는 남자들은 대부분 허물을 벗듯이 옷에서 홀라당 몸뚱어리만 빠져나간다. 강욱이도 그랬고, 아버지도 그랬다.

내가 아는 최강의 결벽증 환자는 이강욱이다. 그래서 내 오빠 이강욱보다 더한 인간은 심각한 중증 환자라는 게 나의 소견이다.

그런데 이 남자는 거기서 거기인 남자가 아닌 것 같다. 안방 문을 열고 구석구석 찾아봐도 주인 남자의 허물은 보이지 않았다.

평소 노팬티로 사는 인간이 아니란 건 아까 확인했고, 벗어 놓은 팬티가 있어야 할 텐데 이상하게도 눈에 들어오지 않는다. 드레스룸을 열어 보고 욕실에 가 봐도 없다.

입고 있던 걸 다시 입었나 싶었지만, 집 안 꼴을 봐서는 그럴 위인이 아니다. 드레스룸 한가운데서 팬티의 향방을 고민하던 나의 뒷골을 당기는 무언가가 있었다. 아주 실해 보이는 옷장 문 저 너머 무언가가 나를 부른다.

옷장 문을 열었을 때, 나는 정말 무의식적으로 외쳤다.

"미친놈!"

와이셔츠가 간격 맞춰서 색깔별로 나란히 깔끔하게 걸려 있었다. 재킷도, 바지도 마찬가지였다.

내 인생에 쉬운 일은 없었다. 언제나 험난하거나 굴절된 길만이 있었다. 며칠 오락가락하면서 일하는 흉내만 내면 되는 줄 알았는데 아무래도 아닌 듯하다. 내가 좀 전에 건성으로 대충대충한 청소를 제대로 해야 할 것 같다.

울고 싶은 내 눈에 보이는 건 깨끗이 빨아 곱게 옷걸이에 걸어서 말리고 있는 검은색 삼각 팬티였다.

내가 딛고 서 있는 이 집이 지뢰밭으로 보인다.

10일이 지났다.

변함없이 아침에 일어나 엄마에게 달달 볶인 후 눈곱을 떼고 냉수를 억지로 사약처럼 들이켠 다음 일 잘하라고 머슴밥처럼 퍼 주는 엄마의 매서운 눈길을 뒤통수로 느끼며 꾸역꾸역 먹는다.
 10일 동안 한 번도 잊지 않고 엄마는 말한다.
 "잘해. 성질 피우지 말고."
 "내가 무슨 성질을 그렇게 피웠다고 그래? 매번 짜증 나게!"
 "성질 안 피우는 계집애가 머리에 불을 질러?"
 "그 불 아직도 안 껐답니까? 내가 불 끈 거 봤는데."
 "산 넘어 불구경을 그렇게 해라. 까딱하면 콩밥 먹을 뻔했어, 이년아."
 "혼인 빙자로 그놈을 끌고 들어갈 거야."
 신발을 신던 엄마가 벌떡 일어나서 얼굴을 내 앞으로 내민다.
 "뭐?"
 말하지 말 걸 괜히 덤볐다.
 "너 그럼 일 친 거야?"
 "뭔 일! 얼른 가! 안 늦었어, 박 쌤?"
 "너 그 윤신영인가 하는 놈하고 사고 쳤냐?"
 "아냐. 오버하지 마."
 말이 길어지고 엄마와의 대화가 엉기면 유리한 일도 늘 불리해진다.
 "너 일찍 들어와. 도망갈 생각은 꿈에도 하지 말고."
 시간에 쫓긴 엄마가 출근하면 나는 또 덩그러니 남겨져 오늘 저녁 일을 생각한다. 어쩌면 머리가 홀라당 깎일지도 모른다.
 남자와 사고 친 게 같이 잔 거라면 윤신영은 아니다. 내가 서른인데 엄마는 내게 무엇을 바라는 걸까? 군대 가서 바람난 대학 선배와 사고 친 게 까마득한 일인데 엄마는 마치 나를 처음으로 남자와 사귀는 스무 살짜리로 취급한다.

서른 살까지 아무 일도 없었다면 그걸 걱정해야 하는 거 아닐까?

물론 윤신영을 덮쳐서 지난 몇 년간의 욕구불만을 풀어 볼까 했지만 귀찮아서, 또 좀 뻗대다가 넘어가 주려고 내숭 떨기는 했다.

하지만 맹세코 나는 민숙현이라는 선배 놈과 여관에서 시달리다 나온 거 외에는 남녀상열지사를 모른다. 정말 복도 지지리도 없지.

내게 그건 남녀상열지사가 아니라 남녀 고난 지사일 뿐이다. 어찌나 낑낑거리는지 비 맞은 강아지와 누워 있는 것 같아서 그놈에게도 정이 떨어졌으니까.

이제 내가 머리통이 부서지도록 고민해야 할 것은 엄마의 도끼눈과 예리한 심문을 피해 얼렁뚱땅 넘어갈 묘책이다.

078564.
비밀 번호도 당연히 변함없다.
문을 열면 아마도 변함없이 신발짝 하나 없는 현관이 나올 것이다.
역시 문을 열었더니 신발짝은커녕 머리카락도 없다.
지난밤에 사람이 들어와 자고 간 흔적이라면 아침에 마시고 남은 커피가 커피 메이커에 딱 한 잔만큼 있다는 것. 그리고 매일매일 한 켤레씩, 그것도 뒤집어지지 않도록 얌전히 벗어 놓은 양말과 와이셔츠뿐이다.
10일 동안 내가 겪은 바에 의하면 이 집에는 안주인이 없다. 간혹 와서 참견하는 사람도 없이 그저 내 맘대로 청소하고 빨래할 뿐이다.
3일째까지는 좋았다.
느긋하게 소파에 누워 텔레비전을 보기도 하고 가지런하게 정리되어 있는 CD와 귀한 LP로 음악도 들었다. 냉동고에 라벨을 붙여 보관되어 있는 원두를 종류별로 갈아 맛을 비교해 가며 마시기도 하고, 출근할 때 사 온 샌드위치를 먹으면서 책을 읽기도 했다.

미루어 짐작건대 이 집주인 남자는 증권 회사에 다니거나 대학에서 교수를 하는, 부잣집 도련님인 거 같다.

그런데 4일째 들어서면서 지루해졌다.

내가 어지른 것만 치우면 될 정도로 깨끗했던 집에 먼지가 서서히 쌓이고 얼룩이 졌다. 나는 결국 청소기를 돌린 후 걸레를 들고 돌아다녔다.

뽀얗고 고운 먼지들이 푸른색 걸레에 묻어난다. 우리 집처럼 낡은 수건이나 강욱이 러닝셔츠를 찢어 만든 걸레가 아니라 전용 천으로 만들어진, 아주 의젓한 걸레이다.

오늘은 날씨가 너무 화창하고, 봄바람도 정말 화사하게 불었다.

집 안에 있는 창문이란 창문은 모두 열어젖혔다.

커피 잔을 들고 베란다 앞에 앉아 눈을 감고 집 안으로 들어오는 바람을 맞았다.

감은 눈에는 분홍색 별이 떠다니는 파노라마가 보인다.

밖에서 간간이 들리는 차 소리, 바람 소리, 사람 소리가 아득하게 느껴지고 졸음이 몰려오기 시작했다.

엄마나 강욱이가 나 하는 꼴을 봤으면 기함할 것이다.

이 집은 사춘기 시절에 꿈꿨던 내 '언덕 위의 하얀 집 아가씨'의 로망을 조금은 채워 준다.

하지만 나의 가장 큰 강점이 무엇인가? 그건 주제 파악이다. 그렇기 때문에 나는 과대망상증에 걸려서 세상을 시끄럽게 하지 않을 것이고, 이런저런 헛꿈 꾸는 일도 없을 것이다.
 나는 나를 잘 아는데 사람들은 나를 잘 알지도 못하면서 평가하고 비난한다. 나는 내 나이와 내 주제 그리고 통장 잔액의 한도 내에서 꿈을 꾼다. 절대로 그 이상의 뜬구름은 잡지 않는다.
 졸다 못해 잠에 빠져 들기 전에 일어나야 할 텐데 자꾸 감기는 눈꺼풀에 져 버리고 싶어진다.

 잠깐 졸았다고 우기고 싶지만 나는 잤다. 그것도 아주 푹 잤다.
 어깨가 선뜩해서 눈을 떴을 때는 해가 지고 있었다. 도대체 얼마나 잤을까?
 가만히 앉아 있어도 잠이 덜 깨면 계단을 오르락내리락하는 기분이 든다. 눈앞으로 거실에 걸려 있는 난해한 그림이 어른거린다.
 정신을 차리고 일어나는데 무릎에서 우두둑 소리가 난다.
 나도 다되었나 보다. 공사판에서 건축 자재를 들고, 메고, 이리저리 설쳤으니 뼈마디가 성하면 나는 여자도 아니다. 나도 나름대로 연약할 때가 있다.
 목 운동을 하려고 머리를 돌리는데 내 척추가 우두둑하더니 딱 하고 걸린다.
 드디어 그분이 왔다. 가끔, 아주 가끔 어이없이 재채기하다가도 오는 그분. 바로 담이 들린 것이다. 내가 그동안 이 집을 드나들면서 나름대로의 노동을 한 대가인 듯하다.
 그렇다면 3분 후의 내 모습이 눈에 보인다.
 전신 마비 내지는 반신불수의 상태로 접어들 것이며 지독한 통증으로 인해 안면 마비를 동반하는, 아주 난감한 상황에 봉착할 텐데

이 일을 어떻게 한단 말인가.

우선, 엄마에게 전화해서 나를 데리러 오라고 해야 한다. 엄마도 나의 대책 없는 담 결림을 알기 때문에 구박할지언정 엄살이라고 몰아대지 않을 것이다.

서서히 굳어 오는 등짝을 느끼면서 나는 주방으로 어기적어기적 걷는다. 곧 기어야 될 듯하다. 해가 지면서 가라앉아 밀려오는 어둠처럼 나의 담은 서서히 온몸으로 퍼져 간다.

배낭 안의 핸드폰을 꺼내 단축 번호를 누른다.

"엄마, 나 담 왔어."

내 목소리 같지 않다. 다 죽어 간다.

─넋 나간 계집애. 골고루 한다. 집이야?

넋이 안 빠져도 담은 드는데.

"여기 일하는 집."

─지금이 몇 신데 아직도 그 집이야?

"몰라. 나 좀 데리러 와."

─집주인 없어?

"아무도 없어. 빨랑 오라고."

─도저히 혼자 안 되겠어?

"나 119 부를까? 우리 응급실에서 볼까?"

─웬수 같은 계집애. 어쩌자고 일하러 가서 그 꼬라지를 해. 기다려.

일하다 아픈 거라고 해야 한다. 빈둥거리면서 창문 열고 졸다가 담 결린 거라고 하면 관 짜야 한다.

그러나저러나 정말 아프다.

어둑해지는 싱크대 앞에서 나는 총 맞아 죽어 가는 사람처럼 널브러져 있다. 불과 15일 전만 해도 이런 나를 상상하지 못했다.

윤신영 머리에 불만 안 질렀어도 지금쯤 현장에서 일하고 있을 텐데. 그놈의 연애질 때문에 결국 이런 경을 치고 만다.

쓸데없는 생각의 끝은 자기 연민이고, 결국 이러다가 소주 네 병 정도 마신 효과 못지않게 청승맞은 눈물을 흘린다. 눈이 그렁그렁 해지는 걸 느낀 순간 갑자기 눈앞이 환하다.

간신히 고개를 돌렸을 때 주방 미닫이문 앞에 의아한 얼굴로 서 있는 주인 남자의 눈과 마주쳤다.

덤덤한 저 남자와 달리 나는 망연자실이다.

"뭐 하세요? 잠은 다 주무셨어요?"

이게 무슨 말인가. 그렇다면 저 남자는 진즉에, 내가 베란다 문 열어 놓고 자고 있을 때 들어왔다는 건가.

"언제 왔는데요?"

"한 2시간 정도 됐는데요."

저 인간이 2시간 정도 전에 들어와서 인기척을 냈다면 나는 약간의 쪽팔림만으로 오늘을 마감했을 텐데. 저 유령 같은 남자는 소리 없이 들어와 잠자는 나를 방치해서 심각한 쪽팔림과 고통을 유도했다.

울컥한다.

"그럼 나를 깨웠어야지요!"

내 목소리에 서슬 퍼런 칼날이 보인다.

"코까지 골고 주무시기에 많이 피곤하신 것 같아서요."

도대체 나를 언제부터 봤다고, 또 언제부터 내 사정을 그렇게 살 뜰하게 챙겼다고 이 사달을 만든단 말인가. 애꿎은 저 남자에게 화풀이한다고 하겠지만 나도 화살을 쏠 과녁이 필요하다.

"그러시면 안 되죠. 찬 데서 한뎃잠 자다가 담이 들었잖아요. 책임지세요."

이건 아니다.

왜 내 입은 머리보다 항상 먼저 설치는 것인가. 저 남자에게 내 담을 책임지라는 건 내가 들어도 웃기는 소리에다 생억지다.

불 맞은 멧돼지에게 엉덩이를 물린 듯한 남자의 얼굴을 보며 나는 그 멧돼지가 내 주둥이를 물었으면 좋겠다고 생각했다.

도대체 내 망신살은 언제쯤 바닥을 칠 것인가.

예기치 않은 일들은 대체로 불운하다.

행운이 예상을 뛰어넘어 내 차지가 되는 일은 한 번도, 맹세코 한 번도 없었다. 정태 녀석은 아버지의 유언장이 평생의 행운을 다 가져다준 거라고 했지만 그 유언장은 결코 내게 행운이 아니었다.

물론 일반적인 시각에서 본다면 돈벼락도 그런 돈벼락이 없지만, 적당치 않은 돈벼락은 불면증과 신경 쇠약, 얼결에 한 결혼과 이 갈리게 한 이혼, 그리고 새어머니의 신경질과 평생 뒤치다꺼리를 해 주어야 할 선균이를 남겨 주었다.

요즘은 어찌어찌해서 그냥 자지만 1년 전만 해도 나는 수면제 없이는 눈을 감지 못했다. 지금도 그다지 썩 만족스럽게 못 자지만 그럭저럭 살아 움직이고, 시황판을 보며 정보를 종합해 투자할 시기를 가늠할 수 있는 정도의 수면은 약에 의존하지 않는다. 선잠이라서 피곤하지만 뜬눈으로 밤을 새우는 것보다는 훨씬 살 만했다. 나는 정태가 코 골며 죽은 듯 자는 것이 가장 부러웠다.

그런데 저기 베란다 문턱에 다리를 걸치고 자는 저 여자는 행운이니, 불운이니, 그런 걸 다 뛰어넘어 상식선에서도 당최 이해하기 힘들고 처리도 안 된다. 나의 평온한 하루의 미무리를 지 여자는 도떼기시장으로 만들었다.

오늘도 시계같이 정확한 칸트처럼 퇴근한 나는 현관문의 비밀번호를 누르며 내가 해야 할 일과 자기 전까지 읽어야 할 정보 보고서, 그리고 퇴근길에 사 온 초밥을 몇 시쯤 먹는 게 좋을지 등 이런저런 생각을 정리하고 있었다. 여기까지는 아주 평온한 일상의 마무리였다.

그동안 그다지 깨끗하지는 않았지만 아무튼 그녀는 왔다 갔다는 표시를 확실히 하고 있었다. 가령, 커피 메이커의 커피를 —먹어 치운 건지, 버린 건지는 몰라도— 비교적 깨끗이 씻어서 제자리에 놓았고, 뿌옇던 가구의 먼지도 2일에 한 번 정도씩 광택제 냄새가 날 만큼 닦았다.

내가 벗어 놓은 와이셔츠와 양말 등은 세탁소에 맡겨져 있거나 세탁기에서 나와 건조대에 걸렸다. 그다지 조신하고 얌렵한 양갓집 규수는 아닌 것 같아도 기본은 대충 하고 있어서 혜진이 아주머니가 다시 오실 때까지 참기로 했다.

첫날을 제외하고, 나는 그녀와 마주칠 일이 없었다. 늘 시간 차를 두고 있기 때문이다.

그런데 오늘은 현관에 아직도 그 양갓집 규수의 신발이 나뒹굴고 있다. 웬일인가 싶기도 하고 살짝 언짢은 기분이 들기도 한다.

현관 중문을 열었을 때 나는 정말 어이가 없어지고 기가 막혔다.

열린 베란다의 바깥문으로 바람이 들어오고 있었다. 오늘 황사라는 말이 있었나 잠시 생각했지만 들은 기억이 없었다. 어느새 정원에서 들어오는 라일락 향기와 함께 오디오에서 로라 피지의 나지막한 노랫소리가 흘러나오고 있었다.

소리를 내서 그녀를 불러야 하나 싶은 순간, 회색 추리닝 바지 아래 하얀 맨발이 소파 밑으로 삐져나왔다.

잠깐 불길했다. 혹시, 설마, 저 여자가 내 집에서 양갓집 규수의 삶을 마감하려는 건 아닐까 싶었다. 그러나 한 2, 3초 후 그녀의 발가락은 아주 생명력 있게 반대편 다리의 복사뼈를 긁어 댔다.

그것만으로도 안심이 되었다. 나는 그녀의 이해할 수 없는 단잠을 깨우지 않기로 했다.

조심스럽게 방으로 들어가 샤워를 했다. 황사가 없다는데도 얼굴이 버석거렸다. 저녁을 먹기에는 이른 터라 자료철을 들고 서재로 갔다. 아마 오늘도 그녀는 이 방에 들어와 청소하고, 이 책 저 책 들춰 본 듯하다. 어제 보았던 경제 잡지의 한쪽 날개가 구겨진 채로 잡지 칸에 꽂혀 있다.

이런저런 일로 사무실은 뒤숭숭했다. 다들 무슨 붐처럼 인디아 쪽 펀드에 매달렸다. 인디아 철강 펀드에 집중했던 권우섭 씨가 오늘 손을 털고 사무실을 빼겠다고 했다. 우리 사무실에 그런 일은 많지 않지만 아예 없지도 않다.

이럴 때는 다들 가슴을 쓸어내리며 실패자의 사례를 나름대로 분석하고 현재 투자 상황을 꼼꼼하게 챙긴다.

그들의 소심함에 쓴웃음을 짓지만 나 역시 하는 짓은 똑같다. 진숙 씨가 준 사무실 회람 자료에는 권우섭 씨의 투자 실패를 프리 애널리스트가 요목조목 정리하고 분석한 내용이 담겨 있었다.

생선도 아니고 눈에 보이는 그 무엇도 아닌 것들을 애널리스트는 통째로 잡아서 칼도마 위에 올려놓고 이리 토막 내고, 저리 발라내며 잔뜩 헤집어 놓아 등골을 서늘하게 만든다.

줄타기처럼 아슬아슬한 일을 왜 하냐고 묻는다면 할 말이 없다. 배운 도둑질이라고 할 수밖에 없지 않을까?

대학 다닐 때 아버지는 나를 데리고 망한 회사에 찾아가 어음을 돌리겠다고 통보하면서 내가 절망하고 매달리는 그들을 보게 만들었다. 나는 그 일의 잔혹함에 질려 버려서 결국 아버지 앞에서 헉헉거리다가 기절했다. 기절하면서 마지막으로 본 건 아버지의 냉정한 눈이었다.

그 이후 아버지는 나를 부르지 않았다. 그래서 아버지가 사채 사무실을 내게 남기고 돌아가셨을 땐 믿을 수가 없었다. 그와 더불어 그때 느꼈던 고통을 다시 느꼈다. 딱 3년 동안 아버지가 하던 악덕 사채업을 계속했다. 피도 눈물도 없는 젊은 놈이라고 욕도 들었지만 나는 아버지가 만든 원칙에 따라 고통스럽게 그곳을 지켰다.

3년을 채운 후에 나는 다른 일을 찾아보았다. 나는 이미 사채업자로 소문났기 때문에 평범한 샐러리맨의 삶은 물 건너간 상태였고, 유학을 가자니 하고 싶은 공부가 없었다. 결국 내게 남겨진 삶은 사채 대신 주식으로 먹고사는 것이다.

얼마 안 있으면 나도 사무실의 다른 사람들처럼 아침마다 생 브로콜리를 갈아 먹으면서도 주식 장의 추이에 따라 신물이 넘어 오고 위장약을 먹어야 하는 신세가 될 것이다. 아주 못 견딜 때까지 이 일은 내게 비교적 잘 맞는 것 같으므로 묵묵히 정보를 모아서 주식을 사고팔아 돈을 벌고 잃는 수밖에 없다.

나는 밖에서 창문을 열고 꽃향기에 취해 자는 우리 집 임시 파출부의 일을 까맣게 잊은 채 자료를 분석하고 수식을 점검해서 외국 은행 담당자와 통화를 했다. 잠시 후 덜거덕거리는 소리가 들리기에 나는 그녀가 조용히 집으로 돌아가는 것을 기다렸다. 그녀 역시 거한 낮잠을 고용주에게 들키는 건 달갑지 않을 것이다. 하지만 현관문이 닫히면서 드르륵 하고 자동으로 문이 잠기는 소리가 들리지 않았다.

그녀는 도대체 뭘 하고 있을까?

나는 인내심이 강하다. 인내심이 기다리는 일을 말한다면, 나는 그쪽에 대해서 도가 텄다. 하지만 그녀는 불안하다. 어떤 짓을 할지, 어떤 말을 할지 도무지 종잡을 수 없었다. 그녀의 불명확성과 내 사고방식의 한계를 넘어서는 돌출 행동에 겁먹고 있다. 결국 참지 못하고 밖으로 살금살금 나가면서 좀 언짢아졌다.

내 집에서 이게 무슨 짓이란 말인가!

그녀는 주방 싱크대 앞에 앉아 있었다. 더 명확하게 말하자면 주저앉아 울고 있었다. 나는 이런 상황에 익숙하지 않다. 내 앞에서 우는 여자는 두 어머니와 전처뿐이었다.

평상시보다 방정맞은 내 인내심이 원망스러웠다.

도망갈까 생각했을 때 그녀가 고개를 들고 처지고 큰 눈에 눈물을 잔뜩 매단 채 나를 똑바로 쳐다보았다.

"뭐 하세요? 잠은 다 주무셨어요?"

내가 상황에 맞는 질문을 한 걸까?

"언제 왔는데요?"

"한 2시간 정도 됐는데요."

확실치 않지만 그 정도 된 것 같다. 그녀의 얼굴이 일그러지는 걸 보며 내 얼굴도 따라 일그러지는 것이 느껴졌다.

내가 의도한 건 아니다.

"그럼 나를 깨웠어야지요!"

그녀의 목소리에서 날이 시퍼렇게 선 식칼이 느껴지는 것 같다.

"코까지 골고 주무시기에 많이 피곤하신 것 같아서요."

그녀의 콧구멍이 벌렁거리며 전의를 불태우는 사람처럼 숨을 들이켜고 내뱉는다.

"그러시면 안 되죠. 찬 데서 한뎃잠을 자다가 담이 들었잖아요. 책임지세요."

이건 또 무슨 말도 안 되는 억지란 말인가. 어이가 없었지만 그녀가 너무 당당해서 내가 진짜로 뭔가 잘못한 것 같은 기분이 들었다.

"그게, 음……. 저한테 하실 말씀은 아니죠."

"그렇죠. 아니죠."

그렇게 순순히 꼬리 내릴 거면서 그녀는 왜 그렇게 살기등등했을까? 정서 불안이 아닌가 싶어서 잠시 안됐다 싶었지만 저렇게 씩씩한 정서 불안 환자는 보지 못했다.

정서 불안과 우울증으로 약을 먹는 방배동 어머니는 언제나 부서질 것 같은 얼굴에 인상을 쓰고 있었다.

갑자기 웃음이 나왔다. 헉헉거렸지만 웃음을 멈출 수가 없다.

정말 오랜만에 사람 자체를 놓고, 상황 자체를 놓고 기분이 좋아져서 웃었다. 이 얼마나 어이없는 인간과의 대화이며 얼마나 웃기는 상황인가!

"지금 왜 웃으세요? 제가 웃기세요?"

"미안하지만 좀 웃기네요."

웃다가 칼 맞았다는 사회면 기사가 생각났다. 나는 이런 식으로 죽고 싶지 않다.

"저도 제가 웃겨요, 주인님."

그녀가 한 톤 가라앉은 목소리로 꼬리를 탁 내린다. 알라딘의 요술 램프도 아니고 어째서 내가 저 여자의 주인님이 된 걸까?

"엄마가 그렇게 부르더라고요. 주인이라고 부르면 늙은 것 같고, 집주인이라고 부르자니 내가 이 집에 월세 사는 것 같고. 그렇다고 주인 놈이라고는 할 수 없잖아요. 마음이 어떻든 대놓고 하는 것은 좀 그렇죠."

"뒤에서는?"

"뒤에서 뭔 말을 못 해요."

"근데 정말로 담이 든 거예요? 괜찮아요?"

"아! 그거!"

그녀가 목을 움직여 보고 팔을 들어 본다.

"생각보다 좀 약하지만 그렇다고 무시할 만한 상황은 아니에요."

"원래 담 같은 거 잘 들어요?"

"예. 제가 워낙에 힘한 일을 하고 고생하면서 살아서 그래요. 부잣집 도련님은 골프 치다 담 걸려도 나같이 한뎃잠 자다가는 안 걸릴걸요."

"내가 부잣집 도련님인 거 티가 나요?"

"뭐, 도련님이라고 부르기엔 연식이 좀 돼 보이지만 돈 냄새는 좀 나네요."

 아무래도 나와 돈은 떨어지려야 떨어질 수 없는 숙명 같은 관계인가 싶다. 생판 남인 사람도 내 돈 냄새를 맡는 걸 보면 말이다.

 "배 안 고파요?"

 나는 남에게 같이 밥 먹자는 소리를 잘 못 한다. 그런데 저 여자는 생긴 거에 비해서 만만한지 갑자기 배고프냐는 말이 튀어나왔다.

 "먹을 거 없는데."

 인상 쓰는 걸 보니 내가 밥해 내라고 할까 봐 걱정하는 티가 역력하다.

 "초밥 좀 사 왔는데 같이 먹을래요?"

 "진짜요? 그래요. 나야 좋죠, 뭐."

 사심 하나 없이 진심으로 좋아하는 티가 난다.

 상자를 펼친 후 장국을 전자레인지에 돌리는 내내 그녀는 여전히 싱크대에 앞에 앉아서 내가 하는 짓을 보고 있었다.

 "의자에 앉아요. 다 됐어요."

 "나도 그러고 싶죠. 근데 마비가 좀 오는데요."

 "그럼 어떡하죠?"

 "어떡하긴요. 일으켜 세워서 앉혀 줘야죠."

 나는 시키는 대로 그녀를 식탁 의자에 조심스럽게 앉혔다.

 "진짜 무겁다 그랬죠?"

 "아뇨. 생각보다 별로 안 무겁다 했어요."

 "고맙네요. 말이라도 그렇게 해 주니까."

 "난 입에 발린 말 못 해요. 진짜예요."

 "부잣집 늙은 도령이 맞네요. 내가 아는 부잣집 도련님들은 말로라도 덕 쌓는 걸 잘 안 하더라고요."

"부잣집 도련님을 많이 아나 봐요?"

"태생이 미천한지라 그다지 많지는 않아도 한 서너 놈은 알죠."

"좋은 감정은 아닌가 봐요?"

"집 짓는 곳에 쫓아다니는 게 제 일이었는데요. 무식한 것들이 어찌나 있는 척하는지. 자기가 김일성인가, 수도꼭지 금박 해 놓으라고 생떼 쓰는 놈도 있었어요."

"김일성이 금 수도꼭지에서 물 틀어 씻었대요?"

"그렇답디다. 이탈리아제라던데."

나무젓가락을 쪼갠 후 쓱쓱 긁어 대던 그녀가 눈을 반짝했다.

"근데요. 어디 청주나 소주 같은, 맑고 달달한 술 없어요?"

"술요?"

"네. 술이 확 당겨 주잖아요. 날은 좋고, 꽃 냄새도 나고, 근데 나는 대타로 파출부 나와서 한뎃잠 자다가 담이 들려서 이러고 있고. 뭐 한잔 마셔야 할 것 같지 않아요?"

"찾아볼게요."

냉장고 안에는 정태 놈이 가끔 올 때마다 사 놓은 백세주며 산사춘이며 하는 곡주들이 좀 있었다. 나는 식탁에 종류별로 늘어놓았다.

"술 많네. 술 좋아해요?"

"아뇨. 친구 놈이 이런 술을 좋아해서 올 때마다 사서 조금씩 남겨 놓고 갔어요. 마시던 거라도 괜찮아요?"

"얻어먹는 주제에 이런 거 저런 거 안 가려요. 근데 술을 잘 못 마시나 봐요?"

"난 술 별로 안 마셔요."

그녀에게 술을 따라 주면서 내 잔을 채웠다.

"안 마신다면서요?"

"생선이니까 이런 술이 어울릴 것 같아서요. 입맛을 돋우기 좋잖아요."

"꼴랑 초밥 1인분 가지고 입맛 돋우고 말고가 어디 있어요? 입맛 버리기 좋겠구만."

웃음이 난다. 그녀의 노골적인 식탐과 뻔뻔함이 정말 웃겼다.

"난 많이 먹는 사람이 아니니까 걱정 말고 다 드세요."

그녀는 술 두 잔에 초밥 하나를 안주로 오물오물 정말 맛있게 먹는다.

"근데요, 내가 물어볼 게 있거든요?"

"우리 언제 어디서 본 적 있냐고요?"

"맞아요. 언제 어떻게 만난 사이예요?"

"기억이 그렇게 안 나요? 난 아직도 생생한데. 아마 비가 좀 왔을 거고, 웅덩이에 물도 좀 고여 있었을 거고, 그걸 못 보고 지나치던 차도 있었을 거고."

"그 웅덩이에서 튄 물 홀딱 뒤집어쓴 재수 옴 붙은 여자도 있고요."

"사과하려다가 몇 마디 하지도 못하고 싸가지 없는 놈이 되어 버린 남자도 있죠."

"사과는 무슨! 그게 사과입니까?"

"그때 내 상황이 좀 안 좋았거든요. 가만히 있었으면 정중한 사과와 보상을 받았을 텐데 어찌나 길길이 뛰시던지. 좀 무섭던데요."

"나도 상황이 좀 안 좋기는 했어요. 피장파장이네, 뭐."

"근데 어쩌다 혜진이 어머님의 대타를 서는 거예요?"

"말하면 웃을 거고, 웃고 나면 내가 더 한심할걸요."
"묻지 말까요?"
"말해 뭐해요? 어쨌거나 지금은 돈 궁한 백수고 그러다 보니 이렇게 벅찬 알바 뛰느라 고생하는 건데."
"우리 집 아르바이트가 힘든 일인가요?"
"뭐, 솔직히 좀 힘들어요. 몸이 아니라 양심이. 내 눈엔 암만 봐도 그다지 할 일이 없는 거 같은데 매일 와서 뭘 하나 싶고. 암튼 좀 그러네요. 솔직히 제가 한 일이 별로 없잖아요. 나도 양심이 있지. 걸레 들고 오락가락한 건데 뭐가 힘들겠어요."
"그래도 안 하던 일이면 힘들 텐데."
"내가 말했잖아요, 험하게 살았다고. 이깟 건 일도 아니에요."
"나이도 얼마 안 된 것 같아 보이는데 뭐가 그렇게 험해요?"
"보이는 게 전부는 아니라고요."
"곱게 잘 자란 양갓집 규수라던데요?"
그때 분명히 그 슈퍼 아줌마가 그랬다. 가정 교육 잘 받은 조신한 아가씨라고.
"누가 그럽디까?"
"그 동네 슈퍼 아줌마가요."
"태일이 엄마가 그랬구나. 태일이가 그 집 삼대독자예요. 우리 잘난 오빠가 과외해 줘서 서울 대 갔어요."
"오빠 덕을 많이 보나 봐요."
"설마요. 내 평생 그 인간 덕 본 거 별로 없어요. 우리 오라방은 주관적으로나 객관적으로나 재수 없는 인간이에요."
재수 없는 오빠에, 험한 인생을 산 여동생이 있으면 양갓집인가?

"근데 왜 재수 없어요?"

"말하면 뭐해요! 입만 아프지. 그 뺀질거리는 얼굴을 누가 한 대 쥐어박으면 뒷돈 좀 찔러 줄 수도 있어요."

"친남매 맞아요?"

"그게 아니라고 우길 수도 없는 게, 생긴 건 똑같거든요. 암튼 태일이 엄마는 강욱이 동생이라는 이유로 나까지 양갓집 규수라 하고 다녀요. 덕분에 우리 엄마가 어깨에 힘이 좀 들어가서 나까지 팔자에 없는 조신한 척을 해야 해요. 안 그러면 등짝이 안 남아나니까."

재미있다. 아주 재미있는 사람들이 재미있게 사는 동네 같다.

"한 잔 더 할래요? 나 혼자 마시는 거 같아서 좀 그러네."

그녀는 아프다는 팔을 굳이 뻗어 가며 내 잔을 채워 주었다.

"주인님, 내가 용서해 줄게요."

"뭘요?"

"나한테 구정물 튀긴 거, 내가 재구 똥꼬 수건으로 머리 닦은 거."

"재구는 뭔데요?"

"우리 집 개 새끼요."

"말이 험하네."

"그놈 똥 싸고 나면 닦는 걸레로 머리 말려 봐요. 욕이 안 붙나."

그녀가 그날 집에 들어가서 당한 수모를 부르르 떨어 가면서 리얼하게 말해 대자 나는 정말 즐거워졌다. '개그 콘서트'보다 더 개그 같은 일 아니던가.

"웃지 마요. 딴사람은 웃어도 되는데 주인님은 웃으면 안 되죠."

"암튼 용서해 줘서 고마워요."

"아, 남의 술을 돈 안 내고 먹으니까 좋구만요."

그녀는 정말 순식간에 정태 놈이 남긴 술을 한 병이나 먹어 치웠고, 눈 밑의 볼살이 분홍빛이 되었다.

"이제 담이 들면 술 먹어야겠다. 슬슬 담도 풀리네."

그녀가 아프다는 오른손을 들어 올렸다 내렸다 하다가 갑자기 헉 하는 얼굴이 된다.

"우리 엄마!"

"왜요?"

"지금 몇 시예요?"

그때 벨 소리가 울렸다. 경비실이었다.

"우리 엄마일 거예요!"

"어머님 불렀어요?"

"데리러 오라고 불렀죠. 안 오려고 하는 거 119 부른다고 협박했는데 어쩌나! 담 다 풀렸는데. 뻥 쳤다고 맞아서 또 장독 오르겠네."

경비실에 연락해서 문을 열자 한눈에도 그녀의 엄마임이 확실해 보이는 중년 여인이 서 있었다.

"죄송합니다. 제 딸이 여기 일 나오는데……."

"아…… 네, 들어오십시오."

참으로 예기치 않은, 아주 어색한 순간이었다.

담이 든 임시 파출부와 거하게는 아니라도 술을 마신 것부터, 그녀의 엄마까지 집에 왔다는 건 정말 예기치 않은 상황이 아닌가.

"우리 애가 좀 아프다고 해서요."

"담이 좀 심하다 하더군요."

"워낙에 험한 일 모르고 자라 일이 설어서 그런가 보네요."

그녀의 어머니는 그녀가 이미 주저리주저리 험한 인생살이를 풀

어 놓은 줄도 모른 채 고상하고 도식적인 말을 하셨다
"엄마."
부엌에서 그녀가 다 죽어 가는 소리로 어머니를 불렀다.
그녀의 어머니는 빠른 걸음으로 주방에 들어가더니 뜨악한 얼굴로 당신의 딸을 쳐다본다.
"미쳤어, 미쳤어. 이 계집애가."
"왜? 담 풀리라고 술 좀 마셨어."
그녀는 정말 취한 것 같아 보인다.
"담이 술 먹고 풀리든? 빨리 옷 입어."
"박 쌤, 엄마가 날 이렇게 막 부려 먹으니까 내 몸이 허하고 마음이 다쳐서 담도 들고 그러는 거 아니야. 박 쌤! 반성해야 해."
혀도 좀 꼬였다.
아까 급하게 술을 들이켜더니 그녀는 정말 취했다.
"죄송해요. 이런 애가 아닌데."
나는 이미 당신의 딸에 대해 간파했는데 새삼스럽게 연극하는 그녀의 어머니를 보자니 진짜 평범하고 일반적인 엄마를 보는 것 같다.
"엄마, 나 아파."
그녀는 목소리까지 바꾸어 가며 어리광을 부렸다. 그렇지만 그녀의 어머니는 들은 척도 않고 그녀를 끌고 연신 미안하다며 집을 나섰다.
"주인님, 잘 있어요. 또 봅시다."
그녀는 손까지 흔들면서 사라졌다.
나는 같이 술을 마셨어도 야단쳐 주고 등짝을 갈겨 줄 엄마가 없다는 사실에 좀 우울해졌다.

식탁에는 그녀와 나누어 마시던 술이 남아 있었지만 어느새 초밥은 흔적도 남지 않았다. 배가 고파 라면을 끓이면서 가슴이 먹먹해졌다. 아까 그녀와 떠들던 기운이 온 집 안에 남아 윙윙거리는데 나는 다시 혼자다.

나는 외로운 걸까?

그와 나의 인연에 콘크리트를 바르다

엄마의 그 생생한 기억력과 택시 안에서 등짝에 몰아치던 뭇매만 아니었다면, 나는 주인 남자와 초밥을 나누어 먹고 술을 마신 일을 개꿈이거나 드디어 미쳐서 헛것을 봤다고 생각했을 것이다.

쪽팔려서 건너뛴 그다음 날을 빼고 나는 내내 유령이 사는 것 같은 그 집을 드나들었다. 그리고 여전히 내 눈에 보이는 일만 했다.

처음 2일은 그래도 안면을 트고 술도 나눈 사이니 헛돈 쓴다는 생각이 들지 않게 잘해 보자 싶어 걸레질도 힘줘서 박박 하고 침대 시트까지 벗겨서 욕조에 담가 놓고 밟아 가면서까지 열심히 일했다.

그런데 3일째 되는 날, 나는 깨달았다.

그날 이후 주인집 남자는 집에 들어오지 않았다. 드레스룸에 걸려 있어야 하는 속옷도 없었고, 벗어 놓은 양말도, 세탁소에 맡겨야 하는 와이셔츠도 없었다. 결국 나는 일주일 내내 아무도 살지 않는 집을 매일 쓸고 닦으러 다닌 것이다.

도대체 이 남자는 무슨 일을 하기에 마누라도 없고, 자식도 없고, 빈집에 파출부, 그것도 땜빵용 파출부 말고는 드나드는 사람 하나 없는 것일까?

오늘도 나는 느지막이 출근했다.

엄마의 등쌀에 서둘렀지만 엄마가 먼저 출근하면 다시 주저앉아서 아침 방송을 섭렵한다. 재미있는 게 다 끝났다 싶으면 집을 나와 마을버스와 지하철을 탄다. 졸다가도 갈아타야 할 역이 되면 귀신같이 눈이 떠지고 사람들에 밀려 다시 그 유령의 집으로 간다.

번잡스럽지 않은 동네의 우아한 분위기를 느껴 가며 네 번째 골목에 접어들면 개미 새끼 한 마리 돌아다니지 않는 완만한 언덕길이 나온다. 입구의 편의점에서 이젠 얼굴을 대충 익혀서 눈인사를 하는 삼삼한 아르바이트생에게 바나나 우유와 크래커 하나씩 사 들고 터벅터벅 길을 올라간다. 각자의 돈 자랑으로 때깔 나는 빌라들을 지나면 유령의 집이 나온다.

안쪽으로 접어든 곳에 있어서 아주 조용하고 눈에 띄지 않는 붉은 벽돌의 빌라다. 경비 업체의 직원은 생긴 거나 하는 짓이 거의 FBI다. 매일매일 나의 주민증을 받아서 보관하겠으니 퇴근 시에 찾아가라는 말을, 친절하지만 건성인 말투로 한다. 벽돌이 붉은색인 거 빼면 하는 짓이 모두 청와대 버금간다.

나는 갑자기 궁금해졌다.

이렇게 살 만큼 그는 세상이 무서운 걸까?

같이 술을 마시면서 본 그 사람은 선량했고, 약간 소심했으며 그리고 조금은 쓸쓸해 보였다. 엄마에게 끌려 나가는 나를 보고 어정쩡하게 서 있던 그 남자가 문득문득 생각난다.

이유 없이 가슴이 좀 아팠다.

아니다. 그만. 스톱. 절대로 안 돼. 또 말도 안 되는 상상으로 내 무덤을 파면 안 된다. 그동안 판 무덤만 해도 국립묘지인데 더 이상은 안 된다. 정신 차리자.

대충 청소기를 돌린 후 소파에 누워 신문을 펴 들자니 글자는 눈에 들어오지 않는다.

그는 어디에 간 걸까?

그날 엄마는 담이 다 풀려서 멀쩡해진 허리에 부항을 뜨며 말했다.
"도대체 이 계집애는 온 인류가 다 자기 술친구야. 너 하는 짓만 보면 간이 좋아서 제명에 못 살지 싶어."
"엄만 내가 안 불쌍해?"
"널 낳아서 이 꼴 저 꼴 보는 내가 불쌍하지, 네가 왜 불쌍해?"
"나 서른인데 남편도 없고, 자식도 없고, 돈도 없고. 불쌍하잖아. 엄마 제자 도와주다가 이렇게 담도 들리고."
"지랄을 한다. 네가 공짜로 해 주는 거야? 그리고 주인 남자랑 술 마시고 낄낄거린 게 도와주는 거니? 남자 마누라가 봤어 봐. 정신 차려. 남의 입에 오르내려서 좋을 거 없어."

엄마의 저 상상력. 재연 드라마의 한계에서 벗어나지 못한다.

혼자 사는 남자라고 말하려 했지만 나의 입이 참으로 기적처럼 다물어진다. 만약 엄마에게 남자 혼자 사는 집이라고 말하면 이 아르바이트는 그길로 끝이다. 그랬다가는 다시 빈곤과 궁핍의 삶으로 돌아간다.

내가 그곳에 가는 이유는 돈도 돈이지만 조용하고 고요하며 생소

함과 평화 때문이다. 그다지 내 취향은 아니지만 엄마의 잔소리와 강욱이의 깐죽거림이 없는, 그 알량한 평화에 넘어가서 나는 요즘 그 집에 정을 붙이고 있다.

"걱정 마. 엄마 딸이 어떻게 그딴 짓을 해. 그리고 나도 눈이 있어. 내가 치면 죽을 거 같은 남자, 나도 싫어."

"멀쩡한 남의 머리에 불도 지른 계집애가 무슨 짓을 못 해."

"엄마, 범죄에도 등급이 있어. 내가 한 건 우발적 방화고, 유부남하고 바람나는 건 가정 파괴야."

"이 잡것아! 사랑이 늦가을 들불보다 더 무서운 걸 왜 몰라."

"그 들불에 타 본 사람 같네."

"네 청춘만 청춘이고, 내 청춘은 첨부터 말린 북어 대가리였는 줄 알아?"

말문이 막힌다. 갑자기 엄마가 여자, 그것도 내 앞을 한참 먼저 살아간 선배라는 느낌이 들었다. 엄마가 야반도주에 가깝게 생난리를 치고 아버지와 결혼했다는 사실을 잊고 있었다.

"암튼 당분간만 네가 수고해. 생각 같아서는 그만두라고 하고 싶은데 아직 혜진이 엄마 사정이 좀 안 좋아서 그러기가 힘들다. 네가 내색 안 하고 지금처럼만 조용히 도와줘. 술 처먹지 말고."

"그 아줌만 무슨 병인데 그래?"

"암이래. 자궁 경부암이라는데 수술하면 완치할 가능성이 있다고 강욱이 놈이 그랬지만 암이잖아. 혜진이한테는 아직 말 안 했는데 아마 걔도 감 잡았을 거야. 엄마 병이 간단한 건 아니라고."

"아버진 안 계셔?"

"3년 전인가? 멀쩡히 출근하다가 정류장에서 심장이 멎어서 그

길로 갔다고 하더라. 그런 벼락이 어디 있어. 너도 알잖아?"

아빠는 수학 선생님이었다. 강욱이가 아빠 학교에 배정받았을 때 아빠는 학교를 옮기겠다고 했다. 그리고 집에서 먼 학교로 전근을 요청했고 좀 더 먼 학교로 발령받았다. 그리고 2개월 만에 집 나간 제자 찾는다며 낡은 남색 점퍼를 입고 나가신 아버지는 돌아오지 못하셨다. 술에 취해서 비틀거리는 십 대 조폭이 차도로 밀쳐 버리는 바람에 달려오는 유조차에 치여 그 자리에서 돌아가셨다.

강욱이가 펑펑 우는 모습을 본 것은 그때가 마지막이었다. 누가 뭐라 하지 않는데도, 심지어 이강욱의 초강력 안티인 나조차 그렇게 생각 안 하는데 강욱이는 제 탓이라고 생각하는 모양이었다.

엄마와 나는 강욱이가 저대로 무너질까 봐 슬프다는 내색도 제대로 못 했는데 입 다물고 물만 마셔 대던 강욱이는 아빠를 묻고 일주일 후에 다시 도서관으로 출퇴근했다.

말로 내색하지 않아도 나는 강욱이 역시 나 못지않은 상실감과 서러움을 가지고 있다는 걸 안다. 혜진이에게 그렇게 친절한 엄마도 아마 같은 마음일 것이다. 혜진이가 가진 상처가 어떤 것이든지 엄마는 자기의 위치에서 표 나지 않게, 좀 더 즐겁고 소란스럽게 그 아이의 정신을 빼놓아 가면서 치유해 주고 싶은 것이다. 그래서 내가 대타로 혜진이 엄마 일을 한다고 했을 때 안 말렸겠지. 나도 엄마와 정도의 차이는 있지만 같은 마음이다.

어차피 놀고 있으면서 눈치 보느니 나는 그 집의 선진 문물을 맘껏 누리면서 시간을 보내야겠다고 생각했다. 얼마나 좋은 일인가! 세상일은 생각하기 나름 아니겠는가.

오늘도 어제와 같았다.

이 남자는 정말 불 싸지르고 싶을 만큼 돈이 많고, 이강욱보다 더 심각한 결벽증 환자임이 틀림없다. 아무리 임시라지만 나 같은 파출부에게 꼬박꼬박 돈까지 줘 가며 매일 청소하는 것을 보면 말이다.

어떻게 이렇게 치울 거 하나 없는 집을, 하다못해 빚어 놓은 양말짝이나 컵조차도 보이지 않는 이런 집을 청소하라고 하는 것인지 모르겠다. 일에 치여 쌍코피라도 흘리고 싶은 심정이다.

서재를 청소하러 들어올 때마다 나는 좀 긴장했다. 주로 서재에서 사는지 자고, 입고, 씻는 곳보다 그 남자의 흔적이 더 많이 남아 있었다.

가끔은 스크랩하고 남은 신문의 자투리가 휴지통에 들어 있기도 하고, 모니터가 좀 따뜻한 느낌이 들 때도 있었다. 그리고 벽을 타고 늘어서 있는 책꽂이에 빽빽하게 꽂혀 있는 책과 자료의 위치가 좀 바뀌거나 프린터에 뭔가를 출력한 기운이 남아 있기도 했지만 요 며칠 동안 그런 낌새가 보이지 않았다.

먼지도 별로 없는 책상 유리를 세정제까지 뿌려 가며 닦다가 나는 일주일 만에 처음으로 서랍 위쪽이 살짝 열려 있는 걸 발견했다.

티 나지 않게 아주 조금 어긋나 있었다. 청소를 건성으로 했더니만 며칠 동안 내내 열려 있었을 서랍을 못 본 것이다.

순간, 나는 금단의 열매를 홀라당 먹어 버린 이브를 이해했다. 우선 주위를 살폈다. 설마 감시 카메라는 없겠지. 그 정도까지로 미친 건 아니겠지.

술을 마시는 동안 남자는 친절했고, 소심했으며 상식이 통하는 사람 같았다.

강욱이는 내 기준에서 상식이 통하는 사람이 흔치 않으니 내 상식을 기준 삼아 남자를 만나지 말라고 했다. 나도 내가 살아온 세월을 알기에 완전히 부정할 수 없지만 그래도 내 기억이 맞는다면 그 남자와 나는 대체로 건전하고 상식적인 대화를 정상적으로 나누었다. 웅덩이에 고인 빗물을 홀라당 뒤집어쓰고 싸웠던 때를 생각하면 다시 상종하고 싶지 않았는데, 같이 술을 마시고 말하다 보니 별일이 아닌 거 같다.

그냥 피식 웃었다. 사람이 사람을 좀 더 알게 되면 이해하는 것이고, 용서하는 것이고, 편안해지는 게 아닐까?

그래서 나는 서랍을 뒤지기 시작했다. 이해를 아주 잘해야 하지 않겠는가?

서랍은 물론 아주 잘 정리되어 있었다. 모든 물건이 상자에 깔끔하게 분류되어 넣어져 있다. 굴러다니는 잡동사니로 가득 차 있는 내 책상 서랍과는 수준 차이가 있다.

필기구는 필기구대로, 메모 용지는 메모 용지대로 깔끔하게 정리되어 있었다.

서랍 안쪽에 있는, 테두리를 따라서 스티치가 되어 있는 가죽 상자를 열었다. 여권과 작년 날짜가 찍혀 있는 사진 봉투가 있다. 봉투를 털어 보니 여권 사진이 하나, 둘, 셋…… 여덟 장이 있다.

약간 긴장한 얼굴로 안경 뒤의 눈이 굳어 있는 사진이다. 어찌 보면 날카롭고, 제대로 보면 확실히 덜떨어진 것 같다. 그래서 그런지 이 남자가 아주 만만하게 느껴진다.

그의 이름은 김선우다. 아주 얌전하고 말랑말랑한 이름이다.

정신을 차리자.

내가 말랑말랑하고 달달한 이름에 덴 것이 한두 번인가. 윤신영 그놈을 잊지 말자.

나도 다른 사람에게 늙었다고 뭐라 할 주제는 아니지만 서른여섯은 좀 많다. 마흔이 코앞이지 않은가.

열어 본 티가 나지 않게 잘 정리해서 넣어 놓고 또 다른 상자를 열었다. 이런저런 편지 봉투며 소형 서류 봉투가 들어 있다. 뒤적뒤적 두어 개를 보다가 영문으로 된 계약서 같아서 넣어 두려는데 '서울 가정 법원'이라고 쓰인 봉투가 눈에 들어왔다.

잠시 망설였다. 내가 드디어 이렇게 밑바닥을 치는구나 싶었지만 사람 잡는 호기심이 어디 가겠는가. 조심스럽게 열어 보았다.

신청인 조미연과 피신청인 김선우의 이혼 신청 건에 대한 법원 조정.

그는 이혼남이었다. 그래서 혼자 사는 거였구나.

아무래도 그는 이혼당한 것 같다. 바람을 피웠는지, 마누라를 팼는지는 모르겠지만 3년을 살아 놓고 성격이 안 맞는다고 마누라가 이혼을 청구했다. 위자료 건은 변호사와 어쩌고 하는 걸 보니 돈 문제는 변호사까지 끼고 했다.

갑자기 이혼 판결문까지 고이고이 간직한 그 마음이 궁금하다.

정리 벽이 있는 사람들은 잘 버린다. 내가 아는 정리 정돈의 최강 이강욱을 보면 안다. 지저분해질 가능성이 있는 물건들은 미련 없이 버린다. 이 집도 군더더기 없는 아주 깔끔한 집이다.

그런데도 이런 걸 차곡차곡 간직하고 있는 걸 보면 이혼이 주인 남자에게 깊은 상처이거나 아니면 두고두고 상기해서 다시는 이딴 짓 하지 말자는 경계의 표식일지도 모른다.

또 남 일에 앞서 나간다. 나의 고질병이다. 참자.

완전 범죄를 위해 방을 정리하고 먼지를 턴 다음 걸레질을 했다. 혹시나 싶어 다시 뒤돌아보고 꼼꼼하게 점검했다. 다음에 이런 짓을 할 때는 디지털카메라를 가져와 미리 사진을 찍어서 진짜 완전한 범죄를 완성해야겠다.

내게 관음증 환자라고 하라지, 뭐. 난 하나도 안 무섭다.

부엌에서 커피를 한 잔 만들어 놓고 식기를 기다렸다. 난 뜨거운 음료를 잘 못 마신다. 나중에 지옥 가면 주야장천 마실 게 뜨거운 쇳물이라는데 살아생전까지 그런 걸 마실 필요는 없지 않은가.

살살 배도 고파지는 것 같기에 라면이 있나 여기저기 뒤지고 있는데 밖에서 딸가닥 소리가 났다.

드디어 주인 남자 김선우 씨를 만나게 되는 것이다. 얼마 만인가! 반갑기까지 하다. 아주 조신한 척 앞치마에 손 닦는 시늉을 하며 나갔을 때 나는 내 눈을 의심했다.

"꼴이 왜 그래요?"

"내 꼴은 나도 아니까 이거나 좀 받아요."

주인 남자는 내게 붕대로 칭칭 감아 놓은 목발을 내밀었다.

오른쪽 허벅지까지 두터운 깁스를 하고 등짝에는 고정 장치로 보이는 모종의 지게를 지고 있었다. 그리고 낑낑대면서 킹콩 신발 같은 샌들을 벗으려 하고 있었다.

덕 쌓는 마음으로 주저 없이 나는 그에게 달려들어 신발을 벗기고 한쪽 어깨를 부축했다. 방으로 가려는데 이 남자는 뻘쭘하게 서서 움직이지 않고 있다.
"뭐 해요? 이러고 서 있으면 다리에 별로 바람직하지 않을 텐데."
몸 여기저기에 석고 칠을 한 남자는 좀 무겁다. 힘이 좋아서 '메이킹 백옥자' 제의까지 받은 나지만 이젠 늙었는지 주인 남자를 침대 위에 앉혀 놓고 나니 이마에 땀이 좀 배어 나왔다.
내가 허리를 폈을 때, 세상에, 이 남자는 땀으로 멱을 감고 있었다.
"더워요?"
"네."
자기가 왜 더워? 일은 내가 했는데.
나는 말없이 걸음을 옮겨 창문을 활짝 열었다.
아까 열었다 닫았을 때와는 또 다른 바람이 불고 있었다.
"어쩌다 그랬는지 물어봐도 돼요?"
"다 물어 놓고 뭘 그래요. 계단에서 굴렀어요."
"혹시 누구한테 얻어맞은 건 아니죠?"
남자의 얼굴이 아주 일그러졌다.
"난 맞고 다닐 일 안 만들어요."
"오올. 아닐 텐데."
"무슨 소리가 하고 싶은데요?"
"그때 우리 동네에서 내가 좀만 더 기분이 나빴어도 주인님, 나한테 몇 대 맞았을 텐데."
"용서해 준다면서요."
"용서는 하죠. 잊지는 않겠다, 이거죠."
"내가 나치고 댁이 유대인입니까? 거창하게 그런 소리까지 하게?"
"그게 다 상대적인 거라고요. 만일 내가 그날 어떤 멋지구리한 남자한테 프러포즈받으러 가던 길이었다면 그때는 이 정도 다친 것은 상대도 안 되게 박살 났을지도 몰라요."

"소박맞은 분위기였지, 프러포즈받으러 가는 분위기는 아니었는데."

안 그랬던 거 같은데 다치더니 말이 좀 많아졌다.

"넘어지면서 입은 안 다쳤답디까?"

"입 다친 사람이 이렇게 멀쩡하게 대화를 하겠어요?"

"어련하시겠어요. 근데요, 정말 어쩌다 이 꼴이 된 건데요?"

"회사 계단에서 굴렀다니까요."

어쭈, 짜증을 낸다.

"회사 다녀요?"

"그럼 뭐 하는 걸로 봤는데요?"

"글쎄? 그게 좀 헛갈려서요. 이건가 하면 저거고, 저건가 하면 또 아니고."

남자는 실실 웃으면서 두 개로 겹쳐 놓은 베개에 몸을 기댄 후 아주 작정하고 내 대답을 경청했다.

"어떤 생각을 했는데요?"

"뭐 해 먹고살면 이렇게 돈이 많을까? 그런 생각요."

기분 나쁘게 실실 웃는다. 확 때려 버리고 싶다.

"그럼 계속 생각해 봐요. 정답이 나올 때까지."

"가르쳐 줄 것처럼 하고 이게 뭐예요? 나 놀려요?"

"그런 건 아니에요. 그랬다면 미안해요."

"내가 이래 뱨도 공사판 노가다 출신이거든요."

"힘자랑 안 해도 돼요. 그냥 봐도 힘 좋게 생겼으니까."

나한테 시비를 거는 건지, 농담 따먹자고 하는 건지 분간이 안 된다.

"그러니까 잘하라고요. 나머지 다리도 그 꼴 나기 전에."

나한테 잘못 걸리면 머리에 불도 지른다.

정말 이 말이 목구멍까지 올라왔지만 참았다. 예전에 나도 이렇게 몸에 석고 칠을 하고 살았던 적이 있다. 참 할 짓이 못 되는데. 고생스러워 보인다. 아직은 꽤 아플 텐데 말이다.

장롱에서 안 쓰는 베개를 꺼내 다리에 고여 준 후 찬물을 한 잔 따르고 나니 그는 아주 고통스러운 얼굴을 하고 있었다.

"진통제 받은 거 있어요?"

"가방 안에 있을 거예요."

현관에 있는 가방에서 커다란 약봉지를 꺼내 진통제라고 쓰인 약 두 알을 가져다주었다.

"나도 다쳐 봐서 아는데 한참 아플 거예요. 근데 언제 다쳤어요?"

"같이 술 마신 그날요."

"술은 내가 마셨는데 왜 계단에서 굴렀어요?"

"동료가 잘못돼서 문상 갔다가 회사로 다시 갔는데 계단이 어두웠어요. 간신히 119에 전화한 기억은 있는데 깨어 보니까 병원이더라고요."

갑자기 그가 정말 불쌍해진다. 이러고는 혼자 못 있을 텐데 말이다.

"간병인을 불러야 하는 거 아니에요?"

"오늘 하루 버텨 보고요."

"당장 화장실도 가기 힘들잖아요."

"어떻게 해 봐야죠."

"자꾸 움직이면 뼈 안 붙어요. 나도 갑갑하다고 병원 복도 싸돌아다니다가 염증 생겨서 고생했어요. 그러니까 갑갑해도 참아요."

"많이 다쳤나 봐요?"

"난 자잘하게 여러 번이에요. 노가다했다고 말했잖아요. 근데 안 졸려요? 정형외과 약이 좀 졸린 경향이 있는데."

자세가 불편하면 깁스하고 누워 있는 일이 더 고단하다. 나는 자꾸 자세를 바꾸어 가며 그에게 편한 자리를 잡고 있었다. 땀이 삐질삐질 난다.

문득 그가 나를 보는 것 같아 쳐다보니 그는 시선은 나에게 둔 채로 생각은 달나라에 보냈다.

"왜요? 무슨 생각을 그렇게 해요?"

잠깐 그는 골똘히 뭔가에 집중하는 것 같더니 입을 열었다.

"내가 제의할 게 있는데요."

갑자기 진지해진다. 뭘까?

"말씀하시죠. 경청할 터이니."

"보다시피 몸이 좀 불편합니다."

"그게 좀입니까?"

"그러니까요. 현재 보수의 1.5배를 드릴 테니 내가 보행이라도 자유로워질 때까지 간병인 일을 좀 해 주면 좋겠는데."

이게 웬 떡이란 말인가? 생각지도 않았는데 돈이 굴러 들어온다.

"혜진이 아줌마 오시면요?"

"그럼 자동 해지 되는 거죠. 하는 거 봐서 특별 보너스도 있을 겁니다."

정말 돈은 달콤한 것이다. 입에서 침이 좔좔 흘러나오는 게 느껴진다.

"얼마나 줄 건데요?"

"그건 받을 자격이 된다 싶을 때 묻는 거고요."

"3배. 그냥 간병하는 것도 아니고 지금 상태로는 먹여 주는 거 빼고 다 해야 할 것 같은데 1.5배는 좀 약하잖아요. 거기다 살림도 하고, 밥도 하는데."

"3배도 정상이 아닌 거 알죠?"

"이 아저씨가! 댁이 얼마나 무거운 줄 알아요? 석고까지 뒤집어써서 완전히 건축물이구만."

"2배. 어때요?"

나의 백수 생활 자금이 이런 식으로 확보되나 보다.

"뭐 좀 약소하지만 어디 해 봅시다. 내 인심 쓰지요, 주인님."

"내 이름 알죠?"

다 안다는 얼굴로 그가 묻는다.

"네, 김선우 씨."

냉큼 대답하고 나니 아차 싶어진다.

"어떻게 알았어요?"

"지금 함정 수사 합니까?"

"아니에요. 그냥 오다가다 집주인 이름이야 누군가가 흘린 걸 들었겠죠. 근데 간병인님 존함은 어찌 되시는지."

아. 정말 싫다.

내 이름을 말하는 거 별로 안 좋아한다. 이름에서부터 전투력이 느껴진다고 강욱이가 이기죽대면서 말한 적이 있다.

"이재욱이요."
"재옥이요?"
"귀 다쳤어요? 욱이요, 욱!"
"재욱 씨? 여동생이나 언니가 줄줄이 있어요?"
"오빠 있다고 했잖아요."
"아, 맞다. 그럼 오빠랑 돌림자인가 봐요?"
"그러게요. 그렇게 남녀가 평등하지 않은 집안이 딸한테까지 돌림자를 줘서 왜 이 모양을 만드는지……."
"이재욱. 좋은데요?"
"좋으면 가지시든가."
"이름 바꾸려면 돈 들어요. 그냥 삽시다. 그럼, 잘해 봅시다."
그가 손을 내밀었다.
아주 잠깐 동안 나는 그 손을 바라보았다. 아주 낯선 곳으로, 예기치 않은 무언가에게 초대받는 느낌. 아주 잠깐 동안 망설였다는 걸 숨기기 위해 그의 손을 재빠르게 잡아채서 힘을 잔뜩 줘 가면서 흔들었다.

정태 말대로 재물 복이 세상에서 제일 중요하다면 나는 행운아다. 그러므로 웬만한 불운이나 불행은 참고 넘어가려고 노력하자는 게 내 신념이었다.
그런데 이런 개 같은 불행은 정말 상상도 못했다.
그날, 지금 저 밖에서 퉁탕거리며 뭔가를 하고 있는 우리 집 파출부의 술타령을 듣고 혼자서 남은 술을 홀짝거리지만 않았어도 내가 지금 이 모양으로 누워 있지는 않을 것이다.

저 대찬 이재욱 양께서 어머니 손에 질질 끌려 나가신 후 덩그러니 앉아서 쌉싸래한 술을 한 잔, 두 잔 마신 것이 화근이었다.

알싸하니 취기가 오를 무렵 회사에서 전화가 왔다. 그날 사무실에서 짐을 뺀다고 작별 인사까지 나누었던 권우섭 씨가 자살했다는 거였다. 그는 아직 우리 사무실 사람이었다. 건물을 얻고 펀드를 만들면서 투자한 그의 지분도 아직 그대로 있고, 대부분 각자 노는 걸 좋아하는 다른 개인 투자자들 모임에 자진해서 참석하여 정보를 모아 오는 것도 그였다. 가끔 헛다리를 집지만 그는 세 번의 대박 신화를 가진 펀드 매니저였다. 그러나 이번에는 재기가 불가능하다는 소문이 사실이었던 것 같다.

그는 건강을 유지하기 위해 한강대교를 걸어 다닌다며 나에게도 강북으로 이사 와서 같이 운동하자고 했다. 그런데 그는 바로 그 한강대교에서 소주를 마시고는 뛰어내렸단다.

나는 권우섭 씨와 절친한 관계도 아니었고, 또 솔직히 그가 죽었다는 소식에 심장이 아프도록 절통하지도 않았다. 그렇지만 나는 막연한 상실감 같은 것을 느꼈다.

엄마가 집을 나가던 때나 아버지가 돌아가셨을 때, 미연이가 그만 살자고 했을 때도 나는 무언가를 잃어버린 상실감에 시달렸다. 그 사람 자체가 아니라 막연하게 그들의 빈자리가 주는 허전한 느낌을 견디기 힘들었다.

그는 어떤 생각을 가지고 한강으로 뛰어내렸을까?

회식 때 그는 술병에 숟가락을 꽂고 열창하는 사람이었다. 그리고 자신이 어떻게 돈을 벌고 지금 얼마나 호사스럽게 사는지, 늙고 못 배운 어머니가 자기를 얼마나 자랑스러워하고 자기 때문에 어깨에 힘주고 다닌다고, 또 그런 어머니를 보고 얼마나 펑펑 울었는지에 대해 말했던 기억이 났다. 한 번도 보지 못한 그의 어머니가 생각나서 조금 울었다. 한 번도 만나지 못한 사람을 위해 울었다는 게 좀 당황스러웠지만 혼자 산다는 건 이럴 때 좋다. 누굴 의식할 필요가 없으니까.

술 마신 자리를 정리하고 옷을 갈아입은 후 택시를 불렀다. 신발을 신고 나가면서 나는 버릇처럼 집 안을 살펴보았다.

누군가가 내 어깨에 묻은 실밥 따위를 떼어 주고 술 많이 마시지 말라 잔소리해 주기를 잠깐 동안 기다렸다. 술김에 하는 짓이지만 많이 슬펐다. 그리고 내가 느끼는 상실감이란 언젠가 책에서 읽은 대로 문득 이유 없이 느껴지는, 등이 시리다는 것이 아닐까 생각했다.

나는 등이 정말 시렸다.

그날 문상을 하고, 그의 안쓰러운 어머니의 손을 잡아 주고, 대학 병원 약국에서 일한다는 당찬 여동생과 한 주먹도 안 되게 파리한 그의 아내에게 괜한 죄책감을 느끼면서 나는 완전히 지쳐 버렸다.

장례식장에서 병원 본관까지 한참 걸어 나와 정문 앞에 즐비한 택시 중 하나를 잡아타고 사무실로 향했다. 집에는 들어가기 싫은 데다 따로 갈 만한 곳이 없었다.

목을 조이는 넥타이를 푼 다음 아픈 머리를 달래려고 눈을 감았을 때 전화가 울렸다. 액정 화면을 보니 새벽 4시였다.

"너 안 자고 이 시간에 뭐 하는 건데?"

―엉아. 엉아, 돈 많지?

선균이 자식은 술에 떡이 된 듯했다.
"알면서 뭘 물어."
―나 이천만 땡겨 줘.
"그거 노래 제목 아니냐?"
한동안 정태 자식 컬러링이 〈사천만 땡겨 줘〉였다.
―정말 좋은 일에 쓸게. 장학금 준다고 생각해.
"누가 너에게 장학금을 준다든? 정신 차리고 술 깨면 전화해."
 일방적으로 전화를 끊는 행동은 싫어하지만 이런 전화는 칼같이 끊어 줘야 한다. 말이 길어지면 대개 소리를 지르게 되고, 그러다 보면 새어머니까지 끼어들어 문제가 복잡해진다.
 엘리베이터 대신 술이나 깨라고 비상구 계단으로 올라가면서 나는 사무실에 가서 해야 할 일을 생각했다. 술을 많이 마셔서인지 기억나지 않았다. 그러다 다섯 계단쯤 위에서 나를 빤히 바라보는, 크고 뚱뚱하며 빨간 눈의 회색 쥐와 정면으로 마주쳤다. 잠깐 흠칫한 나는 꺽꺽거리며 비명을 지르다가 달려드는 쥐를 피하기 위해 계단 난간을 넘어가면서 굴러떨어졌다. 그리고 대굴대굴 구르는 느낌과 아파 오는 머리, 허리, 다리를 생각하다가 얼굴에 내려앉는 그 쥐의 발을 느끼고는 그 자리에서 기절했다.

"밥도 먹여 줄까요?"
"손은 멀쩡해요."
"내가 잘해 줄게요."
"오버하지 마요."
"잘해 준다고 해도 불만이에요?"

그 말에 더 불안해진다.

"여기 뭐 넣었어요?"

"이거저거 몸에 좋은 거 다 넣었으니까 먹어 둬요."

"죽에 햄 썰어 넣는 건 좀 아니지 않나?"

"주는 대로 좀 먹죠?"

"저기 근데, 난 햄 못 먹어요."

"그걸 왜 못 먹어요?"

"냄새나서 안 좋아해요."

"학교 다닐 때 친구 없었죠?"

"뜬금없이 햄하고 내 교우 관계하고 무슨 상관인데요?"

이 여자는 아무 생각 없이 하는 말로 내 등에 칼을 잘 꽂는다. 난 친구가 많지 않다. 정태와 정태를 통해 친하게 된 몇몇 말고는 모두 오가다가 사업상 만나는 사람들이다. 친구라고 부를 만한 관계가 아닌 것이다.

"옛날에는 햄만 싸 가지고 다녀도 부르주아라고 그랬다는데 냄새난다고 안 먹으면 그 연배에서는 재수 없어 하지 않나?"

"취향이고 식성이에요. 시비 걸지 마요."

"그럼 뭐가 먹고 싶은데요?"

"우선, 햄이 안 들어간 음식. 그리고 제일 중요한 거······."

"뭔데요?"

"나 수술 같은 거 안 받았고 속도 멀쩡하거든요."

"그래서요?"

"죽 안 먹어도 된다고요. 밥 달라고요."

"그런가? 내가 좀 촌스러워요. 그래서 누가 아프면 꼭 죽 먹이고 재워야 할 것 같아요."

이재욱이 집에 있는 동안 나는 정신이 사납다. 그녀는 벌컥거리며 들어와 끊임없이 질문을 해 대고 사과한다. 또 음악을 틀어 놓은 채 청소기를 돌려서 소음을 만들어 내고 가끔 오는 전화를 큰 소리로 받아서 그녀가 누구와 어떤 대화를 나누는지 내게 다 들려준다.

"그럼 뭐 먹을래요?"

"뭐 잘해요?"

그녀는 잠깐 고민한다. 고민한다, 심심하다, 힘들다는 말을 표정으로 하기 때문에 속이 빤히 들여다보인다. 아주 특이하고 다재다능한 안면 근육이다.

"날씨도 구질구질해서 김치전에 라면 끓여 먹을 건데 같이 먹을래요? 아님 그것도 냄새나려나? 싫으면 싫다고 해요."

"나 군대 갔다 와서 햄 말고는 다 잘 먹어요. 단, 맛은 좀 있게 해 줘요. 그리고 라면은 좀 덜 익은 듯하게 해 주고요. 달걀은 꼭 다른 그릇에 풀어서 넣어 줘요. 파는 너무 많이 넣지 말고요."

그녀의 콧구멍에서 김이 나온다. 유치하다는 것은 알지만 그녀는 자꾸 내가 약을 올리고 싶도록 도발시킨다.

"라면 가지고 수라상 차리라는 거예요?"

"그렇게 굴면 보너스는 물 건너가요. 좀 친절해 보는 건 어때요?"

"저기요. 난 이미 대단히 친절하니까 보너스 생깔 생각은 하지도 마요."

겨우 3일 동안 온 그녀는 정말 당당하다.

가끔 내가 영화 〈미저리〉의 불쌍한 남자 작가가 아닌가 할 때가 있다. 특히 그녀가 청소기나 식칼을 들고 설치면 겁도 살짝 난다.

그녀가 사양해도 주려고 했던 보너스이지만, 지금은 내 목숨을 부지하기 위해서라도 반드시 지급해야 할 듯하다.

"그렇게 꺼내고 먹을 거면서 파는 왜 넣으래요?"
"그거 넣고 안 넣고 하는 게 맛을 얼마나 좌지우지하는 줄 알아요? 먹지는 않아도 꼭 필요한 재료라고 생각해요."
"어련하시겠어요!"
그녀의 눈에 비치는 내가 정상이 아니란 걸 안다. 하지만 그녀가 나를 이상하게 본다고 해서 내 정체성에 대해 고민할 필요는 없다. 내 눈에 비치는 그녀 역시 정상은 아니므로. 나를 이상하게 보는 건 그녀뿐이지 내가 전반적인 세상의 기준에는 미달이 아니라고 생각한다.
"라면은 잘 끓이네요. 면도 적당하고."
"나도 잘하는 게 몇 가지는 있어요."
"사람이 먹을 수 있는 음식이겠죠?"
"여기가 동물 병원입니까? 내가 짐승 밥 잘 만든다고 자랑하게?"
이 여자와 말하다 보면 시간이 참 잘 간다. 말대답을 따박따박 어찌나 잘하는지 탁구를 치는 것 같다.
"뭘 그렇게 잘하는데요?"
"잔치 국수, 수제비 같은 거요."
"쌀로 된 음식은 취급 안 하나 봐요?"
"쌀밥은 잘해요. 맨밥 먹고 싶으면 말만 해요. 내 아주 찰지고 기름 좔좔 흐르는 흰쌀밥을 해 줄 테니까."
결국 반찬 종류는 젬병이란 이야기다.

"밥이 맛있으면 고추장에 참기름만 넣고 비벼 먹어도 맛있다고요. 주인님이 날 못 믿는 거 같은데 이따 한번 해 볼까요?"

"됐어요. 친구가 초밥 사 온답디다."

"몇 인분이나 사 가지고 오는데요?"

"왜요? 또 초밥에 술 먹고 끌려가시려고?"

"끌려가긴 왜 끌려가요. 내 발로 걸어가지. 그리고 마실 술이나 있나, 뭐. 근데 그날 남은 술은 다 버린 거예요?"

"뭐 그렇다고 해 두죠."

그 술을 홀라당 마시고 내가 맛이 간 상태로 쥐 보고 자빠져서 대퇴부 골절과 금 간 꼬리뼈를 갖게 되었다고 말할 수는 없다. 지난 시간을 돌아보건대, 그녀는 그 말을 듣는 즉시 나를 교묘히 씹어 댈 것이 분명하기 때문이다.

라면을 먹고 커피까지 내준 그녀는 설거지를 했다.

달그락거리며 몇 개 안 되는 그릇을 거품을 내어서 닦고 싱크대를 행주질한다. 정말 힘이 넘치는 동작이다. 마치 군대에서 사단 대항 매스 게임을 하는 듯 절도 있고 유연하며 힘차다.

"근데 공사판에서 무슨 일 했어요?"

"노가다했다니까요."

뒤도 안 돌아보고 그녀가 되받아친다.

"도배나 페인트 뭐 그런 거요?"

"아뇨. 철골, 골재, 콘크리트. 나 제대로 노가다 출신이에요."

행주를 빨아 넌 그녀는 아주 자신만만하게 웃으며 뒤돌아본다.

"침대에 데려다줄까요?"

"아뇨. 서재로 갈래요. 일해야 해요."

"이래서 책상물림들은 불쌍해."

나를 일으키고 부축하는 일은 그녀뿐만 아니라 나도 힘들다. 나는 내 몸이 아직 부자연스럽고 그녀는 힘만 줄 뿐 요령이 없다.

"왜 불쌍한데요?"

"노가다에서는요, 몸이 아프면 그만이에요. 일하고 싶어도 못한다고요. 근데 댁들 같은 인생은 책상에 컴퓨터만 들이대면 일해야 하잖아요."

"그러네요. 말 나온 김에 컴퓨터랑 프린터 전원 좀 켜 놔요."

책상 의자에 나를 앉힌 그녀가 두리번거리더니 아무 말 없이 밖으로 나간다. 예고도 없고 설명도 없는 행동에 나도 슬슬 적응이 되어 간다.

다시 문이 벌컥 열리고 그녀는 커다란 베개와 의자를 하나 가져와서 내 다리를 올려놓고 베개를 등에 대어 준다.

"어때요? 좀 편해진 것 같아요?"

"좋네요. 고마워요."

"이제부터 난 잠깐 졸고 싶으니까 시킬 거 있으면 지금 시켜요."

"몰래 숨어서 졸아야 하는 거 아닌가요? 내가 그래도 고용주인데."

"난 무서운 게 없는 사람이에요. 그리고 생각해 봐요. 주인님이 날 자르면 내가 그냥 나가겠어요? 전화선 자르고, 휴대폰을 부수고, 컴퓨터 뽀개면 당신은 완전 고립무원인데……. 누가 누구 눈치를 보고 무서워해요. 시킬 거 없으면 나 좀 졸다 올게요."

정말 저 여자가 〈미저리〉의 캐시 베이츠로 보인다. 어떻게 저렇게 구체적으로 날 물 먹일 궁리를 할 수 있는 걸까.

나는 졸지에 간병인에게 협박까지 당하는 불우한 처지가 되어 버렸다. 그럼에도 불구하고 주가를 살피고 회사에서 온 메일들을 보는 동안에도 자꾸 피식피식 웃음이 난다.

전화로 은행 사람들과 간단한 상담을 하고 주식을 사고팔면서 오후를 보냈다. 일을 대충 마무리하고 읽다가 만 책을 보는데 문이 열린다.

딱 봐도 자고 일어난 얼굴로 부스스한 그녀가 들어섰다.

"아직도 일해요?"

"다 했어요. 왜요? 다 잤어요?"

"졸았다니까."

"자는 거와 조는 게 무슨 차이가 있는데요?"

"차이가 있죠. 자는 건 이불 제대로 펴고 불을 끈 다음 세상 잊고 자는 거고. 조는 건 끝을 생각하고 잠깐, 아주 잠깐 머리를 식히는 거예요."

"그러셔요. 알았으니까 거실로 좀 옮겨 줘요."

거실로 나가서 자리를 잡자 땀이 난다. 등이 끈끈한 느낌이랄까. 숨을 돌리니까 땀 기운 때문인지 좀 추워지는 것 같기도 하다.

"차 한 잔만 줄래요?"

"그렇게 자꾸 마셔 대면 화장실 가고 싶지 않겠어요? 아, 이건 내가 차 끓이기 싫어서가 아니라 정말 걱정돼서 하는 말이에요. 지금이야 내가 있으니 괜찮지만 밤에는 어쩌려고요? 내가 페트병 하나 놓고 갈 테니까 거기다 해결해요."

상상만 해도 한심한 노릇이었다. 더구나 페트병은 주둥이가 아주 좁다. 거기다 겨냥해서 볼일을 보라니 나를 은근히 놀리는 것이 분명하다. 언짢은 티를 내려고 그녀를 보는데 그녀는 정말 아무 일도 없다는 듯이 태연하게 신문을 정리하고 있다.

저 머릿속에는 도대체 무슨 생각이 있는 걸까?

벨이 울렸다. 정태일 것이다.

"친군가 봐요. 나가 봐요."

"친구분도 사장인가 봐요? 벌써 퇴근하게."

발딱 일어나 쿵쿵거리며 현관으로 나간 그녀는 외마디 비명을 질렀다.

"이재욱. 너 여기서 뭐 하냐?"

정태의 걸걸한 목소리가 들렸다.

"소장님은 여기 왜 온 건데요?"

세상은 좁다. 어떻게 저 둘이 아는 사이일까? 그것도 이름을 막 불러도 되는 사이인 걸까?

엄마는 늘 나에게 말했다.

'죄짓고 살지 마. 너 죽기 전에 그 죗값 다 받으니까.'

무슨 죄를 얼마나 짓는다고 그러는지 모르겠지만 아무튼 나는 줄곧 그 말을 무심히 넘기고 모른 체했다. 그런데, 드디어 나는 엄마의 저주 같은 충고의 의미를 오늘 뜻하지 않은 이 자리에서 맛보게 된 것이다.

고정태 소장을 이 집에서 만나게 될 줄은 정말 상상도 못했다.

그와 나의 인연에 콘크리트를 바르다

윤신영 놈 머리에 불 지르고 나오면서 나는 고 소장에게 정말 미안했다. 엄마의 인생 모토가 '죄짓고 살지 말자.'였다면 고 소장의 인생 모토는 '옆에 앉은 놈하고 불장난하지 말자.'였는데 나는 그가 쳐다보는 앞에서 옆에 앉은 놈의 머리에 불을 지르고 표연히 나온 것이다.

아, 정말 인생은 요지경이다. 엄마는 1년을 말하고 10년을 말했지만, 정말 이렇게 빨리 내 죄와 마주하게 될 줄은 몰랐다.

"너, 뭐야?"

"보면 모르세요? 그새 제 이름 다 까잡쉈어요?"

내가 가진 대인 관계의 최대 강점은 줄기차게 뻔뻔하다는 것이다. 또한 그것은 최대 약점이기도 하다. 그리고 그것은 본능적이기에 저지르고 후회하지 않도록 계산이 먼저 나오질 않는다. 나는 여전히 뻔뻔하다.

"욱이 너 여기서 뭐 하는데?"

"간병요."

"누가? 네가?"

나도 내 처지가 가끔은 안 믿기는데 고 소장이야 오죽하겠는가.

"무슨 일이야?"

거실의 커다란 소파에 드러누워서 나와 고 소장의 옥신각신을 구경하던 집주인이 묻는다. 눈에 물음표가 가득하다.

"너 얘 알아?"

"내가 모르는 사람을 집에 들이는 거 봤냐?"

"둘이 어떤 사이인데 재욱이가 문을 열어 주는 거야?"

"숨겨 둔 세컨드요."

그것은 절대로 내 희망 사항이 아니고 이 시점에서 나올 말도 아닌데 난 또 지르고 만다. 두 남자가 다 턱도 없다는 표정을 짓더니 '저년이 미쳤군.'이라는 얼굴을 한다.

내 생각에도 미친 것 같다.

"앉아서 대화를 합시다. 서서 그러지 말고."

나는 아직도 뻘쭘하게 서 있는 고 소장을 끌고 들어왔다.

"농담으로 한 말 맞죠?"

"진담이길 바라나 봐요, 주인님?"

"네가 지니냐? 주인님, 주인님 하게?"

문화의 사각지대인 인간이 〈알라딘〉을 알다니 별일이다. 고 소장은 〈서편제〉도 모르고 〈바람과 함께 사라지다〉도 모른다.

"지니를 어떻게 아세요?"

"나도 만화는 본다. 푸르딩딩한 거 빼면 너, 딱 지니야."

"제가 웃통 벗고 다닙니까?"

백옥자도 모자라 지니라니! 나의 끝없는 추락은 어디까지일까?

"근데 소장님이 주인님 친구세요?"

"그래. 그러는 넌 뭐냐?"

"간병인요."

"정태, 너 〈미저리〉란 영화 안 봤지?"

집주인은 다리가 아니라 주둥이를 다쳤어야 했다. 입이 너무 멀쩡한 관계로 저런 부상에도 불구하고 나는 저 인간을 환자 취급할 수가 없다.

"〈미저리〉가 뭔데?"

우리 소장은 드라마나 영화 같은 거 못 본다. 남들 사는 거, 연애하는 거, 지지고 볶는 거 정말 재미없어한다. 저 인간에게는 오로지 스포츠뿐이다. 심지어 술김에 내가 말한 백옥자 이야기를 듣고 연말에 어디서 구했는지 모르지만 그녀의 사인이 첨부된 투포환을 주기도 했다. 그런 인간이니 〈미저리〉를 모르는 게 당연하다.
"그런 거 있어. 암튼 무섭고 불쌍한 여자야."
이게 무슨 말인가?
그렇다면 내가 불쌍하고 무섭다는 이야기인가?
"쥔님 말속에 공룡 뼈다구가 있구만요."
"그렇게까지 큰 뼈는 안 넣었어요."
자기 친구가 왔다고 그러는지 좀 깐죽거린다. 이강욱의 느낌이 슬슬 김선우 씨에게서 난다.
"그러다가 눈멉니다. 그만 째려보시지."
본능을 어찌 막겠는가. 나도 모르게 눈에 힘이 들어갔다.
"은혜를 원수로 갚다가 벼락 맞으면 허리 분질러져요."
"그게 아니지. 보너스 안 주고 버티다 분질러지는 거겠지."
"그건 천벌 받을 일이고."
"근데 이것들이 뭐하는 짓이야! 무슨 소린지 좀 설명해 봐."
우리 고 소장이 많이 참았다 했다.
"더 엉겨 놓지나 마."
"그렇죠. 소장님이 끼어들면 사태가 아주 심각해지죠."
"너 쫌 덤빈다. 야, 이재욱! 너 뭐 믿고 그러냐?"
"믿고 말고가 어디 있어요. 그저 전 고용주와 전 피고용인의 관계일 뿐인데."
"그건 아니지."

"그럼 변비도 아닌데 무슨 뒤끝이 남는다고 그럽니까? 다 끝난 사이지. 정이야 좀 있겠죠. 그래도 종무식을 몇 번 한 사이인데."
"네가 뭘 모르는구나."
"얼른 정리해서 말하세요. 재미없어요. 그리고 결정적으로 초밥의 신선도가 떨어지잖아요. 음식 앞에 두고 이게 무슨 벌 받을 짓입니까!"
"네가 더 말 많은 거 알지?"

계약을 따냈을 때나, 떼먹힐까 전전긍긍하던 공사 대금을 받아 왔을 때 고 소장은 모두 뻔히 아는 사실을 저런 식으로 재미없는 깜짝쇼를 해 가면서 발표했다. 대부분의 직원들은 시큰둥했지만 나는 그의 비위를 맞춰 가면서 때론 감동한 척, 때론 정말 대단하시다고 치켜세워 주는 척 했다. 이젠 안 그래도 된다.

"얘, 이재욱아."
"아, 왜요? 그렇게 풀 네임으로 부르는 거 별로인 거 아시잖아요?"
"너 아직 안 잘렸다. 윤신영이 잘렸다. 양다리 걸친 놈이 나쁜 놈이지, 양다리 걸쳤다고 왁스 잔뜩 바른 머리에 불 지른 네가 무슨 죄겠냐?"

이건 또 무슨 개뼈다귀 같은 소리인가.

고 소장이 나를 안 자르고 그놈을 잘랐다는 말보다 늘 가라앉아 있거나 시큰둥함을 띠고 있는 주인장 김선우 씨의 눈빛이 번쩍거리는 게 먼저 눈에 들어왔다. 쥐를 잡은 하이에나의 주둥이 비슷하게 올라가는 사악한 입꼬리를 보자마자 땅이 와르르 무너지는 것 같았다.

비밀은 없고 죗값은 반드시 치른다

나는 사람에게 갖는 기대가 별로 없다. 스스로에 대해서도 없는 기대를 내가 누군가에게 갖겠는가.

그런데 저 이재욱 양은 참 엄청난 기대감을 준다. 더군다나 심란한 인생을 사는 걸로는 동급 최강인 고정태와 엮여 있었다니 그야말로 유유상종이 아닐 수 없다. 비 오는 밤에 생리대 봉투를 집어 던질 때부터 예사롭지 않은 여인임을 간파했지만 방화까지 저지른 흉악범인지 어찌 알았겠는가 말이다.

정태가 그녀의 악행을 말하자마자 그녀의 얼굴은 심각한 흙빛으로 변했다. 그리고는 얼토당토않은 핑곗거리를 읊은 뒤 가방을 들고 줄행랑을 쳤다.

정태가 왜 그러냐고, 어디 아프냐고 눈치 없이 덤비자 이재욱 양은.
"소장님, 어디 집 지어 놓은 거 안 무너졌대요?"
하고 앙칼지게 독을 품고 물었다.

"왜 무너져, 집이?"

"소장님에 대한 마지막 인간적 신뢰가 방금 무너졌거든요. 삼풍 백화점처럼……."

성철 스님 선문답 같은 말을 내뱉고는 집을 뛰쳐나갔다. 그럼에도 불구하고 정태는 여전히 사태 파악을 못한다.

"야, 쟤 왜 저러냐?"

"넌 그게 나 때문이라고 생각하냐?"

"그럼 나 때문이냐?"

저 모양이니 나도 한 번 갔다 온 장가를 아직 못 간 거다.

"고정태야. 사람이 말이다."

"서론이 길다. 본론만 말해."

저 곰 같은 녀석은 아직도 모른다.

"나이를 먹으면 저절로 생기는 게 눈칫밥이거든. 내가 보기에 저 여인은 불 지르고 어쩌고 했다는 말에 돈 거 같은데?"

"그게 뭐?"

"내가 듣기에는 그게 좀 치명적인 상처랄까. 아무튼 저 천하무적 미저리의 약점인 듯한데 네놈이 그걸 건드린 것 같은데."

"기집애. 난 개인적으로 그 방화 사건이 멋지다고 생각하는데."

친구라고 한 놈뿐인 게 어째서 저 자식일까?

"그 방화 사건이 뭔지는 몰라도 저 아가씨가 다음에 또 불을 지른다면 그 대상이 너일 듯싶다."

"아, 왜 나한테 그래? 난 진짜 아무 짓도 안 했다니까!"

저 이해력으로 수학 문제를 풀고, 건물 도면을 그리면서 집을 짓고, 또 거기다 밑에 직원들까지 두고 사무실을 운영한다는 것이 새삼 놀라웠다.

초밥을 우걱우걱 씹어 대면서 스포츠 채널을 틀고 백세주를 병나발 부는 정태를 보다가 재욱이가 뛰쳐나간 현관문을 물끄러미 쳐다보았다.

내일 그녀가 오지 않으면 어쩌나 싶다. 만약 내 다리가 움직일 수 있다면 그녀를 잡으러 뛰어나가지 않을까 하는 순간 나는 화들짝 놀랐다.

도리도리로 정신을 가다듬다가 나는 이재욱이란 문득 사람이 궁금해졌다. 그래서 액면 그대로 다 믿기는 어렵겠지만 그 궁금증을 해결해 줄 유일한 인간인 정태를 목발로 살짝 찌르면서 물었다.

"근데 그 방화 사건의 전모가 뭐냐?"

정태는 입술 옆으로 흐르는 술을 손등으로 쓱 문지르면서 눈을 반짝였다. 스캔들과 가십 그리고 스포츠가 이 자식의 생존 전략이라는 사실이 조금씩 고마워지고 있었다.

정태가 잠이 든 뒤에야 내 집에서 내 돈으로 산 텔레비전 리모컨이 내 손으로 돌아왔다. 윙윙거리는 야구 중계에 진저리를 내고 텔레비전 전원을 껐다. 저 자식의 코 고는 소리만 아니면 정말 완벽한 고요겠지만 이게 어딘가.

이재욱 양의 지난 연애사를 리얼 다큐멘터리로 침 튀기며 엮어 대던 정태 덕분에 나는 그녀가 어째서 우리 집의 임시 파출부가 되었는지 앞뒤를 맞출 수 있었다.

그와 더불어 그녀의 실패한 연애를 가볍게 여기든 아니든, 정태가 재욱 양을 참으로 예뻐한다는 것도 알았다.

"신영이 그놈이 진짜 뺀질대거든. 재욱이 옆에 붙여 놓으면 실하게 일할 줄 알았는데 그게 아니었던 거야. 신영이 아버지가 우리 지도 교수였잖아. 이놈이 하도 문제를 일으키니까 교수님이 나한테 보낸 거지. 이번이 마지막이다. 이번에 잘못되면 한국에서 쫓아낼 거라고 하셨는데 이 사달이 났으니, 원."

"상해죄로 고소 안 했냐? 그거 살인 미수잖아."

"교수님이 아들놈한테 입만 벙긋하면 뒷마당에 묻어 버린다고 밟아 놨지. 여자 문제 아니면 돈 문제로 속 썩이는데 내 사무실에서까지 그랬다고 소문나 봐. 그놈도 이 업계에서는 끝난 거지."

"그럼 나름대로 네 사무소가 업계에서는 막장이란 말이네."

"막장이라니 그건 아니지. 스파르타식으로 기본을 가르칠 수 있는 그런 교육 기관이다 싶었겠지."

"근데 재욱이는 전혀 그 사실을 모르는 거 같던데?"

"그래? 하긴 모르겠지. 내가 말해야 하는데 휴대폰로 또 집으로 전화해도 안 받더라고. 사람 일 모른다고 계집애가 낮에 뭐 하고 돌아다니나 했더니 네 간병인으로 아르바이트 뛰고 있을 줄은 몰랐지."

"그럼 조만간 복직하겠네."

"복직은 무슨. 그냥 내가 휴가 처리해 놨어. 관둔 사실이 없으니 복직할 필요가 없는 거지."

세 번째 백세주 뚜껑을 따면서 정태가 생뚱맞게 날 쳐다봤다.

"근데 너 언제부터 재욱이랑 그렇게 이름을 부르는 사이가 된 거냐? 재욱이는 자기 이름 부르는 거 무지 싫어하는데."

"내가 언제 이름을 불렀어. 꼬박꼬박 이재욱 씨라고 부르는데."

"내가 잘못 들었나? 아닌 것 같은데."

"미친놈. 술을 귓구멍으로 먹나. 이제 헛소리까지 듣고 지랄을 하는구나."

정태가 한 길 더 날뛰었지만 나도 안다. 내가 그녀를 '재욱이'라고 했다는 걸.

나보다 한참 어린 데다 내 친구의 부하 직원이면서 내 간병인이니 이름 부르는 것은 이상한 일이 아니다. 그런데, 그럼에도 불구하고 기분이 이상했다.

만약 이재욱 양께서 나를 버리고 다시 전도유망한 건축사의 길로 돌아간다면 나는 어찌해야 할까?

사람을 다시 새로 쓴다는 것 자체가 나에게는 공포다. 타인에게 익숙해져야 하는 일은 아버지를 대하는 것만큼이나 두려웠다.

그녀가 내 속옷을 빨겠다고 해도 이제는 놀라지 않는다. 또 불쑥불쑥 문을 열어젖히면서 이런저런 질문을 두서없이 해도 맞받아칠 수 있고 나름대로 말싸움하는 재미까지 붙었다.

갑자기 그녀가 오지 않는다고 생각하자 불안해졌다. 스스로도 그녀에게 간병을 부탁한 것에 대해 의아해하고 있지만 그때의 최선은 재욱이었다. 그녀는 골절의 경험을 바탕으로 나를 부축했고 힘이 좋았으며 무엇보다 낯익은 사람이었다.

몸이 성해도 처음 보는 사람이 내 곁에 있는 게 불편하다. 그렇다면 나름대로 안면을 트고 있던 그녀가 간병해 준다면 나는 그나마 덜 불편할 거라고 생각했다. 그런데 지금 이 시점에서 정태가 그녀를 복직시키겠다고 한다면 내 처지가 참으로 곤란해진다. 어떻게 해야 그녀가 정태 놈의 사무실로 복직하는 걸 미룰 수 있을까?

코를 고는 정태를 물끄러미 보다가 묘안이 떠올랐다.
나는 역시 사채업자이다. 아무리 부정하려고 해도 본성이 나오는 걸 보면 말이다. 하지만 이번에는 그 사실이 별로 괴롭지 않았다. 오히려 사악하게 웃으면서 나는 쾌재를 불렀다.

"재욱이가 심정이냐?"
정태가 버럭 소리를 질렀다.
"어음 회수한다."
"이거 이거 미친 거 아냐?"
"야, 인마. 친구 좋다는 게 뭐냐? 나 잘 알잖아. 나 저 여자한테 적응하는 데 고생 많았다."
"네가 지랄 맞아서 그런 거지."
"그러니까 네가 날 좀 봐줘라."
"내가 어떻게 재욱이한테 네 수발을 들라고 해. 차라리 내가 들게."
"어음 진짜 돌린다."
"그게 말이 되냐고?"
"되고 안 되고를 따지지 말고, 네가 친구라면 나를 위해서 희생을 해. 조건도 좋잖아."
"재욱이가 알면 너하고 날 동아줄로 묶어서 시너 뿌리고 불 싸지를걸."
"그렇게 되면 안 되지. 너는 그냥 입만 다물고 있으면 돼."
"안 잘랐다고 그랬는데?"
"모르긴 해도 이재욱은 네가 연락할 때까지 절대로 너 안 찾아간다."

저 자식은 3년이나 같이 일했다면서 그녀를 몰라도 너무 모른다.
"그래도 될까?"
"당연하지. 너 6개월 치 이자 탕감, 그게 보통 일인 줄 아냐?"
나는 정태가 2년 전에 돈을 빌리면서 발행한 7억짜리 어음을 무기로 거래를 했다. 그리고 단순한 고정태는 거래에 맥 놓고 넘어오고 있다.
"그러다 재욱이가 딴 직장 알아보면?"
"걔가 그렇게 인재냐?"
"내 오른팔이라니까."
"오른팔 없이 참 오래도 버틴다. 결정해. 오른팔 없이 버티는 3개월에 6개월 이자 탕감하든지, 아님 7억을 바로 상환하든지."
정태의 눈이 가늘어졌다. 오랜만에 보는 진지한 고뇌의 눈빛이다.
"그럼 절대로 재욱이한테 말하지 마."
"나도 목숨 아까운 줄 알아. 걱정 마."
"근데 너 설마 재욱이한테 딴맘 품는 건 아니지?"
어이없다가 옆구리가 조금 찌르르하다. 왜 그럴까?
"나 눈 높다. 내가 너냐?"
"나도 재욱이는 여자로 안 본다. 걘 내 여동생이나 마찬가지야."
"재욱이는 네가 오빠인 거 싫어할걸. 자, 계약 체결된 거야. 각서 써."
"그걸 왜 쓰냐?"
"왜 쓰긴. 너 내가 전직 사채업자인 거 몰라? 증빙 서류 없이 내가 미쳤냐?"
나는 미쳤다. 그러니 이런 어이없는 일도 저지르는 것이다. 아무튼 당분간 나의 평화를 위해서 그녀가 필요하다. 그녀의 넘치는 힘과 날 가끔 웃게 하는 그 입담, 그리고 날 보살펴 줄 파출부로 말이다.

　이제 사람들은 사랑이라고 말하지 않는다.
　사랑이 시작되었다거나, 사랑이 끝났다거나 그런 말을 하지 않는다. 그저 연애라고 말한다. 연애와 사랑이 어떻게 차이 나는지 나는 모른다. 그저 어감만으로 나는 사랑하는 일이 '연애질'로 매도되는 것 같아 그 말이 싫다.
　연애질을 하다가 등에 칼 맞았다고 신영이의 머리에 불을 지른 건 아니다. 나는 그놈이 내 사랑을 가볍고 천박한 연애질로 만든 것에 분노했다. 언젠가 읽었던 ≪조개 줍는 아이들≫이란 책에 아주 느끼한 남자 주인공이 재수 없는 여자 주인공에게 죽기 전에 편지를 쓴다. 둘 다 너무 재수 없어서 이놈이 언제 죽나 기다렸는데, 그는 편지 말미에 이렇게 썼다.

　내 사랑…….

　그는 목소리가 아니라 글로 말한다. '내 사랑'이라고.
　달빛이 좋은 날, 꽃이 흐드러지게 핀 길을 걸으며 나는 혼자 중얼거린다.
　"내 사랑……."
　춘향이를 부르는 몽룡이도 '어화둥둥 내 사랑'이라고 하기에 나는 늘 꿈꿨다. 낮은 목소리로 나를 '내 사랑'이라고 불러 주는 어떤 남자를 말이다.

결국 내 소원은 30년을 사는 동안 소원으로만 남았다. 나는 연애하는 남자들에게서 사랑을 꿈꿨다. 하지만 결국 실패한 연애질이 되었다. 아마 고 소장, 그 인간은 신영이를 욕하고 나더러 잘했다고 말해 주면 내 상처가 아물 수 있고, 또 그것이 나에 대한 배려라고 생각할 것이다. 하지만 나는 실패한 연애가 아니라 연애가 사랑이 아닌 것이 서러웠다.

비록 '내 사랑'이라고 불러 주는 남자가 없어도, 또 내가 죽을 때까지 못 듣는다고 해도 나는 그런 사랑을 꿈꾼다.

"저녁 이걸로 때우려고?"

태일 엄마는 우리 집 일에 관심이 많다.

오늘 엄마는 회식이 있다고 했고 혜진이는 자율 학습을 하고 오면 당연히 늦을 것이다. 밥이 있을 턱이 없다. 내가 하지 않았으니까. 오늘같이 내 위장만 해결하면 되는 날이면 나는 컵라면과 김밥으로 끼니를 때운다. 들어가는 길에 김밥 한 줄을 사고 태일이네 가게에서 육개장 사발면을 샀다.

"네. 그냥 이거 먹고 말려고요."

"속 다쳐. 뼈밖에 없는 게 이렇게 먹고 어쩌려고?"

"그 뼈가 용가리 통뼈라서 다들 살도 많은 줄 알아요."

"그러니까 슬쩍슬쩍 만져 보게 하고, 주물러 보게 하고 그래."

"네. 한 놈만 걸리면 바로 들이밀려고요."

이런 대화는 이제 일상이 되어 버렸다. 나는 남자에 굶주려서 준

비된 여자가 되기를 자처한다. 그것이 서른 살이 되도록 같이 살 남자와 자식이 없는 여자를 대하는 세상의 눈이라면 거기에 맞게 살아 주면서 묻어가기로 했다.

대문까지 가는 동안 왜 내가 이렇게 침울하고 심란해하는지 생각했다. 왜 이렇게 방정맞고 앞뒤 진혀 안 가리는 고 소장의 입이 미울까.

솔직히 나는 그 이유를 안다.

김선우 씨가 아는 게 싫어서다.

정말 내 죄를 개나 소나 다 알아도 쇠고랑 차고 잡혀가지만 않는다면 나는 무용담으로 떠벌리고 다닐 수 있다고 생각했다. 그런데 아닌가 보다. 아직은 내게 상처라서, 너무 쪽팔리고 아파서 다른 사람이 아는 게 정말 싫다.

하지만 지금 내가 할 일은 쪽팔리는 일 다 제쳐 두고 이 사발면을 맛있게 불려서 숨겨 놓은 소주와 더불어 내 위장에게 기쁨을 주는 것이다.

현관문은 열려 있었고 거실에 불이 들어와 있었다.

강욱이가 모처럼 일찍 온 거라면 나는 또 그 자식의 저녁을 열두 첩 반상으로 차려 내야 한다. 참으로 짜증 나고 고까운 일이다.

그런데 의외의 상황이 펼쳐지고 있었다. 훤히 보이는 거실 미닫이문 안쪽에서는 강욱이와 혜진이가 저녁을 먹고 있었다. 상은 그득했고 식탁 한가운데 위치한 찌개는 김을 내뿜고 있었다.

컵에 물을 따르면서 혜진이가 뭐라고 말하자 이강욱이 웃었다. 똥폼 같은 거 없이, 내가 30년을 보아 온 이강욱이 아닌 것처럼 웃는다.

정말 기분이 이상했다. 뭐라고 설명할 수 없는 낯선 느낌이 들었다. 아무래도 오늘 나는 정상이 아닌 것 같다.

왠지 그냥 불쑥 들어가기도 뭐해서 나는 유리문을 톡톡 두드렸다. 둘 다 고개를 돌렸지만 혜진이만 예쁘게 웃으며 예의 바르게 일어나 알은척했다.

"어, 언니. 왜 전화 안 받았어요? 오늘 해물탕 끓여 놓고 언니 기다렸는데."

기억난다. 난 항상 그 집 싱크대 위에 휴대폰을 놓고 일한다. 누가 칼 들이미는 것에 놀란 노인네처럼 뛰쳐나왔으니 당연히 놓고 왔다.

"놓고 왔나 보다. 젠장."

"말본새 봐라."

"쟤도 다 알아. 새삼스럽게."

"낙지도 두 마리 넣었는데. 다리 한 서너 개는 남았을 거예요."

안 먹고 만다. 더구나 양다리에 데었는데.

그런데 낙지 다리가 몇 개더라?

싱크대에서 대충 손을 씻은 후 혜진이가 챙겨 놓은 밥그릇 앞에 앉았다. 강욱이는 심드렁한 본연의 자세로 돌아가 날 쳐다보았다.

"뭘 보셔? 오라버니?"

"넌 어쩌다 들킨 거냐?"

"어떤 거? 한두 개여야지."

"엄마가 변호사와 상담할 만한 걸로 들킬 게 뭐가 있다고 생각하냐?"

"무슨 소린데?"

"너 그놈 화형식한 거 말이야."

"그거 네가 뽀록 낸 거 아니야?"
"나도 시끄러운 거 싫어. 엄마한테 말 안 한다고 그랬잖아."
그렇다. 이강욱은 웬만해서 엄마한테 먼저 나서서 불 놈이 아니다.
"그럼 누구지?"
"언니, 무슨 얘긴지 나도 좀 궁금한데."
"혜진이가 인생을 이렇게 살면 절대로 안 된다는 교훈석인 이야기지만, 너무 폭력적이고 선정적이라서 말해 주기가 좀 그렇다."
 저 인간도 말을 저렇게 친절하게 할 수 있다는 걸 나는 오늘에서야 알았다. 어쩌면 여자 앞에서의 강욱이는 내가 아는 이강욱이 아닐지도 모른다. 다른 사람들 앞에서는 심드렁하고 재수 없는 얼굴로 비아냥거리지 않는구나 싶으니 저 인간이 더 재수 없었다.
"별거 아냐. 내가 연애하던 놈이 바람을 피우기에 머리에 확 불 질렀어."
"에?"
 아이의 눈이 커진다. 놀랄 만한 이야기이긴 한가 보다.
"별거 아니잖아."
"잘한다. 네가 나중에 별거로 연애질했다 엎어서 또 시끄러워지면 도대체 무슨 일이 생기는 거냐?"
"아직 새 연애를 시작 안 해서 잘 몰라. 왜? 궁금하냐?"
"재욱아."
 젓가락으로 깨작거리던 나는 무거운 눈꺼풀을 들어 강욱이를 봤다. 저 인간이 느끼하게 나올 때는 내 밥맛에 대한 고려가 없다는 뜻이다.
"나 밥 먹거든. 밥이나 먹게 입 좀 다물지."

"너 밖에서 물벼락이나 날벼락 같은 거 당했냐?"

"그랬으면 좋겠어?"

"오늘 너 좀 이상해."

"네가 매번 하는 말이잖아. 엄마, 재욱이 쟤 진짜 이상해. 나 원래 이상한 거 몰라?"

"정도가 오늘은 심하다 이거지."

"나도 잘 모르는 엿 같은 기분이 있거든. 내가 나중에라도 알게 되면 너한테 꼭 말해 줄게. 네가 똥을 싸고 있든, 수술방에 들어가서 칼질을 하든. 그러니까 지금은 내버려 둬."

나는 밥을 꾸역꾸역 다 먹었다. 혜진이가 공들여 끓여 놓은 해물탕도, 엄마가 이천까지 가서 사 온 쌀로 지은 기름진 밥도 모두 맛을 모른 채 한 숟가락도 남김없이 먹어 치웠다.

도대체 나를 이렇게 가라앉도록 하는 것이 무엇이며 또 얼마나 가라앉았기에 저 이강욱이 내 눈치를 보는 걸까?

눈을 동그랗게 뜨고 나를 바라보는 혜진이가 내 눈치를 볼까 봐 나는 부엌을 나가면서 씨익 웃었다. 억지로 웃어서 그런가. 내 얼굴에 쥐가 나는 거 같았다.

잠이 오지 않았다.

강욱이가 자고 가는 바람에 나는 베개를 들고 엄마 옆에 누워 별 하나, 별 둘 하며 날을 새웠다. 푸르게 터 오는 동을 느끼며 나는 절망했다. 정말 자야겠다는 절박함만을 가지고 이렇게 밤을 새우다니. 내 인생이 어디로 어떻게 흘러가려는 걸까?

목욕 가방을 챙겨 새벽길을 걸으면서 나는 문제가 뭔지 정리했다.

우선, 그 집에 다시 가야 하는지 아닌지 생각했다.

사실 어제 내가 집을 뛰쳐나온 건 참으로 꼴값스러운 오버였다. 연애는 죄가 아니고 상처받은 사람은 나다. 그러니까 의연해도 되는데 고 소장의 폭로에, 놀란 김선우 씨의 표정에 절망해서 도망쳤다. 그것은 누가 뭐래도 내가 오버한 거였다.

동네 찜질방 앞에서 나는 발길을 돌렸다.

윤신영과의 연애는 실패했다. 하지만 그 꺼림칙한 끝이 계속 내 현재와 미래에 영향을 끼친다면 사랑도 아닌 것에 질질 끌려다니는 꼴이다. 내 앞에는 나도, 엄마도 모르고, 아마 신도 신경 안 쓸 시간들이 있을 테니 별거 아닌 일로 괴로워할 필요는 없다.

커다란 목욕 가방을 둘러메고 씩씩하게 박물관 같은 방배동의 희멀건 집으로 걸음을 옮겼다. 새벽을 사는 사람들이 눈에 들어온다. 어깨에는 힘이, 코에 바람이 들어가고 힘이 솟는 거 같다.

새로운 하루가 시작된다. 아자!

After shaving

 정태가 내 집에서 뭉개고 자는 날은 항상 잠을 못 잔다.
 나는 예민하다. 바스락거리는 소리에도 깨고 지나가는 자동차의 헤드라이트 빛에도 놀라 깬다.
 내 예전 마누라 미연이는 나더러 언제나 신경을 송곳처럼 갈고 또 갈아 뾰족한 상태로 유지해서 자기를 찌른다며 피곤하다고 했다. 그래서 못 살겠다고 자기를 힘들게 한 대가로 돈을 많이 달라고 했다. 나도 미연이가 주장하는 내용에 어느 정도 공감했기 때문에 원하는 만큼은 아니었지만 방배동 어머니가 길길이 뛸 만큼의 위자료를 지급했다.
 정태가 피워 댄 퀴퀴한 담배 냄새가 방에 차 있지만 창문을 열기 위해 무모하게 몸을 놀리고 싶지 않았다.
 어제 정태의 빚을 이용해서 계획한 이재욱 붙잡기 시나리오는 유치하고 치졸하며 꼴값이었다. 하지만 나는 새로운 파출부나 간병인에 스트레스를 받고 싶지 않다. 이제야 나는 재욱이에게 적응이 되고 있었다. 더구나 지루하기 그지없는 투병 기간 동안 나는 그녀의 넘치는 힘과 신기하고 놀라운 정신 세계가 필요하다.

비록 은연중에 나를 신경 쇠약증 환자 취급을 하지만 어쨌든 그녀는 내가 만나 본 사람들 중에 특이하고 웃기는 인간으로 손꼽힌다.

뼈가 도로 붙을 때까지 나는 그녀를 옆에 붙여 두기로 했다. 무엇보다도 그녀는 고정태를 다룰 줄 안다. 시도 때도 없이 쳐들어와 내 평온한 집을 난장판으로 만드는 저 자식을 집어다 버릴 수 있는 사람이다.

저놈은 친구도 아니다. 아무리 술이 떡이 되었기로서니 나 같은 환자를 앞에 두고 널브러져서 자빠져 잔다.

처음에는 절대 안 된다고 버티더니만 6개월 치 이자에 환장해서 재욱이를 버렸다. 저런 놈은 벌 좀 받아야 하는데 지금의 나는 정태를 이길 수 없으니 적당한 때에 그녀에게 이 거래에 대해 넌지시 귀띔하면 자동으로 해결될 것이다. 어쩌면 그녀는 저 자식을 구덩이에 묻은 후 시너를 뿌리고 성냥을 그어 버릴지도 모른다.

정태가 술에 취해서 날 방치하는 바람에 나는 불편한 소파에 누워 꼼지락거리면서 밤을 새웠다.

나는 정말 무기력하게 시간이 지나가길, 그래서 정태가 깨어나 나를 화장실에 데려다주고 침대에 눕혀 주기를 바란다. 그리고 하느님이 날 굽어살피시어 그녀가 툴툴거리며 다시 돌아와 내게 물수건 일곱 개를 만들어 주고 그 수건으로 몸을 닦을 수 있기를 바란다. 또한 지은 죄에 합당한 벌을 내려 저 고정태를 쓰레기봉투에 넣어 버려 주길 정말 간절히 기도한다.

이렇게 원하는 걸 하나둘 생각하는 것은 암울한 처지에서 한 줄기 빛 같은, 시간 때우기 방법인 듯하다.

6시 49분이 되었다.

뉴스를 보기 위해 다시 텔레비전을 켜는데 삑삑 전자 키 누르는 소리가 났다. 설마 하고 현관을 봤을 때 나는 정말 심장이 멎는 줄 알았다.

이재욱 양께서 아무 일도 없었다는 듯이 커다란 넝마 가방을 둘러메고 중문 앞에 삐딱하게 서서 정태를 꼬나보고 있었다.

"이러고 밤새웠어요?"

나는 눈물이 나올 만큼 그녀가 반가웠다.

"네."

"미친 거 아니에요?"

"저 자식은 미친 게 맞고 난 미치기 직전이에요."

"그러고 앉아 있으면 뼈가 안 아파요?"

"아파요. 정말 무지 아파요."

그녀는 성큼성큼 걸어 들어와 나를 부축해서 방으로 옮겨 주었다. 내 뼈는 살짝 금이 간 상태이므로 전신 마비 환자처럼 취급하지 않아도 되는데 그녀는 나를 위해 아주 심하게 조심하고 있었다.

밤새 목메게 그리워하던 침대에 눕혀지고 내 등을 베개 두 개가 포개어 받혔다. 그리고 그녀는 양말을 벗겨 주고 이불을 목까지 덮어 준다. 늦봄 새벽 공기가 아무리 선뜩하다지만 좀 오버다.

말도 없이 욕실로 들어간 그녀는 수건 일곱 개를 가지고 나와 내 옆에 앉는다.

"고마워요. 이제 좀 살 것 같네요. 내가 닦을게. 줘요."

"내가 해 줄게요. 입 다물고 가만히 있어요."

엄청난 카리스마였다. 감히 거역할 수 없는, 아주 독한 무언가가 풍겼다. 가끔 이 세상을 살짝 비껴가 주신 듯한 얼굴로 뜬구름 잡는 이야기나 말대답을 따박따박하던 그녀가 아니라, 아주 무서운 유모 같은 분위기로 그녀는 내 몸을 구석구석 닦아 주었다.

나는 그녀의 옆얼굴과 어깨 그리고 속눈썹을 본다. 삭삭 다른 공장에서 잘 만든 부속품을 하나로 조립하다가 약간 실패한 느낌이 들었다.

눈빛이 아주 깊어 보인다고 생각하다가 순간 화들짝 놀랐다. 사람이란 동물이 그렇다. 본인의 처지가 각박해지고 서러워지면 판단이 이렇게 흐려지고 맛이 간다.

아무 일도 없다는 듯이 방에 걸레질을 하고 난 뒤의 얼굴이 저렇지 않았을까 하는 개운한 표정으로 그녀는 나를 보고 물었다.

"수염이 많이 자랐네. 갑갑하죠? 욕실에 있는 거 쓰면 되죠?"

내 대답을 듣지도 않은 채 그녀는 욕실로 들어가 달그락거린다. 나는 멍하니 살짝 열린 욕실 문을 집중해서 쳐다본다. 왜 저러는 걸까? 혹시 그녀가 일을 그만두려고 온 게 아닌가 싶었다.

심장이 발등에 떨어져 굴러다닌다.

김이 나는 수건과 면도 크림, 면도기를 들고 나온 그녀는 내 옆에 앉는다. 그러고는 수건을 내 얼굴에 다짜고짜 덮어 놓은 후 떡 주무르듯이 내 얼굴을 마구 주물럭거린다. 입술을 깨물고 고통을 참으려 했지만 정말 아팠다. 그래서 나도 모르게 낑낑거렸다.

"왜요? 아파요? 이게 아닌가?"

"뭐가?"

"면도하기 전에 수건 찜질을 하는 건지, 한 다음에 하는 건지 헷갈리네요."

"제대로 하는 거 같지만 좀 살살 주무르는 게 어때요?"

"그런가? 근데 성의를 봐서라도 좀 참고 계시는 게 어떨까 싶은데요, 주인님. 어떻게 된 게 잘 좀 해 주려고 해도 불만이시지!"

"잘 좀 제대로 해 주시면 불만이 없겠죠."

"참아요. 내 테크닉이 여기까지니까."

그러고는 미처 불리지도 않은 수염에 면도 크림을 덕지덕지 발랐다. 눈에 거품이 들어갈까 봐 질끈 감았지만 그래도 수염이 있는 곳에만 크림을 바른 듯 눈이 맵지는 않았다.

"이러고 보니까……."

그녀가 내 얼굴을 유심히 본다.

"그러고 보니까 어떤데요?"

"생크림 같은 게 맛있겠네."

이게 또 무슨 말인가. 내가 맛있어 보인다는 말이 아닌 건 알지만 멀쩡한 남의 얼굴에 면도 크림 발라 놓고는 생크림 케이크 어쩌고 하면서 들이대는 저 여인의 뇌 구조는 도대체 어떻게 구성되어 있단 말인가!

"배고픕니까?"

"아침부터 생크림 케이크가 당길 만큼 좋은 비위는 아니에요."

그녀는 멍하니 허공을 보면서 딴청을 한다.

정말 난감한 인물이다.

"이러고 언제까지 있을 건데?"

일부러 그런 것은 아닌데 목소리에 나도 모르게 짜증이 섞인다.

"아, 맞다."

내 짜증을 아는지 모르는지 그녀는 천진하게 현실 세계로 돌아온다. 어쩌면 그녀의 머릿속에는 외계인이 살고 있을지도 모른다.

그래도 이재욱 양은 제법 요령 있게 면도해 주었다.

시각거리는 소리, 면도기를 헹구면서 나는 잘랑거리는 물소리, 내 몸과 면도날이 만나면서 내는 소리에 몸이 점점 나른해지는 것 같았다.

"왜 이렇게 일찍 온 건데?"

"이 아저씨가 은근히 말 놓네."

"그래서?"

"내가 칼 들고 있는 거 잊었나 봐."

"왜, 그 칼로 내 목이라도 그어 버리려고?"

갑자기 모골이 송연해졌다. 정태와 '재욱이, 재욱이.' 하며 밤을 새웠더니만 그녀가 눈앞에 있는데도 말이 짧아졌다.

"회칼이 아니라서 이딴 걸로는 기스밖에 안 나요."

펄펄 뛰지도 않고, 꺽꺽 흥분도 안 하고, 그녀는 비교적 순순히 내 수염을 깎아 준다.

"쥔님, 얼굴이 좀 크네."

그건 아니다. 내가 조인성만 한 얼굴은 아니지만 결코 큰 얼굴도 아니다. 더구나 그녀에게 이런 말을 들으니 빈정이 확 상한다.

"그렇게 말하실 처지가 아닐 텐데."

"내가 지금 내 얼굴 면도합니까? 내 처지를 들먹거리시게?"

"일이 서툰 걸 감추겠다는 계산으로 내 얼굴이 크다고 하시나 본데 그건 아니라고 봐."

"입 다물어요."

수건 물 짜는 소리가 난다 싶더니 그녀가 차갑다 싶은 수건으로 얼굴을 확 덮어 버리고는 꼼꼼히 닦아 낸다. 눈에 그녀의 얼굴이 보이지 않아서인지, 아니면 잠을 못 자서인지 모르겠지만 기분이 이상했다. 눈두덩을 꾹꾹 누르고 관자놀이를 지압해 주는 손길에 자꾸 나른해진다.

"됐어요."

수건을 걷어 낸 후 그녀는 아주 만족스러운 표정으로 내 얼굴을 쓰윽 만진다.

"흐음. 훌륭해."

"건축사 걷어치우고 면도사로 나설까 생각하는 건 아니죠?"

"그래도 될까? 어떠서? 좋죠?"

"애인들 면도 해 주고 그랬나 봐? 내가 본 집안일에 비해서 단연 군계일학이신데?"

"애인 놈들은 머리에 불 놓기 바빠서 면도는 안 해 줬어요."

한숨을 살짝 쉬면서 그녀가 웃었다. 면도 도구를 챙기고 수건을 접으면서 입가가 오른쪽으로 올라가게 웃었다.

"어릴 때 용돈 좀 벌려고 일요일마다 삼천 원씩 받고 아빠 얼굴을 면도했어요."

"어쩐지! 처음 해 본 솜씨는 아니다 했어."

"그럼요. 5년 넘게 해 드렸는데."

"요즘은 얼마나 받아요? 요금은 인상했어요?"

"요즘이 뭐예요. 아빠 돌아가신 지가 언젠데."

그녀는 아무렇지도 않게 말하지만 나는 김병현의 강속구가 심장에 박히는 기분이었다. 말문이 확 막혔다.
"촌스럽게 미안하다고 하려고요?"
그녀가 아무렇지도 않은 듯이 또 날 내려다보고 어린애 달래는 듯한 표정으로 말한다.
"내가 왜 미안해야 하는데? 하나도 안 미안해."
"미안하다고 좀 하시지. 그게 공식이잖아요. 드라마도 안 봐요?"
"재욱 씨 아버지가 돌아가신 걸 알고 있던 것도 아니고 그 시점이 언제인지도 모르는데 미안할 일은 아니라고 봐요."
"하긴. 나도 드라마 보면서 지랄들 한다, 그랬던 거 같아."
"아침부터 입이 좀 거친데?"
"고 소장님 밑에서 3년 있었더니 입에 붙었어, 그 지랄이."
"그런 거 배우지 마요. 혼삿길 진짜로 막히니까."
"이미 한 90퍼센트는 막혔다고 봐."
"왜? 방화 사건 땜에?"
"그렇지."
"모르는 사람 만나서 살면 되지. 그런 걸로 겁먹는 건 어울리지 않아."
"죄짓고 못 사는 거라고요. 쥔님이 고 소장 친구인 것만 봐도 그렇잖아요."
"그런 거 무서워할 사람은 아닌 것 같은데."
"무서워요. 내가 연쇄 살인범도 아닌데 아무리 홧김이라지만 멀쩡한 사람 머리에 불 놓고 안 무서웠겠어요? 옆 사람이 사이다 들이부어 불 다 꺼진 것 보고 아주 씩씩하게 문을 열고 나오긴 했지만……."
그녀가 달라 보인다. 갑자기 다른 사람이 내 앞에 있는 것만 같다.

"근데?"

"계단을 내려가다가 다리가 덜덜 떨려서 주저앉았잖아요. 내 머리나 가슴보다 다리가 먼저 공포를 느꼈나 봐."

"다 지난 일이라며?"

"다 끝난 일이지요."

잠시 침묵.

그녀는 수건을 만지작거리고 나는 또 그런 그녀를 바라봤다.

사람은 정말 알 수 없는 존재다. 방금 전까지도 나는 이재욱이라는 사람의 행동을 예측했고 생각을 가늠했으며 그녀를 거래에 이용해 먹기도 했다. 그건 분명히 그녀를 만만하게 봤다는 이야기인데, 나는 지금의 이재욱이 낯설고 어려워졌다.

침묵을 깬 건 그녀였다.

"밥 먹을래요?"

"흰쌀밥에 물 말아 먹으라고?"

"라면에 햇반 말아 먹읍시다."

"난 그거 안 먹어요. 난 라면에 밥 못 말아 먹어."

"왜?"

"개밥 같아서."

그녀가 뜨악한 얼굴로 날 쳐다봤다.

"이게 또 무슨 개 같은 소리셔?"

"어릴 때 집에서 키우던 큰 개가 있었는데 그놈이 매일 라면에 밥 말아 놓은 거 먹었거든."

그녀는 분명 한심하다는 얼굴로 나를 보았다.

"걔 일찍 죽었죠?"

"어. 어떻게 알아?"
"불쌍한 강아지. 라면만 먹였는데 오래 살겠어요?"
"아닌데."
"그럼, 그 밥에 고깃국이라도 줬어요?"
"아니, 그게 아니라 우리 아버지가 사무실 사람들이랑 복날 잡이 드셨는데. 오래 못 살았어."
"아하. 어이 상실입니다, 주인님."
"난 딴거 줘요."
그녀가 성질을 팽 내고는 밖으로 나갔다.
그녀가 받쳐 둔 베개에 기대고 편하게 누우면서 흡족하게 웃었다. 결국 소리까지 내서 웃다가 한참 멍하니 앉았다.
왜 이렇게 즐거울까?
도대체 왜?

코를 골면서 자는 고 소장보다 내 눈에 먼저 들어온 것은 언제나 새파랗게 면도를 해 대던 김선우 씨의 덥수룩한 얼굴이었다.
그도 아빠나 강욱이처럼 털이 많은 인종인지라 저녁 무렵이면 얼굴이 변했다. 그래서 다리를 다친 후 내가 '뽕구라 간병인'을 하는 동안 5시 무렵이면 자기를 목욕탕에 넣어 달라고 했고, 36분쯤 후에 나를 불렀다.
그 후 그는 말끔한 얼굴로 아무렇지도 않은 듯이 거실로 나와 신문이나 서류를 읽다가 내게 잔소리를 해 대곤 했다.

어린 나이에 아빠를 보낸 것도 아닌데 나는 수염이 많은 남자에게서 아빠를 찾고, 웃어 주는 남자에게서 아빠를 찾는다. 성장기의 결핍이라고 혀를 차도 하는 수 없지만 나도 모르게 눈이 간다.

밤새 고 소장에게 시달린 후 불편한 소파에서 찌그러져 있었을 게 분명한 김선우 씨를 방에 눕힌 후 늘 하던 대로 더운 물수건 일곱 개를 만들어다 주는데 갑자기 그의 수염을 참을 수가 없었다.

면도한 지 하도 오래되어 순서와 방법이 오락가락했지만 그의 이미지와 어울리지 않는 덥수룩한 수염은 모근을 제거한 게 아닌가 할 정도로 말끔하게 면도되었고, 나는 내심 뿌듯했다.

갑자기 미쳤냐고 면박 줄 수도 있었고, 오락가락하는 기억을 더듬느라고 버벅거려서 좀 고통스러웠을 텐데도 내가 무안하지 않도록 묵묵히 참아 준 주인장 김선우 씨의 넓은 아량에 나는 감동했다.

이 남자는 처음의 인상과 참 많이 다르다. 처음에는 더할 나위 없이 지루한 인종이었는데, 문득문득 보이는 낯선 모습이 나는 재미있었다.

처음 팬티만 입은 채 얼어 있는 걸 봤을 때 하도 어리바리하게 굴기에 바보 내지는 손바닥만 한 소갈머리를 가진 샌님인 줄 알았는데, 그는 내가 전투적으로 틱틱거려도 만만치 않게 맞받아쳐서 말하는 재미를 느끼게 해 주었다. 또 마음을 누그러뜨리고 너그러워지게 만드는 음악을 틀면서 책을 볼 때 그는 평온하다 못해 졸린 인간이었다.

CD를 바꿔 달라고 내게 부탁했을 땐 외국어 철자를 몰라 당황하는 나를 놀려 먹지 않고 포르투갈어는 원래 지랄 맞다며 웃어 주던 모습이 아주 너그러운 큰오빠 같아서 정이 확 솟구쳤다.

그래서였을까?

간편하게 해결할 요량으로 사 온 사발면과 햇반을 고스란히 싱크대 안에 넣고는 활짝 열어젖힌 냉장고 문짝 사이로 빈약한 재료와 그에 맞먹는 나의 빈약한 레시피로 도대체 무엇을 만들 것인가를 고민했다. 그동안 있는 재료를 다 씨먹어서 멀쩡한 밥상을 차려 낼 만한 식재료가 하나도 없었다.

슬슬 무르고 있는 콩나물 한 봉지와 미라처럼 변해 가는 고추 일곱 개, 그리고 2개월 전 제조 일자가 찍힌 봉지 김치 외에 달걀 여덟 개가 다였다. 어제 시장을 봐야 했는데 고 소장 덕에 결국 냉장고 꼴이 저 모양이 된 것이다.

솔직히 주인장 김선우 씨의 인격은 적어도 나보다 훌륭한 듯하다. 만약 내가 주인이고 파출부를, 그것도 임시로 고용했는데 하는 꼴이 나 같다면 그 자리에서 해고였을 텐데, 내가 하는 짓을 그냥저냥 봐주고 있는 거 보면 그는 분명 둘 중에 하나다. 인격이 학과 같아 너그러이 나를 굽어보시고 봐 넘어가 주시는 고고하신 분이거나, 아주 게으른 인간이거나. 물론 1개월 넘게 겪어 본 바로는 두 번째는 절대 아니다. 저 인간을 어찌 게으르다고 할 수 있겠는가.

도대체 어떤 사람일까?

정말 순수한 호기심이 또 똬리를 틀고 스멀스멀 기어 나오지만 참는 게 나을 것 같다. 호기심으로 인해 내가 당한 수모와 망신이 얼마인가.

그렇지만 정말 궁금하다.

내가 요즘 너무 심심한가 보다. 한 인간의 정체성에 대해서 이렇게 심도 있게 고민하다니 말이다. 주제도 모르는 인간이 바로 나인데 다른 사람에 대해서 이렇게 다채로운 분석을 해서 결론을 내리는 걸 보면 사람은 오래 살아야 한다.

시간이 지나고 엉기고 뭉개다 보면 알지 않겠는가. 몰라도 할 수 없고. 그거 모른다고 죽기야 하겠는가. 어차피 2개월 정도 있으면 끝날 일인데 말이다. 그리고 내 인생에 해답 있는 명제가 얼마나 된다고 내가 해답 운운해 가면서 잠 못 자 띵한 내 머리를 혹사시킨단 말인가.

내 인생은 그때그때 고민하고 살아 나가는 것도 버겁다.

"이 음식의 정체가 뭐냐?"
"보면 몰라요?"
"모르니까 묻지."
"국하고, 밥하고, 반찬요."
"이거 먹는 거 맞냐?"
"간은 잘 맞는데 대충 좀 드시죠?"
"맹물에 소금 풀다 됐다 싶으면 그것도 간 맞는 거냐?"
"재료가 좀 후져서 그렇지 먹을 만하다니까요."

재욱이는 정말 뚝딱뚝딱 밥을 해 놨다고 40분 만에 나를 식당으로 데려갔다. 냄새나고 더러운 모습으로 술이 덜 깬 정태가 식탁에 앉아서 졸고 있었다.

김이 나는 하얀 쌀밥에 이어 달걀 프라이인지 지단인지, 정체성에 문제가 있어 보이는 요리가 나오자 슬슬 불안해지기 시작했다.

그리고 재욱이 만면에 웃음을 지으며 내놓은 국그릇에서 우리는 뜨악했다.

색깔로 보면 고춧가루가 들어간 해장국의 일종이고, 콩나물과 김치가 섞여 있으므로 재료 구성상 김치 콩나물국이 분명했지만 결코 그리 보이지는 않았다.

"이재욱 씨."

"어찌 부르시와요, 주인님?"

"먼저 드시지요."

"쥐약이라도 풀었을까 봐 걱정되시나요, 주인님?"

"재욱아, 나 죽이고 싶은 건 아니지?"

정태가 그녀의 눈치를 살살 보면서 애교까지 떤다.

못 봐 주겠다.

"소장님을 총각 귀신으로 만들고 싶어할 정도로 저한테 지은 죄가 있으신가요?"

"그런 거 없다. 내가 너한테 무슨 죄를 졌겠냐?"

뻔뻔한 놈.

6개월 치 이자에 그녀를 내게 파출부로 팔아넘긴 걸 알았다면 그녀는 정태뿐 아니라 나까지 입에 깔때기를 꽂고 쥐약을 퍼부을 것이다.

"생긴 게 이래서 그렇지 먹을 만해요."

그녀는 한쪽 발을 의자에 올려놓고 진짜 아줌마 폼으로 앉아서 국에 밥을 말아 먹기 시작했다.

나와 정태는 서로 눈치만 보면서 국그릇에 대한 의심을 버리지 못했다.

"상 엎을까요?"

눈도 쳐다보지 않고 오로지 먹는 거에만 열중하는데 어디서 저렇게 강한 카리스마가 풍기는 걸까? 아까 내 얼굴을 면도할 때도 그랬고, 지금 정체불명의 해장국에 대해 의심을 품고 있는 우리를 제압하는 모습도 그렇고. 이재욱이라는 저 여자는 정말 무서웠다.

나는 심호흡을 하고 수저를 들어 국을 한 숟가락 입에 넣었다.

의외였다. 칼칼하고, 시원하고, 간도 짭짤하니 괜찮았다.

"맛있냐?"

"응."

내가 먹는 걸 보고서야 정태 놈도 밥을 먹기 시작했다. 잠시 후 무식한 놈은 갑자기 태도가 돌변해서 그녀의 비주얼 안 좋은 국을 최고의 해장국인 양 떠들어 댔다.

"재욱이 너 시집가야겠다."

"살인 미수죄가 아직 해결 안 나서 좀 곤란하겠는데요?"

"그럼 나한테라도 올래?"

턱 하고 사레가 들린다. 정태가 미친 것 같다.

"아무리 궁해도 그렇지. 국 한 그릇에 저한테 몸을 던지세요?"

"그래, 그건 너무했지? 근데 이런 거 어떻게 끓이냐?"

"눈에 보이는 거 대충 넣고 끓이다가 소금만 잘 뿌리면 돼요."

"간단하네."

"제가 했으니 소장님도 할 수 있을 거예요."

셋 다 할 말이 없는 건지, 아니면 속이 쓰려서 그런 건지, 아무튼 주방에는 밥 먹는 소리만 났다.

"재욱아? 너 피곤하면 좀 쉴래?"

"안 그래도 밥상 치우고 좀 쉴 거예요. 새벽부터 설쳤더니만 졸려요."

"회사 말이야."

"저 사표 냈어요."

"수리 안 했다니까."

"수리하세요."

"내가 휴가 줄게."

머리 나쁜 놈이 잔머리를 굴리니 저놈과 나의 음모가 드러나는 단서를 저렇게 쉽게 흘린다.

"싫어요."

"우리 사무실만큼 분위기 좋은 데도 없다, 너."

"너무 좋죠. 얼마나 좋은지 연애질도 하고, 불도 지르고. 진짜 좋죠."

"그러니까 이력서 지저분하게 만들지 말고 2개월 쉬다 나와."

"요즘은 화려한 이력을 더 쳐줘요."

"네 이력서는 길기만 하고 화려하지는 않지."

"그럼 소장님이 크게 되셔서 제 이력서를 좀 화려하게 만드시든가."

"어떻게 해야 크게 되는데?"

"좋은 건물 올리시고 작품성 있는 건축가로 날려 보시라니까요."

장소팔 고춘자 콤비 같다. 저런 만담을 아침부터 할 수 있는 걸까?

"고정태가 그게 되겠어요?"

언제 마무리될지 모르는 저 둘의 대화를 이쯤에서 끊어야 할 것 같다. 약 기운이 다해 가는지 슬슬 금 간 꼬리뼈가 아프다.

"하긴. 내가 너무 많이 바란 거죠. 주인님 전공 분야도 아닌데 예리하시네."

"이것들이, 점점."

티격태격하다 아침 식사가 끝났다. 그녀의 복직 문제는 결론이 나지 않은 채 정태는 사우나에 들렀다 출근하겠다며 집을 나섰다.

뼈를 붙이는 정형외과 약을 먹으면 잠이 많이 온다. 배까지 부르니 정말 몽롱해져서 나는 그녀에게 방으로 데려다 달라고 했다.

"밥 먹고 바로 누워 자면 좀 그럴 텐데."

"괜찮아요. 졸릴 때는 자야 하는 거니까."

"그러다가 진짜 배불러 오시겠어요."

"복대 하면 돼."

"삐쩍 말라서 배만 나오면 좀 웃기지 않을까요?"

"아직은 괜찮은 거 같은데. 아닌가?"

"진짜로 그렇게 생각하세요? 고 소장님 구박 마요. 주제 파악 못 하는 건 주인님도 만만치 않아."

자꾸 눈이 감겨서 그녀의 핀잔에도 대꾸할 기운이 없었다.

그녀의 목소리가 우웅 하고 엉기기 시작했다. 거의 잠이 들 무렵 그녀가 내 어깨를 받친 베개 하나를 빼내서 잠자기 편하게 자세를 잡아 준 후 이불을 덮어 주고 양말 벗기는 것을 느꼈다.

이런 모든 것에 점점 익숙해지면서 나른해졌다.

나는 그녀가 점점 편안해지고 있었다.

이재욱이 우리 집 파출부가 된 이후 나는 36년 동안의 내 정체성에 대해 서서히 의문을 가지게 되었다.

다리의 통증이 점점 약해져 가고 어기적거리는 걸음걸이가 점점 자리를 잡아 가는 동안, 나는 문제의 이재욱에게 길들여지고 있다는 생각이 들었다.

나는 여자들의 섹슈얼 코드에 길들여지지 않는 본성—무슨 야생마나 야성 따위 같은 것—은 없다.

김선우는 의심이 많고 소심하며 한강 다리를 건널 때마다 무너질까 봐 두려워한다. 심지어 첨단 빌딩이라는 사무실 천장의 형광등이 툭 떨어져서 내가 그 유리 파편에 목이 잘려 죽을까 싶어 분연히 일어나 책상의 위치까지 바꾼 인간이다.

불안하고 의심 많은 내가 누군가에게 생각을 종속당하고 질질 끌려다닐 수 있겠는가? 강하게 의사를 어필하지는 않아도 나는 조용히 내 갈 길을 가고, 내 의지대로 사는 사람이다.

그런데 요 며칠 나는 재욱이가 시키는 대로 곧잘 내 뜻을 굽힌다. 아니, 굽히는 정도가 아니라 말 잘 듣는 아이처럼 '네, 네'거린다. 그녀가 해 주는 퓨전을 표방한 꿀꿀이죽도 눈 딱 감고 먹고, 한숨 자려고 누워 있을 때 벌컥 문을 열고 들어와서 식겁해도 참는다. 내가 화를 내는 순간에 어느 집 개가 짖는다는 얼굴로 이불을 걷어내도, 나를 공원으로 몰아내도 꾹 참고 있다. 아니, 참는 정도가 아니라 고분고분 말을 잘 듣는다.

목발을 질질 끄는지, 내 몸을 질질 끄는지 모르겠지만, 나는 이제 걷는 일에 제법 익숙해졌다. 처음에는 발을 땅에 디디는 것만으로도 죽을 것처럼 아팠다. 그래서 날 부축해 주는 그녀에게 성질을 부리다 목발로 맞을 뻔했지만 점점 통증은 사라져 갔다.

약을 먹고, 잠을 자고, 그녀가 해 주는 껄끄러운 밥을 먹고, 그녀의 닦달로 고통스러운 운동을 하고……. 그런 일들이 이전부터 계속되어 왔던 것처럼 일상이 되었으며 마냥 지루할 줄 알았던 시간들이 잘 가 주었다.

점심을 먹고 나면 재욱이가 베란다 미닫이문 앞에 가져다 놓은 커다란 베개 두 개를 등에 받치고 누운 듯 앉아서 책을 본다.
주로 오전 중에 프린트한 증권계 속보와 사무실에서 보낸 자료지만 가끔은 그녀가 동네 만화방에서 빌려 온 추억의 만화나 단테의 ≪신곡≫을 보기도 한다.
나는 그 책을 중학교 2학년 겨울 방학부터 지금까지 여섯 번 읽었다. 처음에는 겉멋에 읽었고 나중에는 오기로 읽었다. 도대체 그 책이 왜 세계 명작에 들어갔는지 죽을 때까지 그 이유를 찾아볼 것이다. 이런 시간들이 아니면 다시 그 책을 꺼내 들 기회가 없을 것 같아서 그녀에게 2층 구석방에 쌓아 둔 책들 틈에서 찾아 달라고 했다.
"≪신곡≫요?"
"읽어 봤어요?"
"아뇨. 읽는 것들 재수 없어는 했죠."
그녀답다. 그녀와 단테는 어울리지 않는다.
"단테 싫어해요?"
"베르테르는 알아요. 롯덴지 해탠지 하는 여자 좋아하다가 제 풀에 죽은 놈 이야기요."
베르테르가 지금 이 시점에 출현하는 건 좀 아닌 거 같은데.
"그건 괴테일 텐데?"
"괴테? 그런가?"

"둘은 연대가 완전히 다른데?"
"그런가? 그러거나 말거나 나하고는 상관없어요."
"혹시 무식이 무기라고 생각하는 정태랑 같은 부류는 아니겠지."
"별로 인정하고 싶지는 않지만, 뭐, 독서 취향은 비슷해요."
정태와 재욱이가 비슷한 건 독서 취향만이 절대로 아니다. 서로가 서로를 부식하다고 부인할 뿐이다.
"근데 ≪신곡≫인지 ≪통곡≫인지 하는 책 재미있어서 보는 거예요?"
장식장을 닦으면서 그녀가 물었다.
"아니."
"근데 왜 봐?"
근래 들어 그녀는 말이 곧잘 짧아진다. 신문지에 물 스미듯이 자연스럽게. 처음에는 잠깐 언짢았지만 이내 그것도 일상이 되어 이제는 톡톡 말대답을 하는 그녀와의 대화를 즐기고 있었다.
"도대체 왜 이 책이 세계 명작인지 궁금해서."
"읽으면 아나?"
"답이 나오겠지."
"어지간히 심심하신가 봐, 우리 쥔님."
"도 닦는 거라고 생각 좀 해 주시지."
"재활 센터 같은 데 좀 알아봐야 하는 거 아니에요?"
"내가 전신 마비가 된 것도 아닌데 받아 주겠어요?"
"하긴. 부상이 워낙에 미미해야지요."
"매우 아픕니다."
"아팠죠."

"지금도 아프다니까."
"가끔은 한 번씩 아파 주겠죠."
"다리 부러져 봤어?"
"쥔님은 금이 살짝 간 거잖아요."
함께 병원에 다녀온 뒤로 그녀는 내 부상을 무시했다.
"그래도 대퇴부는 중요한 곳이야."
"거기가 안 중요한 동물은 없어요."
"진짜 아픈데 막 무시하잖아. 우리 욱 양께서 그렇게 자꾸 내 고통을 무시하면 서럽지."
"내가 말했나? 우리 재수 없는 오라방이 외과 의사라고. 암튼 저번에 강욱이한테 물어봤더니 뼈 붙었으면 자꾸 걸어 다니라던데."
"걷잖아."
"내가 보기엔요. 좀 더 많이 걸어 주시는 게 좋을 듯해요. 그러다 욕창 생기지 싶어, 그 소중하신 대퇴부에."
 내 뒷말은 듣지도 않고 나의 통증을 아주 주관적으로 해석해서 결론 낸 그녀는 ≪신곡≫을 찾으러 계단을 올라갔다.
 그녀의 뒷모습을 보고 씩씩대다가, 피식 웃다가, 그녀가 들을까 싶어 들고 있던 신문을 이로 물고 껙껙 웃었다.
 그러다 생각했다. 왜 나는 저 여자만 보면 웃음이 나올까?
 갑자기 열두 가지 물감을 한꺼번에 넣고 섞는 것처럼 머릿속이 혼탁해졌다. 머리를 흔들었지만 생각은 자꾸 아침 드라마 같아진다.
 내 마음은 지금 어디로 가는 것일까? 자꾸 막으려고 해도 비집고 나오는 낯선 마음 때문에 당황하고 부끄러웠다. 나는 외로운 사람이고 아픈 사람이다. 그러니까 이런 마음이 드는 건 상황에 따른 내 감정의 착각일 뿐이다. 내 다리가 나아서 다시 본연의 생활로 돌아갈 때까지 절대로 쪽팔리거나 감당 안 되는 그런 일이 있어서는 안 된다.

"재미있어요?"
"별로."
"근데 왜 봐요?"
"보기로 했으니까."

내가 앉아 있는, 해가 드는 베란다 창 앞에서 좀 떨어진 자리에 재욱이가 앉아서 콩나물을 다듬는다. 아마 오늘 저녁에 나는 퓨전스러운, 어느 요리책에도 없는 콩나물 요리를 먹게 될 듯싶다.

"베르테르 있잖아요?"

고개를 들어 보니 그녀는 콩나물 대가리에 붙은 껍질을 벗기기 위해 얼굴을 숙이고 있었다.

"그 남자는 그렇게 사랑이 힘들었을까요? 머리통에 총알을 박아 넣을 만큼이나?"
"개인차가 있는 거 아니겠어? 사랑이라는 부분에 대해 비중을 얼마나 두느냐의 문제겠지."
"난 사랑에 올인하는 거, 그거 못 하겠던데."
"그건 나도 안 해."
"안 해요? 못 하는 게 아니라?"
"응. 근데 안 하고, 못 하고가 무슨 차이인데?"
"안 하는 건 언제든지 자기 마음대로 감정을 조절할 수 있는 거고, 못 하는 건 악을 쓰고 버텨도 질질질 끌려서 가는 거. 그런 거 아닌가?"

그녀가 베르테르가 로테를 사랑하다 제 풀에 죽었다고 했을 때는 그녀의 작품 해석에 어이가 없어서 웃었지만 나도 베르테르를 이해하지 못한다.

"올인을 하다 못해 죽어도 안 되는 사랑이 올인도 안 하는데 되겠어?"

혼잣말처럼 재욱이가 중얼거린다.

"왜? 사랑에 올인하고 싶으셔?"

"내가 그간 질러 댔던 연애를 곰곰이 따져 보니까요. 그냥 남자랑 놀고, 손잡고 돌아다니는 건 좋아한 거 같은데, 그 감정에 내 모든 걸 걸어 보는 건 생각도 안 한 것 같아서요."

"난 결혼도 해 봤지만 그런 거 안 했어."

"그러니 댁이 장가를 갔다가 도로 왔겠지."

"어떻게 하는 게 사랑에 다 거는 건데?"

"나도 모르죠. 뭐 돈 필요하다면 돈 꿔 주고, 자 달라고 하면 자 주는, 그런 거 아닌가 싶은데."

"아닐걸? 난 그거 다 해 주다 결혼까지 했는데 결국 이혼당했잖아."

"자랑할 일은 아니죠."

"별로 쪽팔리는 일도 아니야."

"내가 곰곰이 생각해 보니까 내가 한 연애질의 비율이 좀 변하더라고요."

"수학 문제 푸는 것도 아닌데 무슨 연애에 비율을 찾고 그래?"

"내가 찬 거, 차인 걸 비율로 따져 봤단 말이지요."

내가 굳이 묻지 않아도 그녀는 지난 연애에 대해, 심지어 그녀에게 상처일 거라고 생각했던 방화 사건까지 아무렇지도 않게 말하곤 해서 날 당황하게 한다. 더 웃긴 건 그녀의 다사다난한 연애사를 들으며 같이 흥분하고, 그녀가 아직도 연민을 갖는 남자 이야기가 나오면 괜히 심통도 난다는 사실이다. 내가 언제부터 이렇게 감정 이입이 잘되는 사람이었는지 모르겠다.

알다가도 모를 일이고 알면서도 말할 수 없는 일이다.

"뭐가 어떻게 변하는데?"

"한 5 대 5쯤 되는 줄 알았는데 점점 7 대 3으로 가더라 이거지."

"차인 게 7이지?"

"당연하지."

"그게 당연한 일인가?"

"늙어서 그런가? 연애하는 것도 힘이 달리나 봐. 근래 들어서는 거의 차이기만 하더라고."

"이제 겨우 서른이잖아. 나이 문제는 아닌 듯한데."

"예전에 연애질하다가 끝나면 말이죠. 나는 기다렸어요. 다음에 할 찬란할 연애를. 근데 이번엔 그런 것도 없네."

"아쉽나 보지?"

"나도 모르게 희망을 버렸나 봐."

"언제 올지도 모르는 다음 연애질을 기다리는 게 희망이야?"

"아니. 난 사랑을 기다렸어요. 앞이 흐릿하게 안 보여서 헤맬 때 누군가가 내 손을 따뜻하게 잡아 주는 것 같은 사랑 말이에요."

콩나물 대가리도, 내 얼굴도 아닌 먼 산을 보면서 그녀가 말했다.

갑자기 화가 났다. 왜인지 모르겠지만, 또 화를 낼지 안 낼지 모르겠지만 나는 마냥 화가 났다.

"손잡은 놈이 연쇄 살인범일 수도 있어."

파란 미나리에 빙초산을 끼얹은 것 같은 얼굴로 그녀가 나를 쨰려보았다.

"그러니 이혼을 당해 놓고도 저리 발랄하시지."

그녀는 발끈해서 콩나물 바구니를 들고 부엌으로 들어가 버렸고, 나도 나대로 그녀에게 삐쳐서 내 방으로 절뚝거리며 들어와 버렸다.

침대에 누워서도 분이 풀리지 않았다 나는 자꾸 그녀와 나누었던 대화를 곱씹었다. 소 여물 먹듯이 한참 동안 이리 씹고 저리 씹다가 뜨악했다.

이게 무슨 짓이란 말인가?

내가 왜 화를 낸단 말인가?

기분이 나빠진다.

몸이 이러니 사소한 일상의 생활도 불편하고 거치적거린다.

화장실에서 볼일을 볼 때도 괴롭고 면도를 할 때도 힘들다. 재욱이가 해 주겠다고 덤비는 것도 왠지 가슴이 철렁해서 나는 그녀가 오기 전에 일어나 면도부터 한다. 하지만 뭐니 뭐니 해도 가장 힘든 일은 발톱을 깎는 거다. 허리를 잔뜩 구부리고 발톱을 깎고 있는데 어김없이 벌컥 문을 열고 예고 없이 그녀가 들어왔다. 깨끗이 빨아 말린 수건을 욕실 장에 넣으려고 온 것 같은데 하려던 일은 안 하고 희귀한 구경 하듯이 내 묘기를 구경했다.

"볼만하네."

"뭐가?"

"차라리 관절을 접어서 라면 박스 안에 들어가는 묘기 같은 걸

하지 그게 뭐예요?"

"나 힘들어서 숨차거든. 그러니까 저리로 좀 가 주지."

"이리 내요. 그러다 발톱 뽑겠네."

그녀는 아무렇지도 않게 내 발을 당겨 발톱을 깎기 시작했다.

"이선 연상이 필요한 작업인 거 같아."

"난 손톱깎이 하나 가지고도 충분했거든. 자신 없으면 그거 이리 주고 나가서 하던 일이나 마저 하시지."

"내가 댁 돌보는 걸로 녹을 받아먹는데 그럴 수는 없지요."

"그럼 군말 말고 해 주시든가."

"근데 발톱이 왜 이래요?"

"군대 있을 때 지프가 발가락 위로 지나갔어. 뼈가 멀쩡해서 괜찮은가 했는데 하나둘 빠지더라고. 새로 나오기에 괜찮나 했더니만 이렇게 이상하게 되어 버렸지."

내 발톱은 누구에게든지 가장 보이기 싫은 신체 부위이다. 특히 오른쪽 엄지발가락은 사람 발톱이라고 할 수가 없다.

"의병 제대도 안 되던가요?"

"지나가는 소가 웃습니다. 발톱 빠졌다고 제대하면 군인 노릇 할 사람 하나도 없어. 장교들은 거의 다 무좀 걸려서 발톱이 나보다 더 심해."

"갑자기 위문편지가 쓰고 싶네. 국군 장병 아저씨들한테."

"그 장병 아저씨들이 기함하고 탈영할걸."

"그냥 넘어가 주시는 게 없으세요, 우리 친절하신 주인님. 발톱을 확 뽑아 버리는 수도 있어요."

"그럼 내가 보너스 줄 것 같아?"

떫은 표정을 하더니 그녀가 고개를 숙이고 다시 발톱을 깎는다.
"발톱 깎아 주면 얼마 줄 거예요?"
"토털 서비스 아니야?"
"안마 시술소도 아니고 무슨 토털씩이나. 더구나 이렇게 흉측하게 생긴 걸 들이밀고는 그냥 넘어가려고 해요? 부위별로 받을 거예요."
적반하장도 유분수이다. 나는 발톱 깎아 달라고 들이민 적이 없다.
"말은 바로 합시다. 내가 먼저 해 달라고 한 적은 없는데."
"사채업자 할 때요."
그녀는 불리하면 꼭 내 과거를 끄집어낸다.
"그 말 안 나오나 했지, 내가."
"돈 받아 오라고 시키는 똘마니들 있었죠?"
"있었지. 걔들 없이는 일이 잘 안 되니까."
"그 사람들한테도 수고비 떼먹고 그랬어요?"
나는 그 친구들을 상대하지 않았다. 그런 험하고 지저분한 일들은 모두 전씨 아저씨의 담당이었다. 아저씨는 아버지보다 더 아버지 같은 분이었다. 내가 힘들어 구역질을 할 때 등을 두들겨 주고 내 손에 피 안 묻히도록 뒤에서 모든 일을 다 알아서 했다.
"그런 일은 내 선에서 안 했어. 나 그래도 그쪽에서는 거물급이었어."
"아유, 그러셔요? 장하셔라."
그녀는 내 발톱에 집중하느라고 퐁당퐁당 말싸움은 건성이다. 외간 남자 발톱에 이런 집중력을 가지는 걸 보니 어쩌면 그녀는 공부를 아주 잘하는 학생이었는지도 모른다.
"아직도 멀었어?"

"대충 끝났어요. 근데 진짜 너무하다. 너무 못생겼잖아. 발 케어 같은 거 좀 다녀 주시지. 돈도 많은데."

"그런 데 돈 쓰기 싫어."

재욱이는 벌떡 일어나 화장실로 들어간다.

"암튼 있는 인간들이 너하너라."

"아껴야 잘사는 거야."

"퍽도 아끼십니다. 이런 집에 혼자 살면서."

그녀는 다시 내 발 앞에 앉더니 젖은 수건을 발에 돌돌 감았다. 화들짝 놀랄 만큼 뜨거웠다.

"뭐 하는 거야?"

"머리에 뭐 바르고, 옷 잘 입고, 그러면 뭐해? 발이 빈티로 충만한데. 기다려 봐요. 뭐 좀 찍어 발라 줄게."

바디 로션을 가지고 온 그녀는 듬뿍 짜서 골고루 바르고 내 발을 마사지했다. 오로지 내 발에만 집중한 채 무덤덤한 그녀에 비해 나는 슬슬 몸이 쭈뼛거리기 시작했다.

미끈거리는 로션을 바르고 발가락 하나하나 마사지하는 걸 어디서 배운 걸까? 발가락 열 개에 공을 들이는 내내 그녀는 비 맞은 중처럼 중얼중얼 투덜거렸지만 내 몸은 발가락부터 기어 올라온 자극에 놀라고, 저 심드렁한 여자에게 내 반응을 들킬까 봐 긴장한 상태였다.

그다지 긴 시간은 아니었지만 나는 그녀가 내 발을 만지는 동안 식은땀이 날 정도로 긴장하고, 놀라고, 흥분했다. 아무 일도 없는 것처럼 툭툭 털고 일어난 재욱이는 베개를 다시 고쳐 주었다.

"나 빨래 널어야 하니까 그동안 좀 자요. 날도 우중충하니까 기름진 게 당겨 주는데 호박전이나 부쳐 먹을래요?"

"그러든가."

 들어올 때와 마찬가지로 문을 쾅 닫고 나갔지만 나는 그 소리가 아주 먼 곳에서 들리는 것만 같았다. 내 심장 뛰는 소리에 너무 놀라서 내 귀에는 현실의 소리가 하나도 들리지 않는다. 도대체 저 여자는 내게 무슨 짓을 하고 있는 걸까?

 고개도 들지 않고 그는 ≪신곡≫을 본다.
 앞뒤 막힌 초등학생이 똥 싸러 안 가고 선생님이 내준 숙제를 하듯이 그는 베란다 문 앞에 정물처럼 앉아서 책을 본다.
 가끔 진지한 얼굴로 한 페이지를 오랫동안 볼 때도 있고, 코끝을 만지며 탐탁지 않다는 얼굴로 휘리릭 뒷장을 넘겨 보기도 하지만 차근차근 앞장부터 읽어 나간다.
 그는 스스로에게 부여한 질서를 참 잘 지키는 사람이다.
 질서와 공중도덕은 한 번씩 어겨 줘야 하는 거라 믿고 내심 불량하게 사는 나로서는 참으로 이해할 수 없는 인종이지만, 그의 모습은 그와 비슷한 성향의 강욱이와는 또 다르게 보인다. 아직 강욱이와 그의 차이점이 뭔지 명확하게 떠오르지 않지만, 세상은 어차피 불명확한 진리가 더 많지 않은가.
 걸레를 들고 얼쩡거리면서 시비를 걸어도 그는 대충 대꾸해 주고는 다시 책으로 눈을 돌린다. 그러면 나는 이내 맥 빠진 기분이 돼서 괜히 쿵쾅거리며 그의 독서를 방해하고 내게 성질부리는 걸 유도한다.

변태 성향이 강해지는 거 같아서 좀 불안하지만, 그의 보행이 점점 자연스러워지고 더 이상 내 어깨에 의지하지 않고 혼자 힘으로 절뚝거리면서 걷는 걸 보니 얼마 지나지 않아 나는 그 변태 짓을 종치게 될 것이니 신경 쓰지 않기로 했다.

혜진이 어머니도 수술이 잘돼서 퇴원하셨지만 아직은 요양 중이라고 했다. 혜진이도 처음 왔을 때처럼 작은 옷가방과 커다란 책가방을 들고 집으로 돌아갔다.

원래 그랬던 일상처럼 나는 이 집과 집주인 김선우 씨를 덤덤히 받아들이고 있다. 고 소장이 아직도 나를 휴직 처리 했는지 다시 물어보지 않아서 모르겠지만 어느 비 오는 봄밤에 나는 결심했다. 아무 계획도 세우지 않고 그냥 살아 보기로 말이다. 비록 반년 동안이지만.

엄마가 아무리 날 족쳐도 나는 계획을 수정하지 않을 생각이다. 대학을 정할 때도 그랬고, 회사들을 그만둘 때도 그랬다. 나는 돌발적이고 충동적으로 사고를 치지만 마음을 굳힌 이후의 문제는 밀고 나간다.

제법 컸던 첫 직장을 나와서도 나는 3일 만에 도서관에 틀어박혀 자료를 조사해서 나름대로 치밀하게 포트폴리오를 만들었다. 강욱이의 정밀하고도 세밀한 계획표 인생과는 다르지만 나는 어쩔 수 없이 인조인간 이강욱의 혈육이다.

내 불안한 서른 이후를 걱정하고 지난 청춘을 아쉬워하다가 번쩍 떠오른 생각이 있었다. 시간이 흐를수록 더 나이에 치일 것이고 생활에 쪼일 텐데 지금이 아니면 언제 내가 빈둥빈둥 무계획으로 살아가겠는가 말이다. 그래서 유럽에 있는 멋진 건축물 답사를 하려는 원대한 계획을 세웠다.

물론 잔고가 간당간당한 통장 덕분에 주저앉아서 이렇게 아르바이트를 하고 있지만 언젠가는 그곳에 갈 것이다. 그 건물들은 지금 당장 가지 않아도, 내가 죽어도 그 자리에 있을 테니까.

날이 갈수록 그의 집은 점점 내 손에 익숙해져 갔다. 그가 가끔 인상을 찌푸리고, 어이없어하고, 성질을 부리지만 나는 그의 모델 하우스 같은 집을 조금씩 조금씩 내 맘대로 바꿔 버렸다. 어수선한 기분도 들지만 혜진이 엄마가 다시 돌아오시면 그의 못되고 살벌한 성질머리가 확 드러나는, 스케이트장 같은 집으로 돌아갈 테니 단 몇 개월 만이라도 이 공간이 숨을 쉬게 하고 싶었다. 그래서 개켜 놓은 빨래를 일부러 소파 위에 쌓아 두었다가 집에 갈 무렵에 치우기도 하고, 그걸 보고 꿍얼꿍얼하는 그를 약 올리기도 하고, 넓은 거실 베란다 창에 일부러 내 손자국을 꾹꾹 찍어 놓기도 한다.

매직이나 색연필로 장난치고 싶었지만 그랬다가는 저 남자의 심장이 그대로 굳어 버릴 것 같아서 참았다.

나는 그를 약 올리는 재미를 쏠쏠히 즐기고 있다. 그리고 그의 무심한 얼굴 아래서 자꾸 튀어나오는 본래 모습과 마음이 어쩔 때는 재미있고, 어쩔 때는 안쓰럽다. 또 처음보다는 매우 자주 김선우 씨를 보다가 심장이 쿵 내려앉는다. 단둘이 하루 종일 있어서 생기는, 자연적이고 일시적인 화학 반응이겠지만 가끔은 농도가 너무 짙어져서 나는 찬물로 세수한다. 오늘 나는 세 번이나 세수해서 그런지 지금은 얼굴이 땅긴다.

"너 아직도 그 집에 일 나가냐?"

"응"

강욱이가 웬일인지 해도 지지 않았는데 들어왔다.

"바로 그만둘 줄 알았는데 기특하네."

"그거 칭찬이야, 아니야?"

"감탄이야."

"네가 나한테 감탄도 하냐?"

"아니, 그 집주인한테. 어떻게 아직까지 안 자르고 너한테 집을 맡기냐?"

저렇게 내 염장을 확 찔러 주지 않으면 이강욱이 아니다. 가뜩이나 심란한데 저 인간이 또 내 비위를 건드린다.

"몸도 맡겼어. 이거 왜 이러셔."

"뭐?"

"왜? 너 무슨 상상하냐?"

"에로 비디오 같은 소리 하지 말고 다 풀어서 제대로 말해."

"바보냐? 왜 말을 못 알아들어. 진짜야."

김선우 씨 놀려 먹는 것에 재미 들렸는지 강욱이 놀리는 것도 재미있다.

"너, 뭐야? 무슨 짓 하고 다니는 거야?"

"뻘짓하고 다닐까 봐 겁나냐?"

"잊지 마라. 우리 어머니 박강순 선생님이시다."

"누가 뭐라던? 박 쌤 딸 이재욱, 나 그거 안 잊어 먹었다."

"그 집주인, 남자 맞지?"

"그럼 여자가 몸 맡긴 걸 내가 너한테 자랑하겠니?"

"와이프는 없어?"

저 상상력의 빈곤함이란……
"있을걸."
전처지만.
"근데? 어떻게 너한테 자기 몸을 맡겨?"
"나한테 의지하고 싶은가 봐. 확 안기던데."
아, 이게 무슨 뻘짓이란 말인가. 드디어 미치고 있는 거 같다.
"야, 이재욱."
강욱이가 정말 버럭 소리를 질렀다. 강욱이는 나나 엄마와는 달라서 소리 지르는 걸 매우 싫어한다.
"아, 왜?"
나도 맞받아서 버럭거렸다.
강욱이는 물컵을 손에 쥐고 나를 한참 쳐다보다가 자기가 드라마의 멋진 주인공인 것처럼 한숨을 쉬더니 아주 인자하신 오라버니 톤으로 내 이름을 불렀다.
"재욱아."
"왜, 오라방?"
"사람이 사람한테 느끼는 감정이란 게 아마 전부는 아닐 거야."
"쉽게 말해."
"너도 서른이 넘었고, 연애도 그만큼 했으면 네 감정이 어디까지가 있는지는 대충은 알 거라고 믿어."
잘못 건드렸다.
저 인간 혼자 저렇게 심각해지다니. 내 장난에 넘어간 걸 이쯤에서 깔깔 비웃으며 손뼉 쳐야 하는데 그러기에는 강욱이가 너무 비장하다.

또 나도 그러고 싶은 마음이 점점 사라진다.
"근데 그게 다가 아니더라. 스무 살에 하는 풋사랑도 아니고 너도 나도 서른이 다 넘었어. 사랑이 다가 아닌 거 잊어 먹지 마."
그러고는 물컵을 들고 제 방으로 들어가 버렸다.
나는 완전히 뻘짓을 제대로 한 것이다.
그런데 마지막으로 한 말은 나한테 한 게 아닌 듯했다. 내가 오버하는 게 아니라면 그건 강욱이가 자기 자신에게 하는 말처럼 들렸다.
우리 오라버니 이강욱 씨가 들어간 방문을 나는 넋 빠진 사람처럼 한동안 멍하니 바라보고 있었다.
강욱이에게 무슨 일이 있는 것일까?

"집에서 결사반대할 만한 연애를 했나 보지."
이 남자도 상상력에 관해서는 강욱이와 비슷하다. 내가 브라더 콤플렉스가 있나? 왜 자꾸 강욱이에게서 이 남자를 발견할까.
"울 오라방은 결사반대할 일을 한 번도 한 적이 없어요. 그건 내 전담이라구요."
"사귀는 사람이 있는 낌새도 없었어?"
"도둑고양이가 새끼를 어디다 낳는지 아는 게 더 쉽지. 그 인간 연애사는 내가 아는 한 없어요."
"용의주도한 사람이네."
"당연하죠. 그 인간 머릿속에 뭐가 들어 있는지는 아무도 몰라요."
"남매가 참 다르네. 욱 양 연애는 화려한 데다 투명하기까지 한데 말이야."
"나야 뭐 유리알 같은 인간이니까 그렇죠."

화려는 하다. 그런데 알맹이는 언제나 비어 있다. 내 연애의 비극은 거기에 있다.

그와 나는 공원에 산책을 나왔다.

인간이 매일매일 방구석에 틀어박혀 일하고, 책 보고, 음악 듣는 거 외에는 밖에 나갈 생각을 안 하는 게 좀 안쓰럽기도 해서 나가자고 달달 볶았다.

그를 운동시켜 준다는 핑계로 나온 초여름의 공원은 정말 고운 녹색이었다. 더구나 어제 장마 같은 소나기가 좍좍 와서 그런지 공기는 서늘하게 맑았고 하늘은 고왔다.

돈이 없는지 모텔에나 가서 할 짓을 이 넓고 탁 트인 데서 하는 어린 연인들도 좀 보였고 그 옆을 아무렇지도 않게 지나가며 가벼운 체조를 하는 아주머니들도 보였다.

"저것들은 뭐가 저렇게 좋을까?"

공원에 나와 기껏 돗자리 깔고 앉아 ≪신곡≫을 보는 그에게 내가 물었다.

"청춘이 좋은 거지."

"청춘 다 가셨나 봐, 주인님."

"서른여섯에 남아 있을 청춘이 어디 있겠어?"

"그럼, 그럼. 장가도 한 번 다녀오셨는데 청춘이 남아 계시겠어."

피식 하고 그가 웃었다. 내가 실패한 결혼을 툭툭 건드려도 그는 대수롭지 않은 이야기인 것처럼 웃어넘긴다.

대개 일반적인 시나리오라면 나는 그의 결혼에 대해 언급한 걸 큰 실수 한 양 당황해하며 사과하고, 그는 쓴웃음을 지으면서 안 괜찮은 얼굴로 괜찮다고 해야 하는 게 아닌가.

"맞아. 그러니 나한테 청춘 어쩌고 하는 말은 묻지 마. 기억도 안 나."

"뭐 나도 청춘이 아니니 할 말이 뭐 있겠어요?"

"그 촌스러운 게 남아 있는 것이 뭐가 좋다고 계속 그 타령이야?"

"참 인생관 하고는. 어찌나 까칠하신지."

그가 읽던 책을 베고 눕는다. 계속 누워 지내더니만 척추가 이제 서 있는 자세를 버거워하나 보다. 저 까다로운 인간이 땅바닥에 비닐 장판 하나 깔고 벌러덩 눕다니 말이다.

"욱 양께서는 소싯적에 저러고 안 다녔나."

"그러다 우리 박 쌤한테 걸리면 죽어요. 그리고 그땐 소심해서 첫 키스 한 놈하고 결혼해야 하는 줄 알았어요."

"촌스럽기는!"

"그 나이에는 촌스러운 게 미덕이네요."

"그럼 첫 키스 한 놈은 어떻게 됐어?"

"장가갔겠죠."

"어쩌다 놓쳤어?"

"궁금해요?"

"그다지 궁금하지는 않아."

"그러니까 말하고 싶어지네. 우리 집 담벼락 밑에서 나름대로 달콤한 자세로 첫 키스를 했는데 말이에요. 뭔가 계속 찝찝한 거예요."

"뭐가 찝찝해?"

"그래서 집에서 밤새도록 생각했는데 이를 안 닦고 한 거 있죠."

"뭐?"

"그날 저녁에 그 자식이랑 감자탕 먹었거든요. 근데 그놈이나 나나 이도 안 닦고 한 거예요."

그는 입을 떡 벌리고 나를 바라봤다.

"뭐, 지금 같아서는 노루 피를 마셨더라도 내가 확 덮쳤겠지만 그땐 나름대로 스물한 살이었거든요. 그래서 쫑 냈어요."

그때부터 그는 끌끌거리는 소리를 내고 웃기 시작하더니 내 손까지 붙잡고 뒤로 넘어갔다.

"지금 비웃죠?"

"그럼 안 비웃을 수가 있겠냐?"

"실컷 비웃어요. 단!"

"단, 뭐?"

"고 소장한테는 말하지 마요. 왜 그래야 하는지는 말 안 해도 아시겠죠?"

"알았어. 입 다물게. 근데 남자들이 키스할 때는 말이야, 냄새에 신경 쓰지 않아. 더구나 스물한 살짜리 남자애들은 말이야."

"주인님이 그렇게 말하니까 이상해요. 결벽증 환자잖아."

"환자는 아니야."

"본인이야 그렇게 생각하고 싶겠지요."

우리는 한참 동안 완만하게 경사진 공원 꼭대기에 앉아서 여기저기 흩어져서 서로 좋아 죽는 젊은 애들을 바라보았다. 그와 나에게만 시간이 멈춘 것처럼 주위는 조용했다. 내 눈에 보이는 연인들은 다시는 돌아오지 않는 지난 시간들처럼 아련해 보였다.

"부럽니?"

"그런 거 같아요."

난 이 남자에게 내 초라한 감정을 솔직히 말한다. 그래도 창피하지 않다.

"나도 부러워."

"어떤 게 부러운데요?"

"저 아이들 재산 상태 말고는 다 부러워."

"나한테 돈 자랑을 그렇게 하고 싶어요?"

"언제부턴가. 암튼 언제부터인지는 모르겠는데, 어느 날 생각해보니까 내가 내세울 거라고는 돈밖에 없더라고. 사람들이 나한테 이런저런 거 물어보면 마땅히 할 말이 없어."

"돈 자랑 맞네. 돈 있으면 됐지. 또 뭘 그렇게 바라지? 돈 땜에 포한 진 사람들이 들으면 꼴값한다고 욕해요."

"쟤들은 뭐가 저렇게 좋을까?"

"서로가 좋겠죠. 버스 값도 없이 걸어 다니더라도 따뜻하게 잡아주는 손만 있으면 그것만으로 행복할 거라고요."

"그럴까?"

"그럴 거예요. 그랬던 거 같아요."

저 나이 때에는 나도 그랬다. 하지만 지금도 그럴까?

"저 아이들도 아마 대부분 좀 있다가 헤어지겠지?"

"부러워하다 못해서 이젠 저주까지 해요?"

"그래 보이나?"

"네. 좀 추해 보여. 늙어서 어린애들 시기하고, 질투하고 그러는 같아. 근데 있잖아요, 어쩌면 주인님 말이 맞을지도 몰라요. 쟤들이라고 나이 안 먹고 걸림돌 없이 온전히 매일 뜨겁고 달콤하겠냐고요. 딴 놈이 생길 수도 있고, 딴 계집애가 생길 수도 있을 거고, 군대에 갈 거고. 뭐 그러다 계집애한테 돈 많고 나이 많은 멋진 아저씨가 나타날 수도 있을 거고, 뭐 이리저리 박 터지게 싸우기도 하겠죠."
"기운들도 좋다. 박 터지게 싸우기도 하고."
"뭐 하나 물어봐도 돼요?"
"여러 개 물어봐도 돼."
나는 정말 궁금했다.
"왜 이혼했어요?"
그가 고개를 돌려 시선을 맞추고 가만히 나를 바라보았다.
나는 숨이 멈추는 것 같았다.

알고 싶어요

　서른 살의 여자가 서른 살이 아닌 것처럼 아주 말갛게 눈을 뜨고 맹랑하게 묻는다. 내가 겪었던 무수한 실패들 중 공식 기록을 가지고 있는 이혼에 대해서 말이다.
　"왜 이혼했어요?"
　나도 모르게 나는 그녀의 얼굴을 보았다. 아니 정신을 차리니 맹랑하신 재욱이의 얼굴을 보고 있었다는 게 맞을 것이다.
　그때 나는 처음으로 생각했다. 내가 왜 이혼을 했는지에 대해서 말이다. 나는 한 번도 그 이유에 대해서 생각해 본 적이 없었다. 미연이가 하자고 해서 했다는, 그 이상도 이하도 없었다. 왜 이혼했냐고 묻는 사람들에게 그저 미연이가 원했다고 비겁하게 말했다.
　위자료로 줄 돈이 아까워서 꼴까닥 넘어가는 새어머니도 미연이에게 전화해서 버럭버럭했고 화해시켜 보겠다고 설쳐 댄 정태도 결국은 답답해서 미연이를 찾아갔다. 나는 내가 하자고 한 게 아니므로 책임이 없다는 것처럼 미연이의 뒤에 숨었다.

끝까지 비굴했기에 결국 재욱이에게도 그런 대답을 할 수밖에 없었다.

"나도 몰라."

"모르시는 거 없이 다 아시는 양반이 그걸 왜 몰라요?"

"모른다니까. 헤어지자고 해서 헤어져 줬고, 돈 달라고 해서 돈도 줬지."

"공처가였나 보네. 마누라 말을 어떻게 그렇게 잘 들어요."

"돈 갖고 치사하게 구는 거 보기 흉하잖아."

"폼은 어지간히 잡고 싶으셨나 봐. 나한테는 보너스 가지고 흥정하면서."

"그게 같니?"

"다를 게 뭐 있어요?"

"욱 양, 댁이 뭔가 좀 착각하시는 듯한데 말이야. 그 마누라는 나랑 이혼하는 바람에 호적에 금이 갔단 말이야. 그리고 욱 양한테 내가 보너스를 주는 건 노동의 대가니까 당연히 흥정을 해야지."

"치사해라. 돈도 많다면서 좀 쓰시지. 나 주인님네 일 끝나면 이제 당분간 놀 건데. 백수가 얼마나 불쌍해요! 청년 실업 구제 차원에서 지원금 좀 팍팍 쓰시지. 천당 가게."

"지금까지 지은 죄만 해도 난 천당 못 가. 그리고 백수는 나라님이 신경 쓸 일이지, 나 같은 전직 사채업자가 할 일이 아니야."

"하긴 전직이 사채업자였으니 천당은 절대 못 가겠구나."

너무 진지하게 그녀는 나의 전직을 들먹였다.

내가 사채 사무실을 접은 것은 사람들의 시선이 힘들어서가 아니었다. 깔아 놓은 돈만 착실히 회수하면 되는 일보다 밤낮없이 자료 보며 밤새우는 일이 더 쉽겠는가.

내가 사무실을 넘긴 건 마음이 너무 힘들어서였다. 남에게 손가락질을 받고 사회의 지탄을 받는 것 정도는 감수할 수 있었다.

그런데 재욱이가 내 과거를 가지고 놀리면 슬쩍슬쩍 마음이 상했다. 더구나 정태랑 짝짜꿍이 되어서 놀려 대면 나는 정말 그들에게 서운했다. 사실 서운한 대상은 정태가 아니라 재욱이다. 나도 모르게 재욱이에게 기대는 부분이 점점 커지고 있었다.

그런데 재욱이는 정태가 날 놀려 먹을 때마다 절대로 내 편이 되어 주지 않았고 나는 그럴 때마다 그녀에게 서운했다.

너무 오랜 시간 다른 여자 없이, 오로지 저 이상한 나라의 이재욱만 보고, 이재욱하고만 말하고, 이재욱하고만 밥을 먹어서 내 마음이 궁색해진 것이다. 분명히 그런 거다. 나는 미친 게 아니라 잠시 외로워서 그녀에게 기대고 싶은 그런 거라고 스스로를 다독이지만 내 마음은 자꾸 자라나서 방향을 잃고 뻗어 간다.

그녀에게 인정받고, 위로받고 싶어진다.

혹시나 내가 저 이재욱에게 모성을 기대하는 건 아닐까? 떠나간 엄마와 재욱이는 정말 대조적인 사람들이다. 오히려 미연이가 엄마와 비슷하다면 비슷했다. 우리 엄마는 재욱이처럼 저렇게 길게 말하지도 않고, 소리도 안 지르고, 쿵쾅거리며 다니지도 않았다.

"그러는 욱 양은 천당 가시려나?"

"자잘한 죄는 좀 졌어도 큰 죄가 없으니 천당 변두리에는 가지 않겠어요?"

"방화에 살인 미수가 자잘한 죄면 사채업은 죄가 아니지."

"아, 맞다. 그게 내 원죄구나. 근데 난 왜 자꾸 그걸 까먹지. 잊고 살아서 내가 한 짓 같지가 않아."

재욱이는 정말 심각한 얼굴로 먼 산을 보며 한숨을 쉬었다.

"진짜 천당 못 가겠구나. 아이. 짜증 나."

"천당에 뭐 있냐? 벌써부터 싸증까지 내면서 천낭 타령을 하게?"

"내가 나름대로 좀 박복하잖아요. 그러니 사후 세계에라도 복을 좀 받을까 해서 그랬지."

"부모 형제에, 욱 양께서 그리 자랑스러워하는 자격증에. 뭐가 박복해?"

"부친께서는 일찍이 타계하시었고, 모친께서는 나 구박하는 낙에 사시옵고, 하나 있는 오라방은 나를 개 코에 붙은 껌 딱지 보듯 하고, 자격증은 있으나 타고난 재주가 미천하여 밥 벌어먹고 노후 보장에 도움이 되지 않을 듯하니 어찌 내가 박복하지 않으리오."

"서른이랬지?"

"스물로 보여요?"

"나 안경도 끼고 귀도 안 먹었어. 욱 양이 아무리 칼 들이밀고 스물이라고 우겨도 그 얼굴에 그 목소리라면 서른이라고 말할 수밖에 없다고."

"그렇게 다 알면서 내 나이는 왜 물어요?"

"내가 서른 살 때 뭐 했나 생각해 봤거든."

"사채놀이 했겠죠."

"그랬지. 근데 진짜로 힘이 들었어."

"왜요? 돈 놓고 돈 먹는 거라며."

"원래 사채업자는 내가 아니라 우리 아버지였어."

"그럼 가업이에요?"

"그런 셈이지."

"그런 자랑스러운 가업을 왜 관뒀어요?"

"힘들었다니까."

"명함 박을 때 사채업자라고 박는 거 쪽팔렸구나."

"어떤 사채업자가 명함에 사채업자라고 박냐? 우리 아버지는 사무실까지 정식으로 내고 대부업 신고까지 한, 합법적인 사채업자였어. 이름도 있어. 영흥 물산이라고."

"촌스러라. 이름 정말 고전스럽다."

"영등포에서 흥하리라. 그래서 영흥 물산이라고 지었다더라고."

"잘나가는 사채업자는 아니었나 봐요. 보통 명동에 사무실이 있잖아."

"시작은 영등포에서 했어. 처음부터 명동에 터 닦는 건 힘들어."

"암튼. 근데 왜 전업을 하셨는데?"

"죽을 거 같더라. 힘들어서."

"뭐가요?"

"돈 빌리러 오는 사람들 상대하는 것도 힘들고, 문서건 뭐건 저당 잡는 것도 힘들고, 또 어음 돌리지 말라고 싹싹 비는, 사정 딱한 사람들한테 모질게 구는 것도 힘들고."

"착하네. 그래서 어음 안 돌리고 기한 늘려 주고 그랬어요?"

"아니. 날짜 어기면 재깍재깍 돌렸어."

인상을 찌푸리고 재욱이가 날 비난이 가득 담긴 눈으로 쳐다보았다.

"체질에 맞구만 힘들긴 뭐가 힘들어."

"그러고 나면 며칠씩 잠도 못 자고, 밥도 못 먹고, 또 담배는 주야장천 피워 대서 살 수가 없었어."

"왜요?"

"모르지. 뭐가 싫고 뭐가 힘든지. 그런 거에 일일이 번호 붙여 가면서 안 따져 봤는데, 그냥 처음부터 끝까지 모든 게 끔찍하고 힘들었어."

재욱이는 나를 측은한 얼굴로 본다. 엄마 닭이 지렁이 잘 잡아먹는 병아리 보는 그런 눈이다. 그리고 내 어깨에 손을 올리더니 토닥토닥 두들긴다.

"착한 사람이라서 그런 걸 거예요. 대부분은 마음이 힘들어도 돈 잘 벌리면 눈만 질끈 감고 참거든요."

그녀가 내게 착한 사람이라고 말한다. 여태껏 아무도 내게 착하다고 한 적이 없었다. 그리고 아버지는 착한 건 죄라고 그러셨다.

"그래서 와이프가 힘들다고, 나랑 사는 거 전부가 힘들고 피곤하다고 했을 때, 그 여자가 힘든 게 내가 그 일에 버거워하던 거랑 같지 않을까 싶더라고. 그렇게 생각하니까 굳이 잡을 필요가 없어졌어. 사는 동안 많이 웃지는 않았어도 별로 불평 같은 거 안 했거든. 그냥 조신하게 평화로운 얼굴로 내 옆에 있어 주기에 미연이가 그냥저냥 살 만한가 보다 했어. 그런데 와이프가 느닷없이 나랑 못 살겠다고 악을 쓰면서 울고 내 발소리만 들어도 숨이 막힐 것 같다는 게 막 겁이 나더라고. 이러다 발소리로 살인 내지 싶고."

재욱이는 쭈그리고 앉아 잔디밭의 풀을 똑똑 끊어 내면서 땅을 쳐다보았다. 내 말을 듣고 있는지 아닌지 판단이 어려웠다.

"그래서 위자료도 달라는 대로 주고 이혼도 바로 해 줬어. 미안하더라고. 힘들다는 말 못 하고 옆에서 끙끙 앓았을 텐데 말이야. 그게 내가 이혼한 이유야. 나랑 사는 게 힘들다는데 무슨 말이 더 필요해."

재욱이는 내 말이 끝나고 나서도 한참 동안 땅을 보고 풀을 뜯었다. 더구나 그녀의 얼굴은 아주 심각했다. 틱틱 농담이나 하고 시답지 않은 시빗거리나 만들어서 날 놀려 먹던 그 얼굴이 아니었다.

재욱이는 손을 탁탁 털고 고개를 들더니 싸한 얼굴로 또박또박 말했다.

"진짜, 진짜 웃긴다."

"뭐가? 왜?"

"댁들 둘 다 웃겨요."

"웃는 건 아는데 왜 웃기는지 잘 모르겠거든. 말해 줄래?"

나는 진심으로 그녀의 비판을 수용할 자세가 되어 있었다.

"뭐, 나는 결혼도 한 번 못 해 봤고요. 연애라고는 매번 차이는 게 일이니까 말 같지 않다고 해도 할 수 없지만요. 적어도 내 결혼관이 아마 일반적이고 상식적인 거라고 생각해요. 결혼이 서로 참고 견디는 고문도 아니고요. 싫은 게 있으면 싫다고 말하고 이해 안 가는 게 있으면 왜 그런지 고민하고, 싸우고, 고치면서 서로 비슷해져 가는 게 아닌가요? 잘난 내가 참아 주마 하는 마음으로 우아한 척하는 건 진심으로 상대를 대하는 게 아니라고 생각해요. 나라면요. 남편이 맘에 안 들면 고치려고 하고, 그 사람이 변명하면 설득도 당하고, 그래야 한다고 생각해요. 오가다 만난 사이도 아니고 적어도 당신이 좋은 점이 있으니까 결혼까지 했을 거 아니에요."

그녀의 신랄한 비난에 나는 미연이에 대해 저렇게도 생각할 수 있구나 싶었다.

"그리고 당신! 난 주인님이 좀 쪼잔하고 소심해도 비겁한 사람이라고는 생각 안 했는데, 당신은 내 판단으로는 정말 비겁했어요. 저 여자가 언제 손들고 판 엎어 버리자고 하나 기다린 사람처럼, 내 옆에서 힘들다니까 그만둬 줄게 그래요? 왜 그런지 물어야 하고, 화내는 게 아닌가요? 위자료 달라는 대로 주고 바로 끝내 준 게 자랑이에요?"

뭐라고 변명이라도 해야 하는데 내 입은 그녀의 다다다 이어지는 비난에 눌려 벙끗도 못 했다.

"주인님. 우리 엄마, 아부지는요. 내가 아는 한 일주일에 여섯 번은 싸웠어요. 밥 먹다가도 싸우고, 빨래 벗어 놓는 거 가지고도 싸우고, 방구 뀌는 거 가지고도 싸우고. 그런데 아버지가 돌아가실 무렵에는 같이 오래 살아서 그런지 큰 싸움은 없었어요. 그냥 토닥거리고, 웃고, 화해하더라고요. 내가 요즘 엄마를 보다가 놀랄 때가 있어요. 가끔씩 엄마가 아부지한테 고치라고 다다거렸던 걸 엄마가 고대로 하는요. 난 엄마를 보면 그런 생각을 해요. 싸우다 정든다고 아버지도 안 계시는데도 알게 모르게 닮아 가는구나. 암튼 그런 거 아닌가요? 서로 싸우고, 울고, 고쳐 주고, 고쳐 가면서 비슷해지는 거. 그리고 책임지고 다 감수하려고 결혼하는 거 아니냐구요. 내 생각에는 주인님이나 부인이나 참 무책임한 거 같아요. 진심으로 그 여자한테 최선을 다했다고 생각해요?"

다시 침묵. 나는 할 말이 생각나지 않았고 재욱이는 벌겋게 달아올라 입을 다물고 딴짓을 했다. 그리고 그 어색한 침묵을 깬 건 또 재욱이었다.

"지금 나 꼴값한다고 속으로 씹고 있죠? 아, 또 남 일에 오버했네. 오지랖 넓은 것도 병이야. 참 불쌍한 병을 앓고 있구나 해 줘요. 근데 이건 순전히 내 개인적 견해인데……."

"또 뭔 말을 하려고? 난 욱 양이 입 벌리면 겁난다."

"그깟 일에 쫄긴. 쪼잔하기가 바늘구멍만 해 가지고는……. 난 댁이 그렇게 힘든 사람이 아니라고 봐요. 그 여인이 인내심이 없었지."

"병 주고 약 주나?"

"다음번 사랑한테는 그러지 마요. 한 번 떠보려고 한 말일지도 모르는데 대번에 그래, 해 줄게 그러면 빈정 상하잖아."

"욱 양 말이 틀렸다고는 못 하겠지만 그래도 설명할 수 없는 게 있어. 그리고 내 전처께서는 매우 조신하시고 심지가 깊으셔서 그렇게 감정을 여기저기 드러내고 난리치는 분이 아니었거든. 뭐 나도 그다지 다르지는 않았고."

변명이 매우 궁색해진다. 과거를 변호하는 내가 참 초라해진다.

"매우 잘나신 분이었나 봐."

"그럼. 빵빵한 학벌, 빼어난 미모, 조신한 매무새. 정말 나무랄 게 없었지."

"진짜예요?"

"내가 아무하고나 결혼했겠어?"

"어련하시겠어. 근데 그 전처분 말이에요. 심히 재수 없어 주시네. 그렇게 고루고루 대단하시면 대부분의 여자들은 그런 여자들 재수 없어 한다고요."

"열등감이야."

"열등감이든 뭐든. 그래도 이혼녀 꼬리표가 붙었으니 흠. 좀 있어

보일라나."

"욱 양 그 여인한테 감정 있어?"

"잘난 여성들에게 감정 있어요."

전혀 감정 없는 얼굴로 말한다.

"다시 시집가겠지. 혼자 살 여자는 아니야."

"난 이 나이 먹도록 한 번도 못 간 걸 두 번이나 잘 가겠죠. 근데 그거 알아요? 그렇게 그 여자 띄워 주면 주인님이 잘나신 여인한테 차인 꼴이란 거."

"결혼 생활은 그 둘이 아니면 몰라. 어쩌면 그 둘도 모르는 거야."

"난 그렇게 난해한 결혼은 안 하고 싶어."

"시집가서 욱 양 어찌 사는지 꼭 보지."

"왜요? 저주하려고 그래요?"

"아니. 보고 배우려고. 쉽게 사는 결혼 생활에 대해서 좀 보여 줘 봐."

"장가 또 가려나 보네? 내가 시집가서 잘 살아 줄 테니까 보고 배워요. 갑시다. 날도 저무는데 그 소중하신 대퇴부에 한기 들면 또 아프다고 징징거릴 거잖아."

재욱이는 느닷없이 벌떡 일어나 음료수를 싸 왔던 병을 배낭에 넣고 나를 부축해 일으켜 세워 주더니 자리를 접는다.

그녀를 보면서 나는 마음이 아팠다. 마음이 아픈 건지, 설레는 건지 모르겠지만, 나는 여태껏 사람을 보고 이러는 심장을 한 번도 가져 본 적이 없었다.

내 마음이 도대체 어디로 가고 있는 걸까?

자꾸자꾸 길이 아닌 곳으로 가는 것만 같아서 몹시 불안하다.

그는 잠을 잔다.

며칠 전에 나갔다 온 산책에서 감기 걸렸단다. 완전 웃기는 일이다. 깁스로 갑옷을 두른 무거운 남자를 부축하고, 간간이 목발도 들어 주고, 심지어 간식과 음료수가 들어 있는 배낭까지 짊어진 나는 멀쩡한데, 내가 짊어지고 간 돗자리 깔고 드러누웠다가 온 저 남자는 왜 아픈 것인가.

감기약을 먹으라고 해도 중독된다고 죽어라 안 먹고는 저러고 잠만 잔다. 심지어 ≪신곡≫도 읽지 않는다.

아파서 골골대는 그는 많이 흐트러져 있다. 처음에 봤던 것처럼 바늘로 찔러도 들어갈 곳 없는 듯한 슈트에 단정함이 지나쳐 사람으로 안 보이는 모습으로 내 비위를 건드리던 싸가지 세단 주인은 분명 아니다.

다리를 다치고 드러누워 있으면서도 나름대로 품위 유지하느라고 노력하던 모습이 슬슬 무너지더니 보행이 자유로워져도 잃어버린 품위를 회복할 생각은 안 하고 날로 퍼졌다. 저러다가는 얼마 안 있어 내 앞에서 방귀를 뀔지도 모른다. 물론 간간이 까탈을 부리지만 그는 점점 만만해지고 있었다.

아까도 내가 큰맘 먹고 사다 준 전복죽의 전복이 소라 같다고 구시렁거려서 내 화를 돋우더니 제 풀에 꺾여 조용히 죽 한 그릇을 다 비웠다. 그럴 때는 엄마한테 야단맞고 풀 죽은 아이 같아서 좀 안쓰러워진다.

이내 서재로 가서 책상에 앉는다. 와이프한테는 안 그랬다지만 그는 일하는 거에 있어서는 정말 최선을 다한다. 아마 돈놀이할 때 돈 받아 오는 것도 저렇게 최선을 다했을 것이다.

내가 아는 그는 선한 사람이다. 그런 만큼 그 일은 그에게 있어서 죽고 싶을 만큼 힘겨웠을 것이다.

지금의 그는 조용히 자기가 할 수 있는 일에 충실한 사람이다. 있는 듯 없는 듯 최선을 다하는 사람.

아침마다 그의 사무실에서 오는 자료들은 늘 노트 한 권이다. 그는 그걸 프린트하고 빨간 줄 쳐 가면서 읽고, 또 경제 뉴스에서 가끔 듣는 용어들을 섞어 가며 여기저기 통화한다. 간혹 언성을 높이기도 하고 험악한 얼굴로 상대에게 싸가지 없이 뭐라고 한다.

나와 농담 따먹기나 하고, 투닥거리고, 쩨쩨한 주인님이 아닌, 아주 낯선 어떤 남자의 진지한 얼굴을 하고 일한다.

언제부터인가 나는 그의 얼굴을 훔쳐보기 시작했다. 똑바로 쳐다보지 못했지만 심지어 심장이 두근거릴 때도 있다.

"정확하게 뭐로 밥 먹고 살아요?"

"주식 시장에 빌붙어 살아."

"크게 빌붙나 봐. 돈 많다며."

"내가 크게 빌붙으면 진짜 크게 빌붙는 사람들이 욕해."

"하긴 그 아담하신 심장으로 큰손 못하시지."

"잘 알면서 뭘 물어."

밥을 먹으면서 넌지시 묻자 그는 역시나 애매하게 대답했다. 그의 직업은 여전히 애매해서 못 알아먹겠지만 나는 지금의 내 마음이 애매모호하다는 건 잘 알고 있다.

나는 서류를 보면서 심각한 얼굴을 하고, 관자놀이를 들고 있는

볼펜으로 긁적거리는 저 김선우 씨를 보면서 심장이 설렌다. 저렇게 돈을 버는 모습에 설렐 줄은 정말 몰랐다.

아무래도 내가 돈에 환장한 게 아닌가 싶다. 돈 버는 남자에게 심장이 설레다니 말이다.

신영이하고 헤어진 지 얼마 안 돼서 눈에 보이는 게 없을 때가 아닌데도 나는 수화기를 얼굴과 어깨 사이에 끼우고 전화하면서 서류를 챙겨 보는 그를 자꾸 훔쳐본다. 그리고 그가 실실 웃으며 나에게 실없는 농담을 걸어오면 너무 낯설고 예기치 않는 그의 모습에 가슴이 터질 것 같기도 하다. 생리할 때가 됐나? 아닌 거 같은데.

반찬 투정을 하고 청소 대충했다고 성질을 내면서 '욱 양'이라고 힘주어 부르는 소리에 설레던 심장이 덜컥 내려앉는다.

"발정기인가? 왜 이렇게 아무나 보고 덜덜 떨리는 거야."

걸레를 빨면서 나의 이상 심리 상태를 계속 깎아 내리고 있지만 내 퉁탕거리는 심장은 진정되지 않았다.

그리고 나는 이제 화가 나기 시작했다. 걸레를 문질러 대는 손에 힘이 들어가고, 미간이 찌그러지고, 신경이 날카로워져서 누가 자칫 잘못 건드리면 끊어지는 바이올린 줄처럼 예민해지고 있었다.

그때였다.

초인종 소리가 울렸다. 나는 좀처럼 없는 누군가의 방문에 화들짝 놀라 걸레까지 떨어뜨렸다.

당신의 외로운 등짝, 나의 서러운 심장

"아줌마가 언제 바뀐 거예요?"
"좀 됐는데."
"이번엔 젊으시네."
아주 싸가지 없게 생긴 고등학생 하나가 피가 묻은 교복을 입고 들어섰다.
그의 동생이라고 했다. 언뜻 술 냄새에 담배 냄새까지 났다. 내가 저 자식의 말을 믿어야 하는가?
"진짜 동생 맞니? 너 김선우 씨 어떻게 생겼는지 알아?"
정말 이 자식과 그는 닮지 않았다.
"내가 구라 치는 거 같아요? 내가 보기에는 아줌마가 이 집에서 일한다는 게 구라 같아요."
"시비 거냐?"
"시비는 아줌마가 먼저였죠."

"관둬라. 내가 너랑 맞짱 뜰 만큼 젊지도 않은데 힘 빼기 싫다."
"아줌마, 형은 언제 들어온대요?"
아무래도 이놈은 그가 다친 걸 모르는 것 같다. 어떻게 그럴 수 있을까?
"니 진짜 동생 맞아?"
그러고 보니 그가 다친 이래 고 소장 외에는 이 집에 온 사람이 아무도 없었다. 적어도 동생이라면 병 수발은 아니라도 병문안은 와야 하는 거 아닌가?
"호적 떼어다 보여 줘요?"
나는 건들거리는 저 자식이 조금 무서워졌다.
"호적에 사진 붙었데? 호적 보여 주게? 너 이름이 뭐니?"
"김선균이요."
눈을 어디에 두고 교복에 붙어 있는 명찰을 못 봤을까? 이 병균스럽게 생긴 고등학생이 정말 그의 동생일까?
그때 머리가 부스스한 채로 그가 어기적거리고 나왔다. 그는 요즘 목발을 들지 않고 혼자 걷는 연습을 한다.
"형아."
세상에. 저 불량스러운 아이의 입에서 나오는 소리가 구수하고 귀여운 형아라니.
"네가 웬일이야? 여길 다 오고."
"꼴이 왜 그래?"
"다쳤어."
"그러게 내가 맘보 곱게 쓰라고 했잖아."
싸가지 없는 놈. 다친 형한테 문병도 안 온 주제에 대뜸 한다는 소리가 쌤통이라는 뉘앙스의 염장질이다.

"너 왜 온 거야?"

"왜 오긴. 울 형아 보려고 왔지."

꼴에 능글맞기도 하다. 확 패 주고 싶어진다.

"돈 필요하냐?"

"그것도 있고."

도대체 저 형제 관계는 어떻기에 나와 강욱이의 관계를 돈독한 남매애로 느끼게 하는 걸까.

"이제 나한테 돈 문제로 오지 마. 어머니께 말씀드려."

"엄마 죽는다고 한강에 뛰어내릴걸."

"이번엔 또 무슨 사고를 친 거야?"

"사고 친 거 아니야. 그랬으면 아직까지 조용하겠어? 애저녁에 쇠고랑을 찼든지 형이 돈 들고 와 합의했지. 별건 아니야. 형, 내가 아주 장래 유망하고 똑똑한 여자애를 하나 추천할 테니까 형이 장학금 줘서 의대 좀 보내 줘."

"나더러 장학 사업을 하란 말이야?"

"응. 말하자면 그런 거지. 개같이 벌어서 정승처럼 쓰라잖아."

"그거 아버지도 안 하던 거야."

"형이 아버지는 아니잖아. 아버지가 못 했으니까 형이 좀 해. 폼 나잖아."

"헛돈이야. 머리 검은 짐승은 거두는 게 아니라고 난 배웠어."

저런 그는 아주 낯설다. 내가 여태껏 보아 왔던 김선우 씨는 낯을 좀 가리지만 기본적으로 예의 바른 사람이다.

"투자라고 생각해. 잘 키워서 형 주치의 하면 되잖아."

당신의 외로운 등짝, 나의 서러운 심장

"난 여의사 싫어."
"그러지 말고 생각 좀 해 봐."
"생각 안 해."
"안 그러면 내가 칼 들고 편의점이라도 털어야 한단 말이야."
"너나 대학 가. 스무 살에 아직도 고등학생인 주제에 남 걱정을 네가 왜 해?"
"난 형이 돈 좀 써서 넣어 주면 되잖아. 근데 걘 형이 장학금만 주면 서울 대 의대도 붙을 거야. 국립대라서 돈도 싸게 먹히잖아."
"미친놈. 넌 그딴 생각을 아직도 하니? 내가 왜 그래야 하는데?"
"아버지 돈 형이 다 빼돌렸잖아. 내 몫으로 좀 떼어 줄 수 있는 거 아니야?"
"아버지가 살아 계셨으면 너한테 돈을 주셨을 거라고 생각해?"
"그 꼰대도 형처럼 재수 없게 굴겠지. 비열한 사채업자들이니까."
"그래, 네 말대로 나나 아버지나 둘 다 비열한 사채업자야. 너 사채업자가 어떤 건 줄 알아? 푼돈 놓아서 일수 걷으러 다니는 사람들로 보이냐고. 너 같은 놈이 칼이나 화약을 지고 들어와도 눈도 깜짝 안 하는 사람들이야. 근데 내가 왜 너한테 이유 없이 돈을 줘야 해? 그동안 퍼 나른 것만 해도 얼만데?"
"형이 이러니까 엄마가 속이 시꺼멓고 음흉한 놈이라고 하는 거야."
어떤 어머니이기에 아들한테 저런 말을 할까. 우리 엄마도 나한테 별별 핀잔에 욕 한 바가지를 퍼부어도 저런 원초적인 말은 하지 않는다. 자식이니까.
"내 속이 시꺼멓든 어떻든 내 사정이야. 어머니한테 다 말하기 전에 가."

"빌어먹을 인간."

저 아이에 비하면 나는 천사다. 강욱이에게 저 아이를 보여 주고 싶다.

불량 고등학생은 이내 눈물을 그렁거리면서 그를 노려봤다. 아직은 아이다. 스무 살이라지 않는가.

"헛소리하려면 그냥 가. 나 너랑 쓰레기 같은 말 하고 있을 만큼 시간도 없고, 기운도 없어. 그딴 소리 하려면 다시는 오지 마. 지겨워."

동생이 어떤 말을 하건 그는 흔들림이 없이 싸늘하고 매정하다.

"아버지 돈 갖고 생색 좀 내지 마."

"내 돈 된 지 한참 됐어. 신경 꺼."

"이천만 원이 돈이야?"

"네가 이만 원이라도 벌어 봤어? 이천만 원은 큰돈이야."

"지랄하지 말고 좀 달란 말이야."

저 불량 고등학생이 버럭 소리를 질렀다. 그럼에도 그는 흔들리지 않는 눈빛으로 그 아이를 바라봤다. 불 맞은 멧돼지처럼 걸걸거리던 아이도 화를 삭이는지 씩씩대며 숨을 골랐다. 둘이 앉아 있는 거실은 쩍 하고 곧 갈라질 얼음판처럼 불안 불안 했다. 한참 그렇게 살벌하다가 불량 고등학생 놈이 입을 열었다.

"난 형만 믿어. 내가 조만간 걔 데리고 올게. 형도 정말 반할 거야."

"쓸데없는 짓 하지 마."

그가 절뚝거리며 동생 놈을 현관으로 밀어낸다.

퉁탕거리며 그 자식이 나가는 소리가 들리고 문을 닫는 소리가 들린다.

나는 식당 문에 붙어서 뻘쭘하게 서 있었다. 문득 그의 인기척이 궁금했다. 절뚝거리는 발소리도 안 내는 그가 걱정돼서 고개를 내밀었다. 그는 휑한 현관에 서서 아주 피곤한 얼굴로 자신의 발끝만 보고 있다.

그런 그가 너무 고단해 보였다. 저 남자는 깐깐하고 쫌스럽지만 —잘난 척도 좀 하지만— 또 가끔 외로운 얼굴로 책을 보고, 하늘을 보고, 나를 본다.

그렇지만 저렇게 고단해 보인 적은 한 번도 없었다.

나도 놀랄 만큼 조용히 다가갔을 때에도 그는 계속 한곳을 바라보고 있었다.

나는 그의 차가운 손을 잡았다.

"뭐 해요? 들어가요. 가서 좀 쉬세요."

그는 복잡한 얼굴로 내가 내민 손을 잡고 걸음을 떼었다. 내가 등을 돌려 그를 잡아끌려고 했을 때 나는 내 등에 닿은 그의 이마를 느꼈다. 무릎의 힘이 순식간에 빠져나가는 것 같았다.

예기치 못한 시간들은 정말 당황스럽게 찾아온다. 대부분의 그런 순간은 사람을 당황시키고 쩔쩔매게 하는 어색함을 동반한다. 그리고 지난 후에는 대부분 후회할 결정을 하기 마련이다.

지금의 나도, 또 그도 아마 잠시 후에는 아차 싶을 것이고 어색할 것이다. 하지만 나는 정말 그가 내게 기대어 쉬게 하고 싶었다.

나는 스스로가 놀랄 만큼 차분하게 몸을 돌려 그의 머리를 안았다. 그리고 스르르 주저앉는 그를 따라 차가운 현관에 주저앉았다.

이 시간 이후의 시간을 지금 이 순간에는 생각할 수 없다.

순간의 감정에 휩싸여 벌어진 사건은 주체가 내가 아니어도 어쩔 수 없이 후회를 낳는다.

잡아 주는 재욱이의 따뜻한 손에 넋이 나간 나는 그녀의 등짝에 기대서 멍하니 있었고 그런 내가 불쌍했는지 재욱이는 나를 안아 주었다.

그녀가 무슨 맘을 먹고 내게 그런 과분한 친절을 베풀었는지 모르지만 나는 정말 그녀가 고마웠다.

그리고 매우 쪽팔렸다.

그녀가 안아 주었을 때 나는 잠깐 울고 싶어졌다. 퍽퍽하고 딱딱하신 욱 양의 품에서 운다는 게 상상이 안 되고, 지금 생각해도 내가 분명 실성한 게 아닌가 싶지만 나는 그녀의 토닥이는 손길에서 이유 없는 분노를 삭였고, 설움을 삭였고, 휘몰아치는 감정을 삭였다.

무엇 때문에 그렇게 숨이 막힐 만큼 분하고, 눈물이 나올 만큼 서러웠는지 나는 모른다. 심각한 사춘기를 보냈던 것도 아니다.

방배동 어머니가 냉랭하고 야박하게 굴긴 했어도 동화에 나오는 끔찍한 계모는 아니었다. 하지만 엄마가 가방을 싸 들고 나간 이후부터 나는 내내 울 준비를 했고, 언젠가 봇물 터지듯 울 것이라고 생각했다.

그 긴 시간 동안 나는 때를 기다렸지만 좀처럼 울어 젖힐 절호의 기회가 오지 않았다. 오늘도 나는 울컥했지만 역시 울 수는 없었다. 더구나 욱 양의 품에서 울 수는 없지 않은가.

얼마를 그렇게 어울리지 않는 자세로 있었는지 모르겠지만 시간이 한참 지났을 때 나는 이 상황을 어떻게 수습할까 고민하기 시작했다.

애인도 아니고, 엄마도 아니고, 친구도 아닌, 우리 집 임시 파출부 이재욱 양의 품에서 어떻게 세련되고 품위 있게 벗어날까 고민하고 또 고민히고 있자니 미리가 터질 것만 같았다. 차라리 이 상황에서 내가 확 기절하면 좀 낫지 않을까 싶었는데 그녀가 나를 불렀다.

"주인님. 발도 저린데 이제 그만 일어나시죠?"

"그럴까?"

인생의 여러 사건이 토막토막 시간별로 나뉜다면 이런 반전이 내 인생에 또 있을 수 있을까? 바로 앞 장면에서 온화하고 푸근하던 이재욱이 확 반전했다.

"대충 분 삭이셨으면 들어가 주무시죠. 소인은 변소 청소를 해야 하니까."

화장실 청소를 하러 총총히 사라져 주시는 재욱 양의 뒷모습을 무릎까지 꿇고서 멍하니 보다 나는 정말 궁금해졌다.

재욱이가 저런 고단위의 센스를 가지고 어색한 순간을 피한 것인지, 아니면 평상시의 그녀답게 무념무상의 행동을 한 건지 나는 알 수가 없다. 속이 빤히 보이다가도 어느 순간에는 오염이 심해서 한 치 아래도 볼 수 없는 개골창 같은 그녀의 마음을 나는 정말 알 수가 없다.

욱 양께서 벌건 고무장갑을 끼시고 세제 냄새를 온 집 안에 뿜어 가며 청소하는 동안 나는 질식할 것만 같아서 베란다에 나가 담배를 피웠다. 담배 냄새에 세제 냄새가 범벅이 되어서 더 역했지만 두 개비째 피웠을 땐 그 독한 냄새를 잊을 수 있었다.

뭉게뭉게 피어나는 내 마음속의 어떤 소리를 나는 듣고 싶지 않았다.

만약 그렇게 된다면 지금 나의 온유한 마음의 평화와 간혹 유쾌한 일상의 특별한 순간, 간담이 정말 서늘해지는 긴장의 그 아슬아슬한 순간을 놓치고 말 것이다. 비록 내가 원한 건 아니었지만 저 씩씩하고 알 수 없는 이재욱이 내 삶 속으로 뚜벅뚜벅 들어온 일 자체가 내 하품 나는 일상에는 사건이었다.

여자들과 관련된 모든 관계에서 나는 그다지 좋은 남자가 아니다. 상대의 속마음을 계산하거나 떠보지 않고, 있는 그대로 여자와의 시간을 즐겨 본 적이 없다.

그런데 재욱이가 이 집으로 걸어 들어온 그날부터 조금씩 변하는 나를 느끼고 있다.

그녀에게 자꾸 눈이 가고, 마음이 가는 것이 비록 인간 그 자체로서의 호감이나 신기한 감정일지라도 나는 그녀에게서 사심 없이 웃을 수 있는 여유와 그녀와 어울리지 않는 평화를 느낀다.

내 알 수 없는 마음이 구체화돼서 입 밖으로 나온다면 나는 아마 공황에 빠질 것이고 재욱이는 날 미친놈 취급을 할 것이다. 그저 지금은 그녀와의 시간을 그대로 받아들이고, 웃고, 떠들고, 퍼지는 게 최선이다.

살면서 한 번은 나도 그렇게 해도 되지 않을까.

"진짜라니까."
"욱 양, 노가다시라며."
"노가다라고 다 고스톱에 달인은 아니지."

"그렇다고 쌍피도 몰라?"

"내가 워낙 양갓집 규수가 되어 놔서요. 모른다면 모르는 거예요. 난 무식을 수치스러워하지 않아요."

"그거야 알지. 무식을 전혀 수치스러워하지 않고 자랑스러워하는 거."

"비꼽니까?"

"그럴 리가. 고정태가 그리 애지중지하시는 사원이신데 그 고매하신 사풍을 어찌 함께하지 않겠어."

"거참, 저질 고스톱 모른다고 상당히 까시네."

"나더러 방안퉁수에 책상물림이라고 한 건 누구신데."

회사에서 보낸 자료를 분석하고 시황을 조사하느라고 2시간 엉덩이 붙이고 들어앉아 꿈쩍도 못 했더니 다리에서 쥐가 났다.

너무 심해서 퇴근하려고 옷 갈아입고 화장을 고치던 그녀를 불렀다.

다리가 너무 아프니 방으로 부축해 달라고 했더니만 부축뿐 아니라 스스럼없이 내 허벅다리를 주물럭거리며 시비를 걸어온다. 그뿐 아니라 나더러 부르주아에 책상물림에 '방안퉁수'라면서 뼈쩍 말라 배만 나왔다고 타박을 시작했다.

언젠가 정태에게서 그녀가 고스톱을 못 친다는 말을 들었기에 그걸 무기로 건드려 보았지만 소용이 없었다.

그녀는 정말 무지와 무식을 전혀 수치스러워하지 않는다.

내가 경제 지식을 무기 삼아 덤비면 그녀는 피식 웃으며 콘크리트 철근 굵기와 내력벽 설치 기준을 들이밀면서 한술 더 뜬다.

"인터넷도 안 하니? 고스톱 많이들 치잖아."

"그딴 거 안 해요. 난 현찰이 좋아. 사이버 머니 그런 거 취급 안 해."

"어련하시겠어?"

"주인님은 인터넷 고스톱 하시나?"

"얼굴 모르는 놈하고 뭘 하려고. 난 익명 같은 거 못 믿어."

"그럼요. 사채업자께서 신용 사회를 구현하시면 안 되지요. 그만 판 엎어요. 나 이제 가야 해요."

"집으로 바로 가?"

"아뇨."

"놀러 가?"

"친구들이랑 술이나 좀 마실까 해서."

"혼자 마셔, 나랑 마셔, 이젠 친구들까지."

"혼자나 주인님이랑 마시는 건 목을 축이는 거고 오늘은 제대로 마셔 주는 거예요."

"주량이 얼마나 되는 거야?"

"보통은 공짜면 말술도 마셔요. 근데 컨디션이 후지다 하면 금방 꼬꾸라지기도 해요."

"그러다 술병 나면 엄마한테 죽을 텐데."

"한두 번 죽는 것도 아니고 뭐. 그리고 엄만 걱정 안 해요. 토요일에 맞선 보는 걸로 밀고 나가면 대충 눈감아 줘요."

맞선이라니. 이 여자도 그런 걸 보나?

"선도 봐?"

기분이 공중에 붕 뜨다가 확 가라앉는다. 아니, 언짢아진다.

"보지요. 쭉 봐 주고 있지요."

"재미있나 봐. 연애하시기 바쁘실 텐데 선은 언제 봐?"
"연애 짬짬이 쭉 봐 주고 있어요."
"다 차였지?"
"그러길 바라시겠지만, 의사 오라방에, 교사 어머니에, 또 번쩍이는 건축사 자격증 덕에 아직 괜찮아요. 맞선 시장에서 아주 치지지는 않는다고요."
"지금은 백수잖아."
"아니죠. 그쪽에서는 파리로 유학 가려는 거 엄마가 붙잡아 짝이라도 지어 주려고 하는 걸로 되어 있죠."
"그러고 싶냐?"
"그러고 싶다기보다는 말이에요. 내가 서른이에요. 이 빌어먹을 지구는 여자가 서른 넘어 시집 못 가면 어디 아프거나, 미쳤거나, 못됐거나, 무능한 걸로 몰아붙이잖아요. 근데 난 아프지도 않고, 미치지도 않고, 못된 년도 그닥 아닌 거 같고, 무능한 걸로 몰아붙여지면 또 서운하잖아요. 그러니 여기저기 찔러보는 거죠."
"연애하고 싶다면서?"
"선보고 만나서 연애하면 되잖아요."
"남자에 목숨 걸었니?"
나는 자꾸 유치해져서 심술을 피운다.
"왜 이러셔. 나 선보는데 기분 나빠요?"
"그럴 리가."
기분이 슬슬 나빠진다.
"근데 나 술병 나서 내일 좀 늦을지도 모르는데."
"지각하면 보너스 없어."

"쩨쩨하긴. 그런 게 어디 있어?"
"많이 늦을 거야?"
내 말이 참 비굴하게 느껴진다. 비참해지려고 한다.
"얼마나 마시느냐에 따라 다르죠. 모처럼 노는 거니까 좀 봐줘요. 일찍 올게요."
커다란 가방을 어깨에 사선으로 두른 그녀는 뒤도 안 돌아보고 나간다. 내 인사도 듣지 않고, 내 얼굴을 보지도 않고, 방문을 닫고, 또 현관문을 닫고. 오늘도 나와 상관없는 그녀의 삶으로 그렇게 가 버린다.
아무런 소리도 나지 않는 내 집에 갇힌 나는 멍하니 방문과 천장을 바라보다가 눈을 감는다.
위장과 심장 사이에 생긴 작은 구멍이 졸졸 새면서 내 실핏줄을 따라 점점 커지고 있는 기분이다. 젠장!

"집주인일 뿐이야."
"그것뿐이야?"
"그 남자는 그런데, 나는 잘 모르겠어."
"다 불어, 이년아."
"그게 이상한 거야?"
"뭐가? 그리고 너랑 관련된 건 다 조금씩 이상하게 돼 있어."
"뭐라고 할 수는 없는데 암튼 뭔가가 있긴 있거든. 뱃속 깊숙한 데서 뭔가가 올라오는 그런 거. 가끔 그 사람 뒤통수를 훔쳐보다가 심장이 뛰고, 부축한다며 팔 잡아 주다가 확 엎어뜨리고 싶고."
"그렇게까지 구체적이면서 모르긴 뭘 몰라."
"아니라고 하고 싶지만, 그러면 안 되잖아."
"네년이 언제 되는 연애를 했어야지."
은경이 계집애의 칼 같은 헛비단은 여전히 날카롭다.
"어째서 이 나이 먹을 때까지 옆에 남자만 있으면 감정이 생기냐고. 나한테 에스트로젠이 너무 많은 게 아닐까?"
"너도 늙긴 늙었나 보다. 일단 질러 놓고 사후 보고하는데 아직 그 남자한테 지르지도 않고 우리한테 털어놓잖아."
"그만두는 게 났겠지?"
"그 집 나가는 걸 그만두겠다는 거야, 아니면 그 남자한테 흑심 품은 걸 그만두겠다는 거야?"
"원칙이야 둘 다 그만둬야겠지만 내 목구멍이 포도청이잖아. 그리고 지금 그만두면 그 사람이 좀 갑갑해지지."
"간병인이 너 하나냐? 거기다 너 같은 간병인을 그 돈을 주고 왜 써? 내가 우리 병원에 일하는 초특급 간병인 아줌마 연결해 줄 테니까 겁나면 말해. 또 벙어리 냉가슴 앓듯이 다치지 말고."
"나하고는 안 그러는데, 고 소장 말을 들어 보고, 처음에 그 남자 하던 걸 봐도 사람을 좀 많이 가리더라고."
"가리고 가려서 너야? 걱정 마. 너 아니더라도 잘 살 테니까."
"그럴 수야 없지. 내가 그래도 의리는 있잖아."
"그게 그 사람에 대한 의리인 거야? 아니면 네 짝사랑에 대한 의리인 거야?"
은경이는 언제나 저렇게 포인트를 잘 잡아 찌른다.

"짝사랑 아닐 거야. 그냥 남자가 좀 당겨서 그런 걸 거야. 크게 덴 것도 얼마 되지 않았는데. 이건 내가 발정기라서 그런 거야. 그래서 이러는 걸 거야."

나는 자꾸 뒤로 도망가며 아니라고 말한다.

"네가 너네 집 재구냐? 발정기가 오게?"

"내가 남자 볼 일이 없잖아. 그래서 그런지 그 남잘 보다가 갑자기 철렁할 때가 있다니까."

"이것이 과부 심장에 불을 지르는구먼."

"시한부 과부는 안 쳐줄 거야. 진짜 과부 되면 그때 와서 말해."

오늘 나와 술을 마시는 친구들은 윤주와 은경이다.

애가 둘인 윤주는 신랑을 인도네시아 세탁기 공장에 파견을 내보낸 후 그 파견이 생각보다 길어져서 과부 노릇을 좀 오래하고 있다. 대학 병원 간호사인데 곧 수간호사가 되기 위해 이런저런 시험을 보고 대학원까지 다니느라 애들을 친정에 맡긴 채 일하는 탓에 얼굴 보기가 어렵다.

은경이는 성악을 전공한 부잣집 딸이었는데 아버지가 사업에 부도를 맞고 집안이 기우는 바람에 이탈리아 유학을 중간에 끊고 돌아와 고액 레슨으로 집안 경제를 일으키고 있다. 세금도 안 내고 시간당 페이를 삼십만 원씩 받는, 강남에서 잘나가는 레슨 프로이다. 거기다 간판 따야 한다면서 지방 대학 강사까지 하느라고 바쁘다. 그런데 오늘은 웬일인지 윤주가 시험이 끝났다며 불러 모아서 와인 바Bar부터 시작했다.

"고기도 먹던 년이 먹을 줄 안다고 내가 요즘 아주 궁금하다."

"뭐가 궁금한데?"

나는 지금 이 자리에 앉아서 딴생각을 하고 있다. 요즘 들어서 내가 입을 다물고 있거나 혼자 멍하니 있을 때는 하루 종일 그와 했던 대화나, 그의 얼굴이나, 점점 상태가 좋아져 가는 그의 대퇴부 생각을 하는 것이다. 정말 인정하고 싶지 않지만 점점 내가 파 놓은 무덤에 스스로 기어 들어가고 있다는 것을 안다.

"저 계집애 또 별나라 가 있지?"

"너 집주인 생각하느라고 내 말 안 들었지?"

"들었어."

사실 안 들었다.

"이재욱, 내가 궁금한 게 고기겠냐? 아니면 너네 주인님이겠냐?"

"둘 다 아니지. 네가 궁금한 건 인도네시아에 있는 네년 서방이겠지."

"이것들은 오랜만에 만나서 남자 이야기 아니면 할 게 없냐? 안 지겨워?"

은경이는 우리의 대화에 짜증이 나는지 미간을 찌푸리고 투덜댄다.

맞다. 열일곱 살 때부터 우리는 주로 남자 이야기로 날을 새우고 나이를 먹었다.

"미친년. 네 머리나 잘 깎아. 근데 너 그 유부남은 어떻게 정리했냐? 천년만년 갈 것 같더니만."

윤주가 그냥 넘어갈 리 없다. 윤주는 입이 걸어서 그렇지 바른 생각과 올바른 상식으로 똘똘 뭉쳐서 진창에서 헤매는 나와 은경이를 이끌어 주는 빛이요, 진리이며, 시어머니다. 만약 제 업무가 바쁘지 않다면 은경이를 달달 볶아쳐서 기어이 그 돈 많은 유부남

하고 갈라놓았을 것이다.

"정리했어. 별 볼 일 없는 놈이었어. 마누라도 슬슬 냄새를 맡은 거 같고."

"나쁜 년이네, 이거."

유부녀인 윤주가 거품을 문다.

윤주는 바람피우는 유부남을 제일 싫어하고 그보다 더 싫어하는 게 그 상대를 해 주는 처녀들이다.

"나쁜 년들. 너희들 때문에 피멍 드는 마누라가 있다는 걸 왜 생각 못 해?"

"그러니까 그만뒀잖아. 너 무서워서 다시는 그딴 짓 못 한다."

흥분한 윤주 옆에서 깐죽거리는 게 주특기인 은경이는 용서받아야만 하는 일을 한 것 같지 않은 얼굴로 말한다.

"혼자 사는 남자들이 얼마나 많은데 마누라에 자식 있는 놈을 건드리냐고."

"그놈들이 먼저 꼬리를 친 거야."

"그 꼬리에 넘어간 년이 더 나빠. 그리고 내가 네년 꼬리가 얼마나 억센지 모를까 봐 딴소리야? 앞으로 너 또 한 번 마누라 있는 놈하고 엮이기만 해. 아주 내가 작살내 줄 테니까."

이쯤에서 내가 나서 윤주의 서슬을 잘라야 한다.

"박윤주, 넌 네 서방이 아직도 애달프게 보고 싶냐?"

"그걸 말이라고 하나?"

"너네 결혼한 게 5년 전인가?"

"6년이야."

"근데 아직도 그래?"

"정이 무섭다고, 연애랑 결혼하고 산 것까지 전부 합하면 10년이 다 되는데도 그러더라고. 잘생긴 남자 보면 나도 왈랑왈랑하지만 그래도 서방이 최고야."

"야, 재욱아 너 저년 열녀문 좀 세워 줘라."

"내가 그딴 거 세우려고 박 터지게 공부해서 자격증 딴 줄 알아?"

그는 전처와 3년을 살았다고 했다. 그 3년 동안 그녀는 죽고 싶을 만큼 그가 밉고, 같이 살기 싫고, 미칠 것 같았다고 했다. 피 끓는 청춘에 만나서 사랑하고 결혼했어도 시간이 지나면 그렇게 덤덤해지고, 보기 싫고, 살기 싫고. 그렇게 되는 걸까?

"내가 요즘 우리 서방탱이 손모가지가 그립다. 너무 굶었어. 내가 이러니 아마 은경이 년 같으면 바람이 나도 골백번은 더 났을 기야."

"그게 아니라 네가 원래 좀 밝히지."

"망할 인간. 가려면 은장도라도 주고 가지. 허벅지 찌를 은장도도 없고."

"내가 공사장 가서 드릴이라도 하나 구해 주랴?"

"썩을 년."

"고기가 무슨 맛인지도 모르는 불우한 친구 앞에서 고기 맛을 논해?"

이것들은 남자가 있으면 남자 자랑에 날 새우고, 남자가 없으면 지나간 옛날 남자 자랑에 날 새운다. 내가 했던 연애는 현재 진행 중일 때 외에는 늘 후지고 구리다.

"너도 고기 먹긴 먹어 봤잖아."

"썩은 고기였다잖아!"

말없이 와인만 홀짝거리던 은경이가 끼어들었다.

언제나 이 여인들의 대화는 원점에서 맴돈다. 다시 닭이 먼저냐, 달걀이 먼저냐 타령으로 넘어간다. 지겹다. 그저 술이나 퍼마실 밖에.

요즘 퇴근 후의 나의 기분은 그와 헤어질 때 그 남자의 반응에 따라 좌지우지된다. 그가 기분이 좋으면 덩달아 나도 좋아져서 방방 뛰고 그가 뚱하면 거리의 모든 것들이 시빗거리로 보인다.

다시는 이런 짓을 하지 않기로 했는데 나는 어쩌자고 이러는 걸까. 나는 애써 내 마음을 평가 절하 했다.

언제부터인지 기억도 안 나지만 나는 그가 신경 쓰이고 아침에 그의 집 현관문을 열 때마다 심장이 터질 것 같아진 게 좀 되어 간다. 그런 걸 나는 발정기니 어쩌니 해 가면서 무시하고 조롱했다.

하지만 나는 처음부터 마음이 움직이는 걸 알고 있었다. 점점 그를 내 마음속에 앉혀 놓았다는 걸 나는 알고 있었고, 내내 무시했다.

이 나이에 정말 하기 싫은 건 실패가 보이는 연애이고, 그보다 더 싫은 건 초라한 짝사랑이다. 그런데 나는 그 짝사랑에 또 발을 들여놓았다.

혼자 있을 때 멀어지는 그의 눈을 보면 나는 심장이 쿵 내려앉았다. 베란다 문턱에 걸터앉아서 담배를 피우는 걸 볼 때는 같이 맞담배라도 펴 주고 싶을 만큼 그의 등이 쓸쓸해 보였다.

망나니 동생이 쳐들어와 행패를 부려도 끄떡 안 하고 냉정하게 구는 그가 망나니 동생보다 더 안쓰러웠던 건 내 등에 기대고 숨을 고르는 그의 처진 어깨 때문이었다.

와인 병을 들고 병나발을 불었다. 포도 주스 같다.

"이년이 돌았나. 야, 너 그게 얼마짜린데 저러고 나발을 불어."

"저거 저거 돌았어. 재욱아, 너 왜 그래?"
"나 먼저 갈게."
"어딜?"
"어디 좀 가야 할 데가 있어."

 나는 어리둥절해서 붙잡는 친구들을 두고 벌떡 일어나 뛰쳐나왔다. 그리고 소리 질러 택시를 잡았다. 등 뒤에 누군가가 칼이라도 들이대는 것처럼.

 난 택시 안에서도 숨이 찼다.

 그날 그를 안아 줄 때 나는 내심 불안했다. 요동치는 내 심장 소리를 그가 듣고 있는 건 아닐까 해서 내 심장은 더 떨렸다. 그와 웃으며 티격태격할 때의 내 심장은 고요하다. 하지만 지금, 내 심장은 내 눈앞에 없는 그 남자 때문에 널뛰기를 한다.

 다시는 이러고 싶지 않았는데 내 마음은 벌써 그에게로 가 버렸다. 마음이 갔다면 내 몸도 가야 한다. 술주정이라고 욕해도 나는 그가 지금 절실하게 보고 싶다.

"웬일이야?"

 문이 열렸을 때 그는 파자마에 하얀 브이넥 티셔츠를 입은 채 보고서를 들고 뚱한 얼굴로 서 있었다.

 의아해하는 그의 얼굴을 보고서야 나는 정신이 들었다. 왜 여기까지 왔는지 나는 빤히 알면서도 그에게 말할 수가 없었다. 나는 앞만 보고 달려간 내 마음에게 이렇게 비겁하다.

"빨래를 안 널었어요."

 기가 찬 그의 얼굴을 뒤로하고 나는 다용도실로 뛰어 들어가 텅

빈 세탁기 앞에 주저앉아 버렸다. 그리고 싸해지는 코끝을 붙잡고 필사적으로 노력했다.

제발 울지 않기를.

하지만 내 눈물은 뭔가 아주 억울한 일을 당한 것처럼 밀려 내려오기 시작했다. 나는 아예 대놓고 꺽꺽거리며 울었다. 이렇게 내가 대성통곡하는 것은 순전히 내가 불쌍해서이지, 밖에서 날 이상하게 생각하고 있을 저 남자나, 대책 없이 다시 진창에 발을 들이민 내 유서 깊은 짝사랑이 처량해서가 아니다.

나는 내가 너무 불쌍했다. 다시 시작하는 짝사랑조차 얼굴도 못 내밀고 후미진 다용도실에서 숨죽여 울어야 하는 내가 너무너무 안쓰러웠다.

매번 사랑에 실패할 때마다 나는 생각했다. 다음번 사랑은 좀 더 산뜻하길, 좀 더 따뜻하길, 그리고 좀 더 깊고 넓게 마음 넉넉한 사랑을 하기를 말이다. 하지만 매번 그 사랑은 칙칙했고, 서러웠고, 날 조급하게 밀어붙였다.

그의 다리가 다 낫고 혜진이의 어머니의 병세가 회복되면 그마저 볼 수도 없는 시한부 짝사랑에 내 가슴은 피멍이 든다.

나의 연애사는 점점 참담해지고 처량해진다.

"욱 양. 뭐 해?"

내가 다용도실에 들어와 앉은 게 한참인데 그는 이제야 나에게 알은척한다.

이만큼이, 딱 이만큼이, 그와 나의 마음의 차이이다.

멀쩡하게 공짜 술을 마시다가 미친년 널뛰듯이 뛰어와 이런 후미진 곳에 문 걸고 앉아서 우는 서러운 내 마음부터 강 건너 좋은 불구경이 궁금해서 눈이 반짝거릴 게 분명한 저 남자의 마음까지.

눈물을 씻어 낸 후 문을 열고 나갔다.

"미쳤나 봐."

"뭐 새삼스럽게. 술 취하면 그럴 수도 있지. 근데 빨래 넌다고 왔다며 빨래는 어디 있어?"

"빨래가 없네."

"욱 양, 너 술을 얼마나 마신 거냐?"

"와인을 얼마나 마셨더라."

"럭셔리하네. 매일 소주 마시다가 와인 마시니까 적응이 안 됐나 봐?"

"그러게 말입니다. 송충이는 솔잎 먹고 살아야 하는데 뽕잎을 뜯어 먹었더니만 이러네요."

나는 그렇게 웃지 말라고 소리 지르고 싶었다.

아무것도 모르는 그는 눈웃음까지 쳐 가며 웃는다. 너무 얄미워서 저 볼따구니를 확 잡아당기고 싶다.

"공짜라고 마구 푸셨구먼."

"그러게요."

"욱 양의 직업 정신이 점점 투철해지나 봐."

"에?"

"이 밤에 빨래 널겠다고 뛰어 들어온 걸 보면 말이야."

"그러게요. 이러다 순직하겠어."

"설마 빨래 널다가 순직까지야 하겠니? 정신 들게 커피 한 잔 마실래? 나도 한 잔 마실까 해서 불 켜 뒀는데."

그는 다정한 큰오빠 같다. 하지만 그는 내 오빠가 아니다.

"이 밤에 커피를 왜 마셔요?"

"유럽 선물 장에서 연락 올 게 있어서."

"유럽까지? 주인님 글로벌 하시네."

"돈 벌기 쉬운 줄 알아? 커피 마실 거야?"

"주세요. 술 깨고 집에 가게."

그는 절뚝거리며 부엌으로 간다. 이제 그의 걸음은 많이 자연스러워졌다. 머지않아 그는 내게 보너스를 준 후 수고했다며 오지 말라고 할 것이다.

가슴이 먹먹하다.

그를 보지 않는다면 이런 주책 맞은 내 마음이 제 풀에 사그라질까?

"마셔. 너무 연해서 술이 깰지는 모르겠지만."

그가 내미는 하얀 머그잔이 저만큼이나 멀어 보인다.

"울어?"

"그러게 말이에요. 자꾸 눈물이 나네. 사춘기 때도 안 울었는데."

거의 울먹이고 있었다. 미친 거다.

"술 먹고 왜 우니?"

"동생이랑 싸우고 주저앉지는 않아요."

난 반칙을 했다. 이유는 모르지만 그건 그의 상처이다.

"넌 동생이 없잖아."

"오빠가 있잖아요."

"오빠한테 바득바득 대드는 싸가지 없는 여동생이라며. 오빠라고도 안 부른다면서."

나는 그에게 참 많은 이야기를 한 거 같다.

"14개월 차이나요."

"그렇다고 오빠가 아닌 건 아니잖아."

"왜 이렇게 눈물이 나죠?"

나는 창피한 것도 모르고 그의 앞에서 꺽꺽 울어 댔다. 당신 때문이라고 말도 못 할 거면서 나는 술을 핑계로 목 놓아 울었다.

그는 내 울음이 잦아들 때까지 앞에서 티슈를 뽑아 주면서 내가 코를 푸는 것도 보고, 눈물을 연신 닦아 내는 것도 보면서 앉아 있었다. 공짜라고 마셔 댄 와인 세 병의 효력이 사라지고 나니 나는 이루 말할 수 없이 쪽팔렸다.

"다 울었어? 뭐가 그렇게 속상한 건데?"

"내 인생요."

"욱 양 인생이 어때서?"

"내가 서른이잖아요. 근데 내 손에 들어와 있는 게 하나도 없잖아. 스무 살 때 나는 그랬어. 서른이 되면 10년 동안 일궈 놓은 무엇인가가 내 손에 가득 차 있을 거라고. 근데 직장도 없고, 서방도 없고, 그렇다고 통장에 돈이 그득한 것도 아니고."

"직장이 왜 없어. 내가 직장 상사잖아."

"그걸 지금 위로라고 해요?"

"위로가 안 되나. 왜 친구들이 남편 자랑, 돈 자랑하면서 갈궜어?"

"나쁜 계집애들."

애꿎게 내 친구들이 도매금으로 넘어간다. 뒤에서는 나라님도 씹는다는데 뭐 이쯤이야.

"서른 가지고 뭘 그래. 마흔에 더 잘 살면 되잖아."

"너무 판에 박힌 설교인 거 알아요?"

"내가 원래 식상한 인간이야."

"후져. 진짜 후져. 나도 후지고, 주인님도 후지고, 다 후져."

"얼마나 좋아. 세상이 다 후진데 혼자 안 후지는 것도 안 좋아. 몰라, 모난 돌이 정 맞는 거? 코나 풀어. 무슨 말인지 못 알아듣겠어. 코맹맹이 소리도 웬만해야지."

그는 또 티슈를 뽑아 준다. 나는 지금 서른이 아니라 열다섯인 것만 같다. 그는 주인집 남자가 아니라 내가 흠모하는 교생 선생님 같다. 이럴 때 이렇게 친절한 게 결코 나에게 도움이 되지 않는데, 그는 오늘 유난히 친절하다.

"두고두고 우려먹을 거죠?"

"뭘?"

"나 울면서 주정한 거."

"당연한 거 아냐?"

"그러기만 해 봐요. 후미진 데다 묻고 콘크리트 부어 버릴 거니까."

"말하는 거 보니까 술 다 깼네. 일어나. 데려다줄게."

"뭘 하겠다고요?"

"운전 말이야. 할 만해."

"그러다 죽으면 어떻게 해요?"

"난 부잣집 도련님이라서 열아홉부터 차 몰고 다녔거든. 거기다 아직도 무사고야. 일어나. 얼른 갔다 와서 유럽 놈들이랑 통화해야 해."

나는 말 잘 듣는 아이처럼 그의 친절에 기대어 집을 나섰다.

따뜻한 바깥공기가 대기에 충만했다. 절뚝거리는 그를 부축하면서 내 심장은 또 대책 없이 큰북을 치고 있다.

"조금만 있으면 혼자서도 잘 다니겠어요."
"그렇지. 욱 양이 이렇게 부축하는 솜씨가 늘었는데 서운하네."
그는 또 나를 설레게 한다.
그를 운전석에 앉히고 나는 그의 은색 세단에 털썩 들어가 앉았다.
그의 다리는 정말 멀쩡한 것처럼, 봄비 내리던 그 밤 처음 만났을 때처럼 스스럼없이 운전하고, 나는 차가 속력을 낼 때마다 그만큼의 속도로 그를 볼 수 있는 시간이 지나가고 있는 걸 퉁탕거리는 내 심장으로 느꼈다.

당신이 부르신다면……

그녀가 변했다.

재욱이는 어제 와인이 아니라 이상한 약을 집어삼킨 게 아닌가 싶다.

내가 아무리 성질을 긁어도 가필드 고양이의 그 처진 눈을 하고 무성의한 대답 말고는 대꾸도 없었다. 뭔가 넋이 나간 거 같기도 하고, 심각한 고민에 빠져서 눈과 귀가 먼 것 같기도 하다.

어젯밤 느닷없이 술에 취해서 들이닥친 재욱이는 얼토당토않게 빨래를 안 널었다고 횡설수설하더니만 다용도실로 들어가 한참 동안 기척을 내지 않았다. 나는 식탁에 앉아 그녀가 나오길 기다렸다. 뭔가 심상치 않은 거 같아서 좀 초조해졌다. 밖에 나가서 무슨 일이 있었기에 저러는 것인지.

나는 그녀가 그 안에서 울고 있다는 걸 직감적으로 느낄 수 있었다. 도대체 무슨 일이 있었기에 세상에 무서운 게 없는 그녀가 내 집 다용도실 세탁기 앞밖에 울 자리가 없는 걸까?

한편으로 나는 기분이 좋아졌다. 울고 싶고, 서러워 갈 곳 없을 때 나를 찾아 준 그녀가 고마웠다. 내 마음의 한 자락이 그녀에게 넘어가서인지 내 마음은 자꾸 구차해진다.

아무것도 안 하고 멀뚱히 있기가 뭐해서 나는 커피 메이커에 물을 붓고 커피콩을 새로 갈아 넣은 다음 스위치를 켜 놓았다. 커피가 주전자를 반쯤 채웠을 무렵 물소리가 나더니 문이 열리고 그녀가 나왔다.

가슴이 철렁했다. 머리가 멍해지고 매우 당황스러웠다. 나는 그녀의 퉁퉁 부은 눈과 빨간 코를 외면했다.

아무렇지도 않은 것처럼, 그녀가 울었다는 걸 모르는 것처럼 시시껄렁하게 이리저리 떠보는 질문에 아무 일 없다는 듯이 말대답을 해 대던 재욱이는 뜨거운 커피 잔을 받아 들고는 꺼이꺼이, 정말 꺼이꺼이 울었다.

내가 아는 여자들은 결코 그렇게 울지 않는다.

엄마는 분해서 입술을 깨물고 울었고, 새어머니는 아버지 앞에서만 애처롭게 울었다. 그리고 미연이는 실망이 절망이 된 듯 한숨을 쉬면서 울었다. 그런데 저 이재욱은 정말 커피 잔이 사약 사발이라도 된 듯이 들고 꺼이꺼이 울었다. 나는 저렇게 우는 여자를 본 적이 없다.

그녀의 앞에 앉아서 티슈를 뽑아 주고 나는 울음이 그치기를 기다렸다. 콧물과 범벅이 된 눈물은 정말 끔찍하다. 그녀는 콧물과 눈물을 섞어 쓱쓱 닦아 낸 다음 아무렇지도 않은 듯이 씩 웃더니 적당히 식은 커피를 한 큐에 마셔 버렸다. 데려다주겠다고 하는 내게 그녀는 미약한 시비를 걸었지만 이내 순순히 따라나섰다.
"세수나 좀 하고 가지 그랬어?"
집에 데려다주는 차 안에서 나는 그녀에게 참고 있던 말을 했다.
"아까 했어요. 근데 아까 다 알면서 왜 모른 척했어요?"
"내가 바보도 아니고 눈치 못 챘겠어? 그냥 모른 척할까 했더니만 아예 대놓고 운 건 욱 양이잖아."
"암튼 고마워요."
"여자들은 좋겠다. 울고 싶을 때 울어도 별로 쪽팔린 거 없잖아."
"부러워할 거 없어요. 나도 무지 쪽팔리거든요."
"그러셔요?"
"앞에 열어 봐. 목캔디가 있을 거야. 그렇게 울면 목 아플 텐데."
"됐네요. 그깟 일로 목구멍이 어떻게 되겠어요?"
"아침에 후회하지 말고 시키는 대로 해."
"나한테 왜 이렇게 친절해요? 심심해요?"
"친절해도 시비니?"
"나한테 너무 친절하게 굴지 마요."
나는 내 마음을 들켰을까 봐 가슴이 철렁했다.
"인간에 대한 기본 예의지, 욱 양에게만 특별히 친절한 거 아니야."
"그런가? 그래요. 그럴 거예요."
"심심했는데 건수 만들어서 이렇게 밤에 드라이브도 하고. 참 유능한 간병인이야, 욱 양."
"돈 벌어야 한다면서 뭐가 그렇게 심심해요?"
"하던 거니까 하는 거지, 재미있는 일은 아니야."
"그렇게 재미없는데 왜 커피 먹어 가며 잠 안 자고 돈 버는데요?"

"그것도 안 하면 할 게 없잖아."
"연애질을 해 보든가."
그녀의 시각에서 나는 어떤 사람일까? 그저 습관처럼 돈을 벌어 이유 없이 통장에 잔고를 채우는, 돈 버는 데 미친놈으로 보이는 걸까?
"내가 연애도 안 하고 사는 거 같냐?"
"연애해요?"
"뭐 연애라기엔 좀 약하고."
말하지 말걸. 한참 앞을 보던 재욱이가 물었다.
"주인님 혼자 열 올리고, 공들이는 연애예요?"
"아니? 그쪽이 더 심하게 덤볐는데?"
"근데 무슨 애인이 대퇴부에 금이 갔다는데 얼굴도 안 보이냐?"
"한국에 없거든."
"유학생이에요?"
"아니, 홍콩 여자야."
"주인님, 영어로 연애해요?"
재욱이의 관심은 이제 내 언어 능력 평가에 집중되려나 보다.
"응."
"토플 몇 점이에요?"
"900 넘었는데 지금은 모르지. 만점일지도."
"두고두고 재수 없어요."
재욱이는 정말 재수 없다는 듯 얼굴을 잔뜩 찌푸리고 차창에 머리를 기댔다.
"그러다 머리 찧는다. 뒤로 기대지?"
"내 머리는 철근과 콘크리트로 단련돼서 웬만한 충격에는 끄떡도 안 해요."

"자랑도 무식스러워."

"운전이나 잘해요. 술 깨니까 머리가 아프네."

"싸구려 와인 먹었어?"

"돈 내는 계집애가 비싼 거라고 그랬으니 아닌 거 같고. 막걸리 먹고 난 거 같아."

"좀 자든가."

"그래야겠어요."

마포대교를 건너고 공덕동로터리에서 좌회전을 하고 한참 굽이굽이 돌아가면서 나는 천재적인 길눈에 감탄했다.

비 오는 봄밤에 한 번 와 본 길을 이렇게 잘 찾아 오다니. 그런데 그날은 도대체 왜 그렇게 헤맨 걸까.

날씨는 그날처럼 꾸물거렸고 하늘은 별은커녕 달도 안 보였다.

마포대로의 거대한 건물들 뒤로 오래된 주택가는 걷어져 나가고 이제 새로운 아파트와 건물들이 들어서고 있었다. 언젠가 재욱이가 말했듯이 그녀가 뛰어놀고 자랐다는 골목길도 얼마 못 버틸 것 같았다. 그녀가 속상하다고 했던 것이 생각났고, 나도 덩달아 심장 한구석이 쿡쿡 쑤시는 것 같았다.

나는 태어날 때부터 아파트에서 살았던 것 같다. 내가 기억하는 첫 번째 우리 집은 잠실의 고층 아파트였다.

지금 기억으로는 한 36평 정도 되는 것 같았는데, 아버지의 사채업은 그 아파트를 49평으로, 66평으로 세를 확장했고 엄마가 집을 나갈 무렵에는 방배동 언덕에 그림 같은 집을 지었다.

하지만 엄마는 그 집에서 행복을 그다지 오래 누리지 못했다. 내

내 울었고, 또 한참 동안은 거실 창문 앞에 쪼그리고 앉아서 멍하니 밖을 쳐다보기만 했다. 그리고 나는 어렴풋이 아버지가 바람을 피웠다는 걸 알았지만 모른 척 침묵했다.

열여섯이 되던 봄에 엄마는 집을 나갔다. 내가 애써 외면하는 동안 엄마와 아버지는 지독하게 싸웠고 그리고 헤어졌다.

나는 당연히 엄마와 함께 미국으로 갈 거라고 생각했다. 외가가 그곳에 있으니 당연히 함께 갈 거라고 생각하고 짐을 꾸렸다. 그런데 엄마는 내 손을 한 번 잡아 주지도 않고 착잡하게 한참 보더니 '밥 먹어. 상 봐 놨어'란 말만 하고는 집을 떠났다. 그날 이후로 내게 집이란 존재는 서러운 것이었다.

재욱이가 자신의 오래 묵은 집 이야기를 할 때마다 나는 동화처럼 식구들이 바글거리고, 소란스럽고, 구질구질한 그런 집을 상상했다.

재욱이는 그런 일상에서 살아온 사람이었고 또 그 일상이 소중한 걸 아는 사람이었다. 그래서인지 이 동네가 후지게 느껴지지 않는다. 내가 이 동네의 중심으로 생각하는 태일 슈퍼에서 조금 벗어난 골목 입구에 차를 대고 그녀의 동네를 구경하며 그 공기를 마셨다.

곧 한바탕의 소나기가 쏟아질 것 같은 냄새가 가득 차올랐다.

재욱이는 정말 잠이 들었는지 차를 세운 후 한참 지나도 눈을 뜨지 않았다. 잠든 그녀 옆에 앉아 세상을 보고, 비를 보고, 태일 슈퍼를 보고, 그녀를 보았다.

평화로웠다. 시간도 멈추고, 생각도 멈추고, 그리고 내 마음속의 서러움도 잠시 멈추고…….

모든 것이 평화로웠다.

"욱 양."

나는 그녀의 침묵을 결국 반나절도 견디지 못했다.

"왜요?"

세탁기에서 가지고 나온 빨래를 차곡차곡 접어 보자기에 싸서 잘근잘근 밟던 그녀가 나를 쳐다보지도 않고 대답한다.

저 세탁법은 혜진이 아주머니가 늘 하셨던 건데 탁탁 털기만 해서 빨래를 널던 재욱이를 내가 닦달해서 전수했다. 이제 제법 재욱이도 살림을 잘한다. 물론 힘으로 밀어붙이는 경향이 아직도 세게 남아있지만 그녀는 이제야 비로소 양갓집 규수 같다.

"왜 그러는데?"

"뭐가요?"

"말도 안 하고 뚱하니 당신답지 않아."

"나도 나 이상한 거 알아요."

"이유는 모르고?"

"몰라요. 근데 별로 안 궁금해요."

"내가 궁금해."

"진짜 심심한가 보네. 그러지 말고 들어가서 돈이나 마저 버시죠? 아니면 글로벌 하시느라고 피곤하실 텐데 가서 좀 주무시든가."

"어제 좀 벌었고 잠은 원래 많이 안 자서 괜찮아."

"그럼 계속 그러고 앉아서 나 일하는 거 꼬투리 잡고 잔소리나 하시든가."

"잔소리하면 뭘 하니. 반응이 없는데."

"아, 귀찮아요."

팽 성질을 부리고는 부엌으로 들어가 버린다. 나는 어색하게 앉아서 부엌의 미닫이문을 쳐다봤다.
 내가 저 여자에게 원하는 게 도대체 무엇일까?
 초인종 소리가 난다. 그녀가 나오길 기다렸지만 반응이 없다. 결국 내가 인터폰을 받았다. 정태였다.
 "너 왜 왔어?"

―문이나 열어.

 정태의 방문은 언제나 불안하다. 저 터진 가마니 같은 인간이 이자 삭감으로 거래한 내 조건을 속없이 줄줄 불어 댈까 봐 나는 항상 불안했다.
 제 집처럼 들어오던 정태는 두리번거렸다.
 "뭐 해? 안 들어오고?"
 "너 재욱이 잘랐냐? 얘가 왜 코빼기도 안 보여?"
 "심사 사납단다. 잘못 건들면 뼈도 못 추릴 거 같아."
 "너도 참 너다. 어떻게 파출부 눈치를 보면서 절절 기냐?"
 "소장님은 뭐하러 오신 건데요?"
 느닷없는 그녀의 목소리에 정태 놈은 뭐가 구린 것처럼 화들짝 놀란다.
 "야, 너 귀신처럼 기척도 없이 나타나면 어떡하냐?"
 "죄졌어요? 왜 그렇게 놀라요."
 "나름대로 심약하거든. 그러니까 조심해 줬으면 좋겠어."
 고정태는 절대로 심약하지 않다.
 "소장님, 왜 일 안 하고 평일 오후에 나타나신 건데요?"

"왜 왔게?"

정태 놈이 느물느물 말장난을 시작했다.

"부도 맞았어요? 그래서 돈 꾸러 왔어요?"

"야, 재수 없게 부도는 무슨. 저 사채업자 놈이 이자 안 받아서 좀 살 만한데 부도가 왜 나냐?"

그럼 그렇지. 저놈이 저렇게 질질 흘린다.

"이자를 안 받아요? 소장님이 생깐 게 아니구요?"

"그렇다니까. 왜 그런지 안 궁금하냐?"

저 빌어먹을 놈. 저걸 믿고 있던 내가 바보다.

"재욱아, 내일 뭐 하냐?"

"왜요?"

"내일 저 자식 코에 바람도 넣어 줄 겸 우리 놀러 가자. 콘도 빌렸어."

"안 돼요."

"왜?"

"바빠요. 둘이서 갔다 와요."

"야, 연애도 안 하는 게 토요일 밤에 왜 바쁜데?"

"저 내일 선봐요."

"그거 다신 안 한다더니 또 시작한 거야?"

"네. 이젠 진지하고 성실하게 열심히 선볼 거예요."

비장하게 말하는 그녀를 보고 정태는 웃었지만 나는 심장이 딱딱해졌다. 발바닥이 땅속으로 꺼지는 것 같았다.

"퉁퉁거리지 말구. 사분사분하니 잘해. 머리가 좀 없다 싶어도 인상 쓰지 마. 그쪽도 덩치 좋다고 거절하면 너도 성질나잖아."

"대머리래?"

"한 구멍에 세 가닥씩이란다. 숱도 많고 잘생겼대."

"매번 사람 말 믿고 나갔다가 도끼로 발등을 찧으니까 하는 말 아니야."

"괜찮다니까. 이번 사람은 정말 너 주기 아깝다더라."

"누가 그러는데?"

"이 선생이."

"암튼 가서 이상한 놈만 나와 봐."

"왜 또 불이라도 지르려고?"

"그만 좀 해."

"내가 기가 막혀서 그런다. 아마 나 죽을 때 숨넘어가면서 네 손 잡고 그럴 거다. 불 지르지 마, 이년아."

엄마는 이번에 정말 대어를 물어 왔나 보다. 평소 맞선을 볼 때면 간단한 프로필만 말하고 의향을 물어보았지만 이번은 밑도 끝도 없이 그저 나가기만 하라고 난리였다. 그것도 모자라 아침부터 날 화장대 앞에 끌어다 앉히고는 옆에 앉아서 이런저런 코치까지 해 가면서 이상하게 굴었다.

"나 일 나갔다가 가는 거야. 지금부터 화장해서 뭐하게."

"그래도 밑바탕을 좀 다져 놔야 나중에 고칠 때 쉽지."

"무슨 신부 화장 해? 엄마, 오늘 왜 그래? 그리고 이러고 파출부

일 나가면 아주 웃기는 거 알지? 아마 집주인이 나 미친 거 아닌가 하고 볼 거야."

"무슨 상관이야. 근데 말을 듣자 하니까 그 집주인, 사람이 괜찮은가 봐."

"왜?"

"아니, 집에서 일하던 아줌마 입원했다고 짜증도 안 내고, 너 같은 거 거둬서 안 쫓아내는 것도 그렇고. 또 혜진이 말로는 병원비에 보태라고 얼마 보내 주기도 했다더라고. 젊은 내외가 그렇게까지 맘 쓰는 게 쉬워? 돈 많다고 다 인심 좋고 그러는 거 아니잖아."

전직 사채업자 김선우가 아니라 나름대로 사려 깊은 인간 김선우의 모습이 보인다. 그 남자만 보면 벌렁대는 내 심장을 위해서라도 제발 이런 건 모르고 넘어갔으면 좋았을 것을……

아무것도 모르는 엄마는 또 김선우 씨 칭찬을 늘어놓는다.

엄마는 아직 그 집주인 김선우 씨가 혼자 사는 이혼남이란 걸 모른다. 내가 담 들어 사지 육신이 마비되었던 날의 이미지로, 차분하고 선한 인상의 점잖은 남자로, 또 부인도 같이 덩달아 우아하고 선량한 여자일 거라고 혼자 철석같이 믿고 있다.

사실대로 말했다가 돈줄도 끊길까 봐 나는 엄마에게 이실직고하지 않았다. 처음에는 돈에 눈이 어두워서, 그에게 딴맘을 품은 어느 날부터는 그 집에 못 가게 할까 봐 입을 다물었다.

엄마가 가끔 그 집 일을 물어볼 때마다 통통거리면서 교묘하게 빠져나갔고, 강욱이도 집안 시끄러운 게 싫어서인지 아니면 제 머릿속이 복잡해서인지 별말이 없었던 것 같다.

1년에 서너 번 있는 맞선 때만 애용하는 정장 구두에 검정 시폰

치마, 흰 정장 재킷까지 입고 나는 짝사랑하는 남자의 집에 일하러 간다.

비극은 전쟁만이 아니다. 지금 내 마음은 전쟁보다 더 처절한 비극이다.

젠장.

"뭐라고 하기만 해요."

그는 문을 열고 들어서는 나를 보고 눈이 커지더니 그다음부터는 못마땅하다는 기색을 숨기지 않고 아래위로 쳐다봤다.

"나 암말도 안 했어."

"입 다물고 그렇게 쳐다보는 게 더 나빠요."

"보이는 걸 어쩌니?"

그는 심드렁하게 말하고는 절뚝거리며 서재로 들어간다.

오늘 나는 신부 화장을 한 채로 반바지에 목이 축 늘어난 티셔츠를 입고 일했다. 그런데 하루 종일 쫓아다니며 날 놀려 먹을 것 같던 주인장 김선우 씨는 서재 문을 닫고 처박혀서 코빼기도 보이지 않는다.

짝사랑하는 남자 집에서 청소하고, 빨래하고, 밥해 놓고, 그의 잡다한 수발을 들어 주고 나서 꽃단장하고 딴 남자와 맞선 보러 가는 오늘의 스케줄이 참으로 서러웠다.

내 신세가 요즘 재미 붙이고 보는 드라마에서 인민군과 국군 남자 사이에서 오락가락하는 여자보다 더 비극의 주인공인 듯해서 흐느적거렸다. 하지만 한편으로는 내심 나에 대한 인상이 뭔가 좀 달라졌으면 하는 망상도 했다.

 3개월이 다 되어 가도록 내가 그에게 보여 준 모습은 추레하다는 말 이외에는 표현이 안 되는 것뿐이었다. 그러니 그에게 아래위로 쫙 빼입고 곱게 화장까지 한, 전혀 다른 이재욱을 보여 주는 것에 대해 기대감이 있었다.
 그가 나의 새로운 모습을 보고 허걱 하며 넘어오는 걸 꿈꾸지 않았지만 나의 다른 모습, 다시 말해서 나도 여자라는 걸 보여 주고 싶었다. 유치하고 치졸하며 한심한 발상이란 걸 알지만 나는 그에게 한 번 정도는 다르게 보이고 싶었다.
 드라마를 너무 봤다.
 이런 건 아침 드라마에 나오는 것이 아니던가.
 하지만 나는 정말 그가 내가 가진 다른 모습을 봐 주기를 바란다. 내가 말장난이나 하고 매번 연애에 실패하며 엄마에게 두들겨 맞거나 실수만 하는, 그런 한심한 노처녀가 아니라, 얼마든지 새로운 남자를 만나고 달콤하게 연애할 수 있으며 세상과 남자들에게 당당할 수 있는 여자란 걸 알아주었으면 하는 마음이 점점 커진다.
 그런데 아무래도 그건 나의 치졸한 환상일 뿐인 듯하다. 그는 날 놀려 먹지도 않았고. 방문을 처닫고 그의 유일한 소일거리인 돈 벌기에 몰두해서 얼굴도 보여 주지 않는다.
 눈에 보이지 않은 작은 구멍으로 바람이 새어 버린 풍선처럼 하루 종일 나의 마음은 그렇게 쭈그러져 갔다.
 점심상을 차린 후 그를 부르려고 서재 문 앞에서 섰을 때 나는 나의 빈약한 영어 실력을 한탄했다. 그럼에도 나는 똑똑하게 들었다.
"달링, 샌디."
 그는 전처 조미연뿐 아니라 홍콩 달링 샌디도 있는, 있을 거 다 있는 남자다. 내가 신부 화장이 아니라 전신 성형을 해도 그걸 가지고 놀려 먹을 인간이지 가슴 철렁해서 나를 다시 볼 인간이 아닌 것이다.

나는 한숨을 들이켰다. 그리고 그의 서재 문을 두들겼다.
"점심 먹어요."
식탁에 앉아서 그를 기다리는 짧은 시간 동안 나는 서글펐다. 정말 척추가 확 휘어질 것처럼 서글펐다. 발을 질질 끄는 그의 기척을 느끼고 나는 물 한 모금을 마신 다음 씨익 웃었다. 서글픈 것도 서러운데 쪽팔림까지 당할 수는 없지 않은가.
"간단히 먹읍시다."
"늘 간단했는데."
"내가 오늘 중요한 약속이 있어서 몸가짐을 조심하려고 하니까 초치지 말고 맛나게 드시는 미덕을 보여 주시는 게 어떨까 하는데요."
고개도 안 들고 그는 코웃음을 친다. 저 머리통을 한 대 후려갈기고 싶다.
"맛이 있을까?"
"저녁에 뭐 잘못 드셨어요? 심히 까칠해 주시네."
"욱 양이 오늘 심히 매끄러우셔서 유난히 까칠하게 느끼시는 거겠지."
정말 내가 끓여 준 떡국이 맛없나 보다. 깨작거리고 먹는다. 우리 엄마가 봤으면 복 나간다고 욕을 한바탕 했을 것이다.
"뭐가 그렇게 좋아? 선보는 게 그렇게 좋으니?"
"왜요?"
"좀 붕 떠 보여서."

"뭐 붕 뜰 거까지는 없구요. 그냥 새롭잖아요. 근데 선보는 거는 싫어요."

"그렇게 안 보이는데."

"선보는 게 뭐가 좋겠어요. 난생처음 보는 사람 앞에서 이리 웃고 저리 웃고. 애프터라도 들어오면 수고한 보람이 있는데 그것도 없어봐요. 아, 까이는구나 싶으면 진짜 도는 거죠."

"근데 왜 그렇게 헤죽거리는데?"

그걸 내가 맥한테 어찌 말하겠나? 당신한테 어떻게 좀 잘 보이려고 하는 이 비굴한 마음을 어떻게 내 입으로 말하겠냐고.

"예전에 학교 다닐 때요. 도서관에서 빈둥거리다 읽은 책이 있어요. 내용은 기억이 안 나는데 제목이 정말 확 날 잡아당겼거든요."

"≪신곡≫은 아닐 거고. 뭔데?"

"≪다른 남자를 만나면 모든 것이 달라질 것이다≫."

"그게 제목이야?"

"네. 독일 책이었던 거 같은데. 유식하신 주인님, 읽으신 적 없으신가?"

"없으이. 난 딴 남자 만나자는 책은 안 보네."

"어련하시겠어."

"오늘 나오는 사람에게 어떤 기대를 하는데?"

"맞선 경력이 얼만데 기대를 해요?"

당신을 확 생깔 수 있는 매력을 기대하지.

"근데 너무 붕 떠 있는 거 아냐?"

"축 처진 노처녀로 보이는 것보다는 낫지 않겠어요? 방방 뛰는 연습이나 해야지."

당신이 부르신다면······ **231**

"그러다가 기운이 빠져서 본 게임에서는 늘어져 있으려고?"

그는 정말 밥을 다 먹은 후 책과 보고서를 잔뜩 싸 들고는 안방으로 들어가 문을 닫아 버렸다.

내 다리는 굳건히 서 있었지만 내 마음은 그의 방문 앞에 주르르 주저앉아서 소리 없이 처량하게 울고 있는 것 같았다.

"듣기보다 여성스러우신 거 같아요."
"일하는 게 그렇다 보니까 다들 그렇게 생각 많이 하세요."
"건축이라는 거 너무 광범위해서 감이 잘 안 와요."
"저도 잘 몰라요. 그냥 튼튼하고 보기 좋게, 잔머리 굴리지 말고 잘 짓자. 그렇게 생각해요."
"그러면 된 거 아닌가요."
"그런가요?"

이쯤에서 호호호 하고 웃어 줘야 하는데 나는 호호호가 안 되는 성대 구조를 가지고 있나 보다.

내 앞에 앉아 있는 오늘의 남자는 정말 괜찮았다. 숨겨 둔 애가 있는 것이 아니라면 나까지 차례가 왔다는 사실이 믿어지지 않는 만큼 멀쩡했다. 서른세 살이고 대기업의 연구소에 다닌다고 했다. 내가 한심한 대학 동기들에게서 가졌던, 대기업 연구원들에 대한 갑갑한 선입견이 일시에 사라질 만큼 이기범이라는 사람은 서글서글했고 사려가 깊었다.

만약 내 짝사랑이 김선우 씨에게 가는 게 조금만 늦어졌다면 나는 오늘 빙고를 외치면서 횡재했다고 은경이와 윤주에게 전화해서 자랑이 늘어졌을 것이다.

그런데 내 답답한 뇌 구조는 머릿속에 들어앉힐 남자의 자리가 하나밖에 안 되는가 보다.

나는 오늘 2시간 일찍 퇴근하면서 얼굴도 못 본 김선우 씨가 지금 뭐 하고 있는지 한눈을 파느라고 대화의 맥을 자꾸 놓쳤다.

"선 많이 봤어요?"

"서른 넘긴 이후로는 자주 보게 되더라고요."

"눈이 높으신가 봐요. 3년이 넘도록 선보러 나오신 거 보면."

"어! 말해도 되나."

과거가 나오려나 보다. 그럼 그렇지.

"말하세요."

"선보고 2개월 정도 만난 사람들이 네 명쯤 있어요."

"근데 왜 2개월만 만났는데요?"

"처음엔 예쁘고 싹싹해서 만났는데 갈수록 핀트가 빗나가더라고요. 그리고 선봤으니까 인사도 빨리 해야 하고, 상견례도 빨리 해야 하는 그런 공식이 부담스럽기도 했구요."

"맞선은 그런 게 좀 있죠. 주선자가 우리가 아니라 어른들이니까."

"그렇죠. 그래서 이리 틀고 저리 틀고. 평생 볼 사람인데 이건 아닌데 하는 마음으로 끌려갈 수는 없다 싶어서 그랬는데 어른들은 걱정이 많으시죠. 재욱 씨는 어때요?"

"저요? 저야 뭐. 오빠가 아직 버티고 있어 주니까 그렇게 달달 볶이거나 하지는 않아요. 나 하는 짓이 탐탁지 않을 때 엄마가 시빗거리 잡은 빌미로 결혼 이야기를 꺼내긴 해도 대체로 조용해요."

"부럽네요. 전 삼 남매 중에 막낸데 아버지가 내년에 칠순이시거든요. 왜 아버지 칠순에 짝 없이 서 있는 게 불효에, 보기 안 좋은 일인지 모르겠어요."

"맞아요. 그거 진짜 이해 안 돼요."

이 남자는 심지어 대화도 잘 통했다. 우리는 맞선 제도의 공식을 조롱하고, 결혼을 전제로 남녀가 만나 마음고생에 잔머리 쓰느라 고생하는 이야기까지 낄낄거리면서 씹어 댔다. 그러다 보니 날이 어두워지고 처음의 긴장했던 마음이 느슨해졌다.

우리는 서초동 곱창집 연탄불 앞에 앉아서 소주잔까지 기울였다.

"곱창 잘 드시네요. 이런 거 싫어하는 여자들 많은데."

"난 아닌데. 없어서 못 먹어요. 순대나 곱창이나 아주 맛난 음식이라고 생각해요. 그런데 곱창이 비싸잖아요. 그래서 요즘은 주로 순대로 가고 있죠."

"순대도 좋죠. 각 내장 기관 나름대로 개성도 있고."

"난 염통은 싫은데 귀때기가 맛있습디다. 쫄깃하고."

이 비슷한 이야기를 했을 때 김선우 씨는 오만상을 다 찌푸렸다.

"그게 예술이죠. 몇 년 전에 장기 출장으로 유럽에 갔는데요. 일에 치여서 머리가 터질 거 같은 순간 소주에 순댓국이 막 생각나는 거예요. 먹는 걸로 서러웠던 기억이 별로 없는데 그땐 순대 못 먹어서 서러웠어요."

이 남자는 어설프게 유머도 있다. 아깝다.

"예전에 어떤 여자랑 만날 때요."

"선본 여자요?"

"그렇죠. 전반적으로 참 괜찮았는데 딱 하나 날 버겁게 한 게 뭐냐면요."

"이 시점에서 말 나오는 거 보니까 먹는 문제구만요."

"그렇죠. 한 번은 내가 진짜 좋아하는, 보석 같은 순댓국집에 데리고 갔는데 두 그릇 시켜 두고 앉아서 나는 돼지처럼 먹고, 그 여자는 하얀 손수건으로 코 가리고 앉아서 수저만 휙휙 저어 대더라고요."

"여자들 그럴 수도 있는데, 되게 맘에 안 들었나 보네."

"생각해 보면 별거 아닌데 그땐 정이 확 떨어지더라고요."

"그건 정이 아니죠. 진짜 정이라면 그딴 걸로 안 떨어져요. 그건 아마 그 여자에 대한 이기범 씨의 어떤 기대가 무너진 걸 거예요. 세상에 제일 더러운 게 정이라는데 그딴 걸로 떨어지겠어요."

김선우 씨에 대한 내 마음도 정일까? 그렇다면 나는 얼마나 그 더러운 정에 치여서 마음 아파해야 하는 걸까?

그때 내 휴대폰이 울렸다. 번호를 보니 김선우 씨였다. 내 마음이 툭하고 떨어졌다.

"전화받으세요. 모르는 번호예요?"

"아니요. 직장 상사네요."

"쉬시는 거 아닌가요?"

"그러게요."

"어서 받아요. 끊기겠어요."

질기게 울어 대는 전화의 폴더를 열고 심호흡을 했다.

"여보세요."

−난데. 지금 당장 좀 와.

전화가 툭 끊겼다.

황당해서 정신이 멍해졌고 가슴이 두근거렸다.

"무슨 일이에요?"

"미안해요. 회사에 가 봐야 할 거 같아요."
"지금요?"
"네. 뭐가, 뭔가 중요한 게 무너졌나 봐요."
내 마음이 무너졌어요.
"그럼 가셔야죠. 어쩌쇼? 술을 먹어서 모셔다 드릴 수가 없는데."
"택시 타면 금방이에요. 오늘 즐거웠어요."
나는 후다닥 일어났다.
"잠깐만요."
이기범 씨는 내 전화기를 빼앗아 자기 번호를 꾹꾹 눌렀다. 그러자 탁자 위에 있던 그의 휴대폰이 징징징 울렸다.
"연락할게요."
나는 대답 대신 희미하게 웃고는 하이힐에 갇혀서 혹사당한 발을 끌고 뛰었다. 치맛자락이 바람에 뒤집어지든 하이힐 뒤축이 내 몸무게를 감당 못하고 뒤집어지든 나는 간다.
그가 나를 부르지 않는가.

나와 같다면……

재욱이는 지금 무엇을 하고 있을까?

내 전화를 생까시고 미지의 새 남자와 시시덕거리면서 교태를 부리고 있거나, 아니면 내 희망대로 퉁퉁거리면서 우리 집으로 오고 있거나. 둘 중의 하나일 것이다. 그녀에게 여러 가지 가능성은 없다. 내가 아는 그녀의 선택은 모 아니면 도다.

아까 재욱이에게 전화할 때까지 나는 정서 불안에 걸린 미친 쥐처럼 방구석을 이리저리 돌아다녔다. 서랍을 정리한 다음 샤워를 오랫동안 했고, 커피를 여섯 잔이나 마셨다.

내가 왜 빵빵한 꿈에 부풀어 선보러 나간 재욱이에게 전화까지 해서 당장 오라고 그랬는지, 하나밖에 없는 답을 말로 하지 못하고 이렇게 초조해하는지를 생각하면 나 스스로가 너무 초라해져서 헛웃음만 나온다.

나는 이런 내가 정말 싫다.

시간은 잘도 간다. 가라, 가라 할 때는 꿈쩍도 안 하다가도 가지 마라, 가지 마라 할 때는 엉덩이에 불붙은 것처럼 가는 게 시간이다. 어딘가의 시계가 똑딱거리는 소리를 머리로 의식하면서 아무 대책도 없이 그녀를 기다렸다.

"뭔데요?"
재욱이는 그야말로 벌컥 들어왔다.
여전히 어울리지 않는 고운 정장을 입고 뭔가 구워 먹은 냄새를 강하게 풍기면서 그녀는 거실로 들이닥쳤다. 예전에 내가 사채사업을 할 때 내 손으로 안 했다고 발뺌하지만 사실 나쁜 짓 많이 했다. 그 벌을 이렇게 받는다.
나는 저 여자를 좋아한다. 낚였다.
그게 내 과거의 원죄에 대한 벌이다.
"왜 오라고 한 건데요?"
그녀가 재차 물어봤지만 나는 내내 벙어리처럼, 뭐 마려운 강아지처럼 당황했고 쩔쩔맸다.
"뭐 하냐니까요?"
드디어 그녀가 버럭했다.
"그러게."
나는 비굴하게 다 기어들어 가는 목소리로 그녀의 고함에 쫓겨 주절거렸다. 내 대답이 어이없는지 재욱이는 잠시 나를 노려보다가, 또 한참 생각하다가 저벅저벅 부엌으로 들어가 버렸다. 무엇을 하는지 달가닥거리다 나온 재욱이의 손에는 술병과 술잔 그리고 김치 접시가 들려 있었다.

"이게 뭐냐?"

"술병 첨 봐요?"

언제 벗어 버렸는지 스타킹은 간데없고 재욱이는 평소처럼 맨발이었다. 아까의 단정했던 머리는 분명히 행주로 기억되는 천으로 질끈 묶여 있었다.

"왜 그런 건데요?"

"뭘?"

"뭘? 주인님 뭐 잘못 먹었어요? 지금 이 상황이 주인님이 나한테 질문을 할 상황이냐고요. 질문의 주도권은 나한테 있어요."

"남북 회담 하냐? 주도권은 무슨."

"도대체 뭐 그리 숨넘어갈 일이 있다고 나 맞선 보는데 전화해서 이렇게 초를 치냐고요?"

"분위기 좋았나 봐? 남잔 멀쩡했어?"

"금과옥조, 군계일학. 뭐 그런 말 알아요? 혼자 보기 아깝습디다. 내 이럴 줄 알았어요. 내가 특히 악한 일을 한 것도 없는데 하늘이 내내 궂은 날만 주겠나. 언젠가 해도 쨍 비치겠지."

"무슨 소리야?"

"더 이상의 맞선, 소개팅, 미팅, 헌팅 필요 없어요. 난 그 남자만 잘 잡으면 지난 오욕의 세월을 개깔 수 있다 이거예요. 근데 거기다 대고 황산을 뿌려요?"

역시 전화해서는 안 되는 거였다.

"근데 왜 왔냐?"

"오라매요?"

"오란다고 와?"

"지금 장난해요?"
"그놈은 어쩌고 왔냐?"
"회사에 일 있다고 했어요."
"애프터 받았어?"
"내 생애 가장 짜릿하고 황홀한 애프터였어요."
"뜻한 바를 이루셨구만, 욱 양."
"본론이 이게 아니잖아요. 왜 불렀냐구요?"
한숨이 나왔다.
 뭐라고 한단 말인가. 네가 맞선 보는 게 싫어서 그랬다고 했다가는 어떤 사달이 날지 모른다. 아니, 사실 나도 인정 못 하는 내 마음을 정리도 안 된 상태에서 그녀에게 어떻게 보인다는 말인가. 나는 멀뚱히 앉아 있다가 그녀에게서 술병을 빼앗아 병째 한 모금 마셨다.
"그거 맥주 아니에요. 소주예요."
"어쩐지 쓰더라."
"주인님 낮술 마셨어요?"
"아니."
"근데 왜 전화한 건데요?"
집요하게 캐묻는다. 죽고 싶다.
 나를 바라보는 재욱이의 눈이 느껴지지만 나는 차마 마주칠 수가 없다. 그래서 계속 술병만 째려보고 있었다. 식은땀이 이마에 배어 나오는 게 느껴진다.
 재욱이도 이내 시선을 술병으로 돌리고 한참 있더니만 내가 잡고 있던 술병을 잡아채서는 한 모금 들이켰다. 저 병으로 날 치려나 싶어서 움찔했다.

멀쩡히 술잔 앞에 두고 우리는 병나발을 불었다. 참으로 한심하고 뻘쭘한 작태가 아닌가 싶다. 나도, 재욱이도 꽤 긴 시간 동안 아무 말 없이 각자의 생각에 빠져 무의식적으로 술을 들이켰다.

재욱이는 어떤 생각을 하는 걸까?

36년을 살면서 내가 한 행동 중에 가장 충동적인 것이 오늘 그녀에게 건 전화였다.

가슴이 터질 것 같다. 아무런 말도 없이 앉아 있지만 거실의 공기는 뜨거운 열로 팽창되어 언제 터질지 모르는 기구 속의 공기 같다. 땀도 나고, 숨도 차고, 이러다 죽을 것 같다.

"주인님."

재욱이가 말간 얼굴로 나를 부른다.

헉 하고 비명이 나올 것만 같다.

"왜?"

"왜 전화했어요?"

공사장 대못이 통째로 내 심장에 박히는 기분이다. 죄를 져서 그런가?

"몰라."

이쯤에서 나는 죽을 각오를 했어야 한다. 그렇지만 나도 모르는 사이에 덜커덕 나온 대답은 정말 치졸하고 비겁했다.

"왜 몰라요?"

재욱이의 목소리는 의외로 담담하고 차분했다. 평상시의 목소리가 그다지 담담하지 않고 차분과 거리가 좀 있는 탓에 나는 그녀의 반응이 좀 겁났다.

"그러게 말이다. 왜 그랬을까?"

둘 다 한참 동안 말도 없이 바닥만 쳐다봤다. 지금의 재욱이는 낯설다. 그리고 다 큰 여자로 보인다.
"주인님."
"응?"
"지난 일은 다 똑 부러지고 확실하게 그렇다, 아니다를 말할 수 있는데 말이에요. 지금 당장 내 눈앞에 닥친 일들은 다 혼란스럽고 안개 같고, 지나고 나면 쪽팔리고 그러는 거죠?"
"그렇지. 지나고 나면 다 아차 싶고 하나같이 쪽팔리지."
"그럼에도 불구하고, 아침에 자고 일어나면 돌아 버리게 쪽팔릴 거 알면서도 일을 저지르는 거 보면 무슨 조화 속인지 몰라요."
나는 정말 그녀의 듬직한 어깨를 붙잡고 말하고 싶었다. 선 같은 거 보지 말라고. 그리고 어디 가지 말고 내 옆에서 계속 날 좀 괴롭혀 달라고. 그렇지만 그 말들이 내 심장에서 나와 기도를 타고 성대를 거쳐 혀에 이르면 꿀꿀이죽처럼 뒤범벅이 되어 버린 채 바깥으로 분출이 안 된다.
사람이 어떻게 미치나 했는데, 이런 거구나 싶다. 나는 제대로 미치고 있는 거다.
재욱이가 술병을 테이블에 탁 놓고 허리를 바로 편 후 자세를 잡았다.
"내가 지금부터 일을 하나 저지를 거예요."
혹시 나를 죽이려고 하는 걸까? 그녀의 목소리는 비장하다.
"뭐? 어떻게?"
"주인님. 주인님이 뜬금없이 나한테 전화해서 왜 오라고 했는지 이제 안 궁금해할 거예요."

정말 고마운 일이다. 그대로 잊어 주기를.

"알았어."

"난 내 갈 길을 갈 거예요."

그녀의 길이 어디로 향하는지 궁금해서 가슴이 벌렁거린다. 단두대에 머리를 내밀고 떨어지는 칼날을 기다리는 심정이 이럴까.

나의 비굴은 이제 갈 때까지 갔다. 목소리가 쩍 갈라진 주제에 잔뜩 쉬기까지 했다.

내 캐릭터가 이렇게 보잘것없었나.

"그러니까 나 막 비웃고 도망가고 그러지 마요."

"네 길이 뭔데 그렇게 장황하냐. 서론이 좀 길어서 겁나는데."

"내가요, 주인님이 막 좋아졌어요. 얼마나 좋아졌는지, 언제부터 좋아졌는지 물어보지 마요. 암튼 내 심장이 튀어나올 만큼 난 주인님이 좋아요."

강원도 대포항에서 생선회를 주문하면 그 자리에서 생선을 바닥에 패대기치고 알루미늄 야구 방망이로 사정없이 대가리를 내리친다. 나는 지금 그 대포항의 생선처럼 입이 쩍 벌어지면서 뒤통수가 아득해졌다.

그는 정말 황당하다는 얼굴로 나를 본다. 그럴 줄은 알았지만 막상 진짜로 그런 얼굴을 한 김선우 씨를 보는 건 썩 기분이 좋지 않다.

택시를 타고 이곳에 오면서 나는 그가 내게 전화한 이유를 열 가지도 넘게 상상했다.

어디 또 뼈 하나가 부러졌거나 아니면 고 소장이 낮술 먹고 들어와 현관에 뻗었거나 하는, 힘쓰는 일이 분명하겠지만 그의 집이 다 가올수록 나는 자꾸 멜로드라마를 머릿속에 담기 시작했다. 만화를 보다 보다 지쳐 읽어 댄 로맨스 소설의 영향이 이렇게 오나 보다.

내 상상 속에서 그는 나를 좋아하는 남자로서 내가 신본 게 괴롭고 속상해서 술에 절어 전화한 후 나를 기다리는 거였다. 사실 그 상상이 완벽해지려면 그는 절뚝거리는 다리를 끌고 그의 빛나는 은색 세단을 끌고 서울 여기저기로 나를 찾아다녀야 한다.

그런데 현실의 그는 턱 전화를 해서 '지금 좀 와.' 한마디를 하고 확 끊어 버렸다. 내가 자존심이 있는 인간이라면 멋진 이기범 씨를 뒤로한 채 이렇게 그의 집으로 달음박질칠 것이 아니라 전화기를 부숴 버려야 하는 거였다.

하지만 나는 그를 향해서 혼자 열을 올렸고, 내 비천하고 초라한 짝사랑에게 원래 자존심 따위는 없었다. 그러니 나는 택시를, 그것도 비싸서 절대로 안 타는 모범택시를 타고 이렇게 그의 집에 와서 그의 대답을 기다리다 못해 내가 먼저 선수를 치고야 만 게 아니겠는가.

내가 왜 불렀냐고 물었을 때 그는 모르겠다고 했다. 모르겠다고 하면서 내 눈을 피하는 걸 보며 그의 마음 한 자락을 발견한 것 같았다. 잘못 짚은 것일 수도, 또 내가 김칫국 마시는 일일지도 모르지만 나는 더 이상 내 마음을 담고 있을 수가 없었다.

그의 아련한 눈빛에 나는 맛이 확 가 버렸다. 그리고 그 눈을 믿기로 했다. 그래서 나는 확 질러 버렸다.

"나도 내가 미친 거 알고요. 또 낮도깨비 같은 짓 하는 것도 알아요. 근데 그런 거 다 골라내고 나서 남는 건 내가 주인님을 좋아해서 심장이 쿵쾅거린다는 거예요."
"진짜냐?"
"진짜니까 그런 킹카를 곱창집에 버려두고 이러고 여기 와서 깡소주를 마시죠."
"왜?"
"사람이 사람 좋아하는 데 이유가 있어요? 뭔가 끌리는 게 있겠죠."
"그 뭔가가 뭔데?"
"그게 지금은 모르겠어요. 말로 안 나와요. 그래도 뭔가 있으니까 홍콩 달링 샌디도 있는 주인님한테 내가 이러고 고백을 하죠."
"아, 홍콩 샌디."
달나라 서커스를 구경하는 사람 같다, 저 김선우 씨는.
"걔 예뻐요?"
"가슴이 좀 커."
소금물이라도 넣었겠죠. 아이씨, 난 절벽인데.
"싫죠? 내가 주인님한테 흑심 품은 거요."
그가 말이 없다.
슬슬 쪽팔리기 시작한다. 나이 서른에 할 짓은 아니다. 이런 건 스무 살 즈음의 귀여운 아이들이 해야지, 서른 고개를 꼴깍 넘은, 나같이 연로한 여자가 해서는 안 된다. 추하다.
"아니. 난 네가 날 좋아해 주고 나한테 흑심 품은 거, 기분 좋아."
귀가 번쩍 뜨인다.
그는 내 귀에도 들릴 정도로 크게 침을 꼴깍 삼키고는 어눌함이 없는, 단단한 표정의 그 김선우로 돌아가 살짝 웃음까지 띠었다.
이 남자가 흘린 마음 한 자락을 나는 제대로 본 것이다. 역시 내 예민한 감각은 아직 죽지 않았다. 사지가 벌벌 떨린다.
"그리고 고마워."
"뭐가요? 내가 좋아하는 거요?"
나는 자꾸만 그에게 확인하고 싶다. 정말이냐고. 나 놀려 먹으려고 그러는 거면 죽여 버릴 거라고 말하고 싶은데 입이 안 벌어진다.
"그것도 그렇고, 이렇게 먼저 말해 줘서."
"나 쪽팔리지 말라고 대충 맞춰 주는 거 아니죠?"
"아냐. 대충 맞춰 주면서 고맙기까지 하겠냐?"
"근데 왜 고마운데요?"
그는 내가 내려놓은 소주를 꿀꺽꿀꺽 마셔 댔다. 그의 입술 가장자리로 소주가 빗물처럼 흘러내렸다.
"말해 줘서, 나보다 먼저 말해 줘서 고마워. 만약 욱 양이 모른 척했다면 난 영영 말도 못 했을 거야. 내가, 내가 이렇게 비굴해. 재욱아."
늘 그는 나를 욱 양이라고 불렀다. 그런데 지금 재욱아라고 불렀다. 30년을 살면서 내 이름이 이렇게 달달한지 정말 몰랐다.
그는 내가 아는 것보다 훨씬 여린 사람이다.
그의 말에 나는 울컥했고 앞이 뿌옇게 되어 보이지 않았다. 그리고 언젠가처럼 그는 내게 티슈를 뽑아 주었다. 그때와 다른 점이라면 티슈만 뽑아 준 것이 아니라 내 손을 가만히 잡아 주었고 심지어 휴지로 내 얼굴을 닦아 주기까지 했다.
나는 먹먹해진 마음만큼이나 그가 더, 확, 좋아졌다. 이제 내 마음은 봇물 터진 강물처럼 스스로 길을 내고 흐른다.
"다 울었니?"

"왜 이렇게 친절한 거예요? 적응 안 되게."

어색했다. 꿈속에서 일어났던 것처럼 모든 상황이 덜덜 떨릴 정도로 부끄러웠다.

"나도 나한테 적응 안 돼. 근데 그건 알겠어. 사람 마음은 서로를 알아보고 서로를 향해서 흐르는 거 같아. 네가 내 마음을 알아본 것처럼."

"좀 쉽게 말해 주죠? 나 말 어렵게 하면 못 알아듣는 거 알잖아요."

김선우 씨는 허허거리면서 웃었다. 날 비웃는 건가? 무식하다고.

"나도, 너 좋아해. 이 자식아."

이렇게 노골적인 말이 그의 입에서 나온다는 게 믿어지지 않는다.

"술 취해서 모르는 일이라고 나중에 발뺌하는 거 아니죠?"

"넌 도대체 얼마나 험한 연애질을 했기에 사람이 고백해도 이리 떠보고 저리 떠보냐?"

"덜커덕 믿었다가 험한 꼴 겪은 게 한두 번이어야죠. 그리고 솔직히 주인님이 나 좋다는 게 장난 같고, 나 놀려 먹으려는 것 같아서요."

"내가 장난이라고 하면 어떻게 할 건데?"

"글쎄요."

"또 불지를 거냐? 머리통에?"

그의 고백이 장난이라면, 정말 상상하기 싫지만, 만약 그의 말이 날 놀려 먹으려고 한 거였다 해도 나는 불을 지르지는 않을 것 같다.

"글쎄, 그럴 거 같지는 않아요. 전투력이 확 사라져서."

김선우 씨는 조용히 일어나서 내 옆에 앉았다.

나는 뜨거운 솥뚜껑이 내 옆에 떨어진 것처럼 화들짝 놀라고 말

앉다. 나는 정말 촌스럽다.

"재욱아. 내 얼굴 좀 볼래?"

내 고개를 45도만 꺾으면 되는데 나는 그것이 그렇게 무서워 덜덜 떨리고 버거운 일인지 예전에는, 내 기나긴 삼십 평생 정말 몰랐다.

간신히 고개를 돌리니 그는 얼굴에 30퍼센트 정도만 웃고 있었다.

"웃지 마요. 기분 나빠요."

다 기어들어 가는 목소리로 나는 그에게 성질을 부렸다. 물론 효능은 없어 보였다. 내 앞에 성큼 다가와 있는 그의 얼굴이 염라대왕보다 무서웠다.

정신을 차려야 한다. 나는 서른 살이란 말이다.

킬킬거리는 웃음소리가 잠시 들리더니 그는 내 어깨에 팔을 두르고 가만히 나를 안아 주었다.

내 심장은 이제 갈비뼈를 뚫고, 내 피부를 뚫고 튀어나올 것 같았다. 무슨 말을 해야 하나. 그냥 입 다물고 있는 게 상책이지 싶다.

"난 아무것도 정리가 안 됐어. 네 말대로 홍콩 샌디도, 그리고 내 마음도. 그런데 온통 알아볼 수 없는 글자로 머리가 꽉 들어찬 거 같은데 하나는 확실해. 네 맘처럼 내 마음도 너를 바라보고 생각한다는 거야."

울기도 했고 떨기도 했으니 이 시점에서 나는 무슨 짓을 해야 하나. 어떤 짓을 해야 지금의 벅찬 내 마음을 표현할 수 있을까?

그가 내 눈을 가만히 바라보는 순간 키스하려고 한다는 걸 알았다.

아이씨. 곱창 먹었는데.

오로지 내 머릿속은 입에서 위장으로 흘러 들어간 곱창 냄새로 가득 찼다. 그럼에도 불구하고 그는 내게 키스했다. 내가 한 가장

최근의 키스는 윤신영이 머리에 불 지르기 3일 전이었다. 그때부터 그놈의 키스는 성의가 없었다. 그리고 30년 인생 동안 내가 했던 그 무수한 키스들은 지금 내 입술에 닿아 있는 김선우 씨와의 키스와 비교할 바가 아니다.

그는 달콤했고, 성실했다. 그리고 나는 곱창으로 가득 찬 머릿속을 하얗게 비워 버렸다.

빙고!

연애의 걸음마

　재욱이가 골라 준 넥타이는 너무 야했다. 그리고 그것을 사 준 사람이 미연이라고 말할 수도 없었다. 이제 간신히 그녀의 마음을 잡아당겼는데 눈치 없이 초를 칠 수는 없지 않은가. 떨떠름한 얼굴로 나는 그녀를 바라보았다.
　"싫어요?"
　"좀 요란하지 않냐? 3개월이나 놀다가 출근하는 건데, 이건 나 모질게 놀다 왔어요 그러는 거 같지 않냐고?"
　"그럼 아예 환자복 입고 깁스 다시 붙이고 나가든가. 아픈 것도 아니고 여기저기 금 조금 간 거 다 알 텐데 왜 그렇게 아직까지 환자티를 내고 싶어 해요?"
　"너는 뼈가 튼튼해서 금 갈 일 같은 거 없으니 모를 거야. 어디 모서리에 부딪쳐도 억 소리 나게 아픈 건데 금 갔으니 얼마나 아프겠냐고."

"내 뼈가 멀쩡하다고 누가 그래요?"

"너도 다쳐 봤냐?"

이재욱은 씩 웃고 등을 돌리더니 티셔츠를 훌렁 들춘다. 이게 뭐 하는 짓인지. 이 여인의 정신 상태가 어떻게 돌아가는 건지 알 수가 없다.

"뭐 하냐?"

"아래쪽 척추를 중심으로 좀 더듬어 봐요."

이 여인의 성감대가 척추뼈인가?

"왜 그래야 하는데? 싫어."

"참! 만져 보라니까."

퍼런 서슬에 놀라서 나는 전기 오른 쥐처럼 어기적 그녀의 튼튼한 척추를 더듬었다.

"어쩌라고 이러는 건데?"

"뭔가 느낌이 다르지 않아요?"

"어떻게 다른 건데? 잘 모르겠는데?"

"둔하긴. 손 줘 봐요."

내가 주기도 전에 재욱이는 내 손을 붙잡아 더듬더듬 자신의 등뼈를 쓰다듬기 시작했다. 나는 이 곤혹스러운 사태를 어떻게 해야 하는지 등허리에서 땀이 났다.

재욱이는 정말 모르는 것 같다. 자기와 내가 서로 좋아한다고 열여섯 먹은 애들처럼 고백하고 진하게 뽀뽀도 한 사이라는 걸 말이다.

나도 남자인데 마음을 주고 있는 여자의 맨살을 더듬으라고 들이대는 것이 정상적인 정신 상태란 말인가. 그녀의 마음과 다른 나의 본능은 어쩌라고 저렇게 철딱서니 없이 구는 걸까.

도둑놈이 벽지를 발라 놓은 비밀 금고 찾아 바람벽을 더듬듯이 그녀가 조곤조곤 본인의 등뼈를 내 손가락으로 문지르고 있는 내내 나는 그녀가 찾아서 느껴 보라는 그 남다른 척추 대신 내 본능만 느꼈다.

"찾았죠. 느껴지죠? 바로 여기라고요."

"여기가 왜? 멀쩡한데."

"멀쩡하긴요. 나 신참으로 들어왔을 때 싸가지 없는 사수 놈이 들통 나르라고 해서 그거 지고 다니다가 공사판에서 미끄러져서 척추에 금 갔잖아. 내가 지금도 그 재수 없는 놈 생각하면 이가 갈린다니까요."

"되게 아팠겠네? 그래서 그 사수 놈은 손 좀 봐 줬어? 또 머리통에 불 지른 거 아니야?"

"왜 그 얘기는 자꾸 해요? 내 과거가 엄청 신경 쓰이나 봐."

"신경 쓰이고 기분도 나빠."

"아유, 그런 걸로 기분도 나빠하고. 진짜 연애하는 거 맞나 보네."

"그럼 너하고 내 관계가 뭐라고 생각했는데?"

"뭐긴요. 술 먹고 나 혼자 또 뻘짓하고 덕분에 뽀뽀나 한 번 했나 보다 했죠."

"뭐? 그런 게 어디 있어?"

"어디 있긴요? 너 나 좋고 나 너 좋다, 그런 사이인데. 우리가 뽀뽀 한 번 말고 한 게 뭐가 있냐구요! 나는 출근해서 하던 일하고 주인님도 내내, 또 하던 대로 컴퓨터랑 전화 붙잡고 오락가락하더니 대뜸 낼부터 출근한다고 하고. 내가 꿈인지 아닌지 헷갈리지요."

"그럼 우리가 뭘 해야 욱 양께서 천지 분간을 하실라나?"

"연애라는 게 말이에요. 액션이 필요하다구요."
"그럼 그 액션에 대해서 말해 보든가."
"연애 안 해 봤어요?"
"응."
나는 연애라고 할 수 있는 걸 한 기억이 없다. 그러니 나는 재욱이가 말하는 연애에 대해서는 무식하다고 할 수밖에 없다.
"장가갔던 거 모르면 속아 넘어가겠소이다, 주인님."
"난 여자하고 잠은 잤어도 연애는 거의 안 했어."
"장가는 어떻게 갔는데?"
"맞선 봐서 만나고. 한 네다섯 번 만났나? 암튼 그쯤 만났는데 미연이가 같이 잠이나 자자고 해서 그냥 쭉 잠자러 다니다가 장인한테 걸려서 양가에 다 불려 가 혼줄 나고 날 잡아 식 올렸어."
"왕가슴 홍콩 달링 샌디는요?"
샌디도 알까? 자기의 별명이 저렇게 길어지고 있다는 걸.
"그 여인도 잠만 잤지. 주로 같이 일하면서 주식 이야기를 하다가."
"주인님. 혹시 많이 밝혀요? 아니, 그렇잖아요. 여자하고 주로 잠만 잔다면서요. 그러니까 여자가 대화나 추억이나 인생을 나누는 대상이 아니라 침대에서 뒹구는 대상으로만 보이냐구요?"
"왜? 욱 양하고도 침대에서 뒹굴자고 할까 봐?"
"뭐, 100퍼센트 안심은 아니지만 좀 불안하기는 하네요."
"아직 뼈다귀가 시원찮아서 그건 아닌 듯해. 그리고 욱 양은 결코 침대에서 뒹구는 모습이 상상 안 되는, 아주 특이 케이스라는 거 몰라?"
"변태가 아닌가 해서요."

"변태 구경 못 해 봤나?"
"그만하죠. 꼬리에 꼬리를 무네. 이러다 출근 못 하지 싶어."
"그래. 어째 끝나는 데가 없냐, 너하고 말하다 보면."
"대화는 쌍방이 하는 거예요. 그건 우리 둘 다 문제가 있다는 말이라구요."

나는 평상시에 말 많은 사람이 아니다.

봄비가 오던 밤, 그녀를 만난 이후로 나는 평생 했던 말보다 많은 대화를 재욱이와 했던 것 같다. 사람과 사람의 대화가 이렇게 즐거우며 기막히고 다양할 수 있는지 몰랐다. 또 만나기 전까지 맹랑하고 뻔뻔하며 힘 좋은 여자가 있다는 걸 몰랐다.

"어련하시려고. 그럼, 이따 뭐 할 거야?"
"이따 언제요?"
"난 퇴근 시간이 자유로운 편이니까 욱 양이 뭐 할까 생각해 봐."
"기원 가서 바둑 두다 와요? 일 나간다면서 아무 때나 놀자고 하게?"
"상상력 하고는. 그럼 이따 전화할게. 나와."
"뭐, 그러시든가."

오랜만에 회사에 갈 준비를 하면서 나는 이전과 다른 뭔가를 느꼈다. 옷매무새를 다듬고, 머리를 빗고, 자료를 챙기는 동안 나는 내내 그 무엇에 대해 생각했다. 결국 현관을 나서면서 끊임없이 중얼중얼 시비를 걸고 피식 웃는 재욱이의 목소리를 듣고서야 알았다.

나를 배웅하는 사람이 있다는 걸, 그리고 시시콜콜한 일상을 말로 나눌 수 있는 사람이 있다는 걸 말이다.

나는 은회색 양복을 갈치 비늘 같다고 구시렁거리는 재욱이를 물끄러미 바라봤다.

"왜요? 뭐 또 혼낼 일 있어요?"

"아니."

"근데 왜 그렇게 봐요."

자꾸 웃음이 나왔다. 입을 다물고 참아 보려고 해도 내 입술이 자꾸 터지면서 웃음이 삐질삐질 새어 나왔다.

"왜 웃는데?"

재욱이는 그녀답게 버럭 소리를 질렀다.

나는 그녀의 듬직하지만, 뼈밖에 없는 어깨에 손을 얹었다.

"뭐 해요? 지금."

"욱 양. 나 갔다 올게."

"오는 건 모르겠고 가는 건 아까부터 알고 있어요."

"재욱아. 이따 보자."

재욱이의 어깨를 당겨서 다시 그녀에게 키스했다. 짧게.

어벙한 표정으로 눈을 동그랗게 뜬 채 나를 보는 재욱이가 정말, 재수 없게 들리겠지만, 정말 예뻐 보였다.

"여자랑 연애할 때 주로 뭐 해?"

"뼈 부러져서 입원했다더니 간호사나 여의사라도 꼬셨어? 그런 걸 물어보게?"

"응. 나 연애해."

조국 대한민국보다 나는 아침에 뽀뽀하고 나온 내 애인 재욱이가 훨씬 더 자랑스러웠다.

"오호, 홀딱 빠졌나 봐?"

두 번 이혼에 애 하나 달린 앞방 바람둥이 강석규 씨는 연애에 대해서 자타가 인정하는 빌어먹을 놈이다. 같이 자고 별 탈 없으면 4개월에서 6개월까지 가지만, 공들여 잤는데 별 볼 일이 없거나 여자가 피곤하게 굴면 군소리 안 나게 떼어 내는 기술이 탁월한, 그 방면에는 고수다.

"홀딱까지는 잘 모르겠고. 그냥 좀 잘해 주고 싶어."

"불쌍한 여자야? 잘해 주고 싶어 하게?"

"그 여자가 날 좀 불쌍하게 보지."

"그럼 돈 좀 있겠네. 당신을 불쌍하게 볼 정도면."

저 인간이 잘하는 건 연애만이 아니다. 우리 펀드 그룹 내에서 수익이 제일 많다. 내 돈 갖고 혼자 사고파는 나와 달리 그는 강남 돈 좀 있는 사모님들의 묵직한 쌈짓돈을 이리저리 굴려서 돈을 벌고, 아침마다 운동해서 단단한 근육질의 몸을 이리저리 굴려서 연애도 잘한다. 그래서 그의 대화는 돈과 여자, 둘 중의 하나이거나 아니면 돈 많은 여자와 연애해서 돈을 버는 방법으로 종합 편성된다.

"그럴지도 모르지."

그 상대가 우리 집 임시 파출부인 서른 살짜리 백수고, 키는 나보다 조금 작으며 강하고 길쭉한 통뼈를 가진 재욱이란 걸 알면 저 인간은 나를 남자 취급도 안 할 것이다.

"그럼 첫 데이트야?"

"그런 셈이야."

"영화 같은 거 말고 좀 고급스럽고 부티 나는 걸로 봐. 요즘 공연 좋은 거 많잖아? 아니다. 내가 알아봐서 표도 구해 줄게."

"당신이?"

"그래. 뼈 부러져서 금욕하다가 득도할 줄 알았는데 그 와중에 여자도 하나 꿰차고. 김선우 씨 제법 기특해. 내가 쏜다. 공연이랑 저녁 식사까지 내가 다 예약해 놓을 테니까 걱정 마."
"연애 자주 해야겠는데?"
"그래. 우리 같은 인간은 연애라도 부지런히 해야지. 안 그러면 미쳐. 막 풀고 뿜고 해야 하는 거라고."
"암튼 고마워."
살다 보니 저 인간이 고마울 때도 있다.
오늘 저녁 나는 재욱이와 첫 번째 데이트를 한다.

내 옆구리를 그가 쿡 찔렀다. 잠이 홀라당 깼다.
"왜요?"
"곱게 자든가 아니면 머리라도 움직이지 말든가."
"정말 미안한데요. 이거 언제 끝나요?"
"몰라."
"발레 좋아해서 보자고 한 거 아니에요?"
"나도 처음 봐."
"근데 여긴 왜 온 건데요?"
주변에서 우리 둘을 못마땅하게 째려보거나 킁킁거리는 헛기침으로 주의를 준다. 시끄럽다 이거다.
"나갑시다."
"막이 끝나야 나간대. 대충 끝날 때 된 것 같아. 좀만 참아."

"도대체 왜 음악 소리보다 발레리나 쿵쿵거리는 소리가 더 커요?"
"나도 발레리나에 대한 환상이 확 깨지고 있어."
나는 잤고 그는 조는 것 같았다.

광화문으로 나오라는 전화를 받고 나는 잠시 생각했다.
집도 강남이고 회사도 강남인 인간이 왜 굳이 차 막히는 저녁 시간에 강 건너까지 가자는 걸까 하고 말이다. 가서 영화 하나 보고 맛있는 음식이나 먹으면 되지만 명색이 첫 데이트인 관계로 나도 신경이 좀 쓰였다. 덕수궁 돌담길이 떠올랐지만 다리도 성치 않은 사람이랑 아직 더위가 한창인 시기에 할 짓이 못 되니 그건 아닐 것이고.
나는 정말 그가 뭘 하려고 그러나 궁금했다. 땀을 흘리며 도착했을 때 그는 손수건을 내밀었다.
"일찍 오라니까."
"전철 갈아타 가면서 고생해서 왔구만. 구박 마요."
"들어가자."
"어딜 들어가요?"
"발레 공연 티켓 끊었어. 시작할 시간 다 됐어."
발레라니. 나는 내가 춤추는 것도 싫고, 남이 추는 춤 보는 것도 싫어한다. 그런데 발레라니 정말 난감했다. 더구나 나는 배가 몹시 고팠다.
"뭐 좀 먹고 가면 안 돼요?"
"시간 다 됐어."
"그럼 사 가지고 가요."

"영화 보러 가냐? 먹을 거 사 가지고 들어가게? 구운 오징어랑 팝콘 들고 들어가려고?"

굳어지는 기색을 숨기지 않은 그의 얼굴을 보면서 나는 전의를 상실했다. 그리고 갈치 비늘같이 빤짝거리는 양복을 완벽하게 빼입은 김선우 씨의 손을 잡은 채 반바시에 티를 입은 나는 슬리퍼를 질질 끌고 샹들리에도 휘황한 세종 문화 회관에 들어섰다.

그런데 이 김선우라는 남자 정말 웃긴다. 마치 발레리나 애인과 아련한 과거라도 있는 것처럼, 그래서 이런 발레 공연이 생활인 것처럼 자기 혼자 번지르르하게 차려입고 음식물 반입이 안 되네 어쩌네 하면서 잘난 척을 하더니 내가 자는 중간중간 졸았다.

순진한 지젤이 공작인지 앵무새인지 하는 놈하고 어쩌고저쩌고 하는, '전설의 고향'에나 나올 듯한 내용인데, 날 정말 깨게 만든 건 발소리였다. 장중하고 아름다운 음악을 배경으로 토슈즈와 나무 바닥이 부딪치면서 나는 쿵쿵 소리는 정말 상상을 초월했다.

드디어 1막이 끝났다.

막이 미처 다 내려가기도 전에 우리는 무슨 비밀 결사대가 큰일을 치르듯이 분연히 일어나 손을 잡고 후다닥 뛰쳐나왔다. 행여 누가 잡기라도 할까 봐 둘 다 아무 말 안 하고 꽁지가 빠지게 건물 밖으로 나왔다.

"발레를 첨 봤다구요?"

다분히 내 어조는 깐죽거렸다.

"응."

"나한테 잘난 척하고 싶어서 데려온 거죠?"

"푯값이 얼만데 잘난 척하자고 여길 오겠냐?"
"근데 왜 온 건데요?"
그는 씁쓸하게 쓴웃음을 지었다.
"첫 데이트니까."
"첫 데이트는 원래 돈 쓰는 건가 봐요?"
"내가 오버했어. 앞방 동료가 강력하게 추천해서 좋은 건 줄 알았지."

갑자기 나는 그가 너무 귀여웠다. 그는 낭패한 얼굴로 미안해하며 내 눈을 똑바로 보지도 못하고 쩔쩔매고 있었다.

서른여섯이나 먹은, 더구나 장가도 한 번 다녀오시고 종종 잠도 자 주는 여자도 있는 남자가 첫 데이트에서 나한테 잘 보이려고 저런 비싼 공연표까지 구하고, 남한테 자문도 구했다니.

나는 주인님 김선우 씨가 정말 깨물어 주고 싶을 만큼 귀여웠다. 차마 물어뜯을 수는 없어서 나는 슬쩍 그의 엉덩이를 토닥거려 줬다. 그는 마치 내가 엉덩이에 송곳을 꽂은 것처럼 화들짝 놀라서는 기겁했다.

"뭐야, 너! 어딜 만져!"
"놀라긴. 우리 연애하는 거라며. 예뻐서 엉덩이 좀 만졌다고 놀라긴."
"뭐? 예뻐?"
"그 연세에 쪽팔렸을 텐데 연애 좀 해 보시겠다고 여기저기 묻고 다닌 노력이 가상하잖아."

그는 얼굴이 벌게져서 나를 째려보다가 이내 내 손을 잡고 뚜벅뚜벅 광화문 뒷골목으로 끌고 갔다.

"어디 가요?"

"배고프다면서?"

"아, 맞다. 나 배 무지 고프다. 뭐 사 줄 건데요?"

"뭐 먹고 싶은데?"

"스파게티나 먹고 맙시다."

"가자. 스파게티 곱빼기로 시켜 줄게."

"샐러드도 사 줄 거죠?"

"콜라도 사 줄게."

"그럼 난 커피 사 줄게요."

저녁 무렵에 내린 소나기로 군데군데 물이 고여 있는 길을 나는 그의 팔짱을 원래 그러고 살았던 것처럼 냉큼 끼고는 여름이 절정으로 넘어가는 풍경을 보며 딸각딸각 슬리퍼를 신고 걸어갔다.

사람들 사이로 우리는 삼켜지고 검은 밤 속으로 이런 시간들이 스며들 것이다. 내 마음에, 내 머릿속에 나는 두근거리고 만족스러우며 이유 없이 웃음이 비어져 나오는 지금 이 순간을 저장한다.

이 연애가 어떻게 진행될지 나는 모른다. 그저 이 남자가 나와 같은 마음이라는 것, 그리고 나를 위해 뭔가 해 주려고 나름 애쓰고 있다는 것. 그것만으로도 나는 정말 행복했다.

어떤 현실이 지금의 행복한 연애에 찬물을 끼얹을지 모르지만 나는 어떤 생각도 하지 않기로 했다.

내가 김선우라는 남자를 좋아하고, 이렇게 그 남자의 팔짱을 끼고 걷는 것만으로 나는 지금 충분히 살 떨리게 행복하다.

지금은 여기까지만. 그거면 나는 족하다.

여름밤이 깊어 간다.

나는 아직도 아침에 출근 준비를 하고 나를 기다리는 그를 볼 때마다 가슴이 벌렁거린다. 9시에 헐떡거리고 그의 집에 도착할 때면 그는 언제나 그림자 같은 새카만 정장을 입고 커피를 마시면서 신문을 보고 있다.

원래 내 남자 취향은 야리야리하고 선이 고운 남자들이었다. 그런데 내가 늙어서인지 아니면 저 남자에 눈이 멀어 취향까지 홀라당 변해 버렸는지는 모르지만, 세탁소에서 다려 와 구김 없이 빳빳한 와이셔츠를 입은 그의 등짝에 군침을 흘린다. 확 덮칠까 하는 마음이 들지만 나도 여자인데 그것만은 참자 싶어서 은장도 대신 손가락으로 뱃살을 꼬집는다.

"커피 줄까?"

"시간 있어요? 늦었잖아."

"오늘은 시간이 좀 남아. 커피 마시고 가도 괜찮아."

친절한 선우 씨는 파출부 일 하러 온 나를 위해 손수 뽑아 놓으신 원두커피를 가지러 부엌으로 간다.

저 탐나는 등짝. 그가 부엌으로 들어가서 보이지 않는데도 굶주린 나는 군침을 흘리면서 그가 들어간 곳을 뚫어져라 쳐다보았다.

내 커피 잔을 들고 나오던 그는 눈에 힘을 잔뜩 주고 자기를 쳐다보는 나를 발견하고 움찔했다. 워낙에 심장이 연약하신지라 그는 잘 놀란다.

저런 사람인지 정말 몰랐다. 누가 알겠는가? 전직 사채업자에 돈 가지고 배팅하면서 사는 인생이 저렇게까지 소심할 거라고 말이다.

"그만 좀 봐."

"나 아니면 누가 주인님을 이렇게 봐 주겠어. 좋으면서."

"그러다가 내가 닳아 버리면 어쩌니?"
"너무 느끼해서 돌 것 같아. 그러지는 말아 줘요."
아무래도 내가 저 남자를 너무 키워 준 거 같다.
내가 거품을 물고 쓰러져도 그는 오만한 얼굴로 여유롭게 커피를 마시면서 신문을 집어 든다. 내가 아는 남자들은 대부분 스포츠 면부터 본다. 심지어 이강욱도 그렇다. 고 소장이야 뭐 스포츠 면만 보는 인간이니 제외하더라도 말이다. 그래서 나는 남자라면 누구나 스포츠에 열광할 거라고 생각했다.
그런데 저 남자는 아니었다. 그는 언제나 경제 신문에서 주식 시황을 보고 몇 줄 안 나오는 기업 동향에 빨간 줄까지 쳐 가면서 읽고, 자르고, 모은다.
"신문 보려고 안 나가는 거였네."
대답이 없다. 누가 돈 흘리고 다닌다는 기사가 나왔나 보다.
"이봐요, 아저씨!"
"말해. 아주 잘 들려. 볼륨이 얼마나 큰데 안 들리겠어?"
"근데 왜 대꾸가 없어요?"
"신문만 보려고 안 나가는 거 아니니까."
"그럼 뭐 하는 건데?"
"신문도 보고, 욱 양도 보고."
점점 나를 다루는 테크닉이 늘어 간다. 화를 내야 하는데 나는 또 속없이 비실비실 웃음을 흘린다.
"뻥 치시네."
"진짜야. 내가 제일 좋아하는 거 두 가지가 뭔 줄 알아? 욱 양하고 돈이거든. 그러니 오늘은 아주 충만한 아침인 거지. 둘을 다 만족하고 나가니까."

"퍽이나! 얼른 가요. 나 청소해야 해."

"이렇게 열심히 청소하는데 왜 늘 만족스럽게 청결하지 않는 거야?"

기분이 확 상한다. 사실 대충이긴 하지만 내 나름대로는 하루 종일 쓸고 닦아 내 눈에는 안 띄는 먼지가 왜 그의 눈에는 그렇게 잘 보이는 건지 모르겠다. 만약 내가 저 남자한테 불타올라 천지 분간을 못하는 게 아니라면, 그저 덤덤한 주인 남자와 임시 파출부였다면 나는 분에 못 이겨 저 남자를 처치하고 어디 야산에 묻어 버렸을지도 모른다.

"아예 청소 안 하는 수도 있어요."

"삐쳤어? 왜 그래? 욱 양답지 않게."

"학교 다닐 때 친구가 정말 없었을 거야. 아마 대놓고 왕따였을걸."

"나 친구 많았어."

"뻥 치시네. 이거저거 가려서 먹지. 햄도 싫다, 마가린도 싫다, 거기다 얄밉게 톡톡 아픈 데를 찔러 대는데 누가 놀아 줬겠어."

"정태는 놀아 줬어."

"고 소장이야 세상 사람이 다 가족이고 친구인 사람이니까 그렇죠."

"내가 사람을 가리는 거지. 사람들은 다 날 선망의 눈으로 봤다니까."

"이마에 돈 많다고 붙이고 다녔어요?"

그는 낄낄 웃는다. 가끔은 저렇게 웃을 때 진짜 얄밉다. 내가 뭐라고 놀려도, 또 길길이 화를 내도 그는 늘 평온하게 지금처럼 내 머리 위에서 날 굽어보시고 있다.

"그럴지도 모르지. 사람들이 돈 냄새 하나는 기막히게 맡으니까."

갑자기 화살이 내 심장에 와서 박히는 것처럼 뻐근하다. 잠깐 나는 머리에 아무 생각도 나지 않고, 할 말도 떠오르지 않았다.

길지 않은 내 침묵에 그는 신문에서 얼굴을 들고 나를 본다.

"재욱아, 왜 그래?"

"저기요. 혹시 말이에요. 혹시 그런 생각 해 본 적 있어요? 내가 주인님을 좋아하는 이유 중의 하나가 돈이 많아서가 아닌가 하구요."

사실 나는 늘 이 문제에 대해서 생각을 미루고 또 미뤘다. 절대 아니라고 생각했지만 워낙에 돈, 돈 하는 세상이니 나는 자신의 진심을 의심하곤 했다. 그리고 대답은 언제나 회피했다.

그는 보던 신문을 얌전히 접어서 테이블 위에 올려놓더니 내 옆으로 와서 가만히 나를 안았다.

"아니. 이상하지. 예전에 만나던 여자들은, 심지어 마누라였던 여자도 다 내 돈에 반했다고 믿었고 또 그게 사실이기도 했는데, 재욱이 너에 관한 한 그런 생각은 한 번도 안 했던 것 같아."

"날 진짜로 믿어요?"

"응. 믿어."

내 등을 토닥이고 쓰다듬는 그의 손에 나는 눈이 먹먹해지는 것 같고 코가 새큰거렸다. 훌쩍거리지 않으려고 기를 썼지만 결국 나는 킁킁거리고 말았다.

"우니?"

"아니. 콧물이 나오네. 감기가 오나."

내 얼굴을 들어 가만히 보던 그가 볼을 만진다.

좋아서 죽을 거 같다.

"욱 양은 콧물을 눈으로 흘리니?"

나는 창피한 마음이 들었다.

그래서 머리로 그의 가슴을 받았고 그는 껄껄 웃는 웃음 반, 갈비뼈가 나갈 것 같은 통증 반으로 외마디 소리를 지르면서 뒤로 넘어갔다.

햇빛이 좋은 화요일 아침이었다.

인간이 한 번에 할 수 있는 일들이 얼마나 될까?

나는 한 번에 여러 가지 일을 할 수가 없다. 그저 음악을 들으며 책을 읽는 정도가 내가 한 번에 할 수 있는 일이다.

하지만 재욱이는 엄청난 멀티 플레이어이다. 특히 돈 안 되는 일에는 정말 다재다능하다. 지금도 그녀는 음악을 듣고, 오징어를 씹고, 빨래를 개키고, 발가락에 빨간색 매니큐어를 칠하고 있다.

"정신 안 사나워, 욱 양? 그렇게 한 번에 이것저것 하면 머리 안 아프냐고?"

"아니."

"대답이 상당히 건성이신데?"

"집중하잖아. 새끼발가락은 섬세한 손길이 필요하거든."

"발가락에 색칠은 왜 하는데?"

"여름이잖아. 신경 좀 써 줘야 해."

"너 오징어 그만 먹고 양치하고 와."

"왜? 또 뽀뽀하려고?"

재욱이는 진짜 밝힌다.

"너 나한테 밝힌다고 자꾸 그러는데 욱 양, 댁도 만만치 않으셔."

"그래도 나는 여기저기 같이 자는 남자는 없네요."

"자 주는 남자가 없겠지."

"어허, 이거 왜 이러셔. 내가 박 쌤 무서워 몸을 사려서 그렇지. 발 벗고 나서면 주인님은 번호표 받아야 돼."

"그러셔? 근데 겉으로는 별로 풍요로워 보이지 않는데?"

"내가 세상에서 제일 무서운 말이 뭔 줄 알아요?"

"너도 무서운 게 있냐?"

"자꾸 그럴래요?"

놀려 먹자고 하는 말이다.

재욱이는 무서워하는 것도, 꺼려하는 것도 많다.

"미안. 근데 뭐가 무서운데?"

"엄마가 보고 있다. 내가 제일 무서워하는 말이에요."

웃음이 나온다. 저 덩치에 저 목소리로 엄마가 제일 무섭다니.

"비웃죠?"

"그럼 어떻게 해야 하는데?"

"만나던 놈들이 자꾸 좋은데, 가자 어쩌자 꼬실 때마다 막 흔들리는데요. 넘어가 줄까 하다가도 갑자기 등골이 싸해지는 거예요. 엄마가 진짜로 날 보는 거 같아서. 난 진짜 유아기에서 못 벗어났다니까."

"그래도 할 짓은 다 했을 거 아냐."

그녀가 샐쭉 웃는다.

"궁금해요? 아니면 이렇게 얼렁뚱땅 내 과거를 떠보려고 하는 거예요?"

"아니. 뭐, 그냥."

진짜로 그런 의도는 없다. 그리고 감자탕 먹고 질렸다는 첫 키스 이야기는 다 들었고. 나는 그녀의 지난 시간들과 남자들이 그다지 궁금하지 않다. 재욱이가 그동안 내게 해 준 이야기를 종합해 보건대, 그녀는 사랑과 사람에게 많은 기대를 했고 또 대부분 뒤끝이 안 좋았다.

불쑥 내 마음속에서 똬리를 틀고 있던 불안감이 튀어나왔다.

"너 나랑 연애하는 거 엄마한테 들킬까 봐 겁 안 나냐?"

재욱이가 말이 없다.

그녀는 배고플 때 배고픈 얼굴이 되고, 고민할 때 고민하는 얼굴이 되며, 사고를 치면 사고 친 얼굴이 된다. 지금의 재욱이는 생각이 많은 얼굴이다.

"나랑 주인님이랑 사귀는 걸 엄마가 싫어할까요?"

"환영은 안 하실걸."

"댁이 장가를 한 번 갔다 와서? 그게 그렇게 심각한 오점일까요?"

"아니라고는 말 못 하겠다."

우리 둘 다 입을 다물었다.

재욱이는 오징어를 물고 있었고, 나는 보던 책을 접고 그런 그녀를 보았다.

"근데 웃기잖아요?"

"뭐가?"

"내가 주인님이랑 살겠다고 짐 싸 들고 나오지 않는 이상, 엄마는 모른다고요. 엄만 내가 주인집 마누라가 눈 벌겋게 뜨고 있는 집에 일 다니는 줄 알아요."

"그럼 다행인 거고."

"나 담 주부터 안 올 거예요. 안 만나 준다는 게 아니라 파출부 쫑낸다고요."

"왜?"

"혜진이 엄마, 몸이 다시 좋아지셨다고 하더라고요. 이제 원위치로 가야죠."

마음이 허해진다. 양쪽 갈비뼈 사이에 구멍이 난 거 같다. 다시 사무실에 나간 이래로 나는 퇴근할 때 문 열어 주고 웃어 주는 그녀 때문에 행복했다.

재욱이는 도서관에 간다는 거짓말로 10시가 넘도록 나와 놀았고, 1개월이 넘는 동안 우리는 착실하게 연애 진도를 나갔다. 손을 잡고 거리를 걸었고, 음료수를 하나 사서 나누어 먹으며 영화를 봤다. 공원 잔디밭에서 도시락도 까먹었고 양재천 산책로를 따라 걸으며 커피를 마셨다.

그녀를 몰랐을 때 나의 일상은 기억조차 나지 않는다.

퇴근하고 돌아오면 재욱이는 여전히 이상한 저녁상을 봐 놓고 나에게 억지로 먹기를 강요했으며 밖에서 만나기로 한 날은 사무실 건물 앞 버스 정류장에 걸터앉아 아무것도 안 하고 오로지 나만 기다렸다.

그녀가 우리 집에 오지 않는다고 해서 우리의 연애가 끝나는 것도 아닌데 나는 쓸쓸하고 불안했다.

"왜 암말도 안 해요? 아무 말이나 해 봐요."

"싫어."

"왜 이래? 삐쳤어? 아니지. 삐칠 일도 없는데 왜 그래요? 쌜쭉해 가지고는."

"내가 애냐? 삐치고 어쩌고 하게?"

"근데 나도 좀 기분이 그래요."

"어떤데?"

"그냥 뱃속이 추워요."

웃음이 나왔다. 나는 복부에 구멍이 나고, 그녀는 뱃속이 춥고. 이런 쓸쓸함을 가진 게 나만이 아닌 거 같아서 기뻤다. 나는 조용히 재욱이의 손을 잡았고 오징어 비린내가 독하게 나는 입술에 입을 맞추었다.

무심하게 앉아서 빨래를 개키고 비 맞은 중처럼 중얼중얼 투덜거리다가 청소를 한답시고 집을 다시 어지르는 그녀와의 인연의 끝은 어떤 건지 나는 생각했다.

재욱이도 그럴까?

그녀와 나의 인연은 혜진 어머니의 부재로 인한 것이었다. 이제 나는 그녀의 부재를 나의 쓸쓸한 집에서 느껴야 한다.

얌전히 내 입술을 받던 재욱이가 얼굴을 양손으로 잡은 후 입을 떼고 웃었다.

"비린내 나죠? 오징어 비린내?"

"아니, 안 나."

"거짓말. 정말 그런 거 상관없어?"

"없어. 그리고 내가 그런 거에 신경 쓰는 스무 살도 아니고."

"나 만나고 회춘했지?"

"네가 몇 살인데 내가 너 만나고 회춘하겠니? 말이 되는 소릴 해라."

"반올림 어쩌고 해도 주인님은 마흔 축이고 나는 보험 나이로 하면 아직 스물아홉이라구요."

"지 유리한 대로 갖다 붙이는 건 천재적이야."

옆에 아무도 없는데 우리는 속삭인다.

나는 그녀와의 연애가 한없이 달콤하다. 그녀가 킥킥 웃는 소리, 낯설게 들리는 나의 웃는 소리, 힘 좋은 재욱이가 나한테 입술을 들이대는, 나한테만 들리는 소리가 꿈처럼 나지막하고 흐릿하게 섞였다. 불도 안 켜 놓은 거실로 들어오는 한여름 저녁 햇빛의 평온함에 나는 행복했다.

태클에 걸리다

"더운데 집 앞까지 가요."
"그러다 엄마가 보시면 어쩌려고?"
"쫄긴. 걱정 마요. 엄마 오늘 늦어요. 교육 갔어. 시험 땜에 공부해야 한대."

10시가 다 되어 가는 밤에 나는 그녀를 놓아주기 싫어서 골목길에 차를 세우고 이렇게 노닥거린다. 보통은 저 앞 큰 골목에서 씩씩하게 걸어가는 그녀와 헤어지곤 했는데 오늘은 그러고 싶지 않았다.

"내일은 뭐 할 거야?"
"돈 벌어야지."
"그거 말고 할 줄 아는 거 없어요?"
"원래 있는 놈들이 더 무서운 거야."
"어련하시겠어. 근데 댁도 참 재미없는 인생이야."

"그 인생이랑 연애질하는 욱 양의 인생도 재미있는 건 아니라고 봐."

"그러게. 박복한 인생이지. 우리 내일 술 마시러 가요."

"그러지 뭐. 어디서 볼까? 회사로 올래?"

"나 강남 싫물 나. 그냥 마포에서 수불럭이나 먹읍시다."

"몸보신하려고? 고기 좋은 집 아는데."

"나는 마포에서 먹는 주물럭을 제일 좋아해요."

"그럼 내일 6시까지 회사로 와."

갑자기 시끄러운 소리가 들리고 그녀의 집 앞이 소란스러워졌다. 누군가가 그녀의 집 대문을 악에 받쳐서 발로 걷어차고 있었다.

"저건 또 뭐야?"

재욱이는 욱해서 눈을 동그랗게 뜨고 차 문을 박차고 나간다. 내가 말릴 새도 없이 그녀는 야밤에 자기 집 대문에 행패 부리는 인간을 향해 돌진했다. 달콤하고 말랑말랑하던 연애 모드의 이재욱은 어디로 가고 성깔 있는 노처녀 이재욱으로 순식간에 둔갑한다.

차에서 내리자 귀에 익숙한 목소리가 들린다.

선균이었다.

"너 뭐야?"

"아줌만 뭔데? 상관 마."

정말 게거품을 물고 넘어갈 일이다. 이 밤에 교복까지 입고 감히 박 쌤의 집 대문을 걷어차는, 술 처먹은 고등학생이라니 말이다.

"너 누구 찾아온 거야?"

"아줌마가 무슨 상관인데?"

소리를 버럭 지르면서 내 쪽으로 얼굴을 돌린 그놈은 바로 그의 '개날라리 싹퉁바가지' 동생이었다.

"어, 아줌마."

못 알아볼 줄 알았는데 선균이는 나를 대번에 알아봤다.

"누나라고 불러라."

"아줌마, 이 동네 살아?"

"그뿐이냐? 이 집에도 산다. 짜샤. 너 왜 우리 집 앞에서 이 난리야?"

혹시 저 자식이 나와 자기 형이 연애하는 거 알고 테러하러 온 걸까?

"이 집, 이강욱이네 집 아냐?"

이강욱이라니? 저 날팅이가 어떻게 강욱이를 알까?

"김선균."

김선균의 형 김선우 씨가 동생을 부른다. 도대체 뭐가 뭔지 모르겠다.

"형아."

저놈의 형아는 오늘도다. 어울리지도 않게 귀여운 척을 한다.

"너 여기서 뭐 해?"

"형아는 여기서 뭐 하는데?"

"내가 남의 집 대문 차디? 너 여기에 왜 온 거야?"

그때였다.

조용하던 우리 집 대문이 덜컹 열리고 이내 강욱이가 인상을 잔뜩 찌푸리고 나온 것은.
 저 이강욱이 오늘 이 시간에 집에 왜 왔을까?
 "무슨 일이야?"
 "오빠, 너 언제 왔어?"
 "내일 오프야. 근데 왜 이렇게 시끄러워?"
 지금과 같은 얼굴의 강욱이는 무섭다. 강욱이는 성질이 모나서 그렇지 화를 많이 내는 인간이 아니다. 그런 이강욱도 1년에 한두 번씩 정말 화가 났을 때 살벌하고 냉기와 귀기가 어린 얼굴을 한다.
 "너 쟤 알아? 오빠, 너 찾아온 거 같은데."
 강욱이가 오만상을 찌푸리고 선균이를 한심하게 본다.
 "너 여기에 왜 온 거야?"
 "이강욱. 이 나쁜 놈."
 그의 동생이 강욱이에게 달려든 것은 순식간이었다. 그리고 나는 여태껏 몰랐다. 강욱이가 그렇게 순발력이 좋은지를 말이다. 강욱이는 불 맞은 멧돼지처럼 달려드는 선균이를 피하고는 그놈의 뒷덜미를 잡아챘다. 하도 말없이 사는 인간이 되어 놔서 나는 저 인간의 속에 뭐가 있는지, 내 눈에 띄지 않는 시간에는 뭘 하고 사는지 아는 게 없다.
 "이거 놔."
 "내가 사람 귀찮게 하지 말고 정신 차리라고 했지?"
 "니가 사람이냐?"
 "너 말버릇 고치라고 했지?"
 저 대화를 듣자니 둘은 초면이 아닌 듯했다.
 "실례합니다."

그때였다. 김선우 씨가 끼어들었다.

"누구십니까?"

"저는 선균이 형입니다."

강욱이는 움켜잡았던 선균이를 천천히 내려놓았다. 김선우 씨는 아주 차분하고 가라앉은 얼굴로, 또 익숙하지만 전혀 낯선, 아주 사무적인 어조로 강욱이와 대화를 하고 있었다.

"같이 오신 겁니까?"

"아닙니다."

"그런데 어떻게 여길 오신 겁니까."

이런 개 같은 경우가 있나. 이번만은 정말 은밀하고 조용하게 달콤한 연애를 하려고 했는데 이렇게 들통이 나고 만다.

"나랑 왔는데."

나는 평생 강욱이 앞에서 개쪽팔림 당할 팔자인 듯하다.

"나 일 나가는 집주인이셔."

강욱이의 눈썹이 꿈틀거렸다. 이소룡도 아닌데 개폼을 잡는다. 비위가 상했지만 자초지종을 모르는 관계로 나는 강욱이의 눈치를 살폈다.

"근데 이 시간에 너랑 여기에 왜 온 건데?"

"제가 바래다준 겁니다."

"너 집 못 찾아와? 그리고 지금이 몇 신데 이제 와?"

"오라방. 지금 문제를 당면한 사람은 내가 아닌 거 같은데? 너 쟤 어떻게 알아?"

강욱이가 똥폼 잡으면서 눈을 부라리자 나는 기분이 상해 버렸다. 저놈한테 불 맞은 멧돼지처럼 달려드는 선균이만 아니었으면 김선우 씨와 나는 달콤하게 주물럭을 논하다가 지금 시간쯤이면 굿나이트 키스를 하고 있을 터였다. 산통을 다 깨 놓고 도리어 성질을 부린다.

"아줌마, 아줌마 오빠 진짜 나쁜 놈이에요."

내가 알기로 저 자식은 스무 살이 넘은 걸로 아는데 저렇게 유치하다. 스무 살 때 나조차도 저보다는 나았다. 갑자기 드문드문 고소장과 그에게서 들은 그의 가족사가 생각나면서 그가 평생 뒤치다꺼리를 해야 할 저 철딱서니 없는 동생 놈이 미워졌다.

강욱이는 잠시 그와 나를 번갈아 쳐다봤고 그는 여전히 담담하고 가라앉은 눈으로 강욱이를 봤다. 선균이는 강욱이가 내려놓자마자 그의 뒤로 가서 주저앉아 꺽꺽 울었다. 황당해도 이렇게 황당할 수가 없다.

"이선균, 그만해. 시끄러워."

그는 정말 동생에게 불친절하다.

"형아. 으허허헝."

"죄송합니다. 이유가 뭐든지 난동을 부린 건 저 자식의 잘못이니까요."

"이유랄 것도 없죠. 그냥 쓸데없이 시끄러운 것뿐이니까."

강욱이도 만만한 인간은 아니다. 은근히 비꼬는 그의 말을 맞받아쳤다.

"누나. 누나네 오빠 진짜 나쁜 인간이에요."

강욱이가 성질이 좀 더럽고 깐깐하며 재수 없지만, 나쁜 놈이 아닌 건 나도 안다. 그가 그의 동생을 감싸듯이 강욱이를 감쌀 생각은 없었지만 나는 선균이의 말에 난데없는 남매애가 욱 올라왔다.

"왜? 우리 오빠가 왜 나쁜 놈인데?"

"저 인간 내 여친이랑 원조 교제 해요."

세상에! 나는 입이 떡 벌어졌고, 그는 눈이 커졌으며 문제의 당사자인 이강욱은 여전히 변함없이 차분한 눈으로 한숨을 쉬었다.

도대체 뭐가 어떻게 돌아가는 일인지 도통 감이 오지 않는다. 날도 덥고, 머리도 덥고, 우리 집 대문 앞도 더웠다.

긴 여름밤이고, 심란한 여름밤이고, 머리 아픈 여름밤이다.

"도대체 왜 너만 만나면 애가 왜 이 꼴이 돼서 업혀 오는 건데?"

나도 누군가에게 묻고 싶다. 선균이 저 자식이 술을 처먹고 자빠지면 그 뒤치다꺼리가 어째서 다 내 몫이 되는지 말이다. 더구나 나는 새어머니의 근거 없는 원망까지 다 들어야 한다.

선균이가 중학교를 4년 만에 졸업한 것도 내 탓이고, 스무 살인 지금 고등학생인 것도 내 탓이고, 방배동 집을 팔아 통장에 넣고 65평짜리 후진 아파트에 살아야 하는 것도 내 탓이었다. 나와는 태생부터 엉키기만 하는 관계인지라 어릴 때부터 새어머니의 원망과 탄식을 무시하고 산 지 오래다.

"우연히 봤어요. 술 먹고 남의 집 문 부수는 거 업고 온 거예요."

"형이 됐으면 애가 왜 그랬는지 살뜰하게 물어봐서 달래 줘야지. 너 안 그랬지?"

"그럴 상황이 아니었어요."

"맨날 아니라지. 어떻게 된 게 너는 매번 숨넘어가는 상황이야?

애는 저 꼴인데 자기는 멀쩡해 가지고."

다른 날들은 대충 당해 주기도 하고 엉터리로 빌어 줬지만, 오늘은 도저히 그럴 수가 없었다.

"저도 저 자식이 왜 저러고 사는지 궁금해요. 스무 살이나 됐으면 정신 차릴 때가 된 거 아닙니까? 어머니기 지꾸 그러시먼 저 자식 사람 못 됩니다."

여기까지는 나름대로 멋졌다.

하지만 20초 후에 새어머니의 곱디고운 이보희 필이 나는 코에서는 콧김이 뿜어져 나오더니 약사가 아니라 연기자 출신이라고 해도 믿을 만큼 홍수처럼 눈물을 흘렸다.

정말 짜증스럽다. 아버지가 새어머니와 선균이의 재정 후견인으로 나를 지명한 건 어쩌면 엄마에 대한 적개심으로 나를 골탕 먹이기 위한 고도의 복수가 아니었을까?

"네가 이러고 나올 줄 내가 알았어. 네 아버지는 네가 말 잘 들으니까 그 속을 몰랐지. 네놈이 그 양반 죽고 나면 내 등에 칼 들이밀 작정으로 산 거."

"쉬세요. 제가 지금 무슨 말을 하든지 어머니가 곧이곧대로 들어 주실 것도 아니고요."

"네가 맘이 있었으면 선균이 저 나이 먹도록 고등학교 다니게 안 놔뒀어. 돈을 제때제때 썼어야지. 쟤가 왜 저렇게 삐딱하게 나가는데. 처음 쌈질 났을 적에 돈을 잘 썼어야 하는데, 너 맞은 애들 보상만 해 주고 학교에 돈 한 푼 안 줬지? 그때 돈 천만 원이라도 찔러 줬으면 제때 졸업하고 고등학교 들어갔을 거 아냐?"

기도 안 찬다. 상실할 아이도 없다.

그때 선균이가 돌로 머리를 찍어서 뇌수술을 받았던 아이는 반년을 병원에 있었고 다시 학교로 돌아가는 데 선균이보다 1년이 더 걸렸다. 새어머니의 눈에는 그런 사정이 전혀 보이지 않는다. 오로지 선균이가 소년원에 갈까 봐 걱정이었고 학교에서 잘릴까 봐 걱정이었다. 나 모르게 새어머니가 교장과 재단 이사장에게 꽤 많은 돈을 뿌린 것을 이미 알고 있다. 그 돈이 어머니가 아버지 모르게 꿰찬 주머니에서 나왔다는 걸 전씨 아저씨가 넌지시 일러 주었다.
"어디 가서 그런 말씀 하고 다니지 마세요. 그거 선균이한테 도움 될 말 절대 아니니까요."
어머니의 입이 더 벌어지려고 하는 걸 나는 안방을 뛰쳐나오듯이 나오는 걸로 막았다. 그리고 어머니가 내 뒷덜미를 낚아챌세라 얼른 신발을 신고 그 집에서 나왔다.
나는 어디로 가야 할지 마음을 헤아리지 못한다.
선균이가 말한 대로 재욱이의 의사 오빠가 여고생과 원조 교제를 했을 것 같지 않다. 나라면 그런 말을 듣고 펄쩍 뛰었을 텐데 그는 동네 똥강아지 벽에다 오줌 싸는 거 구경하는 얼굴로 선균이를 쳐다보기만 했다.
재욱이와 나는 연애를 시작한 이래 처음으로 아주 어색하게 헤어졌다. 무슨 생각이든 그대로 얼굴에 복제가 되는, 단순하신 욱 양의 얼굴이 그렇게 난해해 보이기는 처음이었다.
그녀의 오빠와 기 싸움을 할 때 나는 이 상황에 대해서 재욱이가 마음이 상할 수도 있다는 생각을 하지 않았다. 그때 내 눈에는 선균이가 어떤 잘못을 했든지 나이가 훨씬 많은 어른이 그런 식으로 나와서는 안 된다고 생각했다. 그리고 선균이는 누가 뭐래도 내 동생이었다.

　아버지는 선균이를 그렇게 예뻐하지 않으셨다. 그건 나도, 어머니도, 선균이도 모두 알고 있다.

　만약 선균이가 예민한 아이였다면 지금보다 훨씬 엉망으로 살았거나 아니면 독을 품고 뱀처럼 컸을 수도 있다. 하지만 선균이는 단순하고 과격하기는 해도 착한 아이였다. 내가 선균이를 한심해할지언정 미워하지 않는 것은 아마 그 때문일 것이다.

　한참 운전한 것 같아서 정신을 차려 보니 이수교차로였다.

　아마 여기까지 오는데 나는 신호 위반도 여러 번 했을 것이다. 다행스럽게 늦은 밤이니 별일이 없었지만 대낮 같았으면 황천길을 갔거나 멱살잡이를 당하고 있을지도 모를 일이다. 깊은 밤 길에는 차도, 사람도 없었다. 그러나 신호등은 여전히 불야성처럼 빛나고 있었다.

　교차로에서 나는 혼자 빛나는 신호등에게 길을 묻고 있었다.

　"선물 시장도 괜찮은데 어떻게 생각해?"

　"전 공부를 좀 더 해야 할 거 같아요. 아직은 좀 버거워서요."

　"글쎄, 난 주식보다 선물 쪽으로 가 볼까 해. 선우 씨도 같이했으면 해서."

　"좀 생각해야 할 것 같아서요."

　"조심스러운 것도 좋지만 너무 그러면 소심해져. 그러다 보면 사는 거 자체가 소심해져서 이도 저도 다 놓치더라고. 당신, 연애한다며?"

　"어떻게 아셨어요?"

　"여기저기 말하고 다녔어? 난 강석규한테 들었는데."

"네. 합니다."

"결혼도 할 건가?"

결혼이라. 재욱이랑 결혼한다?

"그 여자가 해 준다고 하면 할 수도 있을 것 같은데요."

"궁금하네. 저번 제수씨하고 비슷하지는 않지?"

그룹 대표는 미연이를 좋아했다. 웬만한 남자들은 모두 미연이를 좋아하고 나를 부러워했다.

재욱이를 보고 나면 어떻게 말할까?

"많이 다른데요."

"어떤데?"

"그냥 씩씩하고 힘 좋고, 과격하고, 그렇죠."

"너 남자랑 연애하나?"

"여자예요."

"아무튼 한번 보여 달라고."

"왜요? 미연이랑 어떻게 다른가 보시려고요?"

"나 기억력 없는 거 알지? 다른 사람의 전처를 어떻게 기억해. 근데 샌디는 끝난 거야?"

"저는 끝났어요. 샌디도 아마 별 미련 없을 거라고 봐요. 그녀가 남자 하나에 연연하는 여자도 아니고요."

"그럼 다행이고."

샌디와의 관계는 재욱이의 등장을 기점으로 점점 그 비중이 가벼워졌다.

만약 샌디가 오매불망 나를 향한 마음만을 가진 여자였다면 내가 지금과 같은 마음이겠냐고 나 스스로에게 묻지만, 그건 알 수도 없고 깊이 생각하고 싶지도 않았다.

지금 나에게 가장 머리 아프고 심각한 문제는 주식 시장도, 부동산 규제 정책도, 샌디도 아닌 재욱이었다.

2일 전 선균이의 난동 이후로 그녀는 내 전화를 피했고 집에 오지도 않았다. 내일이면 그녀가 우리 집에 일하러 올 일도 없는데 그녀는 어제부터 오지 않았다.

집 깨끗하죠? 어지르지 마요.

메시지를 하나 보내고는 끝이었다.

나는 이 짧은 문장을 두고 행간을 읽고, 배후를 읽고, 그녀의 마음을 읽으려 했지만 소용없는 일이었다. 소식이 없는 재욱이 때문에 초조했다.

"너 진짜야?"

"말하는 법 몰라? 질문하려면 육하원칙은 아니라도 이해할 수 있게 앞뒤를 다 붙여서 물어봐?"

"우선, 선균이 자식이 말한 여학생이 누구야?"

그때 내 눈에 뭔가가 잠시 스쳤다. 밥상에 마주 앉아 다정하게 웃던 강욱이와 혜진이가, 수학 문제를 친절히 풀어 주는 강욱이가, 재구 목욕을 시키는 강욱이 옆에서 수건과 비누를 들고 시중드는 혜진이가 보였다.

"혜진이니?"

"아주 먹통은 아니구나."

언제나처럼 머리보다 몸이 먼저 반응했다. 나는 강욱이의 등짝을 때리는 내 손바닥 소리에 놀라 움찔했다.

"왜 때려?"

"미친 거 아냐? 너 혜진이가 몇 살인 줄 알아? 걔 미성년이야. 이 인간아!"

"이재욱."

"왜 이 나쁜 놈아!"

"선균이라는 그 무식한 조폭 고딩이 좋아하는 애가 혜진이라고 했지, 내가 혜진이랑 원조 교제 한다고 했냐?"

아니다. 그런 말 안 했다.

"그럼 선균이 그 자식은 왜 불 맞은 멧돼지처럼 그런 건데?"

"그거야 내가 알 바 아니고."

"어떤 빌미가 있을 거 아냐?"

"넌 혜진이랑 그 선균이란 애가 어울린다고 생각하냐? 혜진이가 그런 자식이랑 사귈 애로 보이냐고?"

"아니."

당연히 아니다.

오히려 혜진이는 강욱이랑 아주 잘 어울리는 편이다.

"그 자식이 혜진이를 많이 좋아해서 귀찮게 하나 보더라. 혜진이가 엄마 보러 병원에 오면 저녁도 좀 사 주고, 또 나 집에 오는 날이면 데리고 왔잖아."

그랬나?

나는 그동안 그와의 연애질에 빠져 사는 관계로 그 이외 모든 것은 기억도 안 나고 관심도 없다.

"그 자식이 병원이랑 학교랑 쫓아다니면서 혼자 각본 쓰고 악악거리는 거야. 저번에 느닷없이 병원에 나타나서 의국에서 소리 지르다 갔어. 스무 실이라는데 내 생각에는 좀 미친 스무 살인 거 같아."

"오빠. 너는 정말 혜진이한테 아무 감정 없어?"

"미친 거 아냐? 내가 너냐? 아무 놈이랑 연애해서 사고 치게?"

"오빠 너 정말 사귄 여자가 하나도 없었어?"

"왜 없어? 몇 번 있었지."

"그 여자들 다 어디 갔어?"

"없어졌어. 내가 싫대."

"멀쩡한 여자들이었나 보네, 네가 싫어진 거 보면. 너 차인 거네."

우리 남매는 둘 다 여러 번의 실연을 겪은 것이다.

"그렇지. 뻥뻥 차였지."

"맘 안 아프던?"

"화는 좀 났는데 마음이 아프지는 않던데?"

"마음이 없으니 아플 리가 없지."

"물어볼 거 다 물어본 거야?"

"대충. 더 생각나는 질문은 없는데."

"그럼 좀 앉아 봐."

그때까지 나는 서서 악악거렸고 강욱이는 냉수까지 마시면서 식탁에 앉아 흐트러지는 거 하나 없이 내 질문에 다박다박 대답하고 있었다.

"이제 내 차례란 생각이 안 드니?"

"똥 싸려고 변소 앞에 줄 서냐? 니 차례 내 차례 그러고 있게?"
나는 치질 걸린 사람처럼 의자 모서리에 걸터앉았다.
"왜? 뭐가 궁금한데?"
슬슬 내 목소리가 비굴해진다. 이런 대화 구도는 내가 절대적으로 불리하다. 나는 마주 보고 악악거릴 때는 무서울 게 없지만 이렇게 심문받는 구도로 몰리면 비굴해지고 멍청해진다.
"그 자식 형하고 너는 어떤 관계야?"
헉, 숨이 막힌다.
나는 아직 그와의 연애를 누구에게도 말하고 싶지 않았다. 그래서 그가 고정태 소장에게는 말해야 하지 않냐고 했을 때도 펄펄 뛰어서 그를 서운하게 했다.
하지만 그가 생각하는 것처럼 나는 우리의 연애 관계가 창피하거나, 버겁거나, 끝을 바라보고 있어서가 아니었다.
나는 나답지 않게 처음으로 남자와의 관계가 조심스러웠다. 지나간 내 연애들은 시작과 동시에 친구 년들이, 뒤이어 강욱이가 알았고 파장 날 때쯤에는 엄마가 알았다.
하지만 김선우 씨와의 연애는 두근거리고, 조심스러웠고, 누구에게도 말하고 싶지 않았다.
나는 대놓고 물어보는 강욱이의 질문이 무섭다.
"뭐로 보이디?"
"사귀는 년놈으로 보이더라."
"그 사람 너보다 나이 많거든."
"나이만 많으면 뭐하니? 마누라 있는 놈이 너 같은 어리바리 노처녀랑 바람이나 피우는데."

"유부남 아니야. 이혼했어."
"언제?"
"3년쯤 된 거 같아."
"뭐 하는 사람인데?"
"아버지 사채업 물려받아서 하다가 엎어 치우고 지금은 증권 하나 봐."
"말아먹는 건 시간문제겠네."
"개미는 아니야. 전문적으로 펀드 같은 거 운용하고 그러더라고. 돈 잘 벌어."
"젊고 바람피우는 놈 다음이 돈 많고 장가갔다 온 놈이냐?"
어찌나 말을 예쁘게 하시는지. 빌어먹을 오라방.
"법적으로 문제없으면 된 거 아냐?"
"내가 널 모르냐? 넌 연애를 하면 세상이 네 연애를 중심으로 돌지만, 대부분의 서른 넘은 남자는 안 그래. 더구나 한 번 결혼도 했던 사람이잖아. 너만 또 불 지르고, 우는 일 생길까 봐 그러는 거야."
"고양이가 쥐 생각해 준다."
"비꼬지 말고 들어. 네가 그랬지? 부모님이 우릴 낳아서 기를 때 나는 머리만 돌고 너는 심장만 뛰게 만들었다며. 내 눈에는 네가 그놈 땜에 또 술 처먹고 울면서 가슴 아프다고 하는 거밖에 안 보여."
"네가 아무리 뭐라고 하든지 지금 난 아무것도 안 들려. 오빠 네 눈에는 내 사랑이 다 똑같이 한심해 보일지 몰라도 나는 아니야. 이 사람은 정말 특별해. 이 사람이 특별하고 정말 좋거든. 그러니까 네 말대로 이 연애가 깻박치면 죽을 것 같겠지만 그래도 그만두고 싶지 않아."

내가 이렇게 당당하게 강욱이한테 내 연애를 말한 적이 있었나? 대개는 연애가 깨지고 술에 절어 강욱이에게 훈계를 듣거나 엄마에게 몰매를 맞는 상황이었기 때문에 현재 진행형인 연애에 대해 말한 적이 없었다.

오늘 내 연애의 진행 상황을 중계하면서 나는 지금의 연애가 이렇게 내게 절실했는지 이제야 깨달았다. 김선우 씨를 이렇게 내가 좋아했는지 입으로 말하기 전에는 몰랐다.

나도 모르는 내 마음이었다.

강욱이는 또 딴 나라에 간 것처럼 가만히 앉아 물 잔만 빙글빙글 돌리면서 보리차가 이리저리 기우는 모습을 보고 있었다. 비장하게 내 사랑을 말하고 대답 없는 강욱이 앞에 앉아 있기가 어색해서 나는 엉거주춤 일어났다.

"당장 그만두라는 말은 안 해. 그런데 찬성하는 건 아니니까 정리를 하든 더 진행을 하든 난 네가 고민을 많이 하길 바란다."

정말 저 인간은 내 걱정도 저렇게 재수 없게 한다.

결국 나는 한마디 대꾸도 못 한 채 그냥 내 방으로 올라와서 목욕한 후 옷장 안에 숨겨 둔 소주병을 꺼내서 두 잔 따라 마시고 잠자리에 들었다.

잠이 안 올 것 같아서 술도 마시고 뜨거운 물에 목욕도 했는데 그 걱정이 우습게도 나는 곯아떨어졌다.

벌떡 일어나 앉아 시계를 확인하니 아침 10시였다. 나는 멍하니 앉아서 생각을 하려고 노력했다.

잠에서 깨어날수록 머릿속은 점점 복잡해졌다. 뭔가를 생각해야 할 것 같았다. 그래서 그의 집에 가지 않기로 마음먹었다. 문자 메시지를 하나 보낸 후 이불을 둘러쓰고 누워서 나는 고민해 보려고 했다. 그런데 나는 그만 8시간짜리 롱타임 낮잠을 자고 말았다.

고민하지 말라는 신의 계시인가?

말해 줘요

"네 오빠 말이 맞는 구석도 있어. 물론 네년 귀에는 안 들리겠지. 그래서 네가 나한테 듣고 싶은 말이 뭔데?"
"몰라."
"이년이! 야! 너 내가 시간당 얼마짜리 레슨 강사인 줄 알아? 이러려고 나 불러내서 헛소리하는 거야? 연애할 때는 연락도 없는 것들이 아쉬울 때만 전화하더라."
"너도 네 연애에 대해서 고민하고 그러냐?"
"고민할 일이 있으면 하지. 아무 생각 없이 어떻게 사냐? 우리가 스무 살 꽃띠도 아니고. 생각이 없어도 많이 생각해야지."
"생각이 없을 때는 행복했는데 생각이 생기니까 우울하네."
"도대체 뭐가 걱정인데?"
"내 마음. 또 그 남자 마음."
"네 마음은 뭐고, 그 남자 마음은 뭐 같은데?"

"어제까지는 똑같다였는데 자꾸 생각을 곱씹으면 여기저기 어긋나고, 아닌 거 같고 그러네."

내가 새로운 연애에 대해 장황하게 브리핑하는 동안 은경이는 위스키를 여섯 잔이나 마셨다. 그리고 나는 나도 오락가락해서 알 수 없는 내 마음을 두서없이 말했다.

"오빠가 뭐라고 하든 말든 네가 왜 흔들려? 네 마음이 흔들리는 게 네가 말한 특별한 사랑이냐?"

"내가 흔들린다고 했냐? 아니야."

"그럼 뭘 가지고 걱정하고, 잠수 탄 건데?"

"너도 알다시피 내가 연애할 때는 걸음이 빠르잖아. 난 저만큼 가 있는데 그 남자는 요만큼 와 있거나, 나랑 가는 길이 다를까 봐 겁나. 난 한참 더 가고 싶은데 그 사람은 그만하고 싶어지면 어떻게 해?"

"지랄을 한다. 꼴값 좀 그만 떠셔. 짝사랑인 줄 알았다가 아니었으면 됐지 또 뭐가 불만인데?"

"그렇지?"

"그럼! 너답게 최선을 다해. 네가 언제부터 연애질 중간에 점검하고 그랬어? 안 하던 짓을 왜 하는 건데?"

"그러게 말이야."

"내가 나름대로 파란만장하게 연애를 했잖니? 마누라 있는 놈도 있었고, 너의 주인님처럼 한 번 갔다 온 놈도 있었고. 근데 내가 그 연애들을 다 걷어치우거나 차인 이유는 하나더라."

"뭔데?"

"난 연애를 할 때 늘 끝을 생각해. 이놈은 여기까지, 저놈은 요기까지. 그러고 나면 내 마음이 항상 불안하더라고. 그 사람에 대한 내 마음의 깊이는 문제되지 않아. 언제나 내 마음과 그 남자들 마음을 대충 짜 맞춰서 내가 만들어 놓은 결론으로 몰아가더라."

"넌 연애도 참 어렵게 한다. 뭐가 그렇게 심오하고 어지러워? 재수 없게."

"암튼 그렇더라고. 그러니까 너는 지금 나랑 이러고 있을 게 아니라 그 남자를 만나서 아무 일도 없었던 것처럼 다시 힘차게 질러대. 같이 잠도 좀 자서 그 남자 상태도 알아 두고. 그 남자 입장에서는 네가 잠수 탄 게 얼마나 뜬금없는 일이겠니? 느닷없는 것밖에 더 돼?"

"내가 많이 잘못한 건가?"

"잘하고 있다고 생각해? 꼴값을 떨어. 야, 너 술 더 마실 거야?"

"왜? 가려고?"

"너하고 나하고 술을 더 마셔서 뭐하겠니? 내일 아침에 레슨 있어. 일어나. 나는 들어가서 달걀술 따뜻하게 만들어 마시고 잘 거니까, 넌 그 남자를 만나러 가든지 아니면 또 다른 년 찾아서 욕사발을 마시든지 해."

"나쁜 년. 내일 레슨 미루고 나랑 놀아 줘."

"나 나쁜 년인 거 몰랐어? 지금 네가 진짜로 바라는 게 뭐라고 생각해? 나랑 이러고 앉아서 옛날에 만나던 놈들 1번부터 쭉 불러다가 구질구질한 연애사 읊는 거라고 생각해? 아마 아닐걸. 네게는 지금 네 머리끄덩이 붙잡고 그 남자 집 앞에 던져 놓을 계기를 만들어 줄 사람이 필요한 거야. 얼른 일어나. 나는 바빠서 데려다줄 시간이 없어. 그러니까 혼자서 가."

쌩하니 나도 쏘아 주고 싶었지만 구구절절이 틀린 말이 없다. 나는 술에 취해 쓰러진 나를 그의 집에 업어다 줄 누군가가 필요했다.

나는 은경이에게도 버림받고 터덜터덜 거리를 돌아다녔다. 벌써 가을이 오려는지 바람이 서늘했다. 내 어수선한 머릿속에 바람이 들어가는 것 같았다.

갑자기 그가 미칠 듯이 보고 싶었다.

나는 지금 연애질이 아닌 사랑을 하고 있다. 끝을 생각할 필요가 없는데 나는 또 바보짓의 바닥을 치고 있다. 또 끝이 안 좋으면 어떡하나, 또 버림받으면 어떡하나 하는 비겁함이 발목을 잡고 내 사랑을 막아섰다.

나는 택시를 타서 힘차게 그의 동네를 외쳤다. 미친년처럼 자꾸 히죽히죽 웃음이 나왔다. 이렇게 좋은 사람을, 만나러 가는 것만으로도 이렇게 웃음이 비어져 나오는 사람을 두고 왜 난 끝을 궁금해 했을까?

나는 이강욱이 아니다. 나는 이재욱이다. 그러므로 내 연애는, 내 사랑에는 태클이 필요 없다.

이제 나는 야밤에 울리는 초인종 소리에 익숙하다.

그리고 그녀가 눌러 대는 초인종 소리는 정말 100퍼센트 맞힐 수 있다. 저렇게 시끄러운 걸 보니 그녀는 아마도 그녀의 마음에 쫓기고 있을 것이다. 나는 그녀가 너무 반가웠지만 얼른 일어나 문을 열 수 없었다.

우선 나는 술을 너무 마셨다. 와인으로 시작했지만, 언제인가 재욱이가 재수 없다고 한 게 생각나서 편의점까지 내려가 소주를 사 가지고 두 병째 병나발을 불고 있는 참이었다. 술을 마시는 동안 내가 왜 이 맛없고 속만 훑어 낼 술을 마셔 대고 있는지 생각했다.

원인은 할 일이 없어서였다.

내 옆에 앉아서 노가다 판 언어로 나의 부르주아적인 생활을 씹어 대는 재욱이가 없어서 심심했고, 마주 앉아 라면을 먹다가 말고 갑자기 맹랑한 눈으로 '사랑한다'고 말해 줄 재욱이가 없어서 심심했으며 퇴근하고 나오면 회사 앞 정류장에서 아무 짓도 안 하고 나만 기다려 주는 재욱이가 없어서 심심했다.

그녀가 없는 일상이 이렇게까지 낯설고 삭막한지 몰랐다. 내 마음이 이렇다면 나는 벌떡 일어나 내가 열렬히 사랑해 마지않는 이재욱 양을 맞이해야 할 텐데 몸도, 마음도 움직여 주지 않았다. 멍하니 현관만 바라보고 있는데 삐삑거리며 버튼 누르는 소리가 나더니 그녀가 우당탕거리면서 들어왔다. 살짝 당황한 표정으로 나를 보는 재욱이의 얼굴이 내 머리 위에 보름달처럼 둥실 떠 있었다.

"술 마셨어요?"

"보시다시피."

"많이 먹었어요?"

재욱이는 가방도 내려놓지 않고 고개를 끄덕이는 내 앞에 쪼그리고 앉는다. 희미하게 술 냄새가 났다.

"삐쳤구나?"

"욱 양도 삐쳤어? 그래서 술 마시고 온 거야?"

잠깐 재욱이는 나를 보고 비실비실 웃는다. 술 마신 티가 확 난다.

"주인님, 나 보고 싶었죠?"
"너무 바빠서 하나도 안 보고 싶었어."
"그런 사람이 한가하게 앉아서 술이나 퍼마시고 있냐?"
"내내 바쁘다 지금 잠깐 한가한 거야."

나는 비교적 이성적이면서 조심스럽고 또 고급스러운 삶을 살았던 사람이다. 이렇게 유치하고 바보스러우며 무모하고 구차한 인생은 평생 내 몫이 아닐 거라고 생각해 왔다. 그런데 저 여인과 연애를 시작한 후로 정체성을 잃어버렸다.

"나는 매일매일 주인님 생각만 했는데."
"퍽이나 그랬겠다. 그래서 전화도 씹은 거냐?"
"진짜 진짜 죽도록 보고 싶어 했는데 안 믿어 주네."
"그 말을 내가 믿을 거라고 생각하니?"

나는 정말 화가 치밀어 오르고 있었다. 술 탓이라고 할 수도 있겠지만 나는 정말 화가 났다.

"진짜라니까요. 밥 먹으면서도 당신 생각, 변기에 앉아 있으면서도 당신 생각, 걸으면서도 당신 생각만 했어요. 멋지죠? 가슴 벅차죠?"
"가슴이 답답하다. 어쩌자고 너 같은 애랑 내가 이러고 있는지."

이건 늙어서 할 짓이 아니다. 마흔이 코앞인 내가 나이 많고 철없는 이상한 나라의 재욱이를 만나서 이렇게 고생하는지 모르겠다.

"어쩌자고는 무슨! 나랑 똑같으니까 이러는 거지."
"시끄러워. 이 나쁜 계집애야."
"오올! 주인님 욕도 할 줄 아네."
"나는 뭐 대한민국 남자 고등학교 안 나온 줄 아냐?"

"나는 여고 나왔어도 욕 잘하네요. 히히. 주인님."
"왜 불러?"
"사랑해요."
"술 많이 마셨냐?"
"진짜로 63 빌딩만큼 사랑해요."
"엠파이어스테이트만큼 사랑했다가는 나 죽은 담에 나타났겠다."
나는 자꾸 치졸해져서 재욱이에게 사랑을 구걸한다.
"내가 가 본 건물 중에 제일 높은 게 63 빌딩이니까 그만큼 사랑한다고요."
"거짓말하지 마."
"있잖아요. 전에는 사랑이 이렇게 절박하지 않았는데 자꾸 절박해져요."
"이해가 안 된다. 쉽게 말해."
"딴 놈들이랑 연애할 때는 그냥 사랑이 현재 진행형이었거든요. 근데 주인님하고는 자꾸 미래형으로 사랑을 봐요."
이재욱은 날이 갈수록, 마음이 깊어질수록 변화무쌍하다.
"재욱아, 내가 왜 건전한 연애를 못 한 줄 알아? 난 이리저리 재고 분석해서 뒷조사하고 감시하는 게 인생 원칙인 사람이야."
"쉽게 말해요. 좀스럽다고."
제대로 정곡을 찌른다. 이럴 때의 재욱이는 아주 영리하고 날카롭다.
"그래. 네 말대로 좀스럽지. 남자들이 다 여자한테 빠지면 덤벙덤벙 덤비고 허우적거리는 줄 아냐?"
"난 그런데. 남자들은 안 그러나?"

"남자, 여자로 편 갈라서 연애 대결해? 그게 인간마다 다른 거야. 너처럼 무조건 들이대는 스타일이 있는 거고, 나처럼 요리조리 살피고 찔러 보는 스타일이 있는 거고."
"쉽게 말하면 주인님은 치사하고 난 무식한 거다 이거잖아."
"그렇게 말할 수도 있지."
"서론이 너무 길어요. 본론으로 들어가요."
"연애하면서 이거저거 다 집어다 놓고 되나 안 되나 그러면 제대로 된 연애로 못 커 나가는 거 같아."
"무슨 말이에요?"
"나는 내 인생 처음으로 욱 양 스타일을 따라서 앞뒤 안 가리는 연애를 해 보려고 하는데 욱 양이 이번에 패턴을 바꾸면 이게 또 어려워지는 거라고."
"그랬어요? 막 들이대려고 그랬어요, 진짜? 근데 주인님이랑 안 어울려."
"나도 알아. 나랑 안 어울리는 거. 난 이런 거 처음이거든. 나는 연애도 사람 사는 일이니까 다른 인간관계랑 똑같은 거라고 생각했어. 언제나 이 사람과의 끝은 이럴 것이고, 저 사람과의 관계는 저럴 것이고, 그렇게 말이야."
"머리로만 연애를 했구만요."
"그랬지."
"근데 나는 어때요? 나하고의 끝은 뭐라고 생각해요?"
"끝이 안 보여. 너한테 너무 길들여져서 그 끝이 뭔지 모르겠어."
재욱이는 고개를 숙인 채 바닥에 놓인 술잔만 빙빙 돌리면서 울고 있었다.

"나는 자꾸 겁이 났어요."

고개도 들지 않고 그녀가 말한다.

"당신이 자꾸 좋아져서 하루도 안 보면 미칠 거 같을 때, 그러다 또 나는 하나도 변한 게 없는데 주인님이 변하면 어떡하나 싶어서. 그래서 또 차이면, 그러면 어쩌나 싶어서 겁이 났어요. 강욱이랑 선균이가 어떻게 엮였건 상관없는데 나는 자꾸 약아져서, 약아지고 비겁해져서 아직 내가 나를 멈출 수 있을 때 멈추는 게 낫지 않을까 그런 생각이 자꾸 들었어요."

재욱이의 목소리는 자꾸 가라앉고 물기를 먹어서 점점 잦아든다.

나는 그녀와 앞에 있는 술잔과 술병을 옆으로 치우고 그녀에게 다가갔다. 그리고 아직도 고개를 숙인 채 울고 있는 재욱이를 꼭 껴안았다.

재욱이는 울고, 또 울고, 자꾸 울었다. 나는 그저 그녀의 등을 토닥였다. 나는 재욱이가 기대고 싶은 사람이 되었으면 좋겠다. 그래서 내가 그녀를 의지하고 있는 것처럼 그녀도 나를 의지해서 절대로 놓치고 싶지 않은 남자가 되었으면 좋겠다고 생각했다.

내 티셔츠의 앞자락이 흠뻑 젖도록 재욱이는 울었고, 나는 그녀를 안고 위로할 수 있는 내 자신이 아주 맘에 들었다.

"이게 들이미는 거야?"
"충분히 들이댄다고 생각했는데? 왜? 불만족스러워?"
"좀 그러네."
"뭐가 그러신데?"
"주인님, 근데 말로는 들이댄다면서 왜 나한테 자자고 안 그래요?"

아까의 그 연약하시던 이재욱은 어느새 휘발유 날아가듯이 날아가 버리고 다시 원래의 이재욱으로 돌아왔다.

"너 얼굴 안 뜨겁냐? 어떻게 밥 왜 안 먹냐는 거랑 똑같이 묻냐?"

"아니, 좀 이상하잖아. 댁은 연애가 여자랑 자는 거라며. 근데 나한테는 안 덤비잖아. 그럼 혹시 내가 주인님 덮쳐 주기를 기다리는 거예요?"

"아니거든."

"근데 왜 나하고 연애하면서 자자고 안 해?"

"너 나하고 자고 싶냐?"

"당연하지."

어떻게 1초도 안 망설이고 저렇게 냉큼 대답할까?

너무 당연하다는 듯한 재욱이의 태도에 나는 할 말을 잃어버린 채 콧김만 뿜으면서 보지 않아도 느껴지는 내 벌건 얼굴에 당황했다.

재욱이가 키득거렸다.

"왜 웃니?"

"웃기니까 웃지. 좀 있으면 마흔이신 양반이 어찌나 순진하신지."

그녀가 웃는 뒤끝이 어색하다는 걸 나는 안다. 재욱이는 뻔뻔하지만 끝까지 그 뻔뻔함을 유지하지 못한다. 그녀의 성격에 방바닥을 박박 긁을 만큼 궁금했을 거다. 그녀는 왜 다른 여자들과 다르게 대하냐고 묻지 않았다. 그리고 오늘 그녀는 술을 핑계로 지나가는 농담처럼 내게 묻는다.

왜 다르냐고?

나는 그녀가 불안해하는 마음을 안다. 나 역시 같은 맥락의 고민을 가지고 있으니까 말이다.

이혼 신청을 하고 법원을 나오면서 미연이가 말했다.

'다음에 여자를 만나면 호텔부터 덥석 가지 마. 당신을 잘 아는 여자라면 아마 자기한테 별 마음이 없어서라는 거 금방 알아챌 거야. 그러다 그 여자가 진짜 당신이 붙잡고 싶은 여자면 수습하기 힘들 거고. 그럼 당신은 또 머뭇거리거나 도망갈 거니까.'

그때는 피식 웃어 주고 잊어버렸는데 오늘 그 말이 정말 생생하게 귀에 울린다.
"이재욱. 네가 보기에 난 어떤 사람이니?"
"철학해요?"
"철학은 무슨. 그냥 날 보면서 느꼈던 거 있잖아."
재욱이는 생각이 많은 얼굴을 하고 몸을 슬슬 꼰다. 자세도 바꾸어 보고, 머리도 긁어 보다가 무릎을 세워 끌어안고는 눈을 껌뻑거린다.
"처음에는 좀 기가 많이 막혔지. 저렇게 미친 인간도 있구나 싶어서. 첨에 주인님이 팬티 빨아서 옷장에 말리는 거 보고 기절하는 줄 알았어요."
"왜? 그게 어때서?"
"빨래를 자기가 할 거면 왜 사람을 부르냐고요. 근데 지금은 좋은 사람이라고 생각해요. 그리고 어깨가 무거운 사람이고 날 많이 좋아해 주는 사람이라고 생각하고. 아닌가? 암튼 나는 당신이 그렇게 보여."
재욱이는 어떻게 나를 좋아할 수 있었을까?

"나는 아주 오랫동안 좋아하는 사람이 없었어."
"그럼 마지막으로 좋아한 사람이 누군데?"
"엄마."
"선균이 엄마 말고 진짜 엄마?"
"날 집에 혼자 둔 채 짐 싸 들고 나가기 전의 엄마."
"그럼 짐 싸 들고 나간 엄마는 싫어요?"
"응. 별로 보고 싶지도 않아. 그때부터는 내 엄마가 아니었으니까."
 항상 마음속에 담아 둔 말을 꺼내려면 말문이 막힌다. 내가 하려던 말은 이런 게 아니었는데, 그리고 하고 싶었던 말은 아직 만분의 일도 내뱉지 않았는데 나는 또다시 어색한 침묵을 만들고야 만다.
 나는 말없이 앉아 있는 재욱이를 외면하고 창밖을 보았다. 점점 밤의 색이 짙어지고 사람이 만들어 낸 불빛들도 약해져 간다.
 언제나 조잘거리고 쿵쿵거리느라 시끄럽던 그녀와의 시간이 지금은 정말 고요했다. 차분하게 가라앉은 침묵을 깬 건 또다시 재욱이였다. 그녀는 내 머리통을 홱 낚아채더니 뒷머리를 쓰다듬으며 말했다.
"주인님, 내가 안아 주니까 좋죠?"
 재욱이는 그녀의 길고 튼튼한 팔로 꼭 안아 주었다.
 나는 울고 싶었다.
"말하지 않아도 알 수 있는 게 있어요. 그러니까 이제 궁금한 거 없어요. 그냥 내가 느끼는 게 다라고 생각할게요. 내가 좀 똑똑하잖아. 그러니까 말도 잘 못 하는 사람이 말하려고 용쓰지 마요. 내가 다 알아줄게."
 울컥 울음이 비어져 나왔다.

"정말 힘들면, 그때 물어볼게. 지금은 궁금한 것도 없고, 물어볼 것도 없어요. 그냥 다 알아지는 것 같아요."

재욱이가 토닥토닥 내 어깨를 두드리자 나는 정말 봇물 터진 것처럼 그녀의 품에서 울었다. 귀가 멍하고, 코가 아프고, 눈이 튀어나올 것 같을 때까지 꺽꺽 울었다. 왜 우는지, 하필이면 왜 재욱이 앞에서 그렇게 우는지 그런 생각은 들지 않았다. 나는 처음으로 머리 한쪽이 가벼워지면서 어딘지 모르게 쓰라렸던 상처가 치유받는 것 같았다.

나는 정말 재욱이를 놓치고 싶지 않다.

주물럭 배틀

"너 요즘 뭐 하고 다니는 거야?"
"취직하려고."
"고3 때도 2시는 절대로 안 넘기던 게 다 늙어서 취직 공부를 날 밤 새우고 한다는데 너 같으면 믿겠냐?"
"모녀지간에 좀 믿고 살아 봅시다. 박 쌤."

그의 울음을 받아 주고, 물수건으로 얼굴을 닦아 주고, 침대에 뉘어 재운 후에 투철한 직업 정신으로 어지러운 집을 대충 치우고 나니 새벽 4시였다.

외박을 했다가는 엄마한테 죽을 것이 분명하기에 정말 타이밍을 맞춰서 조심스럽게 집으로 들어간 게 5시였다. 그런데 그만 신문을 가지러 나온 엄마에게 떡하니 걸리고 말았다.

"그냥 말하기 싫은 것도 있어. 엄마."

나는 가슴이 먹먹한 사랑을 한다. 가벼운 연애질로 매도당하고 싶지 않는 그 무엇. 그것이 요즘 내가 빠져 있는 것이다.

"너 혹시……."

명탐정 박 쌤이 더듬이를 세운다. 조심해야 한다.

"그 머리에 불벼락 맞은 그놈이랑 다시 만나는 건 아니지?"

"미쳤어? 그 개자식을 또 만나게."

"너 절대로 그놈은 안 돼."

"나도 싫네요. 그런 팔랑개비 같은 등신은 이제 금칠을 하고 보석 알을 박아서 가져다줘도 싫어."

"네가 그래야 정상인 거지. 근데 넌 어쩌자고 그렇게 배냇병신 같은 게 좋다고 불까지 지른 거야?"

"그냥 좀 미쳤던 거지. 너무 쪽팔려서 다시 생각하기 싫어."

"그놈이 여자 복이 있는 건지 아니면 팔자가 사나운 건지. 너도 그렇고 지금 만난다는 그 여자애도 그렇고. 그놈 사귄다는 그 계집애, 그거 보통 아니더라."

"엄마가 고년을 어떻게 알아?"

"어떻게 알긴. 그년이 진단서 가지고 학교로 왔더라."

미친 계집애. 정말 골고루 한다.

"그래서? 엄마한테 치료비 내라고 협박했어?"

"협박하면 내가 넘어가니?"

"엄마가 어떻게 알았나 했더니 고년 땜에 알았구나. 난 강욱인 줄 알았지."

"너 강욱이가 남 말 하는 거 봤어? 그놈은 제 말도 안 하고 남 말도 안 하는 놈이잖아."

엄마는 알까? 그 이강욱이 원조 교제 혐의를 받는다는 걸 말이다.

"30년을 넘게 키웠어도 그 자식은 빤히 보이는 게 없어."
"그럼 나는 뭐가 보여?"
"너도 늙었다고 점점 안 보여. 2, 3년 전만 해도 속이 다 환히 보이더만. 시집 장가를 간다고 해서 품 떠나는 게 아니야. 그냥 자식이 낯설어지면서 품을 떠나는 거지."
엄마는 무덤덤하게 말한다.
나는 엄마에게 무언가 미안했다.
"암튼 너 또 한 번 이렇게 새벽이슬 밟고 들어오기만 해. 가만 안 둬."
가을이 오고 있나 보다. 얼굴이 푸석하고 만지면 싸한 것이 찬바람이 불기 시작했다는 신호니까.

"안 졸려요? 졸릴 텐데 어떻게 사무실에 나간 거야?"
―택시 불렀어. 운전하기 힘들 거 같아서.
"올 때도 택시 타요?"
―아마도. 왜?
"나랑 놀아 줄래요. 백수가 되니까 머리에 꽃도 꽂고 뛰쳐나가고 싶네."
―어딜 막 뛰쳐나가니? 그냥 집에 있어. 퇴근하고 근처 가서 전화할게.
"돈 많은 주인님, 나 백수잖아. 원래 백수는 배가 고픈 거거든. 주물럭 아직 안 사 줬잖아."
―먹는 거 관련된 건 절대로 안 잊어 먹지, 우리 욱이가.
"내가 내 이름을 잊어 먹으면 먹었지, 그걸 왜 잊어."
전화를 끊고 나는 한참 수화기를 보고 있었다.

서럽게 울던 그가 생각이 났다. 내 주변의 남자들은 강욱이 빼고 잘 울었다. 아버지는 드라마 보다 말고 울었고 할아버지 역시 마찬가지였다.

나는 그에게 많은 상처가 있다는 걸 어렴풋이 알고 있었으면서도 그가 운다는 건 꿈에도 생각하지 않았다. 그는 강욱이과라고 생각했다. 뭐 그렇게까지 인조인간은 아니지만 그는 감정 표현이 별로 없는 사람이었다.

어제 그가 부모님 이야기를 하고 울었을 때 처음에는 당황했고 그리고 행복했다. 그가 같이 자자고 안 해도, 설령 그가 나를 여자인지 친구인지 모호하게 생각한다고 해도 나는 그가 내게 마음을 열어 보여 줄 수 있다는 것에 안도하고 행복했다.

사랑이 뭐 별거겠는가?

예전의 마포는 해가 저물 즈음이면 고기 굽는 냄새가 자욱했다.

성지 빌딩 앞 공원 뒤로 낮게 다닥다닥 붙어 있던 주물럭집들은 저마다의 이모들을 한 명씩 가지고 있었고, 사람들은 자기만을 특별히 대해 준다는 착각으로 각자의 고깃집 이모들을 찾아 돈을 썼다.

우리는 우리 식구들의 오랜 단골인 달구지집에 자리를 잡았다.

"2인분씩 시작하지?"

"나 무지 먹거든요. 내 소원이 나중에 된장에 공깃밥 같은 거 안 시키고 오로지 고기로만 배 채우는 거예요."

"소도 잡아 줄 테니까 실컷 먹어 봐. 얼마나 먹나 보게."

"예전에요. 고 소장이 고깃집에서 회식하는데 어찌나 쪼잔하게 구는지."

"정태는 아직도 네 자리 비워 두고 기다린다던데."
"실컷 기다리라고 해요."
"왜? 그 자식이랑 사건 땜에 그래?"
나는 정말 윤신영이 문제는 누가 말하지 않는 한 기억도 못 한다.
"아뇨. 공부 좀 해 보고 싶어요."
"대학원 가게?"
"여행을 하고 싶어. 유럽이랑 미국에 잘 지었다는 건물들을 보고 싶어."
고기를 뒤집던 젓가락을 상에 내려놓고 그가 나를 본다.
"오래 걸리니?"
"갈지 안 갈지도 모르는데 오래 걸릴지, 아예 안 올지 내가 어떻게 알아요?"
"그럼 왜 그런 말을 하는 건데?"
"내 꿈이었어. 원래 이번 기회에 확 지르려고 했는데 대타로 파출부 뛰느라고 못 간 거예요. 간병비 받아서 튀려고 했는데……."
"근데?"
"아마 못 가지 싶어. 나 없으면 또 왕가슴 홍콩 샌디랑 주식 이야기 하다가 잘 거 아냐? 불안해서 갈 수가 있어야지."
그가 웃는다. 비실비실. 바보 같다.
"얼른 먹어. 고기 탄다."
그때였다.
분당 병원에서 아랫것들을 달달 볶아치고 있어야 할 인간이 이 시간에 마포에 나타났다. 그것도 혜진이 손을 꼭 잡고 말이다.
명치끝에 주물럭이 걸린 것 같다.

"맛있냐?"
"그래, 맛나다."
"소화도 잘 시켜서 똥도 실컷 싸고, 배도 잔뜩 불러서 뻥 터져라."
"걱정 마라. 난 변비 없다."
 저 두 사람, 욱 남매는 정말 엄청난 기 싸움을 주물럭을 구워 가면서 하고 있다. 8인분을 둘이서 거의 먹어 치우면서 오로지 주물럭에 대한 대화로 그 시간을 보내고 있었다.
 저번에 집 앞에서 본 그녀의 오빠 이강욱 선생은 아주 이지적이고, 차분하며, 우아한 인간으로 보였다. 그런데 주물럭 굽는 불판을 사이에 두고 여동생과 기 싸움을 하는 그는 딱 그 여동생의 그 오빠로 보였다. 약 올라 죽으려고 하는 욱 양과, 스멀스멀 약을 올리는 욱 군은 정말 같은 피가 진하게 흐르는 남매였다.
 나는 두어 점 먹은 주물럭과 파 무침이 식도 중간쯤에서 엉키고 막혀서 속이 거북했지만 저 둘은 정말 끝없이 유치한 신경전을 하며 나와 혜진이의 존재를 완전히 잊었다. 그리고 문제적 그녀 혜진이는 정말 의외였다.
 재욱이가 말한 대로 혜진이는 똘똘하고 예의 바르며 잘 배우면서 큰 것 같고 예뻤다. 그렇지만 그 '예뻤다'는 분명히 선균이의 스타일이 아니었다.
 선균이가 그동안 사고를 치고 어울려 다니던 여자애들은 어딘가 비어 있었는데 혜진이는 어쩌면 여기 모여 있는 욱 남매와 나보다 훨씬 알찬 뇌를 가지고 있는 듯했다.

혜진이 어머니가 키운 딸다웠다. 아주머니는 조용하지만 경우 바르시고 깔끔하시며 뭔가를 깜빡 잊는 일도 없는 사람이었다.

내가 본 바에 의하면 이강욱 선생의 팔짱을 끼고 졸졸 따라 들어온 건 혜진이였다. 다시 말하자면 이강욱 선생은 혜진이에게 팔을 내주고는 아주 어색하게 서 있었다. 하지만 장담하건대, 우리 욱 양의 눈에는 이강욱 선생이 혜진이 손을 잡고 온 걸로 보인 게 분명했다. 말갛게 예쁘고 똘똘한 혜진이는 또한 그만큼 자신만만해 보였고 당돌했다.

지금 이 상황이 어떤 건지도 모를 것이고, 내가 선균이의 형이고 또한 어머니가 일 나가는 집의 주인이란 것도 모르는 아이의 눈에는 오로지 이강욱 선생밖에 보이지 않는 듯했다. 그래도 눈치는 빠른지 지금 욱 남매의 저 살벌한 기운을 감지한 모양이다. 조신하게 고기를 구워 열에 일곱 번은 이강욱 선생 앞으로 놓고 세 번은 재욱이 앞으로 가져다 놓았다.

이쯤에서의 분위기는 욱 남매의 주물럭 많이 먹기 대결이었다.

"학생도 좀 먹어."

이 상황에서 먹는 거에 관련된 말만이 가장 자연스럽다.

"먹고 있어요. 아저씨도 좀 드세요. 하나도 안 드시던데."

"속이 좀 더부룩해서."

"주인님 속이 왜 더부룩한데?"

재욱이 귀가 뚫려 있기는 한가 보다. 내 말이 들린 거 보니 말이다.

"그러게. 속이 좀 안 좋은데."

"이봐, 이 선생. 이분 속이 좀 안 좋으시다는데?"

"나한테 진단받으려면 메스로 속을 열어야 하는데."

주물럭 배틀

"네 외과는 급체한 환자 오면 칼로 배 열어 막힌 거 뚫어 주니? 그럼 머리 아픈 환자 오면 머리통 열고 뇌세포 자르겠다?"

"머리통 여는 건 신경외과에서 해."

정말 가관이었다. 저 둘의 입씨름은 아주 바닥을 치고 있었다.

"언니, 무슨 생각해요?"

이 상황에서 제일 침착한 건 혜진이였다. 저 아이는 정말 고등학생일까?

"언니, 좋은 생각 안 하죠?"

"태교하냐? 좋은 생각 하게?"

"애 앞에서 참 별소릴 다 한다."

이강욱 선생이 끼어든다. 나는 무서워서 저 대화에서 잊히고 싶어졌다.

"그래서 너는 애랑 손잡고 여길 오냐?"

"오빠 손을 제가 잡은 건데요."

내 생각에는 혜진이는 저 욱 남매 사이에서 피어오르는 살벌한 분위기를 다 파악하고 있는 듯하다. 그럼에도 저렇게 차분하다니 난 혜진이도 무섭다.

"언니."

"자꾸 부르지 마. 네가 그렇게 안 불러도 난 언니고 강욱이는 늙은 오빠야."

"나 오빠 좋아해요."

숯불에 고기 구워 가면서 할 수 있는 대화는 아니었다. 만약 선균이가 이 자리에 앉아 있다면 어땠을까? 어쩌면 그 자식은 저 숯불을 집어서 씹어 먹었을지도 모른다.

"저 인간이 어떻게 좋은데?"

"언니. 언니는 저 아저씨랑 어떤 사이예요?"

"근데 그게 지금 이 대화에 상관있는 건 아닌 거 같은데?"

"난요. 오빠가 나를 여자로 좋아했으면 좋겠어요."

요즘 아이들 정말 무섭다.

"미안하지만 그거 범죄거든."

"사람이 사람을 좋아하는 게 범죄인가요? 그리고 오빠는 나랑 연애 안 할 거래요. 제가 자꾸 찾아가고 전화하고 그러는 거예요. 언니, 오빠한테 화내는 거 번지가 틀렸어요. 저한테 화내야 하는 게 맞아요."

"혜진아. 너 강욱이가 몇 살인 줄 아니?"

"서른한 살요."

"너는?"

"열아홉요."

"우리 엄마가 누구니? 아무리 너 혼자 강욱이를 좋아해도 그게 옳게 받아들여질 수 있을 거 같니? 그리고 넌 엄마 제자고, 강욱이는 엄마 아들이고 성인이야. 색안경 끼고 이상하게 보려고 하면 그 불똥이 어디까지 튈 거라고 생각하니?"

"언니, 전요. 오빠가 제발 먼저 제 손 한 번 잡아 줬으면 좋겠구요. 저한테 먼저 전화 한 번 걸어 줬으면 좋겠어요. 그리고 제가 찾아가면 인상 쓰지 말고 한 번만 웃어 줬으면 좋겠어요. 완전히 저 혼자 하는 짝사랑인데 왜 선생님한테 불똥이 튀고, 오빠한테 불똥이 튄다는 거예요?"

여기까지의 대화로 보면 이번 역시 재욱이의 패배였다. 내가 보기에도 재욱이는 좀 심하게 오버하고 있었다.

 내가 선균이의 형이라는 자리에서 가자미눈을 하고 아무리 봐도 이강욱 선생은 한 300미터는 떨어진 어른이었고, 혜진이는 완벽하게 똘똘한 것이 아쉬워 단 한 가지 부족함으로 짝사랑에 눈이 멀게 된 여학생일 뿐이다. 연예인을 짝사랑해서 쫓아다닌다고 그 연예인을 질타할 수 없으며 총각 교생 선생을 맘에 두고 있다고 해서 그 교생 선생의 부모를 매도할 수 없는 것 아닌가.

 "이재욱. 그만해라. 너 안 지치니?"

 "고기 먹고 몸보신하는데 왜 지치니?"

 "혜진이 재 시험 잘 봤다고 해서 내가 고기 사 주러 온 거야."

 "너 나한테는 한 번도 안 사 줬어."

 "넌 시험 잘 봤다고 나한테 말한 적 없잖아. 오늘은 이쯤에서 접자. 너도 혼자 온 거 아니잖아. 너랑 나랑 있을 때 둘이 할 말 하자."

 재욱이는 말싸움과 기 싸움에서 패배한 게 분명했다. 단지 본인이 그걸 알지 못하고, 인정하지 못할 뿐이다.

 내가 아는 이재욱은 눈치가 없는 듯하지만 본능적으로 상황 판단을 하는 사람이다. 그런데 피붙이라서 그런지 이강욱 선생의 문제에 있어서는 코를 킁킁거리며 실눈을 뜨고 어깃장을 놓는다.

 "죄송합니다. 뵐 때마다 좀 시끄럽네요."

 이강욱은 다시 본연의 진중하고 싸늘한 외과 의사 선생님이 되었고 재욱이는 혼자 먹은 소주 두 병에 취해서 눈이 풀려 있었다. 내가 그녀의 애인이란 걸 모른다는 듯이 그가 깍듯하게 인사해 오자 나는 내 위치가 무시당한 것 같아 잠깐 머리가 무거워졌다.

 욱 남매가 각을 세우고 기 싸움을 하는 와중에 고기에 소주까지 먹어 주신 재욱이는 뭔가 굉장히 찜찜한 얼굴로 이강욱 선생을 보고 있었다. 그녀가 비틀거릴까 봐 한쪽 팔을 잡았지만 그녀는 여전히 찜찜한 얼굴로 내 손을 조용히 뿌리치고 일어났다.

계산을 하려고 카드를 내밀자 아줌마가 손을 내젓는다.

"좀 전에 저 양반이 다했는데?"

미닫이문 밖에는 엄한 얼굴의 이강욱 선생과 무표정한 얼굴의 혜진이가 묵묵히 서 있었고 나는 정리가 안 되는 이 상황과 뭔가 개운치 않은 기분에 조금 언짢아졌다.

"오늘도 내가 못 사 줬네, 주물럭."

"강욱이가 다 먹었는데요, 뭐. 저 인간 돈 많아요."

"나보다?"

"이 와중에 돈 자랑하고 싶어요?"

"네가 그랬잖아. 나한테 내세울 건 돈밖에 없다고."

"요즘은 안 그래요. 그러니까 그러지 마요."

다리가 조금 풀리는지 재욱이는 내 손을 잡았다. 술을 많이 먹었는데도 그녀의 손은 차가왔다. 원래 술을 마시면 손이 차가워지는 건가?

"업어 줄까?"

"죽고 싶어요?"

"무시하지 마. 나 운동도 많이 해서 너 정도는 충분히 업을 수 있어. 정태 자식 술 먹고 뻗으면 내가 업고 다녀."

"잊으셨어? 뼈 금 간 거 아직 덜 달라붙었거든요. 그러니까 객기 부리지 마요. 또 깁스한 채로 눕고 싶어요?"

신발을 신고 밖으로 나갔을 때 이강욱 선생과 혜진이는 여전히 말없이 서 있었다.
"집으로 가."
이강욱 선생이 재욱이에게 못마땅하다는 듯이 말했다.
"걱정 마. 집밖에 갈 데 없어."
"전 그만 가 볼게요."
어깨에 두른 배낭을 고쳐 메면서 혜진이가 억지웃음을 띠고 말했다.
"혜진이 바래다주고 와야 할 거 같은데 재욱이 좀 부탁해도 될까요?"
그가 말하지 않아도 재욱이는 내 몫이었다. 그런데도 그는 일부러 선을 긋는 것 같았다.
"걱정 마세요. 잘 데려다주겠습니다."
재욱이한테 세뇌를 당해서인지 나는 이강욱 선생 앞에서 괜히 비굴해진다.
"너 집에서 보자."
"그래, 집에서 꼭 보자."
욱 남매는 그렇게 등을 돌리고 반대 방향으로 걸어갔고 나는 어색하게 혜진이와 마주 섰다.
"안녕히 가세요."
혜진이가 꾸벅 내게 인사했다.
"저기, 선균이 알죠? 김선균. 내가 선균이 형이에요."
혜진이 얼굴이 살짝 일그러졌다.
"몰랐어요."
"나이 차이도 좀 나니까. 선균이가 혜진이를 많이 좋아하는 거 같은데."

"알아요. 그래서 말인데요. 선균이 오빠 좀 말려 주세요. 자꾸 강욱이 오빠한테 찾아가고 전화하는 것 같아요. 오늘도 우리 학교 앞에서 기다리고 있었어요. 그리고 또 싸웠어요."

"미안해요. 대신 사과할게요. 근데 선균이가 무조건 그렇게 들이대는 거 같지는 않은데……."

"근데 무조건이에요. 사귄 적도 없는데 뜬금없이 저한테 자기 여자 친구라면서 계속 그래요. 기분 나쁘시겠지만 저 정말 그러는 거 싫어요."

나이는 어리지만 면도날처럼 단호했다. 선균이 상대는 아니었다.

"알았어요. 일단 오늘은 이렇게 끝냅시다."

혜진이는 단정하게 허리를 굽혀 인사하고 열 걸음 정도 앞에서 기다리는 이강욱에게로 종종 걸어갔다.

마음이 착잡했다.

"안 갈 거예요?"

걸걸한 재욱이의 목소리가 들렸다. 재욱이는 길가 보도블록에 쪼그리고 앉아서 나를 보고 있었.

"욱 양이 오버하는 걸 수도 있어. 오빠도 혜진이도 둘 다 네 생각하고는 다르다고 하잖아. 근데 왜 그렇게 민감해져서 몰아붙이는 건데?"

"주인님. 강욱이하고 나는 14개월 차이가 나요. 근데 남매가 14개월 차이가 나면 어떤 줄 알아요?"

"모질게 싸웠겠지. 나하고 선균이는 열여섯 살 차이야. 그래도 싸우잖아."

주물럭 배틀　317

"근데 그쪽 형제들 싸움은 싸움 같지가 않아. 이권 다툼 같아."

핵심을 찌른다. 제대 후 복학하면서 나는 집을 나왔다. 독립하겠다고 했을 때 아버지는 말없이 집 얻을 돈과 생활비, 그리고 한도가 빵빵한 신용 카드를 내주었다. 그래서 선균이와 싸울 시간이 내게는 없었다. 녀석은 너무 어렸거나 너무 무모해서 우리 형제는 사소한 일상으로 다투질 못했다.

"좀 그렇지."

입맛이 썼다.

"지지고 볶고 싸우면서 매일 내가 하는 말이 뭔 줄 알아요? 이강욱 저 인간 속에 들어갔다 나오면 내가 1억 준다."

"그런데?"

"근데 이젠 자꾸 보이고 느껴져요. 혜진이 쟤, 강욱이한테 여자예요."

"혜진이도 내년이면 대학 가겠지?"

"그러겠죠. 좋은 데로 가겠죠. 강욱이네 학교로 가겠네."

"내년에 대학생이 된 혜진이가 서른두 살이 된 이강욱 선생이랑 여자 남자가 된다면 그때도 욱 양은 이렇게 펄펄 뛸 건가?"

재욱이는 좀 커진 눈동자로 나를 봤다.

"그러게. 한 살 차이로 느낌이 확 달라지네."

"기다려. 내가 보기에 이강욱 선생은 절대로 실수 같은 거 안 해. 자기 컨트롤 무섭게 하는 사람인데 뭘 걱정하니."

"근데 걱정이 되는 걸요."

"지켜보자고. 너는 이 선생을 지켜보고, 나는 선균이를 지켜보고."

그렇게 시간에 맡겨 두는 수밖에.

다른 사람의 삶에 끼어들어 뭘 어쩌겠다는 것만큼 무모하고 잔인한 오만은 없는 거니까.

쭉 이어서 마셨다면 이렇게 머릿속이 멀쩡하지 않았을 테지만 중간에 리듬을 끊고 김선우 씨와 공원에서 커피를 마시고, 웃고, 떠들었고, 손을 잡고 동네까지 걸었다. 당연히 술이 깰 수밖에 없다.
택시를 잡아야 하나 할 때 강욱이에게 문자가 왔다.

어묵 바로 와라

우리 동네에 어묵 바는 하나다. 낮에는 분식집이고 밤에는 업종을 바꾼다.
핸드폰을 한참 바라보며 인상을 쓰자 그가 내 이마의 주름을 문지르면서 웃었다.
"누가 보낸 건데 그래?"
"강욱이요. 좀 보자네요."
"집에서?"
"그랬다가는 둘 다 죽게요? 어묵 바로 오라는데요."
"뭔 바?"
"럭셔리가 지나치면 촌스럽구나. 어묵 바 몰라요? 어묵이랑 술이랑 파는 데. 안주 간단한 거랑."
"여름에도 그런 데 가냐?"

"여름이라고 사우나 안 가나. 그리고 그 인간 찬 음식 잘 안 먹어요."

"겉보기에는 의좋은 남매가 날 좋은 여름밤에 술 한 잔 마시는 건데 분위기는 서부 영화 결투 신이네."

"겉보기에는 홈드라마인데 디테일하게 보면 엽기 호러예요. 30년을 그래서 난 이상한 거 모르겠는데."

그는 또 낄낄 웃었다.

"오빠랑 다복한 시간 보내. 나는 이제 갈게."

택시를 잡은 그가 뒷좌석에 올라타고는 내게 말했다.

"욱 양. 댁과 나도 이상하게 보려고 하면 막 배배 꽈서 볼 수 있어. 그러니까 오빠 감정이 뭐든지 무조건 몰아치지 마. 내 편이 하나도 없는 것만큼 엿 같은 것도 없어."

그는 사람 좋게 웃으며 떠났다. 나름대로 까칠하고 날카로운 걸로 말하면 이강욱을 찜 쪄 먹는 김선우 씨는 갑자기 득도해서 해탈한 것만 같았다.

저 사람이 원래 저런 사람이었나. 말랑말랑해 보이는 그의 얼굴이 낯설면서도 가슴이 두근거렸다.

"연애한다면서 바로 왔네?"

강욱이가 소주를 입에 털어 넣으면서 웃었다.

"비웃냐?"

"평소 네 행동거지를 생각해 봐라. 내가 웃겠는지, 울겠는지."

"뭐, 그럴 수도 있지. 나도 한 잔 주라."

"너 아까도 꽤 마셨어."

"나 노가다 판 몇 년인 줄 알아? 그깟 소주 두 병 먹고 안 죽어. 그리고 연애하는 남자 놓고 내가 엎어질 만큼 마셨겠냐? 얼른 줘."

강욱이는 솜씨도 좋게 맑은 소주를 투명한 유리잔에 가득 따르면서 한 방울도 안 흘린다. 아버지를 닮아서 우리는 모두 말술이다.

"언제부터야? 욕 안 할게. 솔직하게 말해도 돼. 나 눈치 깠어."

술을 따라 맹물 마시듯이 소주를 들이켠 강욱이는 빈 소주잔을 손으로 돌돌 돌리서 한참 침묵했다. 나는 재촉하지 않았다.

"나도 잘 모르겠어."

"하긴 오빠 네가 알고 그러면 진짜 나쁜 놈이지. 작정하고 덤볐다는 말밖에 더 되겠냐고."

"가랑비에 옷 젖는다더니만 완전히 나 새 됐다."

"새만 되면 다행이게. 너 잘못하면 쇠고랑이야."

"뭘 잘못하면 쇠고랑이냐?"

강욱이는 이전의 그 이강욱이 아니었다. 그 시니컬하고, 세상이 우습고, 내가 귀찮아하던 이강욱이 아니라, 정말 진지하게 무언가를 묻는 낯선 이강욱이었다.

"우선, 혜진이 손도 잡지 마. 미성년자 성추행범으로 몰려. 그리고 사람들 있는 데서 혜진이 볼 때 뭔가 있는 눈으로 쳐다보지 마. 그리고 제일 중요한 것, 오빠 네 마음을 혜진이한테 꼬리 잡히지 마."

강욱이가 담배를 물더니 웃었다. 나는 불을 붙여 주었다. 담배를 깊게 한 모금 빨더니 강욱이가 또 술을 따른다.

"내가 오빠 널 대놓고 확 무시하는 대목이 뭔 줄 아냐?"

"네가 무시한다고 해서 내가 무시당하냐? 자기 맘대로야. 뭔데? 도대체 뭐로 날 무시하는데?"

"연애질. 넌 나한테 연애에 걸신들렸다고 그러지만, 내가 무슨 환자도 아니고. 걸신들릴 게 없어서 연애에 걸신이 들렸겠냐?"

"그럼 뭔데? 뭐기에 뒤끝이 안 좋은 걸 계속 해 대는 건데?"

"연애가 단순하게 남자랑 여자랑 만나서 찌찌뽕하고, 지지고 볶고, 놀고, 그런 건 줄 알지? 그래서 그렇게 비웃음 날리고 그러는 거지?"

"아니라고는 못 하지."

"내가 그래서 오빠 너를 마음속 깊이 무시하는 거라고. 도둑질도 자꾸 하면 늘고 서방질도 자꾸 하면 꼬리도 안 밟힌다고."

"비유 봐라. 너랑 말하는 거 쪽팔리려고 해."

"들어. 내 말 끝까지 들어. 다 오빠 좋으라고 하는 말이니까."

"알았어. 계속해."

"내가 뭐 남자랑 손잡고 돌아다니고, 친구 년들한테 남자 있다고 뻐기려고 주야장천 연애질을 했겠냐? 난 사람이 사람을 좋아하는, 그 미묘한 감정이 좋거든."

"가족을 그렇게 사랑해 봐라."

"오라방. 나 너조차도 사랑해. 태클 걸지 마. 어묵 꼬챙이로 확 찔러 버린다."

나는 추가로 마신 소주 다섯 잔에 천장이 슬슬 돌기 시작했다. 그래서 한쪽 팔로 머리를 괴고 흥얼거리듯이 내 잘나신 오라버니 이강욱 씨에게 연애의 보람에 대해 말했다. 그런데 내 진지한 의도와 달리 강욱이는 살짝 살짝 태클도 걸고 실실 비웃음까지 쪼개는, 아주 불량스러운 청취 태도를 보이고 있었다.

내가 어묵 꼬챙이를 들고 옆구리를 찌르자 강욱이는 갑자기 좋은 사람으로 변해서는 그 꼬챙이를 받아 한쪽으로 치우고 내게 국물을 한 잔 퍼 주었다. 신중하고 사려 깊은 오빠처럼.

나는 그때 알았다.

강욱이는 진짜로 내게 도움을 청하는 거다. 내가 나서서 설쳐 봐야 뭐 별 뾰족한 수는 없겠지만 강욱이는, 내 오빠는 설레는 자기 마음을, 혼란스럽기 짝이 없는 머릿속을 털어놓고 싶어 한다는 걸 알 수 있었다.

마음이 좀 이상했다. 언제나 바늘로 찔러도 피는커녕 바늘이 부러져 나갈 것처럼 보이는 이강욱이 열아홉 살짜리 혜진이 때문에 저렇게 감정을 무장 해제 했다는 게 어색했다.

결국 세상의 도덕이나 규범 같은 모든 것은 사랑이라는 유치하고 심란하며 대책 없는 신파에 빠져서 개개인 당사자에게 무시당하게 되는 것이다.

나는 갑자기 서글퍼졌다. 오빠는 여고생을 사랑하고, 나는 전직 사채업자인 이혼남을 사랑한다. 달랑 둘인 남매가 어쩌자고 동시에 이런 연애 사고를 치는 건가 싶었다.

"내가 사랑에 실패할 때마다 오빠 네가 그랬지? 다 망신살인데 왜 그러느냐고? 뭐 망신살이 아니라고는 부정 못 하고 그놈들 이름이랑 얼굴은 좀 헷갈려도 남는 게 있어. 사랑이 끝나고 남는 건 후회가 아니더라고. 내가 사람 하나를 오지게 좋아해서 절절매던 감정 말이야. 그런 게 남더라. 뼈만 남아서 앙상하긴 해도 난 그렇게 사람을 좋아하고 사랑했던 내가 좋더라고."

"너처럼 끝이 항상 험악해도 그러니?"

"그럼에도 불구하고 그 사랑들이 있던 내 청춘이 보람차다니까."

"난 실패한 기억에서 보람이 안 느껴져."

"그래서 네가 아무리 잘난 척해도 나한테 오빠로 안 보인다구."
"이재욱. 너 좀 취한 거 아냐?"
"아냐, 나 많이 취했어."
"그리고 네 충고도 샛길로 빠졌고. 결국 난 보람 없는 일을 하고만 거네, 너 붙잡고 앉아서."
"왜 보람이 없니? 난 그래도 네가 여자 놓고……. 여자가 너무 어리긴 해도, 암튼 여자 문제로 마음 졸이고 심란해하는 게 좋은데."
"나 고민하고 괴로워하는 게 좋은 거겠지. 근데 그게 말이 돼야지. 나도 나를 이해 못하는데 내가 너한테 뭘 바라겠냐?"
"있잖니, 오빠야! 내가 혜진이를 보쌈이라도 해 와라, 내가 그런 말할 거 같아? 아니야. 하지만 나는 오빠가 지레 겁먹고 뒷걸음질 안 쳤으면 좋겠어."

강욱이는 다시 소주잔 쩨려보기에 열중한다. 저렇게 보다가 소주의 분자와 원자를 분리해 낼 것만 같다.

"우선은 오빠 네가 중심을 잡아야겠지. 가능하다는 거 자체가 말이 안 되겠지만 가능하다면 혜진이에게 모든 걸 걸지는 마. 사람 마음이란 게 한 번 봇물이 터지면 수습이 어렵거든. 내가 보기엔 아직 중심은 잡고 있는 것 같지만. 그러니까 지금은 그냥 지켜보는 게 좋을 거 같아."
"도망도 가지 말고, 손도 잡지 말고, 그냥 보기만 해라."
"적어도 오빠 너 이번 연애에 안티는 안 할게."
"왜? 아까만 해도 쌍심지를 켜더니만 무슨 변덕인데?"
"내 사랑만 사랑이겠니? 오빠 사랑도 사랑이고, 저기 저기서 좋아 죽는 재들도 사랑일 거고. 사랑에 등급이 어디 있겠어? 그냥 사랑인 거지."

강욱이는 웃었다. 오빠는 열아홉 때도 저렇게 웃지 못했던 것 같다. 완전히 무장 해제 하고 풀어진 얼굴로 웃는 이강욱을 나는 본 적이 없다.

술주정에 억지를 보탠 충고가 강욱이에게 어떤 영향을 줄지 나는 알 수가 없다. 그날 밤 우리는 소주를 두 병 더 마셨다. 역시나 강욱이는 말짱했고 나는 필름이 끊어져서 강욱이에게 업혀 들어갔다.

내가 기억나는 건 오빠가 나를 업고 골목길을 가면서 중얼거렸던 혼잣말이었다.

'미안하다. 네가 하던 사랑을 우습게 봐서. 그렇게 빤히 유치한 게 왜 이렇게 힘센 건지 모르겠다. 재욱아, 진짜 미안하다.'

가을이 오고 있었다. 세상의 색깔이 변하는 것처럼 나는 내 마음의 색깔도 변하고 있다는 걸 알았다. 그리고 나는 강욱이의 사랑에 더 이상 놀라지도 않는다.

산책을 하다가 스치는 내 손을 김선우 씨가 잡아 주듯이 강욱이도 혜진이의 손을 잡아 주고 싶을 것이다. 좋은 음식을 같이 먹고 싶을 것이고, 가을이 깊어지면서 변하는 나뭇잎을 함께 보고 싶을 것이고, 서늘한 아침에 따뜻한 커피 한 잔을 내밀고 싶을 것이다. 내가 아는 사랑은 그런 것이다.

나는 이기적 인간의 결정체인 이강욱이 혜진이를 배려하는 마음을 봤다. 조심스러워하고, 고민스러워하고, 자신의 감정에 당황해하는 내 오빠가 새삼스러웠다.

세상이 다 손가락질을 해도 나는 안 하기로 했다.

욕정이나 음탕함을 전제로 오빠의 사랑을 보지 않기로 했다. 아니, 그렇게 보이지 않았다. 불안하고 안쓰럽기는 해도 나는 강욱이를 믿는다. 내가 김선우 씨와의 사랑이 실패하는 걸 두려워하지 않듯이 오빠도 그러기를 나는 진심으로 기원했다.

정태는 수시로 우리의 데이트에 끼어든다. 심지어 친구 찾기까지 신청해 놓고 형사처럼 우리를 찾아내서 들이닥친다.

"내가 할 일이 있으면 니들 연애하는 거 보러 오겠냐?"

"그러니까 뭐하러 꾸역꾸역 오시는 건데요?"

"너 담 주부터 출근해. 네가 연애질하다 미쳐서 회사 뛰쳐나간 것도 봐주고 저 재수 없는 놈이랑 눈 맞아서 놀아나는 것도 다 봐주는데 왜 안 나와?"

"뒤가 구려서요."

"신영이 놈 잘라 낸 지가 언제인데 아직도 뒤가 구려? 너 괄약근에 문제 있냐?"

재욱이의 목소리에 슬슬 독이 오르고 있는데 눈치 없는 고정태는 아직도 사태 파악이 안 된다. 만약 나에게 재욱이의 거취를 정하라고 한다면 고 건축 복귀는 절대 반대다. 나는 저놈의 마수에서 벗어나 올곧고 정상적인 연애를 당당하게 하고 싶다.

"저요, 당분간 회사 같은 데 안 다닐 거예요."

저런 말은 내게도 한 적이 없다. 정말로 나한테서 뜯어낸 간병비로 세월을 보낼 작정인 듯싶다.

"그럼 뭐 할 거냐? 저 사채업자랑 연애질이나 할 거냐?"

"네."

나도, 정태도 침을 꿀꺽 삼키고 그녀에게 집중했다.

무슨 마음일까?

"너도 알고 있었냐?"

"난 반대 안 해."

"미친놈. 너는 재욱이 쟤가 뭘 해도 반대할 거 같지 않아. 욱이, 너 정말 저놈이랑 연애하려고 회사고 뭐고 다 때려치울 거야?"

"그렇다니까 왜 자꾸 물어요, 입 아프게."

정태가 자꾸 구시렁거렸지만 나는 기분이 좋았다. 핑계든 아니든 그녀가 나와의 연애를 위해 아무것도 안 하겠다는 게 정말 흐뭇했다. 테이블 밑으로 재욱이의 손을 잡았다. 처음에 이런 짓을 할 때 나는 긴장해서 손바닥에 땀이 났고 재욱이는 재욱이 나름대로 놀라서 손바닥이 차가웠다. 하지만 이제는 당연한 것처럼 우리는 손을 잡고 앉는다.

모든 일상이 이렇게 변했다. 나는 빵집에서 재욱이가 잘 먹는 곰보빵을 사고, 술을 살 때도 와인 대신 설중매를 산다. 내 인생에 누군가가 이렇게 깊숙이 들어와 본 적이 있었던가?

"소장님. 배 아프죠?"

"아니. 내 배가 왜 아파야 하는데?"

"그런 거 같아. 나하고 주인님하고 살랑살랑 연애하는 거 막 미치게 배 아프고 그러지 않아요?"

"너는 눈도 멀고 미치기까지 했구나."

"내 눈에도 너 배 아파하는 게 보여."
"이것들이 작정하고 날 우롱하네. 치사한 것들."
우리는 만날 때마다 정태를 놀려 먹으며 낄낄 웃었고, 정태는 씩씩거리면서 놀았다. 내가 마음을 보여 준 친구와 내 마음으로 들어온 여자가 함께 있는 시간이 내게 올 줄은 정말 몰랐다.
바람이 불면 바람이 부는 대로, 비가 오면 비가 오는 대로, 이렇게 흐르는 대로 살고 싶다고 생각하며 정태와 재욱이의 술잔을 채웠다. 내 마음이 술 차오르듯 가득 차는 것 같다.

내가 잠이 든 건 아주 늦은 밤이었다.
받아야 하나 망설이는데도 전화벨은 끊임없이 울렸고 결국 나는 일어나 수화기를 들었다. 그런데 그 수화기를 내 귀에 가져다 대기 전에 나는 새어머니의 악에 받친 고함을 들어야 했다.
"천천히 말씀하세요. 무슨 말씀인지 모르겠어요."
–그래, 천천히 아주 잘 새겨들어. 네 동생이, 선균이가 죽겠다고 오토바이 타고 담벼락을 들이받았어. 됐니? 이제 알아듣겠어?
"언제요?"
"좀 전에 병원에서 연락 왔어. 너, 당장 병원으로 와. 여기 성모병원이야."
올봄에 선균이가 학교에 복학할 때 내건 조건 중의 하나가 할리 데이비슨이었다. 소리가 요란하고 번쩍거리는, 그 괴물 같은 까만색 오토바이를 어머니는 내 반대에도 불구하고 튜닝까지 해서 선균이에게 사 주었다.
선균이가 붕붕 소리를 내면서 내 앞을 돌 때마다 나는 심장이 벌렁거렸다. 결국 언제나 불길한 예감은 최악의 경우에 들어맞는다.

차고로 가면서 나는 머리가 복잡해지기 시작했다. 집에서 멀지 않은 병원으로 운전해 가는 짧은 시간 동안 나는 정말 지루하고 끝이 없는 터널을 달리는 기분이었다.

새벽이어서 하늘은 깜깜했고 별도, 달도 없었다. 가득 낀 먹구름이 그 검은 공기 속에서도 보였고, 신호를 기다리면서 나는 자동차 앞창에 내리기 시작하는 빗방울을 하나씩 세고 있었다.

"두개골 함몰이 제일 큰 문제예요. 뇌가 부어서 뇌압이 좀 높아요."
"다른 데는 어떤가요."
"쓸개도 좀 나갔고, 갈비도 두 개 나갔고. 그래도 척추가 멀쩡한 게 어딥니까. 아, 발목이 정말 똑 부러졌어요."
정말 의사일까? 어떻게 똑 부러졌다고 저렇게 말할까?
"그게요. 깨끗이 부러져서 다행이란 말이에요. 조각조각 부서지면 저희도 힘들고, 쇠심 박고 살아야 하니까 환자 본인도 힘들어요."
"그럼 의식은 언제 돌아올까요?"
"그건 뇌압 문제가 회복되어야 해요. 그래야 뇌 손상 여부도 확인하고. 아직 뇌출혈은 없으니까, 또 환자가 워낙 젊고 튼튼하니까 저는 낙관합니다. 우선 어머니부터 좀 돌보시는 게 나을 거 같네요."

선균이가 병원에 실려 오고 내가 집에서 오는 한 40분 사이에 어머니는 병원 응급실을 뒤집어 놓은 것 같았다. 내가 도착했을 때 어머니는 응급실 병상에서 링거를 맞고 있었다.

나는 어머니 곁으로 가지 않고 의사를 만나서 선균이의 상태에 대해 들었다. 타고 있던 오토바이는 우그러져서 고철로도 안 가져

갈 것이라고 담당 교통경찰이 말했다. 그리고 음주 상태에서 멀쩡한 아파트 담벼락으로 뛰어들어 충돌했다며 선균이가 한심한 부잣집 꼴통이라는 듯이 말했다.

수술 중이라고 불이 들어와 있는 문 앞에 선균이의 이름이 붙어 있는 것도 심란했고, 한 손에 링거를 꽂고 다른 손은 이마에 올린 채 초라한 모습으로 침대에 누워 있는 새어머니의 모습도 심란했다.

담배에 불을 붙이면서 연기보다 더 자욱한 무언가가 내 심장과 폐에 들어차는 기분이었다.

왜 이렇게 답답한 걸까.

Oh, my brother

"취직 안 할 거야? 놀 만큼 놀았다고 봐."

"놀긴, 내가 뭘 놀아. 엄마 애제자 모친의 대타로 팔자에 없는 파출부를 몇 개월 했는데."

"젊은 게 그만큼 놀았으면 됐지. 뭘 더 놀려고."

낮에는 뒹굴거리다 그의 퇴근 시간만 되면 스멀스멀 나가 놀다 보니 엄마가 서서히 도끼눈을 번뜩이며 날 갈구기 시작했다.

박강순 여사 성질에 내가 노는 꼴을 오래 참고 봐줬다 싶었다. 신선놀음에 도낏자루 썩는 줄 모른다고, 나는 김선우 씨와의 연애질에 폭 빠져서는 회사도 싫고 엄마도 안 무서운, 그야말로 눈에 뵈는 게 없는 지경에 이르렀다.

하지만 나는 그와의 연애에 흡족해하고 있었다. 강욱이와 혜진이, 엉기어 있는 그의 병균스러운 동생 선균이가 좀 걸리긴 했다. 하지만 그 아이의 경박함을 보건대 쭉쭉 빵빵 한 계집애를 만나면 이내 그만둘 것이라며 애써 잊었다.

　얼핏 본 강욱이의 핸드폰 사진첩에 혜진이가 보내온 사진이 저장되어 있는 걸로 봐서는 혜진이에게 마음이 깊어져 가는 것 같았다. 인조인간 마징가보다 더 싸가지 없는 것 같은 이강욱이 열아홉 살짜리한테 낚여서 마음고생 하는 거 보며 쌤통이다 싶었지만, 나는 여전히 싸가지 없는 강욱이의 모습 뒤에서 끙끙거리는 속내가 보기 좋았다.

　지금이라도 강욱이가 사람다운 감정에 혼란을 겪고, 고민하고, 사람 때문에 마음고생을 하는 것도 괜찮다. 우리 집안의 미래를 위해서라도, 또 강욱이 자신의 전체 인생을 위해서라도 사람은 사랑 때문에 아프기도 하고 마음고생도 해 봐야 한다. 뭐 그렇다고 나처럼 주야장천 한다면 그것도 병이지만 말이다.

"너 예뻐졌다."

　강욱이는 점점 괜찮아지고 있었다. 인정하고 싶지는 않지만 사실이었다.

"밥 먹어라."

"간호사들이 너 예뻐졌다고 안 그러냐?"

"밥에 독 들었냐? 네가 웬일로 나한테 입에 발린 말을 하는 건데?"

"사람이 좋게 말하면 좀 순수하게 받아들일 줄도 알아야지. 오라방, 너는 믿고 사는 따뜻한 사회, 그런 거 모르냐?"

"대부분은 믿는 놈한테 발등 찍힌다더라."

　말로는 저 인간을 못 당한다.

"걱정 마, 오빠. 너는 평생 발등 안 찍힐 거야. 근데 너 혜진이는 가끔 만나고 그러냐?"

"걔가 미친 고3인 줄 아니? 수능 얼마 남았다고 날 만나."

"안 만나 주니까 서운하지?"

"밥 좀 먹자."

"먹어. 많이 먹어. 말은 내가 하잖아. 넌 듣기만 해."

"혜진이는 공부하느라고 바쁘고, 난 전문의 시험 준비하느라고 바빠. 그리고 네 말대로 혜진이가 눈치챌까 봐 난 여전히 뻣뻣하고. 그러니까 네가 아는 딱 그 선에서 진전된 게 아무것도 없어. 됐지?"

"그러다 혜진이가 삼삼한 어린 왕자 같은 놈 만나서 너 같은 늙다리를 홀라당 잊어버리면 어떡할 건데?"

강욱이는 엄마가 정성으로 끓여 놓은 추어탕을 묵묵히 먹더니 숟가락을 놓았다.

"그렇다고 해도 하는 수 없지. 내가 지금 이 시점에서 할 수 있는 게 뭐가 있겠니? 그냥 시간이 지나가길 기다리는 수밖에."

"네 맘을 그대로 유지할 자신은 있어?"

"아직은 그래."

갑자기 쓸쓸해졌다. 상대에게도 말 못 하는 마음을 가진 강욱이의 스산함이 느껴졌다. 이 인간이 이렇게 불쌍한 사랑을 하는 날이 오는구나 싶었다.

"그나저나 네 연애는 어디까지 온 거냐?"

"뭐가?"

"한 번 이혼했다고 했지?"

"응. 한 번밖에 안 했어."

"장하다. 보아하니 그 동생이 속 좀 썩일 것 같던데."

"같이 안 사니까 그다지 썩고 있는 것 같지 않아. 근데 선균이가 너 귀찮게 하니?"

"잊을 만하면 한 번씩 병원 현관에 시커먼 오토바이 대놓고 부릉거리다 가. 걘 학교 안 다니냐? 나이도 많다던데."

"열두 살 이후로 내내 그렇게 산다고 하더라. 그나마 돈 있는 집안이니까 그 자식 뒤치다꺼리가 되나 보더라고."

"그 남자 몇 살이라고 했지?"

"서른여섯."

"동생이랑 나이 차이가 좀 많이 나네."

"이복이야. 엄마가 다르다더라."

"그래? 그 엄마는 어떤 거 같아."

"딱, 더도 말고 덜도 말고 새엄마야."

"부정적이군. 성장 과정이 순탄치 않았겠어."

"뭐 나이가 있으니까 그렇게 티 나지는 않지만 어렸을 때 받은 상처가 없지는 않을 거라고 생각해."

"넌 그 남자하고 어디까지 생각하는 건데?"

"줄 긋고 달리기 시합하냐? 어디까지는 무슨. 처음에는 미친 말처럼 달려가는 내 마음이 무서워서 고민하고 그랬는데 지금은 안 그래. 그냥 같이 보내는 시간이 좋고, 마음이 좋고, 사람이 좋은 걸로 만족해. 뭐 그 사람이 결혼하자면 옳거니 덥석하겠지만 그런 문제로 미리부터 고민하지는 않을 거야. 그 사람, 아무래도 한 번 실패가 있으니까 신중한 거 같아. 나라도 그럴 거야. 그러니까 나도 모르는 정답은 물어보지 마."

"이번엔 제대로 해 봐. 또 울고불고하지 말고."

"알았어. 오빠야. 그러니까 나 제대로 연애하게 돈 좀 주라."

"너 나한테 삥 뜯으려고 사설이 이리 긴 거였냐? 그 남자 돈 많다며."

"그 돈이 내 돈이냐? 돈 좀 내 놔."

강욱이는 어이없어하면서 십만 원짜리 수표 두 장을 건네줬다. 난생처음이다. 내 오라버니 이강욱한테 용돈을 다 받아 보다니 말이다.

"나 감격했어. 오빠 너 사랑에 빠지더니 진짜 말랑해지고 인간다워진다."

"돈 다시 내놔."

"아냐. 진짜 너무너무 멋져, 오빠."

나는 수표를 냉큼 챙겨 들고 방으로 뛰어 올라갔다. 그리고 수표 한 장을 개기름으로 번들거리는 내 이마에 붙이고 그에게 전화했다.

한참 기다려도 그는 전화를 받지 않았다. 조금 불안한 마음이 들어서 나는 두 번, 세 번, 계속해서 버튼을 눌렀고 여섯 번 만에 그가 전화를 받았다.

"뭐 해요? 오늘 전화 진짜 안 되더라."

—응. 좀 문제가 있어서.

목소리가 안 좋았다. 불안하다.

"어딘데?"

—병원. 선균이가 다쳤어.

"어쩌다가?"

—오토바이 타고 다니다 사고가 났어.

기가 막힌다는 건 이럴 때 쓰는 말일 것이다. 할 말을 잃었다.

"언제 그런 건데요?"

―어제.

"많이 다쳤어요?"

―좀. 그래. 아직 못 깨어났어.

"밥 잘 먹고요. 내가 필요하면 연락 바로 해요."

―그래. 너무 걱정하지 마.

나는 심장이 발끝으로 떨어지는 것처럼 맥이 쭉 빠졌다. 불길한 마음이 스멀스멀 검은 연기처럼 나를 향해 몰려오는 것 같았다. 일주일이 지나도록 그는 연락이 없다.

선균이는 내게 시위하는 것만 같았다.

담당 의사가 염려했던 뇌압도 2일 만에 정상으로 돌아왔고, 똑 부러졌다는 뼈도 깁스로 단단히 고정시켜 놓았고, 내려앉은 코뼈도 잘 다듬어 놨는데 제가 무슨 잠자는 숲 속의 공주라고 깨어날 생각을 하지 않았다. 내게 악다구니를 하고, 의사에게 소리를 지르고, 간호사들을 쥐 잡듯 잡아 대던 새어머니의 서슬도 슬슬 녹슬어 가고 있는데, 선균이는 깨어나지 않았다.

별의별 검사를 다했지만 가수면 상태인 것 같다고 시간을 가지고 기다리라는 것 외에는 해 줄 말이 없다는 신경외과 과장의 말을 듣고 나서야 새어머니는 물을 마셨다. 곡기가 들어가고 마음이 좀 가라앉자 새어머니는 선균이가 왜 죽겠다고 아파트 담장에 오토바이를 타고 뛰어들었는지를 캐고 다니기 시작했다.

나는 불안했다.

새어머니는 마음에 가진 칼만큼이나 독하고 무서운 집념을 가졌다. 아버지의 유언장이 공개된 후부터 시작된 새어머니의 독설과 저주는 내가 대부분 물려받은 유산에 대해 미련이 커질수록 더 독해졌다.

아주 어릴 적의 선균이는 지금과는 다르게 잘 웃고 장난도 잘 치는 아이였다. 그러나 그때도 아버지를 무서워하고 어려워하기는 했다.

그런데 내가 군대에 다녀온 사이에 아이는 많이 달라져 있었다. 나 역시 남 일에 무관심했고 선균이를 끔찍하게 싸고도는 새어머니가 얄미운, 유치한 마음이 있어서였는지 그 아이의 일 따위는 상관하지 않았다. 그때의 나에게 선균이는 내 동생이라기보다 재수 없는 계모의 아들일 뿐이었다.

하지만 저렇게 누워 있는 그 아이를 보면 내 심장은 자꾸 먹먹해졌고, 아직도 피가 말라붙어 있는 녀석의 손을 차마 잡지 못할 만큼 마음이 아팠다.

이래서 피는 물보다 진하다고 하는 건지 모른다.

선균이가 중환자실에서 호스 꽂고 누운 지 2일 만에 새어머니는 녀석이 왜 그런 짓을 했는지를 감을 잡기 시작했다. 같이 어울려 다니는 비슷한 놈들을 불러다가 도끼눈을 하고 다그치기 시작하더니 결국은 선균이의 저 어이없는 자살 시도에 여자가 있었다는 걸 알아내고 말았다.

고구마 덩굴 엮이듯이 알알이 올라와서 혜진이며 이강욱 선생이며, 종착역인 재욱이와 나의 관계까지 파헤쳐 올라올 것이 뻔했다.

좀 참으라고 필사적으로 말렸지만 결국 새어머니는 상대가 혜진이고, 어느 학교에 다니는지, 거기다가 혜진이가 원조 교제를 하고 있다는 '카더라 통신'까지 알아냈다. 이리저리 말을 옮기는 과정에서 선균이 주변의 그 한심한 똘마니들 서넛 넘어가더니 스토리는 말도 안 되게 추잡스러워졌다.

새어머니의 시나리오에는 늙은 의사와 원조 교제에 빠신, 불쌍하고 앙큼하며 가난한 여자애를 정의의 사도 선균이가 구하려다가 그 아이가 너무 깊은 수렁에 빠져서 선균이 놈이 절망하고 결국은 장렬하게 오토바이를 타고 남의 집 아파트 담벼락에 뛰어들었다는, 비장하고 아름다운 스토리가 완성되고야 말았다.

뭔가에 집중한 새어머니의 눈빛은 날 불안하게 했지만 나는 애써 설마를 마음속으로 외쳤다.

제발, 그리고 설마······.

"형님도 아신다면서요. 근데 왜 가만 계세요?"
"가만히 안 있으면 어찌해야 하는 건데?"

선균이의 베스트 프렌드라는 민수는 왼쪽 귀에만 구멍 네 개를 뚫은 폭주족이다. 다행히 고등학교는 졸업했다는데 선균이 친구답게 변호사 아버지의 등골을 빼먹고 있는 놈이다.

"그 의사 새끼랑 고 재수 없는 년 족쳐야죠."

이 아이들의 언어 세계는 욕밖에 없는 것 같다.

"일 크게 만들지 마. 우선은 선균이가 깨어나야 하고, 그 자식한테 전모를 들어야 뭘 해도 할 수 있는 거야. 괜히 어머니 자극하지 마."

"어머니 대따 열 받았죠? 근데 어쩌죠? 아까 내가 다 꼰질렀는데!"

"뭐라고?"

"그 의사 새끼 병원이랑 이름요."

"네가 그걸 어떻게 알아?"

"지난번에 선균이랑 야구 빠따 들고 병원 앞에서 야리다 왔걸랑요. 그 새끼 졸라 재수 없어요."

눈앞이 하얗게 되는 것 같았다.

그리고 나도 모르게 일어나 뛰고 있었다.

분당까지 가는 길은 내내 막혔다.

이렇게 막히다가는 어머니를 따라잡을 수가 없을 것 같았다.

중환자 보호자실로 바람처럼 뛰어갔지만 새어머니는 없었고 휴대폰은 불통이었다.

급한 대로 정태에게 전화 걸었다. 병문안을 와서 내 친구란 이유로 새어머니의 억지소리를 듣고 갔던 정태는 대충 사태를 파악하고는 혜진이의 학교로 가서 전화했다. 혜진이의 학교는 조용하지만 수업이 끝날 때까지 지키고 있을 테니 걱정 말라고 했다. 나는 고민태의 전화번호를 물었다. 새어머니는 분당 쪽으로 방향을 잡은 것 같았다.

고민태는 세미나를 위해 강원도에 갔다고 했다. 개똥도 약에 쓰려고 하면 없다더니 정말 옛말 그른 거 하나도 없다.

나는 이 난리 통을 재욱이에게 말하고 싶지 않았다. 정말 재욱이는 모르기를, 그저 나를 잠자코 기다려 주기를 바라고 또 바랐다. 지금의 이 현실을 말하고 싶지 않았다. 제3자라도 그냥 듣는 것과 직접 보는 것은 다르다.

거기다 지금 새어머니는 어쩌면 그녀의 오빠를 처단하겠다고 벼르며 그의 직장으로 쳐들어갈지도 모르는데 재욱이가 이 상황을 어떻게 받아들일지 나는 암담했다.

판교 IC를 들어설 무렵 나는 결국 재욱이에게 전화했다.

―아하, 이게 누구셔?

"미안해."

―난 또 샌디랑 자러 홍콩 간 줄 알았지.

나의 잠적에 그녀는 혼자 온갖 소설을 쓰면서 마음을 다쳤을 것이다.

"정말 미안한데 내가 지금 긴 통화를 못 하거든."

―그래요?

재욱이의 목소리에서 순발력 좋은 긴장이 느껴졌다.

"저기, 오빠 연락처 좀 줄래?"

―누구요? 강욱이요? 선균이 무슨 문제 일으켰어요?

"아니야. 그냥 좀 이강욱 씨랑 연락할 일이 있어서 그래."

―문자로 찍어 줄게요.

"고마워. 또 전화할게."

―저기요. 운전 조심해요.

나는 재욱이의 숨겨진 마음이 느껴졌다.

한숨을 내쉬는 동안 분당의 고층 빌딩들이 눈에 들어왔다. 파크뷰를 지날 무렵 재욱이가 전화번호를 문자 메시지로 보냈다.

통화 버튼을 누르고 전화받기를 기다렸지만 안내 멘트로 넘어갈 때까지 이강욱 선생의 목소리가 들리지 않았다.

나는 점점 불안해졌다.

병원 이정표가 보이고 신호를 기다리면서도 나는 미친놈처럼 계속 전화를 걸어 댔다. 전화는 내내 불통이었다.

―

그의 전화를 끊은 후 나는 머리가 아파 왔다. 강욱이의 전화번호를 그에게 문자 메시지로 찍어 보내고 나도 전화를 걸었다.

차라리 통화 중이라는 멘트라면 마음이 편했을 텐데 전화는 내내 받을 수 없다는 여자의 목소리만 내보내고 있었다. 결국은 생전 걸어 보지도 않던 외과 의국의 전화번호를 찾았다.

―이 선생님 수술방에 들어가셨는데요.

"언제 나오는데요?"

―글쎄요. 오늘은 하루 종일 계실 거예요. 수술이 좀 많은 날이거든요.

"연락할 수 있는 방법이 없나요?"

―그게요. 저희 교수님이 수술방 들어가시면 부모님이 돌아가셔도 알리지 말라는 원칙이 있어서요. 좀 그런데요.

일이 꼬이려면 이렇게도 꼬인다.

나는 옷을 챙겨 입고 가방을 둘러메고 집을 나왔다. 그의 목소리는 정말 불안했다. 침착하려고 애쓰고 있었지만 나를 더 불안하게 했다. 더구나 내 오빠를 찾고 있지 않는가.

내가 그렇듯이, 사랑에 빠지면 단순한 사람일수록 더 깊이 빠진다. 혜진이에 대한 선균이의 몰입도는 나나, 강욱이나, 김선우 씨가 생각했던 것보다 훨씬 강도가 더 센 듯싶었다.

분당까지 가는 길은 땅속을 끝도 없이 달리는 기분이었다. 원래 지하철을 좋아하지는 않는 데다가 불안한 마음으로 탔으니 그 불안감은 배가 되었다.
 지하철 창에 비친 내 모습은 미동도 없고 표정도 없다.
 나는 너무 불안해서 이 지하철이 질주하는 목적지가 다가오는 것이 무서워졌다.
 미금역에서 내려서 택시를 타고 강욱이의 병원으로 갔다.
 잡초보다 더 많은 아파트들 사이로 간간이 푸른빛을 잃어 가는 작은 공원들이 보였고 그 끝에 강욱이의 병원이 있었다.
 단정한 모양의 병원은 특유의 조용한 웅성거림이 일고 있었다.
 외과 의국으로 찾아갈까 했지만 강욱이가 있는 게 분명한 수술실을 찾아 올라갔다. 엘리베이터는 계속해서 만원이었고 결국 나는 비상구를 찾아 차근차근 3층으로 올라갔다.
 3층 비상구 문을 잡았을 때 안에서 여자의 고함이 들렸다. 두터운 쇠문을 사이에 두고는 알아들을 수가 없었지만 그녀의 흥분 정도가 매우 높아서 나는 머리가 쭈뼛해졌다.
 그 순간, 귀에 익숙한 목소리가 들렸다.
 "그만 좀 하세요."
 짧지만 명확한 낮은 목소리, 김선우 씨였다.
 "네가 그러고도 형이야, 이 나쁜 자식아!"
 "뭘 좀 아시고 이러세요. 이게 무슨 짓입니까?"
 "짓? 그래, 나 눈에 뵈는 거 아무것도 없어. 그러니까 저리로 꺼져. 나 오늘 저 새끼 죽이고 말 거야."
 문을 열자 내 눈에 보이는 건 멱살을 잡힌 내 오빠와 눈빛이 희번덕거리는, 선균이 엄마가 분명한 아줌마, 그리고 기를 쓰고 둘을 떼어 놓으려고 하는 지친 김선우 씨였다.

잔뜩 인상을 쓴 강욱이는 선균이 엄마를 내려다보고 있었고, 주위에서 구경하는 환자 보호자들과 수술복을 입은 의사들, 간호사들은 모두 기막힌 얼굴이었다.

"이거 놓으세요."

"왜? 쪽팔리니? 이럴 줄 모르고 내 아들 그 모양으로 만들어 놨니?"

아까 그의 전화를 받았을 때 나는 선균이가 병원에서 난동을 부리는 게 최악의 시나리오라고 생각했다. 그런데 예상외의 인물인 선균이 엄마는 선균이보다 훨씬 더 포스가 강한 막무가내였다.

"사람들이 보잖아요. 어머니, 제발 좀 그만하세요."

"너도 똑같은 새끼야. 너 이 새끼 때문에 선균이가 피눈물 흘리는 거 알았다면서? 근데 그걸 그냥 둬서 애를 그 모양으로 만들어 놔!"

"아주머니, 무슨 일인지 말씀을 하세요. 여기가 수술방 앞입니다. 환자들 생각도 하셔야죠. 여기서 계속 이러시면 경비를 부를 수밖에 없어요."

의사 가운을 입은, 나이 지긋한 남자가 나서서 선균이 엄마를 말렸다.

"불러요. 얼른 경찰도 부르고, 기자도 부르고, 다 불러."

"이 선생, 환자 보호자야? 어떻게 된 거야?"

아무래도 강욱이가 섬기는 교수가 아닌가 싶었다.

"선생? 저런 게 무슨 선생이야. 고등학생 데리고 원조 교제나 하는 놈이 무슨 의사고, 선생이냐고! 지랄하지 말라고 해."

머리가 띵해졌다. 이런 상황은 정말 상상도 못할 일이었다.

그때였다.

"제발, 제발요. 어머니. 좀 그만해요. 미쳤어요?"

그가, 늘 조근조근 말하고 도 레 미 파 솔 이상의 톤으로는 올라가지 않는 김선우 씨가 고함을 질렀다. 그는 절망스러운 얼굴을 하고 계모에게 필사적으로 소리 지르고 있었다.

나는 걷지 못하는 사람처럼 비상구 문 앞에서 한 걸음도 나가지 못했다. 내 입은 본드를 발라 놓은 것처럼 열리지 않았다. 모든 상황이 낯설었지만 이 사건에 연루되어 내 앞에 서 있는 사람들은 낯선 타인들이 아니었다.

그의 고함은 선균이 엄마조차도 멈칫하게 했다. 로봇 같은 얼굴로 서 있던 강욱이는 힘이 빠진 선균이 엄마의 손길을 뿌리치고 한 걸음 뒤로 물러났다.

"그만이요. 제발 그만하라구요. 뭘 좀 알고 이러라고요."

"너는 뭘 아는데? 뭘 알아서 저 의사 놈 역성을 드는 건데?"

"선균이가 깨어나서 말한 것도 아니고, 어머니 어림짐작으로 이러는 건, 이러는 건 아니에요. 제발 그만해요."

"웃기지 마. 내가 네놈 속을 모를 거 같아? 선균이가 죽으면 그 신탁이고 뭐고 다 네 건데 네놈이 선균이 형 노릇을 했겠어? 그 불쌍한 자식 성질에 무슨 짓이라도 저지르라고 고사 지내는 거 내가 모를 거 같아? 나쁜 새끼!"

그러고는 다시 강욱이의 머리통을 낚아채서 잡고 흔들었다.

미친 여자 같았다. 나는 지금까지 미친 사람을 본 적이 없었다. 그런데 지금 내 앞에서 내 오빠와 내 애인에게 포악을 부리는 저 여자는 미친 마귀 같았다.

나는 깊이 생각할 겨를도 없이 그 여자에게로 몸을 날렸다. 다들 놀라 쳐다보는 눈빛을 느꼈지만 어느새 나는 선균이 엄마의 허리를 붙잡고 엎치락뒤치락하고 있었다.

나는 진심으로 분노했다. 강욱이에게 이유 없는 행패를 부리는 그녀에게, 또 그 긴 시간 동안 저렇게 김선우 씨를 상처 입히고 괴롭혔을 그녀에게 뜨거운 분노를 느꼈다.

"이년은 또 뭐야?"

내게 허리를 잡힌 선균이 엄마는 소리를 질렀고 나는 맞받아 소리쳤다.

"나요? 나도 댁처럼 완전히 돌아 버린 **미친년**이야. 왜? 억울해?"

그녀는 나를 힘으로 당해 낼 수 없다. 그리고 지금의 나는 최홍만도, 강호동도, 심지어 효도르도 무섭지 않다.

다 덤벼!

마른하늘에서 떨어진 폭탄처럼 나타나 자폭하신 이재욱은 초강력 울트라급 핵폭탄보다 더 위력적이었다.

나와 이강욱 씨가 정신을 차렸을 때 세상에서 제일 악에 받쳐 사는 새어머니는 세상에서 제일 힘을 믿는 여자인 이재욱에게 제압당하고 있었다.

언제 배운 건지 모르겠지만, 새어머니의 두 손은 등 뒤로 돌려 잡혀 있었다. 두 사람은 그야말로 아등바등 힘겨루기를 하고 있었다.

나와 이강욱 씨가 급하게 둘을 떼어 놓고 숨을 돌리자니 새어머니의 표정이 묘해졌다. 뭔가 궁지에 몰릴 때의 얼굴이더니만 갑자기 비극의 여주인공처럼 새어머니는 스르르 기절했다. 분명 깨어 있는 게 확실한데 새어머니는 내 등에 업혀서 응급실로 실려 갔다.

나 역시 기가 막히고 지쳐서 보호자 의자에 주저앉아 숨을 고르고 있었다. 그러자 새어머니가 다시 그 새된 목소리로 앙칼지게 소리를 질렀다.
"의사 안 불러? 나 죽는 거 기다리니?"
"기절하신 거 아니었어요?"
"방금 깼잖아. 의사 불러. 링거라도 한 대 맞게."
여드름이 더덕더덕 나서 의사라기보다는 아직은 의대생으로 보이는 인턴이 와서 어머니가 오매불망 원하는 포도당을 한 대 꽂고 휑 사라졌다. 다 죽어 가는 사람처럼 누워 있던 어머니는 부스스 일어나는 내 기척을 느꼈는지 눈을 번쩍 떴다.
"그 계집애, 그 미친년 그거 누구니?"
"왜요? 또 머리채 잡고 싸우시려고요?"
"그년 내가 가만 안 둬. 콩밥 먹이고 말 거야."
"그 전에 어머니가 콩밥 드시게 될 거예요. 도대체 무슨 증거로 여기까지 와서 그 의사 멱살잡이를 하세요?"
"민수가 그랬다니까?"
"그게 확실하다고 누가 그래요. 그리고 사람들이 민수 같은 놈 말을 들어 주겠어요? 아니면 그 의사 말을 들어 주겠어요?"
"내 아들이 다 죽게 됐는데 다 무슨 소용이냐고."
"선균이 안 죽을 거구요. 지금 자고 있는 거래요. 원래 뇌압이 높으면 좀 재워야 하는 거구요. 어머니 이러시는 모습 선균이가 좋아할 것 같아요?"

 웬일로 할 말이 막혔는지 새어머니는 입을 다물었고 나더러 사라지라는 듯이 손을 휘휘 저어 댔다. 나오느니 한숨이요, 깜깜하니 앞날이었다.

 나는 재욱이를 찾아서 또다시 이 병원을 뒤지고 다녀야 한다. 응급실을 나와 이강욱 씨에게 전화를 했다.

 "네. 외과 이강욱입니다."

 ─저 김선우입니다. 재욱이 어디 있습니까?

 "옥상에 있어요. 지금 냉수 먹고 있으니까 오세요."

 이번에는 옥상이다.

 계단을 오르면서 나는 뒷목이 뻣뻣해지고 가슴이 답답해졌다. 정말 옥상에서 고래고래 소리라도 질러야 하는 게 아닐까 싶은 생각이 들었다.

 긴 하루였는데도 해는 아직도 저 꼭대기에 걸려 있다.

 나는 넓은 옥상을 욱 남매를 찾아서 여기저기를 둘러보고 다녔다. 욱 남매는 물탱크 뒤에 앉아 있었다. 그런데 여기 또한 분위기가 만만치 않았다.

 "폭탄, 폭탄 하지만 내가 너 같은 폭탄은 정말 듣도 보도 못했어. 미치지 않고서야 어떻게 그러냐?"

 "너, 나 아니었으면 아직도 개망신당하고 있었을 거야."

 "충분히 개망신이었는데 너까지 나타나서 아주 완결을 지어 줬어."

 "병신. 왜 암말도 못 하고 고대로 당하고 있는 건데? 너 나한테 성질 피우는 거 반만 해 봐라. 그 아줌마가 그렇게 기세등등했겠나?"

"그래서 네가 대신 나서서 네 애인 새어머니랑 맞짱 뜬 거야?"

재욱이는 한숨을 크게 쉬고는 이내 풀 죽은 아이처럼 기가 팍 죽어서 처량하게 고개를 숙인다.

"그게, 왜 그때는 홱 돌아서 생각이 안 났을까?"

"네가 미리미리 생각하는 게 뭐가 있겠냐?"

"네가 그렇게 품질 떨어지는 연애를 하니까 내가 이렇게 돼 버린 거잖아."

"어떻게 네 탓인 게 하나도 없냐?"

"내가 여기서 누구 탓이라도 해서 욕을 안 하면 어떻게 견디겠냐?"

"어설프게 조폭 흉내 내더니만 결국 이런 사달을 내지. 얼굴 좀 돌려 봐. 약이나 마저 바르게."

이강욱 씨 쪽으로 돌린 재욱이의 얼굴에는 손톱자국이 관자놀이부터 콧잔등까지 길게 나 있었다. 저런 걸 보고 사나운 강아지 콧잔등 성할 날 없다고 하는 거다.

"이재욱."

이강욱 씨는 내가 서 있는 쪽을 쳐다봤지만 재욱이는 얼른 고개를 돌리고는 나를 외면했다.

"저 계집애 쪽팔려서 얼굴도 못 드는 거예요. 가서 패 주든지 난간에서 확 밀어 버리든지 맘대로 해요. 난 모르는 걸로 할 테니까."

지친 얼굴로 웃으며 그는 내게 재욱이에게 발라 주던 연고를 건네주고 돌아서 나갔다. 나는 저렇게 웃는 얼굴이 안 어울리는 사람은 처음 봤다. 안 웃으면 이상한 이재욱과 웃으면 이상한 이강욱이 어떻게 남매일 수 있을까.

내가 고개를 숙여 들여다본 그녀의 얼굴은 가관이었다. 새어머니가 내 놓은 상처가 더해져 그녀는 정말 칼만 들고 있으면 무서울 게 없어 보이는 조폭 마스크, 딱 그대로였다.

"말 좀 해 보시지."

재욱이가 고개를 들고 하늘을 봤다. 나도 따라 하늘을 봤다.

"날씨 좋죠? 날 멀쩡한 거 보니까 천벌 받을 짓 한 거는 아닌 듯한데요. 근데 왜 주인님 얼굴 보기가 어찌 이리 쪽팔릴까요?"

아까 재욱이를 찾아 계단을 올라올 때만 해도 나는 그녀에게 화도 났고, 어이도 없었고, 또 중간에서 확실하게 편들기를 할 수도 없는 내가 정말 싫어서 벽에 머리를 짓이기고 싶었다.

그런데 이렇게 제가 지은 죄를 순순히 인정하고 딴짓을 가장해서 빌고 있는 재욱이를 보니 또 헛웃음이 나왔다.

"쪽팔리는 건 아니?"

"한 템포 늦어서 그렇지, 알긴 알아요."

"일찍 알았으면 어땠을 거 같은데."

"일찍 알았으면 내가 그 쌈판에 뛰어들었겠어요?"

"너 진짜 잘 싸우더라. 제대로 조폭이던데?"

"나 어디 K1이나 프라이드 같은 데로 진출할까 봐. 여자부는 없나?"

"그냥 살아. 너 거기 나가기엔 좀 늙었어."

"내가 미쳤던 거 맞죠?"

"나한테 무슨 말이 듣고 싶은 건데?"

"화 많이 났어요?"

"났지. 근데 너한테 난 건 아니야. 나는 왜 이 모양일까 싶어서 총 같은 걸로 내 머리를 확 쏴 버리고 싶었어."

"사고는 내가 쳤는데 주인님이 왜 그래?"

"난 정말 어느 것 하나도 확실한 거 없이 어정쩡하잖아."

"당신 입장에서 어떤 게 확실할 수 있겠어요? 아무리 못돼 먹었어도 새어머닌데 그걸 생까고 내 편을 들겠어요? 그렇다고 죽도록 사랑하는 날 확 생까고 못돼 먹은 새어머니 편을 들겠어요? 도대체 나란 인간은 이렇게 사려 깊은 생각이 왜 그 중요한 순간에는 들지 않느냐고요."

"이재욱이니까."

재욱이가 날 본다.

"내가 좋아하는 이재욱은 원래 그런 사람이니까."

재욱이 눈에 눈물이 그렁그렁 넘칠 것 같다.

재욱이가 덥석 내 목을 끌어안았다.

"나는 내가 정말 미워요. 너무너무 한심해서 죽겠어요."

"나는, 너는 조금 밉고 나는 많이 미워."

"미안해요. 이렇게 미련해서 정말 미안해."

"미안하다. 이렇게 말도 안 되는 꼴로 여기까지 오게 해서."

그녀는 엉엉 울었고 나는 언젠가 그녀가 그랬던 것처럼 그녀의 등을 토닥여 주었다.

앞으로 어떤 일들이 벌어질지는 모르지만 나는 재욱이를 안고 있는 내 팔을 풀지 않을 것이다. 망망대해에 떠 있는 조난자 같은 내게 든든한 구명정은 오로지 이재욱 하나뿐이니까.

반바지 주머니에 넣어 둔 휴대폰이 드르륵거리며 흔들렸다.

정신 차리는 데 다섯 번째, 눈뜨는 데 여섯 번째, 휴대폰이 바지에서 징징거리는데도 못 찾고 헤매다가 일곱 번째. 전화는 끊어져 버렸다.

전화기를 들고 액정 화면을 보니 부재중 전화가 일곱 통이었다.

벨 소리도 아니고 주머니에 넣어 두고 징징징 일곱 번이나 진동할 동안 나는 도대체 무슨 개꿈을 꾸느라고 전혀 알아채지 못했을까?

강욱이한테 2통, 엄마한테 1통, 나머지는 모두 김선우 씨이다.

우선 분위기 파악과 공범에 대한 감시 차원에서 강욱이에게 전화했다.

—너 어디야?

"모처에 은신중이야."

—꼴값한다.

"내 꼴값을 네가 내줄 거 아니면 입 다물어. 오빠, 너 병원에서 별일 없지?"

—네 애인이 과장님 만나서 무슨 구라를 쳤는지 과장이 지금 술 사 준다. 그런 일 잊으라고.

"그 남자가 그런 사람이야. 멋지지."

—무식한 게 속도 없어.

"이제 알았냐? 참, 근데 엄마한테 별일 없지?"

—별일이 왜 없어. 너 냉장고에 여행 간다고 써 놓고 짐 싸서 나갔다면서? 그 아줌마가 찾아와서 한판 더 붙자고 할까 봐 겁나냐?

"그게 아니라 내 얼굴이 점점 부풀어 올라. 손톱에 쥐약 발랐나 봐. 멍도 좀 들고. 난 그래도 파워 조절해 가면서 질렀는데 이 아줌마는 아닌가 봐. 엄마가 내 얼굴 보면 그냥 넘어가겠냐? 그날로 너랑 나는 관 짜는 거지."

―그래서 줄행랑친 거야?

"줄행랑이라기보다는 은신중이라고 말해 줘."

―어딘데?

"시내 모처."

―지랄 마시고 솔직히 불어. 너 그 남자네 집에 가 있냐?

오호, 내가 왜 그 생각을 못했지.

"맞다. 거기 가 있을까?"

―그럼 너 어디 있는데?

"나 같은 백수가 호텔방 잡고 들어앉았겠냐? 여기 찜질방이야. 오빠, 돈 좀 부쳐."

―내가 네 물주냐?

"오빠 너 보디가드 하다가 이 꼴 됐잖아. 돈 부쳐. 라면 말고 밥 사 먹게."

―지난번에 준 건 다 어떡하고?

"네가 뭐 이백만 원쯤 준 줄 알아? 이십만 원이 아직 남아 있겠냐고."

―통장 번호 문자 메시지로 넣고 하루에 한 번씩 전화해.

"입금하는 거 봐서. 근데 혜진이는 괜찮은 거 같아?"

―그런 거 같아. 네 애인이 정태 형 보내서 대충 사정을 설명했나 보더라고.

"계집애 쫄았겠다."

―걔가? 너 혜진이를 너무 모르는구나.

"그럼 안 쫄고, 그 계집애 뭐 하는데?"

―그냥 그러냐고 담담하던데.

"계집애 좀 얄밉다."

좀이 아니라 상당히 얄밉다.

―나 지금 입금할 건데. 해, 말아?

"오빠, 너 진짜 그럴 거야? 당장 돈 넣어."

전화를 확 끊고 나니 찜질방의 모든 사람들이 나를 쳐다본다. 날 왜 이리 보시나. 내가 그리 예쁜가? 전화가 또 울린다. 엄마다.

―너 어디야?

"여행 왔어."

―네가 김삿갓이야? 아침만 해도 방구들 지고 누워 있더니만 어딜 가 가긴, 다 큰 계집애가?

"다 크다 못해 늙어서 청국장 뜨는 냄새가 나려고 해서. 그냥 춘천같이 가까운 데 가서 미래 구상 좀 하고 올 거야. 걱정 마."

―너 남자랑 간 거 아냐?

"언제는 남자랑 잠적 같은 것 좀 하라며."

―이 계집애가 한마디를 안 져요.

"걱정 마. 잘 놀고 충전 잘해서 올게, 엄마. 소양강 진짜 좋아. 나중에 한번 같이 와. 좋은 구경하는데 초치지 말고 끊어."

전화를 끊고 나니 내 앞에 앉아서 달걀을 까먹고 있는 커플이 여기가 소양강이니, 어쩌니 하면서 날 보고 실실 쪼개고 있었다. 썩을 것들.

그것들에게 보란 듯이 나는 김선우 씨에게 전화했다.

―전화 왜 안 받은 거야?

"자느라고."

―어머니가 뭐라고 안 하셔?

"나 집 나왔어."

―쫓겨난 거니?

"날 뭐로 보는 거야? 쫓겨날 사람으로 보여요? 내가?"

―충분히 쫓겨나고도 남을 걸로 보여.

"얼굴이 좀 그래요. 엄마한테 왜 그런 거냐고 달달 볶이느니 도망가자 싶어서 여행 간다고 쪽지 써 놓고 나왔어요."

―그래서 어딘데?

"찜질방이에요. 돈 없고 갈 데 없는 청춘의 종착지."

―데리러 갈게. 어디야?

"재워 주려고? 내일 혜진이 엄마 올 거 아니야?"

―며칠 쉬시라고 하면 되니까 빨리 어딘지 말해.

그에게 이곳의 위치를 가르쳐 주고 나는 목욕탕에 들어가 때를 밀었다. 여름 내내 안 밀었더니 메밀국수 가락 같은 때가 술술 나왔다. 모처럼 나른해져서 초콜릿 우유까지 하나 사 먹고 슬쩍 들고 나온 오렌지색 찜질방 수건으로 젖은 머리를 말리면서 정류장 앞 의자에 앉아 그를 기다렸다.

아주 긴 하루였는데 정말 오래된 일처럼, 내가 겪은 일이 아닌 것처럼 가물거렸다. 기억하고 싶은 것만 기억하고 사는 것도 참 괜찮은 것 같다. 비록 강욱이나 엄마가 정신머리 없다고 욕을 해 대지만 적어도 내 마음은 편하지 않는가 말이다.

기회는 예고 없이 온다

그의 차가 여전히 반짝이며 살찐 갈치 같은 몸을 내 앞에 들이댔다. 안전벨트를 매고 그를 보니 그는 신기한 짐승 보듯이 나를 본다.
"뭘 봐요?"
"너 거울 안 보고 나왔니?"
"봐서 뭐해? 대충 씻고 나와서 몰라. 왜?"
룸 미러를 내 쪽으로 돌려 보니 손톱자국이 부풀어 오를 대로 올라 있고 입술은 터졌으며 이마의 멍이 푸르죽죽했다.
"흉하군요. 아까부터 궁금했는데 혹시 선균이 엄마 손톱에 뭐 청산가리, 그런 거 바르고 다녀요? 어떻게 손톱이 이렇게 강할 수가 있어."
"모르지. 난 그 손톱에 긁혀 본 적이 없으니까."
"그 성질에 주인님 안 패고 살았어요?"
"아버지 계실 때까지는 좀 교활했어도 저렇게 물불 안 가리고 뻔뻔하지 않았거든."

"남자들은 여자들을 잘 모르나 봐. 내 눈에는 한눈에 싸가지 없고 못된 년인 게 보이는데 남자들은 그걸 못 보잖아."

"대신 개차반 같은 놈들은 남자들 눈에 딱 들어오는데 여자들 눈에는 안 보이지."

"그것도 그러네."

그는 오른손으로 내 왼손을 잡고 놓지 않았다.

우리의 대화는 저차원적이고 희극적이었다. 심각한 현실을 우리는 애써 가볍고 우스운 에피소드로 만들어 가면서 낄낄거렸다.

어느 신호등에 멈춰서면서부터 난 입이 마르고 할 말이 없어졌다. 그 역시 나와 같은 처지인 듯 내 손을 만지작거리기만 하고 내 얼굴은 보지도 않았다. 그와 내가 이렇게 어색한 공기 속에 있던 게 언제였는지 기억도 나지 않는다.

도대체 이 예기치 않은 어색함은 왜일까?

집은 역시 내가 다닐 때와는 다르게 잘 치워져 있다.

지하에 차를 주차하러 간 그보다 먼저 집에 들어와 익숙하게 문을 열고 스스럼없이 가방을 현관에 내동댕이친 다음 소파에 드러누웠다.

시계를 보니 새벽 2시가 넘었다. 갑자기 편하기만 하던 이 집과 그가 불편해지기 시작했다. 술을 먹은 것도 아닌데 얼굴이 벌게지는 것 같고, 기분이 좀 이상했다. 정말 낯선 곳에 온 것 같았다. 스스로도 내가 우스웠지만 자꾸 긴장되는 건 어쩔 수 없었다.

"내일 출근해요?"

"오후에 잠깐 나간다고 했어. 오전에 선균이 병원에 갔다 와야지."
"아직도 안 깨어났어요?"
"의사 말로는 자고 있으니 곧 일어날 거래. 그나마 다행이지 뭐."
"한시름 놓아도 되는 거야?"
"내 생각에는 그래."

그도, 나도 그렇게 끊임없이 사사건건 시시콜콜 나누던 대화의 소재가 사라지고 있었다. 나만큼 그도 어색하고도 미묘한 공기를 느끼는 게 분명했다.

"자야겠다. 너무 늦었네."
"그래. 얼른 자."

나는 엉거주춤 일어났다. 이 집에서 사람이 잘 수 있도록 꾸며진 건 그의 방뿐이다. 나머지는 그의 서재와 잡다한 물건들, 오래된 책들을 넣어 둔 창고용 방과 운동기구가 잔뜩 들어차 있는 2층 방이었다.

나는 쭈뼛거리며 일어나 슬로모션으로 걸어가면서 내 가방을 어깨에 둘러멨다. 어디로 가나.

"내 방에서 같이 잘래?"

그는 내 얼굴 대신 엉뚱한 천장을 보고 묻는다.

나는 지금 그가 내게 뭔가의 결정권을 넘겨줬다는 걸 알았다. 그 동안 내게 같이 자자고 말하지 않는 그를 나는 나름대로 나한테만은 별 의미 없이 대하지 않으려는 거라고 생각했다. 하지만 지금 그가 내게 묻는 건 손만 잡고 같이 자자는 게 분명하다. 결정은 내가 해야 한다.

어색하고 불편하면서도 당황스러웠던 내 머릿속의 안개가 스멀

스멀 가라앉고 있었다. 공은 내게로 넘어왔다.
 겁내지 말자. 모든 남자가 똑같지는 않다.
 나는 어깨를 쭉 펴고 웃으며 말했다.
 "그럼 나더러 어디서 자라고 했는데?"
 그가 돌아서 나를 봤다.
 물음표가 가득 보이는 그의 눈을 향해 나는 씩 웃어 주었다.
 내 손은 진땀으로 축축해도 이 순간의 나는 웃어야 한다.

 "이재욱. 너 쪽팔리지?"
 "내가? 왜?"
 "그동안 나한테 사기 친 거 뽀록났잖아."
 "무슨 사기?"
 "연애 전문가인 양 나 사는 거 가지고 감 놔라 대추 놔라 그랬잖아."
 처음 가진 잠자리에서 재욱이의 버벅거림은 상상 이상이었다.
 재욱이는 고문을 참는 독립투사처럼 안간힘을 쓰고 있었고 허둥대기가 이루 말할 수 없었다. 내가 정말 나쁜 놈이 된 것만 같고 갑자기 재욱이에게 너무 미안해져서 무엇을 해야 할지 몰랐다.
 그런데 그녀는 그런 일이 없었던 것처럼 다시 선수의 자세로 돌아가서 저렇게 말대답을 하는 것이다.
 괘씸하기도 하고 귀엽기도 하다.
 "내가 장담하는데, 이건 심증이 아니라 확증을 가지고 말하는 거야. 너랑 잔 남자 중에 내가 세 손가락 안에 드는 게 확실할 거야. 아마 첫 번째일지도 모르지."

"미안한데 첫 번째는 아니네요."

재욱이는 씁쓸한 얼굴로 삐딱한 미소를 띠더니 천천히 일어나 앉았다. 약간 두려웠지만 나는 그녀를 놀려 먹는 지금의 상황이 더 재미있다.

"그럴 리가. 근데 왜 그렇게 힘들어하는 건데?"

"그러는 댁은 뭐 나이스 테크닉인 줄 아나 봐."

"너보다는 낫지."

"내가 연애질을 많이 했다고 했지, 섹스에 도통했다고 했어요?"

"그게 그거 아니냐?"

"그거야 주인님처럼 사는 인생 이야기죠. 나는 아니야."

"그럼 플라토닉한 연애만 한 거야?"

"설마, 나를 뭐로 보고. 나는 남자랑 키스하는 것도 좋아하고요. 여기저기 주물러 주는 것도 좋아해요."

"근데?"

"그게요……. 첫 단추가 찌그러져서 그런가 섹스는 아니더라고요."

좀 긴장된다. 무슨 나쁜 일이 있었기에 재욱이가 저러는 것일까. 덤덤하게 말하는 폼이 나를 더 겁먹게 만든다.

"말하기 싫으면 안 해도 되는데……."

"왜? 겁나요? 내가 무슨 엄청난 과거라도 말할까 봐?"

솔직히 많이 겁난다.

"생각해 보면 별거 아닌데 자꾸 피해 가게 되더라고요."

재욱이는 내 팔을 잡아 어깨에 두르고 누웠다. 여자와 살을 맞대는 일이 이렇게 친밀한 감정을 느끼게 하는 것인지 나는 수많은 섹스 경험에서도 알지 못했다.

"둘 다 어려서 그럴 수 있던 것 같은데 그때는 그게 참 어렵더라고요."

"서론이 좀 긴데?"

"별건 아니고 처음으로 잔 사람이 이름이 뭐였더라? 기억하고 살았는데 갑자기 말로 하려니까 생각 안 나네. 암튼 대학 때 선배였는데 재수도 없지. 군대 간 놈 휴가 나온 사이에 내가 엮인 거예요. 3년 기다려 준 것도 아니고 그야말로 똥 밟았지."

애인을 군대 보내고 기다리다 배신당하는 일은 누구에게나 있다. 순수하고, 사람이나 사랑에 기대를 걸고 살 때는 다들 지나올 수 있는 일인데 나는 그런 시간들이 없다.

이미 그때 나는 그런 기대를 걸기에 사람이나 사랑이 부질없다고 생각했다. 내 젊은 날은 빛나기도 전에 이미 회색빛이었다.

"면회를 한 번 갔어요. 홍천인가? 암튼 강원도 산골인데 더럽게 춥더라고요. 나름대로 각오했지. 거기까지 가서 그냥 올 생각을 했겠어? 내가 아무리 순진했어도 그렇지. 암튼 같이 사고 칠 각오를 하고 여관방까지 잡았는데……."

재욱이가 갑자기 쏠쏠하게 웃었다.

"왜 웃어? 무슨 일이기에?"

"맞았어요."

"맞아? 네가?"

"나라고 뭐 매일 두들겨 패고, 불이나 지르고 다녔겠어요. 버둥거린다고 한 대 치더라고요."

"얼마나 버둥거렸기에?"

"원래 심하게 버둥거린다고 패는 건 아니죠?"

"아니지. 근데 그놈 그거 미친놈 아니었냐?"

"그것보다는 지가 잘 못 하고 찌질대는 게 쪽팔려서 그랬던 것 같아. 지금 생각해 보면 말이죠. 근데 그땐 어찌나 놀라고 심각했는지 몰라요."

"그래서 섹스를 멀리한 거야?"

"그건 아니고. 실망시키기 싫어서라는 게 맞을걸. 난 연애할 때 상대한테 잘 보이려고 진짜 최선을 다하는, 비굴한 연애에 도통했거든."

재욱이에게 그런 기억이 있을 거라고는 생각하지 않았다. 그녀는 언제나 남자들한테 씩씩하고, 솔직하고, 성실했을 것이다.

"그런데 그놈 진짜 나쁜 놈이네. 넌 어쩌자고 그런 놈을 만났냐?"

"알고 만났나! 만나다 보니 그런 거였지."

"왜 그런 놈을 그냥 놔뒀어. 그 힘은 다 어디다 두고."

"누가 그래? 그냥 놔뒀다고?"

"그럼 너도 때렸어?"

"당연하지. 내가 맞아서 징징 울었을 거라고 생각했어요?"

"아까 네 분위기는 그게 아니었다고."

"그 자식 눈이 진짜 나빴거든. 그래서 일부러 아무렇지도 않게 안경까지 찾아서 씌우고 콧잔등을 확 밟아 버렸어."

할 말을 잃어버렸다.

"안 죽었냐?"

"바퀴벌레도 아니고 내가 밟았다고 죽었겠어? 코뼈에 금이 갔다기에 5만 원 주고 끝냈지."

"네가 무섭다."

진짜 무섭다. 그래 놓고는 자기가 비굴한 연애를 했다고 하다니.

"무서워할 거 없어요. 주인님을 밟아 버리지는 않을 거니까."

나는 얼굴에 물음표를 가득 담고 그녀를 쳐다보았다.

"프로라서 그런가? 하긴 홍콩에 섹스 파트너도 있고, 이혼도 하신 분이니 그 정도의 테크닉은 있어야겠지."

"무슨 소리가 하고 싶은 건데?"

재욱이가 부끄러워한다. 정말 얼굴까지 발갛게 돼서는 종알거린다.

"뭐, 좋았다고."

다 기어들어 가는 목소리로 말하고는 딴청 하는 그녀가 예뻐서 나는 웃음을 참지 못하고 실실거리며 재욱이를 보았다.

"왜 웃어요?"

"잘 가르치면……."

"누굴? 나? 뭘 가르치려고?"

"옹녀 되겠다."

잠시 뜨악하던 재욱이는 베개를 집어 들더니 나를 후려치기 시작했다. 재욱이에게 맞으면서도 나는 기분이 좋아서 계속 웃었다. 그럴수록 재욱이의 펀치는 강해졌지만 나는 그녀가 부끄러워서 저런다는 걸 안다. 그래서 나는 더 크게 웃었다. 죽도록 맞아도 웃음이 멈추지 않는다.

경건하고 황홀한 첫 밤은 아니었지만 나도 그녀도 즐거웠고, 다정했고, 따뜻한 밤이다.

내가 잠이 깨기 시작한 게 언제부터였더라.

새벽까지 우리는 웃었고, 서로를 안았고, 떠들었다. 너무 졸려서 그와 이야기를 하다가 스르르 잠이 들었다. 정말 달게 깊이 잤다. 그러다 꿈인지 생시인 구분할 수 없는 그의 기척에 잠이 깨기 시작했다. 눈만 뜨고 누워 있자니 그가 샤워 가운을 입고 들어왔다.

저런 옷을 집에서 입는 사람이 진짜로 있다니. 더구나 그런 사람과 연애를 하고, 같이 자고 일어나 아침을 맞이하다니. 사람은 오래 살고 볼 일이다.

그는 내가 자는 줄 아는지 조심조심 수건으로 머리를 말리고 얼굴에 스킨을 바른다. 거울 속의 그는 방금 감은 머리를 수건으로 털어 내서 부스스하고, 스킨과 로션을 발라서 뽀샤시한 게 참 예뻤다. 그가 바른 화장품 냄새가 내 코에 스며들었다.

"지금 몇 시예요?"
"일어났어?"
"얼마 안 잔 거 같은데."
"9시야. 졸리면 더 자."
"출근해요?"
"아니, 병원에. 아침에 선균이 의식이 돌아왔다고 연락 왔어."
"자식, 그럴 걸 왜 여태 자고 있었대요?"

그냥 침대에 앉아 있기도 뭐해서 나는 수건을 받아 들고 그의 머리를 말려 주었다. 다른 사람의 머리카락을 만진다는 것은 이상하게 친밀감을 준다. 어쩌면 그래서 원숭이들이 서로 이를 잡아 주는

지도 모른다.

"그러게 말이야. 근데 날 찾는다고 그러네. 어머니는 병실에 들어오지도 못하게 한다고 연락 와서."

"그 마녀 아줌마한테 전화 왔어요?"

"아니. 담당 의사가 전화했더라고."

"같이 나가요. 얼른 씻고 올게요."

"병원 같이 가게?"

"아니, 여기서 빈둥거리는 것도 그렇고 여기저기 좀 쏘다니고 싶어져서."

"얼굴 상처 보면 그런 생각이 안 들 텐데."

"내 얼굴 찍어서 신문에 낼 것도 아닌데 상관없어요. 기다려요."

나는 붕 떠서 어디론가 날아갈 것만 같았다. 그래서 그의 집에 얌전히 앉아서 그를 기다릴 수가 없었다. 어디든지 돌아다니고 싶었고, 어제와 다른 오늘의 나를 세상에 적응시키고 싶었다. 그와 더 스스럼없어진 것 같기도 하고, 그가 너무 심하게 남자로 느껴져서 심장이 벌렁거리기도 했다.

엄마를 피해 집을 나올 때만 해도 나는 이런 아침을 생각하지 않았다. 그의 상황도, 나의 상황도 그러기에는 너무 심란했으니까 말이다.

그런데 언제나 사람의 일은 예기치 않은 방향으로 흘러간다. 내가 막으려고 했다면, 안 하려고 했다면 별일 없이 플라토닉하게 우리의 관계는 흐르고 있을 거다.

그런데 나는 그러고 싶지 않았다. 연애에 어떤 정석이나 공식이 있는 것은 아니다. 연애는 그저 연애일 뿐. 사람과 사람이 사랑하는 것뿐인데 거기에 무슨 공식 따위가 필요하겠는가. 마음이 가는 대로 흘러가게 두면 된다. 나는 내 마음에 솔직했고, 그도 그랬다. 앞으로의 일은 또 앞으로의 일일 뿐이다.

미리부터 걱정이나 결말을 끄집어내어 내 신세를 볶고 싶지 않다. 매번 실패하는 일이지만 이번만은 정말 그러고 싶지 않다. 나이를 먹는 일이, 또 연애에 실패하는 일이 모두 나쁜 것만은 아니다. 사람을 대하는 경험, 사랑을 맞이하고 보내는 경험이 축적되는 일이니 나의 연애는 점점 현명해지고 있다고 나는 지금 이 순간 굳게 믿는다.

괜찮아, 괜찮아

 요즘 극장은 어찌나 의자가 좋은지 정말 한숨 자기 딱 알맞았다. 한숨 잘 자고 일어나 거리로 나오니 햇빛이 어찌나 찬란한지 애국가에 나오는 그 장엄한 동해의 일출 같았다. 기지개를 크게 켜고 씩씩하게 커피숍으로 가서 시럽을 잔뜩 넣은 모카 라테를 주문해 받아 들었다.
 공원이나 가 볼까 싶어서 모자에 선글라스까지 꺼내 쓰고 길을 걸었다.
 점심시간이 막 지나서인지 거리는 좀 어수선했다. 목에 사원증을 걸고 급하게 돌아가는 회사원들, 쓰레기를 내다 버리려고 나오는 아르바이트생들, 학교 가려고 버스 정류장에 길게 늘어선 대학생들이 나와는 다른 세계에 사는 사람들 같았다.
 나도 한때 저런 생활을 했는데 지금의 나는 이방인 같다. 그때의 나는 이런 대낮에 창이 넓고 기다란 카페에서 한가로이 차를 마시고 싶어 했고, 세상과 좀 떨어져 격리되고 싶어 했는데 막상 그런 상황이 되자 어쩐지 소외감이 들었다.

강남역에서 양재역까지 계속 걸었다. 조금만 가면 있을 것 같았던 공원이 어찌나 멀든지 가기 전에 지레 죽을 지경이었다. 서초 구청 앞에서 방향을 짚어 보고 있는데 전화가 울렸다.

엄마다. 수업이 없나?

─너 어디야?

어제는 춘천이라고 했으니 지금은 어디쯤이라고 해야 하나.

"강원도."

─거짓말하지 말고. 너 어딘지 말해.

"양재동."

─학교 앞으로 지금 당장 와.

엄마의 목소리가 심상치 않다. 도대체 지난밤과 오늘 오전 사이에 어떤 일이 일어난 걸까?

"엄마. 무슨 일 있어?"

─일없이 너 부르겠니? 강욱이도 올 거야. 일단 와서 보자.

원인이 뭔지는 모르지만 등에 한기가 서리는 것 같다.

누군가가 내 머리통을 열고 염소 표백제를 잔뜩 들이부은 것 같다. 머릿속이 하얗게 된다.

덜덜 떨리는 손으로 강욱이에게 전화를 했다.

"오빠!"

─엄마 전화 받았어?

"응. 뭐야? 왜 그런 건데?"

─엄마 다 아시는 거 같아.

"어떻게?"

—나중에 말해 줄게. 중간에서 만나자.

"오빠는 어디야?"

—대충 일 마무리 짓고 30분쯤 있다가 출발할 거야. 넌 어디야?

"양재동."

—어디 들어가서 기다려. 근처 가서 전화할 테니까.

강욱이도 엄청 쫄아 있다.

도대체 무슨 일이 일어날까.

사람의 일이란 알 수가 없다.

방금 전만 해도 내 머릿속은 온통 내 연애가 어떻게 진행될 것인가 그런 달콤한 생각밖에 없었는데, 지금은 나를 향해 날아오는 핵폭탄을 기다리는 기분이다.

얼마 만인지 모르겠다.

아버지의 사무실을 전씨 아저씨에게 넘긴 후 한 번도 이 근처에 오지 않았다. 영흥 물산이라는 간판도 여전하고 아버지가 처음으로 지은 건물 5층에 차려 놓은 사무실도 그냥 그 자리에 있었지만, 꿈속에서 본 기억으로 더듬더듬 찾아온 몽유병 환자처럼 나는 긴가민가하면서 주차하고 엘리베이터를 타고 5층에서 내렸다.

오른쪽으로 돌아 여섯 번째 방이 영흥 물산이다.

사무실을 아저씨에게 넘길 때, 나는 다시는 이곳에 오지 않겠다고 생각했다. 내년쯤이면 얼마 남지 않은 채무 관계가 정리가 될 것이고 그것으로 나와 내 아버지, 이 영흥 물산의 관계는 끝이다.

아까 병실에서 나왔을 때 나는 알았다. 안에 있는 선균이는 내가 늘 보아 왔던 그 선균이가 아니라는 사실을 말이다.

사무실의 풍경도 여전했다.

몇 백 억이 오고 간다고는 것이 전혀 믿기지 않는 곳이다. 그래도 지금은 시스템 책상과 의자, 칸막이가 있지만 내가 처음 아버지에게 사무실을 물려받았을 때만 해도 철제 책상에 낡은 천 소파가 있을 뿐이었다. 아저씨는 사장실과 금고가 있는 안쪽 사무실에서 나를 기다리고 있을 것이다.

나는 선뜻 그 안으로 들어서지 못했다.

처음 보는 여직원이 멀뚱히 나를 쳐다봤다.

"무슨 일로 오셨어요?"

"전 사장님하고 약속 되어 있는데요. 김선우라고."

"기다리세요."

여직원은 나를 문 앞에 세워 둔 채 안으로 들어가더니 곧이어 아저씨가 빠른 걸음으로 걸걸 웃으면서 나왔다.

"야, 이 자식아. 너 여기 서서 뭐 하냐. 그냥 들어오면 되는 거지."

눈동자에 물음표가 찍힌 것 같은 여직원의 표정을 무시하고 아저씨와 나는 반갑게 인사했다. 시답지 않는 안부와 사무실 이야기 따위를 하는 동안 그 여직원은 커피를 내왔고 나는 김이 나는 잔을 바라보면서 여기에 온 이유를 아저씨에게 말했다.

"아저씨는 알고 계셨죠?"

"뭘?"

"선균이 말이에요."

전씨 아저씨는 30년 동안 아버지의 수족이었다.

나쁜 일을 많이 했을지 모르지만 내게는 삼촌 같은 분이고 아버지가 믿을 수 있는 유일한 인간이었다.

내 얼굴을 한참 바라보던 아저씨는 눈알이 뻑뻑하다는 듯이 두 눈을 꾹꾹 누르다가 이내 담배를 하나 빼어 물었다.

"형님이랑 그냥 묻기로 한 건데 어떻게 알았냐?"

"선균이한테 들었어요."

아저씨의 얼굴이 착잡해졌다.

"절대로 알면 안 되는 놈이 먼저 알아 버렸구먼."

"어떻게 된 건지 알고 싶어요."

"다 지난 일인데……."

"그게 다 지난 일이 아니에요. 선균이 자식이 그거 알고 오토바이 몰고 아파트 담벼락에 뛰어들었어요."

"그놈, 참! 가지가지로 일부터 치는구먼."

"아저씨는 아실 거라고 생각했어요."

"나야 뭐. 뒤치다꺼리하다 보니 알 수밖에 없지."

"어떻게 선균이가 아버지 자식이 아닐 수가 있는 거예요?"

"그야 네 아버지하고 오영실 여사가 만든 자식이 아니니까 당연히 네 아버지 자식이 아닌 거고. 네 아버지는 너 낳고 한 4, 5년쯤인가? 너 유치원 간다 어쩐다 그럴 때였으니까. 돈 빌려준 놈이 땅문서 떼였다고 칼 들고 들어와서 설치는 바람에 좀 심하게 다친 적이 있지. 그때 잘못돼서 애를 못 낳게 됐어. 그게 너한테 네 엄마가 낳아 준 동생이 없는 이유야. 너도 알겠지만 네 아버지가 외로운 사람 아니냐. 그러니 자식 욕심이 많았지. 네 엄마가 너 낳고 골골거리지만 않았어도 줄줄이 대여섯은 너끈히 낳고도 남았을 거야."

"엄마도 알고 있었나요?"

"알았지. 그거 아는 건 나하고 형님하고 형수하고 셋밖에 없었어. 근데 그게 네 아버지한테는 참 모진 짓이 되어 놔서. 차라리 그냥 네 엄마는 모르고 있었으면 좋았을걸. 네 아버지가 네 엄마를 좀 좋아했어야지. 네 아버지는 네 엄마를 처음 본 날부터 내내 넋을 놨으니까. 뭐 학벌도, 집안도, 인물도 달리고 나이 차이도 많이 나는 데다 가진 건 돈밖에 없으니 꿀려하는 게 많았어. 그런데 덜컥 씨 없는 수박이 되고 보니까 대놓고 무시당한다 싶었는가 보더라. 내 눈에는 아닌데, 혼자 신세를 달달 볶더라고. 사람이 다 좋을 수는 없는 거니까."

"엄마하고 아버지 사이에 도대체 무슨 일이 있었던 건데요?"

"네 아버지가 못 견뎌했어. 자기가 씨 없는 수박이란 걸 말이야. 네 엄마가 거기에 대해 대꾸한 것도 아니고 그냥 늘 그렇게 똑같았는데. 너도 사내놈이니까 알 거 아니냐? 자식 못 보는 남자가 어떤 건지."

나는 자식 볼 생각이 없어서 그게 어떤 마음인지, 아버지가 가진 생각을 전부는 알 수 없다. 그저 남자로서의 자존심이 다친 거라고 막연하게 생각할 수밖에.

"그러다 말겠지 했는데 이 양반이 여기저기 계집질을 하고 다니고 형수한테는 자기 무시한다고 패악을 부리더라. 넌 네 엄마 원망할지는 몰라도 10년이 넘도록 그 수모를 겪으면서 버틴 것도 난 대단하다고 본다. 그거 아무나 못할 일이었어."

"선균이는요. 어떻게 된 건데요?"

"너 중학교 다닐 때였나? 암튼 그때 선균이 엄마가 애 가졌다고 들이닥쳤지. 참 기가 막힌 일이었거든. 어디서 만들어 온 자식인지는 몰라도 네 아버지하고 엮이고 난 후에 진짜로 네 아버지 애라고 믿은 것 같기도 하고……. 아니면 대충 날짜도 맞는 데다 돈 많으니 마누라랑 심란한 중늙은이의 덜미를 잡으려고 작정한 것 같기도 하고. 아무튼 애 가졌다고 책임지라고 달려들더라고."

"아버지가 순순히 받아들이셨다는 게 이해가 안 돼요. 아버지가 그런 데에 넘어가실 분이 아니잖아요."

"순전히 이건 내 생각인데 말이야. 그때 아마 형님은 형수를 놓아 주자 하지 않았나 싶어. 모질게 굴고, 패악이란 패악은 다 떨고, 사람을 은행 볶아치듯이 볶았지만, 그 애달픈 정 같은 게 있어서 자기도 미안하고. 스스로도 어이가 없었겠지. 그래서 놔준 거지 싶어. 네 어머니 미국 들어가고 1, 2개월 됐나? 아무튼 사무실에 혼자 앉아서 깡소주 까면서 우는데 그냥 그렇구나 싶더라고. 너야 하나밖에 없는 핏줄인데 너까지는 보낼 수는 없었을 거고."

"아버지가 알고 있었다는 거 새어머니도 아실까요?"

"모르지. 내가 아는 한 오영실은 몰라. 나도 입 다물고 있었고 네 아버지도 아마 눈 감을 때까지 입을 열지 않았을 거야. 그런데 선균이 놈이 어떻게 안 거래니?"

"헌혈하는 데를 지나가다가 잡혀 들어갔는데 혈액형이 Rh−더래요. 그래서 나름대로 검사받고 그랬나 보더라고요. 제 머리카락이랑 자기 거랑 가지고 검사 의뢰도 하구요."

"그런 게 걸리는 걸 몰랐구먼. 그놈이 맹하니 허당인 줄 알았더니만 그런 머리는 잘 굴렸네. 근데 살아 있는 거지?"

"네. 이젠 괜찮데요. 한동안 못 깨어나서 난리도 아니었는데. 다행이지요."

"선우야."

아저씨는 담배 한 대를 꺼내 물고 내 얼굴을 물끄러미 쳐다본다. 아무 말 없이 엄마가 떠난 뒤에 엄마 방 앞에 멍하니 서 있는 나를 부를 때처럼 측은한 눈이었다.

"엿 같지?"

나는 정말 웃으려고 했다. 그런데 울컥하고 울음이 나왔다. 이유를 말하라면 할 수가 없었다. 눈물이, 울음이, 설움이 쏟아졌다. 아저씨는 그냥 나를 바라보면서 내 울음이 잦아들기를 기다렸다.

"선균이나 오영실 여사를 네 아버지가 왜 끌어안고 살았는지 그 속은 나는 모르겠다. 말을 안 하시고 그렇게 가셨으니. 그런데 나 혼자 내내 형님을 참 원망했어. 너같이 여린 놈 제 엄마한테 딸려 보내지 하면서 욕하고, 오 여사 지랄 발광 병 나서 용쓸 때 욕하고 그랬어. 근데 요즘은 그렇더라. 오영실이 불쌍했나 보다, 선균이 놈이 불쌍했나 보다. 뭐 그렇게 말이야. 선우, 너 가끔 전화해서 잘 있냐고 물을 때는 울컥해. 저놈이 또 등짝이 시리구나 해서."

아저씨 말이 맞다.

나는 추울 때, 마음을 둘 데가 없을 때, 울고 싶은데 울어지지 않을 때 아저씨에게 전화했다. 재욱이가 내 속의 초라하고 비루한 마음을 알아본 것처럼 아저씨도 내 마음을 알고 있다.

진심으로 사람을 대하면 그런 것들이 눈에 들어오는 걸까? 나도 다른 사람의 아픈 마음을 볼 수 있을까?

"여자 없냐?"

웃음이 나왔다. 손수건은 눈물과 콧물이 범벅돼서 축축한데 나는 그렇게 울어 놓고 아저씨의 질문에 웃었다.

재욱이 생각이 났다. 지금의 나는 완전히 외롭지 않다. 이재욱이 내 여자로 있으니까.

"있어요."

"오가다 만나는 여자 말고. 그 뭐냐? 아무튼 네 옆에 두고 싶은 여자라고 해야 하나? 그런 여자 말이야."

"있어요, 아저씨. 한번 데려올게요."

"예쁘냐?"

"제 눈에는 예뻐요. 힘도 세구요. 욕도 잘하고, 잘 웃고, 잘 우는 여자예요."

다 알겠다는 얼굴로 아저씨가 웃었다.

"괜찮네. 네놈이 그렇게 말하는 거 보니까 괜찮은 여자 같은데 한번 보자. 술이나 한번 먹자고."

아버지의 마음을 나는 알 수 없다. 시간이 지나고 내가 좀 더 둥글어지면 조금이라도 이해할 수 있을까?

지금은 내가 내 마음을 알아야 한다.

병실에 들어오는 나를 보던 선균이의 눈이 자꾸 생각난다.

나와는 아무런 혈연관계가 없다는 걸 말하는 동안 녀석은 삼분의 일은 울었고, 삼분의 일은 욕을 했으며 나머지만 말했다. 조용히 하면 될 텐데 녀석은 내게 말했다. 그리고 멍하게 넋이 나가 있는 나를, 나중에 오겠다고 갈라지는 목소리로 말하는 나를 선균이가 불렀다.

'형아.'

형아……라고 불렀다.

'형아. 정말 또 올 거지?'

 내가 이만큼의 나이를 먹는 동안 나는 그녀석이 내 동생이란 것에 별 의미를 두지 않았더랬다. 이도 저도 아닌 무심함이었는데 지금은 심장에 구멍이 난 것처럼 뱃속이 시렸다.

 병원 앞 교차로에서 신호를 기다리며 나는 도로에 가득한 차들의 불빛을 보고 퇴근 시간이란 걸 알았다. 명동에서 여기까지 1시간이 넘게 운전하면서 뭘 했는지 모른다. 오늘 아침에 헤어지고 난 뒤 재욱이와 통화를 못 했다. 나는 그렇다 치고 그녀는 어디서 뭘 하고 있기에 이렇게 소식이 없는 걸까?
 주차장에 차를 세운 후 전화하고 한참 있다가 재욱이의 목소리가 들려왔다.
 "어디니?"
 ―한강요.
 제 발로 거길 갔다는 게 좀 불길하다.
 "거긴 왜 갔는데?"
 ―좀 일이 있었어요.
 그녀의 목소리가 쉬어 있다. 울어서 쉰 건 아닌 것 같다.
 "뭐냐고 물어도 되니?"

―길어요. 이따 말해 줄게. 지금은 빌어먹을 놈 하나를 손봐야 해요.

"누가 빌어먹을 놈인데?"

재욱이가 호흡을 가다듬는 듯한 소리가 들린다. 흥분으로 가득 찬 상태이다.

―이강욱이라는 놈이 있어요. 나중에 통화해요.

오늘은 우리 형제에게 청천벽력 같은 날이었다. 그럼 저 욱 남매에게는 어떤 날이었기에 저럴까?

양재역에서 강욱이를 만나 차를 얻어 타고 엄마의 학교로 가는 내내 우리는 아무 말도 하지 않았다. 분위기에 그다지 민감하지 않은 나까지도 입을 다물 수밖에 없을 만큼 강욱이는 심각했다.

차가 아현동에 다다랐을 때 강욱이가 차를 한쪽에 세웠다.

"왜?"

"너랑 말을 맞춰야 할 거 같아서."

그럼 그렇지. 저 용의주도한 이강욱이 엄마가 다 알고 있다고 호락호락 이실직고하면서 빌 인간이 아니었다. 나라도 지금쯤이면 이런저런 작전을 짜고 이 위기를 넘길 궁리를 할 텐데, 나보다 3배는 머리가 잘 돌아가고 4배는 약은 저 인간이 그냥 넘어갈 리 없지.

"우선, 엄마가 어떤 경로로 일을 아셨는지 알아?"

"몰라."

"투서가 들어왔대."

엄마의 35년 교직 생활에 그것은 말도 안 되는 불명예일 것이다.

내용이 무엇이든 간에 엄마에게는 치명타이다.

"아들이 원조 교제 하고 있는 걸 방치했다고, 그것도 제자와 그런 걸 방치했다고 교사 자격에 문제 있다고 그렇게 왔다더라고."

이쯤 되면 투서를 보내신 분의 신원이 아주 명확해진다. 그 아줌마의 머리에서 나온 게 분명하다. 언제 보냈을까? 어제는 병원을 뒤집고, 오늘은 엄마 학교에 투서를 보내고. 정말 바빴을 거다.

"그러니까 지금 어머니 입장이 아주 난처하실 거야."

"당연하겠지."

"우선은 그 내용이 뭐든지 간에 우린 모르는 일인 거야. 알았지?"

"오리발을 내밀자 이거지."

강욱이는 대답 없이 인상을 오만 가지로 쓰고 핸들을 째려보았다. 매번 만물을 째려보고 살려면 눈이 아플 텐데 저것도 재주다.

"우선은 그렇지. 그리고……."

"그리고?"

"앞으로도 나는 안 그럴 생각이야. 혜진이에게 갔던 마음, 그거 이젠 안 그럴 거야."

띵했다. 저 인간이 또 무슨 소릴 하는 거냐?

"빚 받아 챙기냐? 뭐 갔다 왔다, 줬다 말았다 하게?"

"아직 혜진이도 긴가민가할 거고 구체적으로 아는 건 너 하나밖에 없어. 그러니까 너도 잊어버려."

"내가 똥개냐? 그런 거 잊어버리라고 했다고 홀라당 잊게?"

"못 잊겠으면 입 밖에 내지 마. 나는 이제 모르는 일이니까."

내 오빠지만 정말 비열한 인간이다.

"결국 혜진이만 철없는 계집애 되고 마는 거 아냐? 넌 그러고도 네가 서른한 살이나 처먹은 어른이라고 잘난 척할래?"

"어른이니까 그러는 거야. 어른이니까."

"무슨 개소리야?"

"내가 정신 차리고 멈춰야 하는 거였다고. 혜진이는 애니까 앞뒤 안 가리고 그럴 수 있지만 나는 그러면 안 되는 거였어. 다들 제자리를 찾아가는 거야. 그러니까 너도 그렇게 알고 헛소리하지 마."

버럭 소리를 치려고 입을 여는데 핸드폰이 요란하게 울렸다. 엄마였다.

"간다고! 가고 있어! 다 왔어!"

전화에 대고 나는 버럭 소릴 질렀다.

─이 계집애가 어디서 소릴 질러. 너 어디야?

"5분이면 가니까. 기다려. 어디로 가면 되는 건데?"

─학교 앞에 선일장이라고 여관 205호야. 빨리 와.

"무슨 여관을 잡아?"

─그럼 학교 운동장에서 너랑 강욱이를 잡아야 하니?

엄마답다. 많지도 않는 세 식구 회합을 여관에서 방 잡고 할 줄이야.

아버지가 살아생전에 내가 엉뚱하고 사고 치는 건 다 엄마 닮은 거라고 했는데 그 이유를 조금은 알 것도 같다.

치밀한 이강욱은 나더러 따로 온 것으로 하자면서 먼저 올라갔다. 엄마의 노발대발을 기대하고 들어간 나는 차분하고 가라앉은 선일장 205호실 분위기에 놀랐다.

강욱이는 침대에 앉아 팔짱을 낀 채로 앉아 있는 엄마를 바닥에서 올려다보고 있었고 엄마는 쭈뼛거리면서 들어오는 나를 쳐다봤다.

"너도 들어와 앉아."
"여관이 뭐야, 여관이!"
"쓸데없는 소리 말고 앉아!"
분위기에 휩쓸린, 비굴한 나는 무릎까지 꿇고 앉았다.
"재욱이 넌 어제 네 오빠 병원에서 뭐 했는데?"
그런 거까지 투서에 쓰다니 참 대책 없는 아줌마다.
"뭐하긴. 다 알면서 뭘 물어."
"거긴 어떻게 간 거야. 속옷 좀 갖다 주라고 해도 이리저리 빼고 안 가던 게 왜 네 발로 찾아간 건데?"
"말라리아 주사 맞으러 간 거야. 노는 김에 유적지 건물 답사 삼아서 아프리카나 남미를 좀 가려고 했지. 그래서 풍토병 예방 접종을 할까 해서."
내 머리도 보통 머리는 아니다. 여기서 어떻게 말라리아가 나올 수 있을까? 나의 순발력이 이 정도였다니.
나를 보는 강욱이의 얼굴이 일그러지면서 기막히지만 약간은 감탄도 하고 있는 것 같았다.
"가긴 어딜 가? 거기 가서 왜 남 머리채는 붙잡고 싸워서 이 사달을 내."
"그 아줌마가 강욱이 멱살 잡고 막 지랄하니까 나도 모르게 불끈한 거지."
"말버릇 하고는."
"아, 진짜야. 엄마가 어제 그 상황을 못 봐서 그러는데 진짜 요란했다니까. 나 아니었으면 강욱이 쟤 죽었을지도 몰라."
엄마는 혀를 차면서 강욱이를 취조하기 시작했다.

"혜진이 말로는 혼자 좋아한 거라는데 넌 어떤 거야?"

"어떻긴요. 그대로예요. 그냥 안쓰럽고, 또 혜진이가 예쁘게 굴어서 밥도 사 주고, 공부도 가르쳐 주고, 의대 간다고 하기에 이런저런 조언을 해 준 것뿐이에요. 어머니가 걱정하실 만한 일 같은 건 없어요."

"진짜야?"

"엄마, 말이 되는 소릴 해. 저 인간이 어떤 인간인데 열아홉 살짜리를 맘에 두겠어? 변태도 아니고."

미친 변태 이강욱은 담담히 내 모진 눈빛을 받아 냈다.

"혜진이가 한 말도 있고, 또 네 평소 행실도 있으니 나도, 교장 선생님도 그 투서를 다 믿지 않아. 그런데 이런 일이 일어난 건 분명히 너한테도 문제가 있었다는 거야. 매사에 언행 조심해."

사실을 알면 엄마는 어떤 말을 할까. 지금처럼 차분할 수 있을까?

"그리고 재욱이, 너, 얼굴이 그게 뭐니?"

"싸워서 그런 거야. 엄마 보석 같은 큰아들 구하느라고."

"지랄을 한다."

"그러게, 그게 다 헛지랄이었지."

"당장 집으로 들어와. 얼굴 그렇다고 외박한 거야?"

그 문제에는 지은 죄가 있어서 나는 따박따박 하던 말대답을 못했다. 원님 덕에 나발 분다고 그걸 기회로 삼아 김선우 씨와 일을 친 걸 어떻게 말하겠는가!

엄마는 보충 수업이 있다고 학교로 돌아갔고, 나와 강욱이는 말없이 선일장을 나와 차를 타고 한강으로 갔다.

강변에 차를 세운 강욱이는 가타부타 말없이 밖으로 나갔다. 생각해 보면 나도 강욱이를 욕할 수 있는 주제가 아니다. 결국 엄마 앞에서는 강욱이의 장단에 맞춰 거짓말을 술술 늘어놨으니 말이다.

강욱이는 오징어와 과자 몇 개와 소주 팩을 잔뜩 사 가지고 들어왔다.

"너 차는 어쩌려고?"

"그건 나중 일이고."

소주를 들이켜면서 우리는 아무 말도 없이 도도하게 흐르는 민족의 젖줄 한강을 봤다. 한참 그러고 앉아 소주를 마시는데 강욱이가 뜬금없이 노래를 불렀다.

저 인간이 노래를 부를 줄 안다는 걸 처음 알았다. 학예회 때도 노래는 안 부르고 소품 담당만 하던 인간이었는데.

"광막한 황야를 달리는 인생아!"

강욱이는 '사의 찬미'를 흥얼흥얼 불렀다.

"오라방. 한강이 너 부르니?"

"한강이 날 왜 불러?"

"네가 윤심덕도 아닌데 웬 '사의 찬미'야?"

"별거 아니야. 우리 병동에 있는 어떤 할머니가 매일 부르는 노랜데 자꾸 들었더니 우리 과 애들 다 흥얼흥얼 입에 붙어 있어."

"병원에서 의사들이 '사의 찬미'를 불러 대면 좀 그렇지 않니?"

"그래서 나도 애들 실컷 잡았는데 내 입에도 붙어 버렸네."

강욱이는 그나마 흥얼거리던 노래도 멈추고 깜깜한 강을 본다. 나는 강욱이의 저런 모습에 적응 안 된다. 솔직히 말하면 저렇게 빈틈이 보이는 이강욱을 보느니 3일 밤샘을 하는 것이 낫지. 정말 피곤하고 싫은 일이다.

"나는 잠깐 내가 횡재를 한 기분이었어."

"뭐가?"

"혜진이를 마음에 둔 거 말이야."

"횡재지. 니들이 몇 살 차이야? 띠동갑인가?"

"그런 거 말고. 네 말대로 난 사이보그라서 이날까지 여자를 두고 좋아한다는 마음으로 가슴이 뛰어 본 적도 없고 밤잠을 설쳐 본 적도 없거든. 근데 혜진이를 마음에 두고 나서 정말 붕 뜨고 설레서 네가 사랑 타령하면서 울고불고한 게 살짝 이해가 되더라."

"뒤늦게 철드네."

"철들어서 그런 거겠냐? 철이 없으니까 그런 거지."

"너 같은 인간이 사람을 좋아해서 마음 다친다는 거 자체가 철드는 거야."

"그런가? 근데 이제 그만둘 거야."

가슴이 덜컹한다. 이걸 원한 건 아닌데. 나는 아직 사랑에 빠진 이강욱에게 적응을 못 했을 뿐이다. 강욱이가 보여 준 빈틈을 외면하고 싶어 하고, 살짝 실망 같은 것도 한 내가 미워서 나는 한술 더 떠서 버럭 소리를 질렀다.

"하긴 네가 어떤 인간인데 그런 가시덤불로 뛰어들겠냐? 네가 어떻게 그런 흙탕물을 뒤집어쓰겠냐고. 사랑? 그거야 나 같은 바보 천치나 목숨 걸고 덤비는 거지. 너 같은 인조인간이 사랑해서야 쓰겠니? 그래, 내가 병신이야. 나는 네가 모처럼 인간답게 보이고 사람 같은 마음으로 사는 게 장해 보여서 진짜 네가 하는 사랑이 좀 욕은 먹더라도 나는 그러지 말아야지, 나는 네 편이 돼서 힘이 돼 줘야지 그랬는데. 젠장, 편은 무슨. 내가 미친년이지."

"나는, 나는 어른이야."
여전히 별 변화 없는 어조로 강욱이가 말했다.
"누가 너더러 애라던?"
"나는 박강순 선생님 아들이잖아? 그걸 잊었어. 딴건 다 잊어버려도 되는데 어머니 아들이란 건 잊어버리면 안 되는 거였어. 엄마가 어떤 사람인지 아는데 내가 그러면 안 되는 거였다고."
"엄마가 너더러 사이보그로 살라고 한 건 아니잖아."
"그게 그런 게 아니더라고. 어머니는 아무리 강한 척, 의연한 척해도 마음도 여리고 약한 분이야. 엄마가 날 어려운 자식으로 생각하시는 거 나도 알아. 천성도 있지만 그런 거 말고도 나는 엄마한테 아버지 대신인데 그걸 잊었어. 적어도 내가 어머니 인생에 풍파가 돼서는 안 되잖아. 그리고 혜진이도 아직은 애야. 내가 걔 마음을 덜컥 받아서 뭘 어쩌겠다는 건데?"
담배를 물고 불을 붙이는 강욱이가 말할 수 없이 쓸쓸해 보였다.
나는 적어도 사랑에 있어서만은 자유로웠다. 좋아하는 사람을 맘껏 좋아했고, 사랑에 실패했을 때는 체면이고 뭐고 다 접은 채 술을 마시며 울었다.
엄마는 내가 저지르고 다니는 일들에 대해서 혼낼 줄만 아는 사람이라고 생각했지 강욱이처럼 사람인 엄마의 마음을 배려하는 일 따윈 한 적이 없었다.
강욱이는 천성이 콘크리트가 아니라 콘크리트가 되려고 노력하면서 살았던 거다. 엄마의 마음을 배려하고, 엄마의 입장을 배려하고, 마음 가는 대로가 아니라 그 마음으로 상처 입을 상대에 대해서도 깊이 생각하고 살았던 거다. 나와는 수준이 다르다.

"빌어먹을 인간! 너 진짜 그렇게 잘나서 어디다 써먹니? 재수 없는 놈!"

나는 미안한 마음에 더 크게 강욱이에게 욕을 퍼부었고, 강욱이는 피식피식 웃는 얼굴로 소주를 들이켜면서 내 욕을 즐기고 있었다.

걱정을 담은 김선우 씨의 전화를 받으면서도 나는 상대가 모호한 분노로 계속 버럭버럭 소릴 질렀다. 나는 머리로는 이해가 되지만 마음으로는 이해가 되다 말다 하는 강욱이 때문에 내내 욕설을 퍼부었다.

"야! 별 떨어진다. 별똥별이야."

강욱이가 어두운 하늘을 보면서 말했다.

"미쳤어. 저게 별이냐? 비행기 불빛이야. 너 취했지?"

내가 강욱이를 한심한 듯 돌아봤을 때 내 오빠 이강욱은 핸들에 코를 박고 엎어져 있었다.

오빠 손에 들린 소주 팩을 받아 들었다. 이 인간이 내일 다시 사이보그가 돼서 날 기함하게 만들지라도 오늘만은 말로도 내뱉지 못하는 사랑에 마음 아파하는 것을 지켜봐 주기로 했다.

나처럼 사랑은 두 손으로 꽉 잡아야 한다고 생각하는 사람도 있고, 강욱이처럼 모든 걸 다 버리고 사랑을 잡기에는 어깨에 놓인 짐이 너무 무거운 사람도 있다.

나는 강욱이에게 진심으로 미안했다. 어떻게 그 마음을 접을지 몰라도 오늘은 이렇게 강욱이를 봐주기로 했다.

휴대폰을 꺼내 나는 그에게 전화를 했다.

―어디니?

"한강."

―안 춥니?
"술 먹어서 안 추워."
―그러다 얼어 죽는다.
"주인님. 어제 오늘, 하루가 참 길다."
―그래. 정말 긴 하루였어.
"당신도 그랬어?"
―응.
"왜 이렇게 주인님이 보고 싶지?"
―넌 날 늘 보고 싶어 하잖아.
"잘난 척 좀 살살 하지. 빈정 상하게."
―데리러 갈까?
"그럴래요? 나도 취했고, 또 우리 오빠도 취해서 쓰러졌는데?"
―우리 오빠?
"응, 우리 강욱이 오빠."
그는 잠깐 말없이 있다가 내게 물었다.
―어디로 가면 되는데?
나는 건너편 아파트촌에 빛나는 불빛을 물끄러미 쳐다봤다. 얼마나 기다렸을까. 소리가 나더니 그의 은색 차가 천천히 다가오는 게 보였다. 갑자기 울컥한 나는 차 문을 열고 그를 향해 뛰어갔다. 차에서 내려 나를 보고 웃는 그를 나는 꼭 끌어안았다.

적어도 내 사랑은 이렇게 안아 볼 수도 있고, 이렇게 얼굴을 만져 볼 수도 있고, 이렇게 키스를 퍼부을 수도 있다. 적어도 나는 그런 자유를 누리고 있다.

"왜 이래? 무슨 술을 얼마나 먹은 거야? 그리고 왜 울어?"

"내가? 내가 울어?"

나는 엉엉 울고 있었다. 내가 왜 울지?

나는 고개를 숙이고 울었다. 김선우 씨가 가만히 나를 안고 어깨를 보듬어 줬다.

"쉬쉬. 괜찮아. 다들 괜찮을 거야."

정말 괜찮기를…….

피지도 못한 사랑을 제 손으로 죽여 놓은 강욱이가 괜찮기를…….

넘어야 할 막연한 산이 보이는 그와 나의 앞날이 괜찮기를…….

강욱이의 아픈 속도 모른 채 초라한 짝사랑이라고 생각할 혜진이가 괜찮기를…….

그리고 담벼락을 들이받을 만큼 사랑에 미쳐서 목말라하는 선균이가 괜찮기를…….

세상 모든 사람이 사랑이 주는 상처에 괜찮기를…….

잘할게요

"부자가 좋군요. 고딩이 집 나온다니까 넋 빠진 형님이 아파트까지 척척 얻어 주고. 돈 없어 봐 등짝이나 갈기지. 아파트는 무슨……."
"일당 알뜰하게 챙겼으면 입 다물고 거기나 마저 닦아."
"환경 미화 심사해요? 마룻바닥은 왜 자꾸 닦으라는 거야!"
버럭거린 재욱이는 걸레를 들고 베란다로 나간다. 수돗물 쏟아지는 소리가 요란한 거 보니 걸레를 빨면서 성질을 푸는 거 같다.
나도 이렇게까지 요란 떨 생각은 없었다. 그저 선균이가 원하는 대로 새어머니가 없는 곳에서 쉬게 하고 싶었다.
나는 사실을 몰랐던 이전보다 더 그 자식이 내 동생같이 느껴졌고, 심지어 애틋하기까지 했다.
새어머니의 마음이 어떤 건지 나는 모른다. 아마도 새어머니는 선균이가 평생 모를 거라고 생각했을 것이다. 평소 나와의 관계를 생각한다면 아무리 앞뒤 계산 따위 안 하는 선균이라지만 그 사실을 먼저 내게 말했다는 건 아마도 나를 신뢰해서였을 것이다.

어렸을 때 나는 겉돌았고 선균이는 무시당했다.

나는 선균이 나이에 그림책을 읽어 주고, 간식을 만들어 주고, 잘 때 안아 주던 엄마와 가끔이지만 출근할 때 머리를 쓰다듬어 주는 아버지가 있었다.

하지만 선균이는 늘 징징거리며 아버지에게 매달리느라 자신을 돌아보지 않는 엄마와 무심한 눈으로도 보아 주지 않는 늙은 아버지와 소 잡아먹은 귀신처럼 입 다물고 사는 나이 많은 형만 있었다.

어제 집을 구해 놨다고 말하면서 나는 아주 어색하게 그 녀석의 생채기 많은 손을 잡았다.

어제가 아니라 말도 안 되는 떼를 쓰고 나한테 엉겨 보려고 내 주위를 맴돌던 바로 그때 녀석의 손을 잡아 주었다면 하는 후회를 하면서 나는 가슴이 뻐근했다.

지금은 눈에 보이는 것이 왜 그때는 보이지 않았을까.

사람은 언제나 과거를 돌아보고, 후회하고, 탄식하는 일로 인생을 보내는 것 같다. 지금 이 순간도 어쩌면 후회할 일이 될지 모르지만 그건 지나고 볼 일이다.

저 단순한 내 애인은 일당까지 착실히 챙기면서 약은 척은 하지만 결국 저렇게 걸레를 빨면서 화를 풀고 헤실헤실 웃는다.

"어이, 애인. 우리 짜장면이나 시켜 먹읍시다."

"배고파?"

"당근이지. 지금이 몇 신데? 2시야. 아침 10시부터 쉴 틈도 안 주고 뺑이를 돌렸으면 뭘 좀 먹여 줘야 하는 거 아니야? 내가 아무리 마음씨가 비단 같은 애인이지만 이건 아니잖아."

"욱 양이 아는 비단은 감촉이 사포인가 봐? 중국집 전화번호 알아?"

"당연하지. 아까 세 군데 정도 번호 뽑아 놨지."

저런 쪽으로 재빠르신 건 정말 감탄스럽다.

"그럼 시켜. 난 우동 먹을래."

"후져, 후져. 먼지 먹고 무슨 우동이야."

"짜장면 기름져서 부담스러워."

"좀 일반적이어 보는 건 어때요, 주인님? 이렇게 몸으로 고생하는 노동은 기름기로 보상받아야 한다고요."

결국 나는 짜장면을 먹어야 했고 욱 양은 짜장면에 탕수육도 모자라 서비스로 군만두, 콜라 페트병 하나까지 꺽꺽거리며 먹고야 말았다.

"그게 다 들어가나?"

"더 먹을 수도 있는데 이미지 관리하느라고 조금만 시킨 거야."

"이제 네가 무섭다."

"나 먹여 살리기가 쉬운 일인 줄 알아요?"

"그러게. 얼마를 더 벌어야 욱 양 위장을 채울까?"

"혼자 벌어서는 불가능하다고 봐. 그래서 나 취직하려고."

"취직?"

"언제까지 놀려고. 그만큼 놀면 실컷 놀았다고 봐. 봄부터 착실하게 놀아 대고 있잖아."

재욱이는 모든 준비를 다해 놓은 여유로움으로 취직 이야기를 담담히 한다.

"어디 알아 놓은 데 있어?"

"고 소장님 사무실에 다시 나가려고요. 주인님 내심 고작 거기야, 하고 싶죠?"

"아니, 그런 건 아니고."

"주인님, 내가 그렇게 좋았어?"

"무슨 소리야?"

"나 꼬시려고 7억짜리 이자도 면제해 줬다면서?"

망할 정태 자식, 그걸 다 불다니. 언젠가 들킬 줄은 알았지만 이렇게 일찍은 아니었다. 사실 나는 그 사실조차 홀라당 잊고 있었다.

"그러니 어떡해. 거기를 나가 줘야지. 사실 거기처럼 편한 데도 없어요. 좀 쪽팔리겠지만 그래도 놀던 데서 놀아야지. 이 나이에 낯선 데 가서 맘고생하고 일에 치여 봐. 늙지. 그리고 고 소장이 좀 만만하잖아. 그러니 주인님이랑 알콩달콩 연애도 눈치 안 보고 하고. 얼마나 좋아? 사장 채권자가 애인인 거."

"내가 네 백이네?"

"명색이 애인이라며. 뒷배 좀 봐주고 그래요. 사채업자 아저씨."

겨울이 와서 등이 시려도, 과거가 내 심장을 쪼아 먹어도, 마음만으로는 안 되는 사람과 사람의 일들이 내 어깨에 무겁게 얹혀 있어도 이렇게 간단히 웃어 내면서 견딜 수 있다면, 그리고 재욱이처럼 씩씩하고 긍정적이며 손이 따뜻한 사람이 옆에 있다면 나는 내 지난 일을 돌아보는 걸 두려워하지 않을 것 같다.

나는 웃고 재욱이는 연신 떠들고. 이런 게 재욱이가 말하는 육체노동의 기쁨일지도 모른다.

하지만 지금의 나는 무언가로 충만하다.

선균이가 이곳에서 나처럼 위로받기를 나는 빈다.

춥고 외로웠던 마음을 재욱이 만나 조금씩 위로받았듯이 선균이도 스스로 아니면, 누군가의 도움이든지 어떤 수단으로든 위로받기를, 그래서 다시 생각 없는 아이처럼 씩 웃기를 나는 빈다.

인테리어가 끝나고 입주 청소 업자까지 불렀는데도 구석구석 먼지가 너무 많았다.

아침부터 걸레와 청소기로 쓸고, 닦고, 또 중간중간 가구와 가전제품이 들어오는 것을 받아 가면서 정리하다 보니 짧은 겨울 해는 없어져 버렸고 재욱이는 또 배고프다고 징징거렸다.

결국 보쌈을 시켜서 배를 채우고 재욱이가 소주까지 반병 마시고 나서야 우리는 선균이의 새 집에서 나올 수 있었다.

"무슨 노동 연애도 아니고. 오로지 연애만을 위해서 만난 게 언제인지 기억도 안 나. 연애 시작하고 나서부터 내내 업무로 만나는 거 같지 않아요?"

그러고 보니 또 그런 거 같다.

"그런 거 같기도 하고."

"있잖아요. 내가 원래 그런 사람이 아닌데."

"어떤 사람?"

"오늘은 자꾸 당겨 주네."

"뭐가?"

"근사한 조명, 끈적거리는 음악, 감미로운 커피, 뭐 그런 거."

"그럼 집에 가서 차나 마시자."

"애개? 겨우 집이야."

"너나 나나 몰골이 좀 후져. 근사한 데서 안 받아 줄 거야. 그러니까 내가 커피 끓여 주는 걸로 만족해."

재욱이가 말하는 건 내가 여자랑 자기 전에 했던 테크닉들이다. 얼마 지난 일도 아닌데 낯설다. 그리고 오늘 그녀와 나는 찜질방에 가서 때를 벗기고 뜨거운 찜질을 해야 할 몰골이지 와인 바니 커피숍이니 쳐들어갈 몰골이 아니다.

"사람이 늙어서 그런가? 점점 연애에 게을러지는 거 같아."
"그러는 너는 젊어서?"
"아니면 잡아 놓은 고기라서 밥 안 주는 건가?"
"고기도 늙으면 제값 못 받아."
"말을 해도. 진짜 얄밉다."

눈까지 흘겨 댄다.

재욱이도 연애에 취해서인지 제법 연애질하는 모양으로 가끔 나를 웃긴다.

"그럼 넌 나랑 근사한데 가서 분위기 잡고 뭐 할 건데."
"뽀뽀도 좀 하고……."
"그리고?"

웃음이 비실비실 나온다.

"거, 촌스럽게 자꾸 물어보지 좀 마요. 뭐가 그렇게 궁금해요?"
"네가 분위기 후지다고 나한테 안 덤빈 것도 아니고 수시로 들이 밀면서 분위기는 새삼 왜 찾는 건데?"
"날씨도 후줄근하고, 또 김장철도 다가오고."
"거기서 김장이 왜 나오는 건데?"
"왜긴! 글피에 우리 집 김장해요. 엄마가 내일 가서 장 보라고 그랬거든요. 녹신하게 몸 쓸 일이 다가오니까 그런가. 마음이 좀 왈랑

왈랑해지네."

 결코, 범상한 심성을 가진 사람은 이해할 수 없는 정신세계다. 어째서 김장을 앞두고 마음이 왈랑왈랑씩이나 한단 말인가.

 "김장은 많이 해?"

 "한 100포기는 할걸요."

 "너네 하숙 치냐?"

 "차라리 하숙을 치면 좋지. 불우한 제자들 다섯 포기씩, 열 포기씩 나누어 주고, 혼자 사는 동네 할머니 두 분 챙기고, 또 엄마 학교 냉장고에 넣어 두고, 경비 아저씨들 챙겨 주고. 내 오지랖이 왜 넓겠어요. 엄마 닮아서 그런 거지."

 "너도 신기한데 어머니는 더 신기하시다."

 "그거 나쁜 말이에요? 좋은 말이에요?"

 "왜 네 귀는 그렇게 부정적인데?"

 "열린 마음에 고운 마음으로 살다가 사기 당하면 어쩌려고?"

 "내 친구들 보니까 와이프들이 아이들 담임 선생 수발드느라고 허리 휘던데. 김치도 담가 주고 집안 대소사도 며느리처럼 챙기느라고 정작 자기 집 일은 안 챙긴다고 싸우고 시끄럽던데 박 선생님은 딴 세상 분 같아."

 "그게 요즘 세상에는 일반적인 것 같은데 울 엄마는 혼자 70년대 모범 교사 노릇을 한다고요. 늙은 딸 진 빼먹고. 힘 빠지게."

 "그럼 내일 장 보러 가겠네."

 "가야죠. 배추하고 무 사러 가야죠."

 "힘 자랑 좀 하겠다. 그거 다 들고 오려면?"

 "미쳤어요? 그걸 내가 왜 들어. 배달시키고 난 몸보신해야지. 난 마트 가서 자질구레한 거랑 돼지고기나 좀 사 오면 되네요."

"그럼 내일 사무실로 와. 같이 가자."

"너무 늦지 않겠어?"

"일찍 나오면 되니까 걱정 마. 근데 김장 김치 나도 좀 줄 거야?"

"머슴 노릇 잘하면 뒤로 빼돌릴 생각도 있어요. 그러니까 잘해 봐요."

"어떻게 하는 게 잘하는 건데?"

"머슴이 마님을 모시는 자세가 뭔 줄은 알아요?"

"너 너무 밝히는 거 아니냐?"

"뭐 제대로 모시기나 해 보고 밝히니 어떠니 좀 해 보지."

"나 좀 있으면 마흔이거든."

"그래서 어쩌라고. 기운 달린다고 그러지 마. 기운 달린 사람이 홍콩에 애인 두고 들락거리나?"

"기억도 안 나는 일 자꾸 들먹이지 마. 난 모르는 일이니까."

"그러니까 좋은 거, 맛난 거 많이 먹어. 그래야 마님 잘 모시지."

말로는 절대 안 진다. 힘으로도 안 지겠지만.

힘과 혀가 모두 이리 출중하기는 정말 힘들 텐데 우리 재욱이는 이 모든 게 다 완벽하다. 재욱이 말대로 나는 정말 복 터진 머슴인 것이다.

재욱이가 생글 웃어 가면서 내 허벅지를 스멀스멀 긁어 댄다.

귀여운 것.

"나 안 가려운데."

괜히 머쓱해져서 나는 재욱이에게 시비를 건다.

"그렇게 쭉 주면 마음이 편해요?"

"편하지는 않은데 즐거워."
"성격 진짜 이상한 거 알죠? 좋으면 좋다고 말해요. 마님이 예뻐해 줄게."
내 머리통을 두 손으로 붙잡은 재욱이는 진짜 마님처럼 느끼하게 말한다. 사람이 이렇게도 웃을 수 있다는 게 신기하다. 이렇게 살 수도 있는 거였다.

"사람 오래 살고 볼 일이야."
"뜬금없이 무슨 소리야?"
"벤츠는 보라고 있는 차인 줄 알았어. 근데 벤츠에 우리 박 쌤 김장거리를 싣고 다닐지 내가 알았겠어? 박 쌤이 알았겠어?"
"벤츠나 티코나 다 차야."
"그건 벤츠 타는 사람의 겸손한 척하는 오만이에요."
"내일은 못 보겠네."
"못 보지요. 과로로 세상 뜨면 영영 못 보지요."
"김장하다 과로로 죽는 건 흔한 일이 아니거든."
"울 엄마가 보약 안 해 주겠지?"
"보약 먹고 뭐 하게?"
"마님도 몸 관리 잘해야지. 장쇠도 예뻐하고 마당쇠도 예뻐할 수 있는 거야."
우리는 정말 부부처럼 시장을 제대로 봤다.
수육으로 쓸 목살도 세 근이나 사고, 재욱이 어머니가 좋아하신다는 안동 소주에 집에서 먹기 위한 간식거리를 담으며 손을 잡고 이리저리 돌아다녔다. 농협에서 직접 하는 마트라서 그런지 규모가 정말 컸다. 백화점이나 편의점만 돌아다녔던 내 눈이 호사를 한다.

소시지 시식 코너에서 염치도 좋게 세 점을 연달아 이쑤시개에 꿰어서 내 입에 넣어 주는 재욱이와 마주 보고 웃다가 나는 한 쌍의 눈동자와 마주쳤다. 바보처럼 입을 벌리고 시식용 소시지를 받아먹는 나를 낯익은 눈동자는 낯설다는 듯, 또 약간은 비웃는 듯 보고 있었다.

미연이었다.

"입 안 닫아요? 뭐 해? 더 달라고?"

"아니야. 누굴 좀 만났네."

"누구?"

두리번거리면서 내 시선을 좇던 재욱이도 미연을 한눈에 알아본 것 같다. 우리는 같은 지점을 바라보고 있었다.

미연이는 카트도 밀지 않은 채 여전히 우아하고 세련된 걸음으로 또각또각 다가왔다.

"여기서 만나네. 뭐, 백화점이나 호텔 그런 데서 만날까 봐 긴장했는데, 의외인데?"

"나 역시."

나는 여전히 미연이 앞에서 바보 같았다.

"안녕하세요?"

미연이가 상냥하게 재욱이에게 인사한다. 누가 보면 내 전처가 아니라 여동생이나 살가운 대학 동창쯤으로 생각할 수도 있을 것이다.

"네, 안녕하세요?"

"조미연이라고……."

"이분의 전 부인 되시죠?"

순발력 좋으신 공사장 십장 이재욱 기사가 냉큼 말을 가로챘다.

"현재 여자 친구세요?"

삐딱한 미소를 입에 단 채 오만한 얼굴을 숨기지 않고 미연이가 묻는다.

같이 산 지 1년쯤 후부터 미연이는 간간이 저런 얼굴로 나를 대했고 헤어지기 위해 서로 불편하게 매일을 보낼 무렵에는 늘 저 얼굴이었다.

마음이 확 상했다.

저런 얼굴로 재욱이를 본다는 것이 이렇게 불쾌할 줄은 몰랐다. 나를 저렇게 쳐다볼 때도 불쾌하지 않았다. 서로 취향이 다르다 정도로만 생각했다.

"아니. 내가 좋아서 목매는 사람이야."

미연이가 순식간에 다시 상냥 모드로 바꾸고 웃는다.

"어머. 내 말에 기분 나빴나 보네. 나쁜 뜻은 없었어."

"그렇겠지."

재욱이는 차분한 얼굴로 담담히 옆에 서 있다.

"잘 지내지?"

"응. 나 다음 주에 약혼해요."

"그래?"

"비웃으려면 비웃든가. 두 번째 시집가는 주제에 약혼이냐고."

"할 만하니까 하겠지. 할 만하면 스무 번째 약혼도 할 수 있는 거 잖아?"

"당신은 그렇게 말할 줄 알았어."

"어떻게?"

"강 건너 불구경하듯이 너는 그러렴, 나는 이런다. 그런 거 있잖아."

"아무튼 축하해."

"더 축하해 줄래? 나 총각 변호사랑 결혼해."

"그럼 더 축하해."

"당신이 위자료를 잘 쳐줬잖아. 그래서 혼수가 빵빵해."

"있는 게 돈밖에 없으니까."

미연은 내게서 눈을 떼고 고개를 돌리며 물었다.

"있죠? 성함이?"

"이재욱이요. 이름이 좀 그렇죠?"

"어울려요. 기분이 안 나쁘시다면 말이죠."

기분 나쁘라고 하는 말 같다. 나쁜 년.

"별로. 왜 기분이 나쁘겠어요?"

"선우 씨가 재욱 씨를 진짜 좋아하나 봐요. 저 사람 이런 데 오는 거 별로 안 좋아하는데."

이런 데 오는 걸 싫어한 사람은 미연이였다. 우리는 이런 사소한 것도 왜 함께하지 않았을까. 그러니 당연히 멀어질 수밖에.

"우리가 왜 이혼했는지 저 남자가 말했죠?"

모골이 서늘해진다. 미연이가 또 무슨 복장 긁는 말을 하려고 저러는지 모르겠다.

"같이 살기 싫다고 했다면서요."

재욱이 또한 만만치 않게 받아친다.

"저 김선우 씨가 한 가지만 가졌어도 난 저 남자 절대 안 놨을 거예요."

정말 얄미운 년이다. 재욱이에게 무슨 말을 하려고 저러는 걸까.
"뭔데요?"
"야심요."
재욱이의 얼굴이 살짝 찌푸려진다.
"저기, 영부인이 꿈이셨나 봐요?"
나는 어이없는데 내 여우 같은 옛날 마누라는 까르르 웃는다.
"아뇨. 그랬으면 사채업자랑 결혼 안 했죠. 난 저 사람이 그 돈 버는 재주로 더 큰 사람이 될 거라고 기대했어요. 그런데 안 그러더라고요. 별말 없이 내가 뭐라고 하든지 자기가 하고 싶은 일만 하더군요. 앞으로 무슨 일을 어떻게 할 건지, 자기가 뭘 할 건지 나한테 입도 벙끗 안 했거든요. 기다리고 또 기다리다 보니까 지루해서 죽을 거 같았어요. 그래서 그만둔 거예요."
"뭐, 이분 성격이 워낙 과묵하시다 보니 그럴 수도."
"아뇨. 저 사람은 나하고 그런 거 말할 생각이 없었을 거예요. 그냥 나를 골 비고 약은 주제에 야심만 빵빵한 부잣집 딸이라고 생각했을 테니까요."
내 속을 저렇게 잘 알고 있었다니 뜨끔하다. 그런데 미연이가 말하는 나는 좀 나쁜 놈 같다.
나쁜 놈이었을까? 재욱이도 그렇게 생각하고, 또 지금 참고 있는 걸까? 그래서 어느 날 재욱이도 미연이처럼 그러는 건 아닐까?
"그렇게 보인 부분이 있겠죠. 그러니까 그랬을 거라고 생각해요."
"저 남자 편이네요, 완전히."
"그럼요. 제가 조미연 씨 편을 들겠어요?"
"맞네요. 내가 좀 웃긴 말을 했네요."

"이쯤에서 서로 덕담해 주고 헤어지죠. 산뜻하게."

"그럴까요?"

미연이와 재욱이는 눈인사를 한 다음 서로 등을 돌려 반대 방향으로 걸어갔다. 나는 잠시, 한 1초 동안 어안이 벙벙해 있다가 재욱이의 옆에 붙어 섰다.

"쫄았죠?"

"쫄긴! 고무장갑이냐? 쫄게?"

"뭘, 쫄았구만. 걱정 마요. 나 기분 안 나빠요. 당신이 저 여자한테 질척거리는 눈빛을 보낸 것도 아니고, 저 여자도 그런 거 같지 않네요. 오히려 만나고 나니까 편한데."

"취향도 특이하지, 우리 욱 양."

"근데, 정말 나한테 목매고 있어요?"

"무슨 소리야?"

"아까 그랬잖아. 내가 좋아서 목맨다고."

"그랬나?"

"뭐야. 헛소리한 거야?"

재욱이는 약점 하나 잡은 걸 가지고 물고 늘어진다. 진땀이 난다.

"다 알면서 뭘 물어?"

"내가 뭘 아는데?"

재욱이가 알아야 하는 내 마음. 뭐라고 말해 주면 그녀가 알까?

"곰곰이 생각해 봐."

귓불이 벌게져서 더는 말 못 하겠다.

"뭔데?"

"숙제."

"재수 없어. 뭐 그딴 걸 숙제라고 내냐?"

나는 실실 웃었고 재욱이는 뭐냐고 징징거리며 쫓아다녔다. 계산대에서 나는 우리를 쳐다보는 미연이와 잠깐 눈이 마주쳤다. 짧게 눈인사를 하자 미연이도 그랬다.

재욱이는 내 마음을 전부 알지 못할 것이다. 나도 다 모르니까. 하지만 나보다 다른 사람이 먼저 아는 내 마음이 있다. 미연이는 나도 몰랐던, 재욱이에 대한 내 마음을 본능적으로 알았는지도 모른다. 그래서 잠깐 뾰족하게 굴었을 것이다.

재욱이는 여전히 투덜거리고 있지만 나는 더 깊어지는 내 마음을 만지고 있다.

재욱이는 좀 더 알아야 한다. 내 마음을 말이다. 아까 흔들림 없이 미연이를 대하는 재욱이를 보면서 그녀 마음의 깊이를 느꼈는데, 재욱이는 내 마음의 깊이를 어디까지 알고 있을까.

"장 선생은 시집간 딸년이 김장해서 나른다더라."
"그래서 어쩌라고. 장 선생 딸년이야 100포기씩 안 해도 되니까 그러겠지."
"그놈의 100포기 타령 좀 그만해."
"좋잖아. 시집 안 간 딸이랑, 혼자 사는 과부 엄마랑 이렇게 오순도순, 김치도 100포기나 담고. 안 그래?"
"퍽이나. 너나 실컷 좋아해. 난 징글징글해."
"그럼 어디 맛있다는 데 주문해다 먹든가. 왜 나까지 끌고 들어가 생고생시키면서 구박이야."

"구박받는 걸 아는 게 어찌나 뻔뻔한지."

역시 올해도 강욱이는 쏙 빼고 엄마와 나만 둘이 앉아서 김장을 한다.

그저께 미리 동네 시장 채소 가게에 배추와 무를 주문 배달 시킨 후 나는 그를 만나러 딴 길로 샜다. 그러고는 핑곗거리를 만들기 위해 엄마가 적어 준 대로 쪽파부터 시작해 장을 잔뜩 본 후 그의 은갈치 세단에 싣고 서울 시내를 뱅뱅 돌다가 12시 반에 들어왔다.

집에 들어오다가 나는 엄마한테 배추와 무로 구타를 당했다.

히터를 너무 틀어서인지 트렁크에 넣어 둔 돼지고기가 흐물흐물해지고, 소주는 뜨듯해져 있었기 때문에 나는 별 변명도 못 하고 미친 계집애 소리를 계속 들어가면서 욕을 먹었다.

결국 어제는 그를 만나러 나가지도 못하고 하루 종일 풀 죽은 배추를 찬물에 담아 살려서 소금에 절이고, 씻고, 마늘 찧고, 쪽파 다듬고 등의 잡일을 하느라고 노동에 시달렸다. 눈에 물음표가 가득 들어 있는 엄마의 눈초리를 피해 가며 나는 김장 준비를 했다.

"무슨 쌍팔 년도도 아니고 100포기를 왜 해?"

"강욱이도 줘야 하고. 여기저기 조금씩 퍼 줘 봐, 그것도 모자라지."

"요새는 배추도 절여서 보내 준다던데 이게 무슨 원시 시대 작업이냐고."

"너 언제 시집갈 지 모르는데 김치 담는 거라도 가르쳐야 할 거 아니야."

"난 사 먹을 거야."

"썩을 년. 가르치면 네 하고 곱게 배울 것이지. 말대답을 못되게 하지, 꼭."

"돼지고기는 언제 삶아?"

"언제 삶긴. 너 김칫독 구멍 팔 때 삶아 뒀어."

"세상에 아들놈 내버려 두고 딸년더러 삽질하라는 엄마가 어디 있어?"

"그 아들놈이 일할 주제가 안 되잖아."

"작년에는 시켰잖아. 올해도 월차 하루 쓰고 오라고 하지. 어떻게 날 그렇게 알뜰히 부려먹어."

"말본새 하고는, 아무튼. 다 아는 년이 저렇게 넋 빠진 소릴 해."

"알긴 내가 뭘 알아? 엄마 아들 귀하신 거?"

"네가 불어."

눈을 내리깔고 배추만 버무리는 엄마지만 느낌이 이상하다.

"니들 눈에는 내가 물로 보이냐?"

"엄마를 누가 물로 봐?"

"그 뒤로 별말들이 없는 거 보니까 수습이 된 건지 몰라도 나는 바보가 아니다. 니들 둘 다 공부는 잘했어도 하나 특출하게 못하는 게 있지. 바로 거짓말."

실컷 까불고 놀았더니 그게 식칼 위였던 거 같다. 부처님 손바닥에서 까불어 댄 손오공도 아니고, 나뿐 아니라 잘나신 강욱이까지 나란히 걸려든 걸 보니 우리 남매는 정말 헛똑똑이인 것 같다.

"무슨 거짓말을 했다고 그래?"

"강욱이 놈 속이 어떤 건데?"

"걔 속이 뭐 어떻긴. 그냥 싸가지지."

"난 눈도 없는 줄 알아? 그놈이 여자 보고 그렇게 부드럽게 웃어 줄 놈이고, 안 와도 되는 금요일에 꾸역꾸역 집에 들르는 놈이었냐고. 그리고 제 놈도 눈이 있으니 혜진이가 예쁘게 보였겠지."

"그러니까 범 아가리에 토끼 잡아다 묶어 놓은 거네, 엄마가."

"누가 범이고, 누가 토끼인데."

"둘 다 엄마가 잘 아는 인간들이니 알 거 아니야. 강욱이가 토끼고 혜진이가 범이지."

"둘이 어디까지인 거야?"

"둘이 어디까지긴? 가다 만 거지. 가기나 했나? 그 병신이 가기나 했겠어? 제 풀에 엄마 생각하고, 제 처지 생각하고 꼴값을 떨더니만 주저앉은 거지."

"혜진이는?"

"그 계집애야 뭐. 대충 눈치챘겠지만, 이강욱이 누군데. 지가 독한 맘 먹었는데 곁을 또 내주겠어?"

엄마는 바쁘게 움직이던 손을 멈추고 생각이 많은 얼굴로 물끄러미 앉아 있었다.

엄마가 저렇게 늙었나. 화장도 안 하고 머리도 부스스하니 엄마는 오늘 폭삭 늙어 있었다.

"그 등신이 술 처먹고 겔겔거러더니 괜찮은가 봐. 그 뒤로는 다시 인조인간이잖아. 걘 그게 어울려. 개도 그게 편할 거야. 걱정 마, 엄마. 한 2, 3년 있으면 강욱이 자기랑 똑같은 인조인간 하나 데리고 와서 마징가 왕국을 보여 줄 테니까."

"강욱이가 술 먹고 겔겔거려?"

"그거 아주 볼만했는데. 어찌나 아까운지, 정말. 비행기 보고 별

똥별이라고 박박 우기고 코 박고 자고. 내가 그 인간 끌고 분당까지 내려가느라고 골이 다 빠졌다니까."

"어떻게 거기까지 갔는데?"

헉, 막힌다. 아무래도 엄마한테 낚인 거 같다.

"누가 데리러 왔어."

"누구?"

"그냥, 누구 있어."

"너 만나는 놈이 데려다줬겠지."

나는 절대로 독립운동, 민주화 운동, 이런 거 못한다. 조금만 말아 주면 확 말려 들어가니 말이다.

"뭐 하는 놈인데?"

"돈 벌러 다녀."

"그럼 밥벌이는 하는 놈이네. 몇 살이야?"

"서른여섯."

"그 나이 먹도록 뭐 했다니?"

나는 난처한 얼굴로 잠깐 생각했다.

그래 다 불자. 언젠가는 알게 될 거 오늘 김장독에 쑤셔 넣어져 파묻히는 한이 있어도 자수하자 싶어졌다.

"그냥, 남들 사는 거처럼 살았지."

"무슨 구린 뒤가 있는 거야. 빙빙 돌리는 게 이상해."

"몇 년 전에 이혼했어."

이제 내가 절인 배추로 맞는 수순만이 남아 있다.

엄마는 뜨악한 얼굴로 나를 본다. 몇 대나 맞을까?

"왜 헤어졌다니?"

"뭐, 내가 아나. 그냥 성격 차이."

"지랄들을 한다. 성격 차이가 당연히 나는 게 부부지. 성격 차이는 무슨. 그런 거면 난 네 아버지랑 2개월도 못 살았어."

"진짜로 안 맞는 사람들도 있잖아."

"너랑은 잘 맞아?"

"응."

엄마는 또 묵묵부답으로 배추만 버무린다.

"누군데?"

"그 방배동 집주인. 엄마도 봤잖아."

엄마는 기막혀서 입만 쩍 벌리고 심지어 김치 버무리는 것도 멈췄다. 매도 한 번에 맞자. 다 말하는 게 좋을 거 같다.

"너 남자 혼자 사는 집에 그러고 매일 드나든 거야?"

"그 남자 만나러 다닌 게 아니라 일하러 다니다 정이 든거지."

"그 사람은 일도 안 나가고 너랑 만난 거래?"

"사실은 그 사람이 좀 다쳐서 내가 병간호를 좀 해 줬지."

"네가? 네가 뭘 할 줄 안다고 다친 환자 병 수발을 들어?"

"엉덩이뼈 금 가고 팔다리 좀 나간 거라서 힘만 좋으면 다 할 수 있어."

"사람이 성질이 좋거나 어지간히 절박했나 보다. 널 부려 먹은 거 보면."

"내가 얼마나 잘해 줬는데. 그러니까 나한테 넘어온 거 아니야?"

"혜진이 엄마도 그런 말 안 했는데."

"혜진이 아줌만 내가 대신 일 나간 거 몰라?"

"가뜩이나 나한테 미안해 죽으려고 하는데 대타로 딸년 내보냈다고 해 봐. 몸조리나 제대로 했겠어? 마음만 불편하지."

"그럴 거 없는데. 내가 공짜로 해 줬겠어? 추가 비용 청구해서 받아 냈지."

엄마는 결국 내 등짝을 내리쳤다.

"아, 왜 때려?"

"아이구. 얼빠진 계집애. 거기 가서 그런 잔머리를 굴려서 돈을 알겨내?"

"다 지난 일인데 뭐. 그리고 이제 그 남자는 나 없으면 못 산다니까."

"퍽이나 그러겠다. 도대체 네가 얼마나 들이댔기에 그러는 건데? 그 남자도 너랑 같은 마음인 건 맞는 거야?"

"그렇다니까. 내가 아무리 연애에 걸신이 들리고 남자에 환장했어도 그렇지 아무려면 나 혼자 좋아하면서 엄마한테 말하겠어?"

엄마는 한숨을 쉬더니 다시 장갑을 끼고 김치를 버무린다. 100포기는 정말 많다. 나는 저 실한 배추 100포기가 벌겋게 버무려질 때까지 심문을 당하지 싶다.

그런데 엄마는 한참 아무 말도 없이 오로지 김치 버무리는 거에만 집중한다. 도저히 못 참겠다.

"엄마, 속상하는 건 아는데. 근데 있잖아. 나 그 사람이 진짜 좋거든."

"네가 언제 사귀는 놈 안 좋아한 적 있냐?"

"옛날에는 난 사랑이 좋았지, 사람을 좋아한 것 같지 않거든. 근데 이 사람은 진짜 사람 그 자체로 너무너무 좋아. 엄마가 못 만나게 하고 헤어지라고 해도 야반도주해서 만날 거야."

"말장난하고 있네. 너도 서른 살이야. 자식이 나이를 먹으면 잡고 있는 손을 놔야 할 때가 코앞에 닥친 게 느껴져. 그래서 다들 자식들한테 집착하고 그러는 거겠지. 근데, 예전에 네 아버지가 그러더라. 그럴 땐 멋지게 손 놓아주라고. 그래서 혼자 가다 넘어지고 코가 깨져도 그냥 보고 기다리라고. 못 견디게 아프면 다시 품으로 기어 들어올 거고, 살 만하면 뒤뚱거리든지 펄펄 날아서든지 제 갈 길을 갈 거라고. 그러니 그냥 두고 보는 거야. 너나 강욱이나."

가슴이 턱 막힌다. 목구멍부터 배꼽까지 먹먹해지는 것 같고 목소리가 나오지 않는다.

"강욱이 놈은 시키지도 않았는데 지레 주저앉은 거겠지. 나도 그놈 결정이 옳은 거라고 생각해. 그런데 나는 너나 강욱이나 너무 애 안 썼으면 좋겠다. 너희들이 손가락질을 당하든 돌팔매질을 당하든, 나는 세상 사람들 기준으로 너희를 보진 않을 거야. 어미 눈으로 보는 거지. 결국 팔은 안으로 굽는다고 너희들 편을 들 거야. 그러니까 하고 싶은 일을 하고, 사람 좋아하는 거 내 눈치 너무 보지 마. 강욱이한테도 그렇게 말해. 나는 그놈하고는 말이 잘 안 이어져서 이렇게 길게 제대로 안 나올 거 같아. 그래도 강욱이는 너하고 이런저런 말 좀 하잖아."

"엄마. 우리 잘할게."

목이 멘다.

나와 강욱이의 인생이 엄마의 인생에게 막 미안해한다.

"네가 어떤 사람을 만나는지 내가 안 봤으니까 모르지. 너도 연애질도 할 만큼 했고, 나이를 한두 살 먹은 것도 아니니 뭐라고 드잡이할 생각은 없어. 그런데 너무 마음을 다치지는 마라. 네가 그 윤신영인지 하는 놈 머리에 불 지르고 주저앉았을 때 진짜 아찔했어. 그런 돼먹지 않은 인연에 마음이 너무 깊이 상해서 주저앉을까 봐. 뭐 다 지나고 한 생각이지만."

나는 고개를 숙이고 눈물 콧물이 범벅이 돼서 울었다. 팔뚝으로 닦으려고 쓱쓱 문질렀지만 어림도 없었다.

정신없이 얼굴을 문지르는데 엄마가 버럭 소리를 질렀다.

"이년아. 김장에 코 빠뜨리지 말고, 가서 낯짝이나 씻고 와."

아, 엄마의 정겨운 저 버럭 소리.

고무장갑을 벗고 세수를 하면서 나는 엉엉 울었다. 왜냐고 물어도 모른다. 생각은 나중에!

우선 지금의 나는 울어야 한다.

준비, 손잡고 출발

"그래서 둘이 앞으로 어쩌려고?"
"어쩔까?"
"정상적인 경로라면 재욱이 모친 찾아뵙고 인사드린 후 약간 내지는 거센 반대를 이겨 내고……. 뭐, 두 번째 장가를 가는 거지."
"내가 장가 한 번 갔다 온 건 나도 알고, 재욱이도 알고, 재욱이 오라버니에 그 모친도 다 아시거든."
"근데 뭐가 문젠데?"
"문제가 있기는 한 것 같은데 콕 집어서 말할 수 없다는 게 또 문제지."
"미친놈. 나는 한 번도 안 간 장가를 두 번이나 가려니까 걸리냐?"
"그게 걸리면 여기까지 일을 끌고 온 내가 진짜 미친놈이게."
모처럼 정태가 술을 사 들고 집에 왔다.
복직을 겨울에 한 탓인지 재욱이는 만날 때마다 얼굴이 발갛게 얼어 있었고, 손은 얼음장처럼 차가웠으며 몸을 녹인다고 한 잔 걸치신 소주 냄새를 간간이 풍기고는 했다. 그럴 때의 욱 양은 어찌나 대담하신지 나는 정태 저 자식이 있는 자리에서마저 재욱이에게 키스를 당하곤 했다.

"이 여자 저 여자 같이 자러만 다니더니 너 요즘 재욱이한테 자 달라고 매달리지?"

"내가 왜? 매달릴 틈도 안 주거든. 그러니까 그쪽으로는 관심 꺼."

"좋겠다. 젠장, 나는 왜 그렇게 힘 좋은 애인이 안 생기는 거야."

"저번에 선본 여자랑 좀 만나더니만."

"만나지. 어제도 보고, 그제도 보고. 아주 열심히 만나고 있지."

나쁜 자식.

우리 재욱이 공사판에 내몰고 저놈은 연애질이란 말이지.

"그럼 됐지, 뭐가 불만인데?"

"어찌나 조신하신지, 밥도 새 모이처럼 먹고, 술도 와인을 주로 마셔 주시고, 안주는 주로 퍼런 곰팡이가 테 두른 치즈만 드시고. 넌 어떻게 생각하냐?"

"어쩌다 그런 분을 만났냐? 어떻긴 어때? 보아하니 그 여자는 아가씨고 넌 예나 지금이나 쭉 건달인 거지."

"평생 모시고 살 아가씨겠지?"

"아마 그럴걸. 그 머슴 노릇을 다 감내하겠다면 그땐 너도 장가 한 번 가 주는 거지. 갔다가 힘들면 다시 유턴하고 나처럼 제대로 된 임자 만나는 거고."

"이런 썩을 놈. 그걸 말이라고 하냐?"

"야, 사람 만나는 일처럼 지치는 것도 없는데 힘들면 관둬. 내가 재욱이 만나면서 깨달은 건데 말이야. 남자랑 여자가 만나서 행복하려면 힘들면 안 되는 것 같아. 나랑 재욱이도 나름대로 이리저리 태클이 들어오지만 둘 다 그다지 힘들어하지 않거든. 우리 욱이한테 고마운 게 많은데, 그중에서도 제일 고마운 게 날 힘들어하지 않는다는 거야. 그리고 재욱이가 하나도 안 버거운 내가 난 가장 고마워."

"고마운 거 많아서 갚을 은혜도 많겠다. 젠장, 민태 자식이 설치지만 않았어도 내가 이렇게 머리 부셔져라 아가씨를 만날 일이 없는데 말이야."

"민태가 왜?"

"그 미친놈이 어디서 새파란 여대생을 하나 꼬셔서 장가를 가겠단다. 내 보기에는 애를 하나 키우는 게 나을 성싶은데 말이야."

"아가씨하고 애하고. 집안이 참 다이내믹해지겠다."

"그러니까 박 터지게 걱정스러운 나도 입 다무는데 너는 무슨 문젯거리가 있다고 그렇게 우중충하냐!"

"뭐가 문제냐면……. 방금 든 생각인데 말이야. 나는 겁이 나."

"꼴값한다. 너더러 청룡열차 타라든? 뭐가 겁나는 건데?"

나는 고등학교 때 지금은 에버랜드로 탈바꿈한 자연농원에 소풍 갔다가 청룡열차를 타고 기절해서 실려 나온 적이 있었다. 저 자식은 잊을 만하면 한 번씩 그 이야기를 꺼낸다.

"재욱이가 변할까 봐. 또 내가 변할까 봐."

"딴 년놈들 만나서 사랑 어쩌고 하면서 개수작을 떨까 봐 겁나는 거냐?"

"그거보다는 내가 죽 쑤고 엎어 버리긴 했어도 결혼해 봤잖아. 나중엔 미연이가 암말도 안 하는 게 느껴지더라. 저 여자가 날 진짜

경멸하는구나. 아주 우습게 보고 지루해하는구나."

"그 여인이야 아가씨 중에도 별나게 대단하신 아가씨니까 그렇지. 그리고 너도 미연 씨 재수 없어 했잖아."

맞다. 나 역시 미연이를 재수 없어 했다. 재욱이에게 내가 그런 감정을 가지고, 재욱이 역시 같은 감정으로 나를 경멸하고 미워해서 참아 낼 수 없어 하면 그때는 어떻게 해야 할까?

"생각을 많이 하지 마. 첫 장가를 워낙 생각 없이 갔다 와서 그러는가 본데, 생각이란 게 너무 안 해도 문제고 너무 골을 파고들어도 문제야."

"그럴까?"

"넌 왜 사람 관계에 늘 실패만 있다고 보냐? 그게 그렇지도 않아. 적어도 평강 공주랑 네가 안 어울린다는 건 저번 장가 가서 알았잖아."

"평강 공주?"

"그래. 평강 공주! 조미연 씨는 자기가 평강 공주가 돼서 바보인 널 장군으로 만들 생각이었나 본데 넌 온달이 아니었잖아. 적어도 바보 온달은 마누라 말을 잘 들었거든."

나의 지난 결혼 생활에 대한 정태의 촌평에 두 번 놀랐다. 첫째는 내가 바보 온달로 뽑혀서 미연이에게 낙점되었다는 거였고, 둘째는 정태의 정연하고 군더더기 없는 논리 때문이었다. 모두 다 맞는 말이었다.

이제 내가 나갈 길은 재욱이를 법적으로 묶어 내 옆에 두는 거다. 아마도 내가 청혼한다면 재욱이는 분명 우렁차게 예스를 외치면서 같이 살자고 덮칠 것이다. 그렇다면 어떻게 그 과정을 잡음 없이 조용히, 그리고 박강순 선생님의 윤허를 말끔히 얻어서 하느냐 인 것이다.

나는 이제 생각해야 한다. 모든 일이 최소한의 소음과 충돌로 마무리될 수 있도록 말이다.

요즘의 재욱이는 박 선생님에게 꽤 나긋나긋해졌지만, 나와 관련되어 박 선생님이 약간만 삐딱하게 언사를 꺼내도 부르르 떨고 있으므로 나는 조심하고 또 조심해야 한다. 어디로 튈지 모르는 재욱이를 다독이고 또 다독여야 한다.

"청심환 먹었어요?"
"청심환 먹으면 헬렐레해져서 혀 꼬여."
"우리 엄마 말발은 보통이 아닌데. 맨 정신에 될까?"

긴장하고 있기는 한데, 더구나 재욱이의 저런 기막힌 이야기가 내 긴장을 풀어 주겠다는 의도가 아니란 것도 잘 알고 있는데, 나름대로 체념에 심각을 겸비한 재욱이는 정말 제대로 웃겼다. 아침부터 뻣뻣했던 등골이 조금은 노골노골해진 것 같았다.

박강순 선생님께서 날 보고 싶다며 간단하게 밥 먹으러 오라고 하신 게 지난 화요일이었다. 토요일 저녁이면 좋겠다는 의견에 나는 당연하게 간다고, 정말 감사하다고 재욱이를 통해 말을 전했다.

그런데 문제는 저 욱 양의 의사 전달 능력이다. 잔뜩 흥분한 채로 내게 박 선생님의 초대를 알렸을 때 알아채야 했다. 재욱이가 우리 중 그 누구보다도 많이 긴장한 상태로, 살짝 한정 치산의 단계에 접어들었다는 걸 말이다.

얼마나 긴장하셨는지 재욱이네 집에 인사 간다는 사실을 알리고 싶지 않았던 고정태까지 그녀의 심한 불안 증세를 눈치채서 알아내고야 말았다.

재욱이는 백일치성을 드리는 수험생 엄마의 자세로 커피 대신 마시던 소주를 끊었고, 떨어지는 낙엽도 조심한다고 떨어질 낙엽도 없는 겨울 가로수마저 피해 다녔다.

더구나 고정태까지 설쳐 대면서 재욱이를 내근직으로 돌리더니 —일이라도 하면 긴장이 풀릴 텐데— 사무실에서 하루 종일 둘이 맞대고 앉아 '잘돼야 될 텐데.'를 중 염불 외듯이 한다.

내가 요즘 연애질에 재미 붙여서 예전처럼 미친놈인 양 모니터 여덟 대를 밤낮없이 째려보지는 않는다지만 그래도 기본적인 수익은 내야 하는데도 불구하고 번갈아 전화하는 고 건축의 쌍고둥 때문에 넋 놓고 흘려보낸 달러가 엄청났다. 정말 돈 많이 드는 연애가 아닐 수 없다.

오늘도 재욱이는 월차까지 쓰고 아침부터 우리 집으로 출근했다.

경마장 경주마 저리 가라 할 정도로 앞만 보고 달려 주시는 욱 양은 웃통 벗고 면도하는 나를 덮쳐 면도기를 빼앗고는 자기가 하겠다면서 달려들더니만 기어이 얼굴에 생채기를 내 놓고 지레 재수가 없다느니, 액땜을 한 거라느니 난리를 쳤다.

전후 사정을 솔직히 말하고 도움을 요청하자 혜진이 아주머니는 좀 당황해하셨지만 진심으로 축하해 주셨다. 그리고 본인이 느끼는 박강순 선생님에 대해 설명과 조언을 자분자분 해 주셔서 나는 나름대로 마음이 조금 편해져 있는 상태였다. 그런데 그 평화를 재욱이가 아침부터 들이닥쳐서 둘러엎고는 생난리를 쳤다. 아주머니는 둘이 잘 어울린다 하시면서도 웃음을 참느라 애쓰시는 게 보였다.

그렇지만 심각한 불안 증세를 보이는 욱 양 때문에 나까지 덩달아 잠시 가라앉았던 울렁증이 도질 지경이었다.

결혼할 여자 집에 인사갈 때 챙길 것들은 경우 바른 혜진이 어머니가 깔끔하게 챙겨 주셨고, 박강순 선생님에 대한 도타운 믿음과 정으로 각종 정보와 충고를 받았다고 누누이 말했지만, 그것만으로는 욱 양의 저 조급증과 울렁증을 막을 길이 없었다.

"재욱 씨, 김 사장님 진짜 좋아하나 보다. 내가 듣기로는 박 선생님이 그러셨거든. 재욱 씨가 선생님 제일 많이 닮았다고. 선생님은 좀 대범하시잖아. 근데 신랑감이 얼마나 좋으면 이렇게 긴장해?"

"그게 아니죠. 박 쌤 대범하신 건 대외적인 쇼구요. 게다가 아줌마도 아시잖아요. 저 김선우 씨가 중고인 거. 그러니 엄마가 70퍼센트 오케이했다고 해도 난 불안해요."

"오빠가 와서 도와준다고 했다면서."

"그 인간이 오겠다 했지만 도와주겠다는 말은 안 했어요. 그 인간 연애에 실패하더니 어찌나 독해지고 싸해졌는지 몰라요. 지 꽃밭 뭉개졌다고 심술 나서 내 꽃밭에 불 지르면 어떡해요!"

"설마 그러겠어?"

"강욱이를 몰라서 그래요. 그 인간이 얼마나 심술 맞고 독한데요."

"혜진이 말로는 무뚝뚝해서 그렇지 친절하고 정도 많다던데?"

"혜진이한테야 그러겠죠."

나는 옆구리를 찔러서 또 밑 터진 콩 주머니처럼 질질 새는 재욱이의 입을 막았다. 그냥 놔두었다가는 이강욱 씨의 애절한 사랑 이야기의 상대가 아주머니의 고등학교 3학년 딸 혜진이란 걸 술술 불 위인이다.

"난 처음이라서 그런가? 왜 이렇게 울렁거리고 머리가 아프지?"

"생각을 별로 안 하던 사람이 과하게 해서 부작용 생긴 거 아니야?"

"말을 해도 꼭 고따구로 하죠. 기분 막 상하려고 하는데?"

"네 말대로 내가 중고잖아. 걱정 마. 잘할 테니까."

"첨엔 나도 주인님 걱정에 치여 죽는 줄 알았죠. 근데 주인님은 이제 걱정거리도 아니에요."

"내가 걱정거리가 아니면 뭐가 걱정인데?"

"나요. 난 내가 젤 걱정이에요. 엄마가 주인님 구박하고, 면박 주면 또 불끈해서 판 엎자고 덤빌까 봐 걱정이고, 또 주인님이 심하게 기어 주면 맘 상해서 욱할까 봐 걱정이고, 암튼 내가 걱정이 많아요."

정말로 웃긴다. 결국 새어 나오는 웃음을 참지 못하고 뿜어서 재욱이의 독기 어린 눈총을 받았다.

"나 하는 게 꼴값이요, 떠드니 주접이라고 생각하죠?"

저렇게 잘 알면서 왜 저러는지. 날 웃기려고 하나 보다.

나는 피식 웃었다가 혜진이 아주머니가 말끔히 다려 놓은 와이셔츠가 구겨질 대로 구겨지도록 베개로 맞고 결국 다시 다려 입어야 했다.

준비는 다 됐다. 맞을 매가 있으면 맞고, 들을 욕이 있으면 들으면 된다.

그저 박 선생님이 나와 재욱이의 진심을 그 넓으신 혜안으로 알아 주셨으면 하고 간절히 바랐다.

"김선우라고 합니다."

"반가워요."

박강순 선생님은 정말 선생님 같았다.

예전에 우리 집에 오셨을 때는 피차 경황이 없어서 기억마저 흐릿했지만 오늘 자세히 보니 정말 강단 있고 속이 깊은 분이었다. 내가 학교 다닐 때 전혀 볼 수 없었던 바람직한 교사 같았다.

"예전에 한 번 뵌 적이 있었죠. 그때는 경황이 없어서 제대로 인사도 못 드렸어요."

"재욱이 담 들어서 술 먹고 퍼졌을 때니까 경황은 내가 더 없었어요."

예의를 차리고 웃는, 저 밑에 깔린 공감대의 웃음.

"왜들 웃어?"

"넌 좀 빠져. 나설 때가 아니야."

경우 바르신 이강욱 씨가 나서서 퉁을 주었지만 재욱이는 서른한 살의 성숙한 여성이 아니라 호기심과 성깔로 똘똘 뭉친, 연령 불명의 아이처럼 눈을 반짝였다.

"오라방이나 빠지셔. 바쁘신 분이 여긴 왜 온 거야? 누가 반가워한다고."

"오빠가 아버지 대신이야. 넌 입 다물어."

박 선생님이 이를 물고 옅은 웃음을 지어 가며 재욱이를 말렸다.

"아빠는 인격이 훌륭하셨는데."

"내 인격도 나무랄 데가 없다고 봐."

"너 가슴에만 털 난 줄 알았더니 양심에도 털 났구나?"

이강욱 선생 가슴에 털이 있나 보다. 멋지다. 다시 보인다. 나는 없는데.

"이놈의 계집애 입 안 다물어?"

드디어 듣기만 하시던, 늘 궁금했던 박 선생님의 일갈이 터졌다. 이 사이로 낮게 뱉어 내는 소리에 아옹다옹하던 욱 남매가 확 수그러들었다.

"연년생으로 나서 키웠더니만 세상에 저런 앙숙이 없네요. 미안해요."

"아닙니다. 괜찮습니다."

"재욱이 쟤 어디가 좋았어요?"

재욱이와 똑같이 굴어서 같은 수준으로 평가 절하 되려던 이강욱 선생이 갑자기 질문을 던졌다.

"머리부터 발끝까지요."

아, 이렇게 말하는 게 아닌데. 모자라 보일 텐데 말이다.

나를 제외한 세 사람의 얼굴이 어색해진다. 재욱이도 쓴웃음을 지으면서 내 옆구리를 찔렀다.

"그건 좀 오버라고 봐. 딴걸로 해. 촌스럽잖아."

"쫙 빼입고 패션쇼 가니? 난 그 대답 맘에 들어요."

일이 잘 풀리려나 보다. 박 선생님과 내가 뭔가 찌릿 통한다.

"감사합니다."

"사람 일 생각하기 나름이에요. 참 간단한 건데 마음이 그렇게 쉽지는 않잖아요. 내가 무슨 말을 하나 싶죠?"

"아, 네."

"별말 아니에요. 그냥 재채기라고 생각하면 되는데 조류 독감이라고 생각하면 문제가 복잡해지잖아."

엄청 어렵다.

"엄마, 무슨 말을 하는 거야? 못 알아듣겠어."

"다시 말하자면, 지금 둘이 앞으로 같이 살겠다고 여기 온 거 맞죠?"

"네."

"그게 정말 책임이 무겁고 어려운 일이란 것도 알 거고. 김선우 씨는 내 말이 무슨 뜻인지 알 거라고 생각해요."

내 실패한 결혼을 넌지시 짚고 가신다. 사려가 깊은 것 같기도 하고 안에 칼이 들어 있는 것 같기도 하다.

"나도 쟤들 아버지가 살다 말고 가 버려서 부부로 사는 끝이 이러네 저러네 할 주제가 못 돼요. 내가 반대한다고 식칼 물고 엎어져도 저 계집애는 끄떡도 안 할 거고, 30년 만에 남자 놓고 큰맘 먹은 딸 년 살아온 30년만큼 속이 있겠지 하고 못난 욕심을 접었어요."

"죄송합니다."

"나한테 죄송할 거 없어요. 내가 두 가지만 말할게. 하나는 쟤보다 먼저 죽지 마요. 지지고 볶아도 끝까지 살아요. 내가 과부 되어 보니까 억울한 게 참 많더라고. 세상 조용하게 저 시끄러운 애 보내고 그리고 가요. 그리고 두 번째는 생각을 너무 많이 하지 말고."

박 선생님은 목이 타는지 앞에 놓여 있던 커피를 꿀꺽꿀꺽 원샷해 버렸다. 꼭 사약을 들이켜는 것 같았다.

"뭐든지 지나치면 도루묵이라고, 난 세상에서 지나쳐서 제일 꼴 우스워지는 게 생각 같아. 도인이나 성인이 아닌 다음에야 생각을 너무 많이 하면 일이 꼬이더라고. 깊이 생각할 필요도 없고, 차분차분, 그냥 천천히 가요. 그럼 별로 실수가 없을 거 같아. 앞뒤가 안 맞아도 그냥 편하게 풀어 들어요."

말은 아니라고 하시지만 나는 박 선생님이 가지신 생각의 깊이를 느꼈다. 나이를 먹는 일이 저렇게 사람의 그릇을 크게 하는 거라면 세상을 오래 살아 낸 걸 마냥 겁낼 필요가 없을지도 모른다.

갑자기 방배동 선균이 어머니가 생각났다.

저 욱 남매와 전설 같은 그들의 아버지기 만들어 준 세상이 박 선생님을 깊고 넓은 사람으로 만들어 주었다면, 용서를 모르는 무심한 남편과 아예 존재 자체를 부인하고 무시한 전실 아들인 내가 새어머니를 구석으로 몰아간 건 아닐까?

사람을 보는 따뜻한 눈은 마음먹는다고 가질 수 있는 것이 아니다. 가족들의 깊은 눈을 닮고 그들의 따뜻한 마음을 느끼면서 자신도 그렇게 닮아 가는 것이다.

우리들은 서로를 경계하고, 상처 내고, 무시하면서 벽을 쌓고 들어앉았다. 아버지의 부재로 남은 우리들은 고립된 세상에서 느끼는 서러움을 서로에게 날카롭게 뿜어내 상처를 준 게 아닐까?

"가 봐서 아니면 어쩌려고 그렇게 대책 없는 말을 해, 엄마는!"

"김선우 씨도 재욱이랑 생각이 같아요?"

"저는……."

목에서 뭔가 울컥하고 올라와서 내 목소리를 막아섰다. 나는 싸해지는 눈이 아팠고 먹먹해지는 목구멍이 아팠으며, 이 상황에서 눈물이 나는 내가 한심했다.

"울어요?"

당황해서 목소리가 높아진 재욱이와 눈이 동그랗게 된 이강욱 씨는 날 미친놈 보듯이 봤지만, 박강순 선생님은 티슈를 두 장 뽑아 내게 내밀었다.

"착한 사람인가 보네. 이렇게 우는 거 보니."
"모자란 사람일 수도 있어."
이강욱 씨가 심란한 목소리로 말했다.
"너보다는 넘쳐."
"내 말이 잘 전달된 것 같아서 난 마음이 좋네. 이상 끝. 밥 먹읍시다."

일어나라며 내미신 재욱이 어머니의 손은 따뜻했다. 옛날 아주 어릴 때 골목에서 넘어져 울먹거리는 나를 향해 내밀었던 엄마의 손처럼 그렇게 따뜻했다.

발목을 잡아도 나는 간다

"너네들 나 엿 먹일라고 작당했니? 이참에 나 혈압 때문에 핏줄 터져서 죽으면 만사형통이다 싶었어?"
"아니에요. 그리고 혈압 없으시잖아요."
"지금 생기려고 그래. 어떻게 나랑 머리끄덩이 잡고 싸운 계집애랑 결혼하겠다고 나서, 나서길!"
"어머니도 그때 실수하셨잖아요."
"너 속으로 고소하다 했지? 저 계집애가 나랑 쌈질할 때 너 신나지 않았냐고?"

나는 정말 마음이 아팠다. 처음에 무릎 꿇고 앉아서 그의 새어머니의 새된 고함을 듣고 욕을 먹을 때만 해도 울컥했고 열불이 났다. 그러나 고 소장의 말대로 2시간 죽었거니 하고 있다 나오려고 마음먹은 터라 너는 짖어라 나는 딴생각한다 하고 넘기려 했다.

그런데 그 2시간을 넘어 3시간이 다 되도록 나는 같은 레퍼토리로 본인의 파란만장하고 억울한 인생을 펼쳐 놓고 그 파란만장과 억울함의 결정체인 나와의 쌈박질에 다시 한 번 게거품을 무시는 선균이 어머니의 유창하신 말솜씨와 집요함, 그리고 김선우 씨에 대한 악에 받친 미움에 질릴 대로 질렸다. 또한 가라앉고 피곤한 얼굴로 공손하게 일일이 다 대꾸하는 그의 모습에 마음이 아팠다.

정말 목구멍까지 치받치는 그 무언가를 가라앉히고 점점 차오르는 오줌보까지 말리고, 이제는 감각도 없는 다리를 객관적으로 느껴 가면서 욕을 먹고 있었다.

"그런 거 없어요. 상황이 꼬여서 이 친구도, 어머니도 격하게 되신 거지요. 이제 선균이도 좋아졌으니까 어머니께서 마음을 좀 푸셨으면 좋겠어요."

나는 연애하면서, 또 가정부를 하면서 그의 놀라운 인내심에 감탄을 하곤 했다. 그는 들뜨는 일도, 흥분하는 일도 별로 없었다. 그저 가라앉은 목소리와 흔들리는 눈빛으로 나는 그의 마음을 넘겨짚었을 뿐이었다.

내가 마음을 보여 주고 내가 그에게 전부를 걸면서 그는 피식피식 바보처럼 웃었고, 뜨문뜨문 옛날이야기를 해 주었다. 술 먹고 느슨해졌을 때 어린 시절을 물어보면 자분자분 슬픈 이야기를 담담히 해 주다가 가끔은 울었다. 내 어깨에 기대어 자는, 아이 같은 얼굴을 보며 잠깐씩 내 마음을 되짚어 보았다.

그는 내가 알지 못하는, 슬픈 뒷모습을 가지고 있었다. 그의 서러운 지난날에 이 목청 좋으시고, 야하시고, 기억력과 상상력이 풍부하신 저 오영실 여사가 상당 부분 기여했다는 걸 내 몸의 모든 감각 기관으로 느끼고 있었다.

슬슬 잠까지 오는 걸 보면 내가 이 고문에 잘 적응하는 듯하다. 나는 고개가 뒤로 꺾이지 않을까 고민하면서 짬짬이 아주 잘못했다는 듯 고개를 푹 숙이고 졸았다. 학교를 다니면서 익힌 기술을 결혼 허락을 받으러 와서도 써먹을 줄이야. 사람은 경험에서 우러나온 삶의 지혜로 세상을 현명하게 살 수 있는 거다. 서너 번 잠에서 깨어 그와 오 여사와의 끊임없는 도돌이표 대화를 확인했지만 결론은 전혀 나지 않았다.

그는 집 앞에서 심호흡하는 내게 말했다.
"아마 끝까지 반대하실 거야."
"그럼 어떻게 해요?"
"어떡하긴. 그래도 우린 결혼하는 거지."
"그럼 지금 인사 가서 혼나고, 반대당하는 거, 비는 건 쇼네."
"그건 아니고. 나 저분한테 못되게 군 거 많거든. 앞으로도 알랑거리는 상냥한 아들이 될 수 없지만 그래도 최선을 다하고 싶어."
"좀 어려워지려고 하네."
"뭐가?"
"나한테 말 안 한 게 있는 듯한데 물어봐도 대답 안 해 줄 거지?"
"응."
예상했지만 맥 빠지는 대답이다.
"알았어요. 들어갑시다. 들어가서 석고대죄하고 빌어 봅시다. 지은 죄도 있는데 못 빌 게 뭐야! 안 그래요?"
그가 내 어깨를 툭 치며 웃고 나는 그런 사소하고 친밀한 터치가 좋아서 바보처럼 헤벌쭉 웃었다.

어차피 가야 할 거라면 웃으면서 가자.

꿈인지 생신지 구분을 못 하고 있을 때 벼락 치는 소리가 들렸다.
"엄마 뭐 해?"
암행어사 출두를 해도 이보다는 조용하지 싶다.
문짝이 떨어져라 열어젖히고 들어온 사람은 저 문제적 여인의 문제적 아드님이신 김선균이다. 녀석은 깁스한 팔을 가지고 엄청난 기세로 문을 열면서 고함을 질렀다. 어떻게 저런 자식과 차분하시고 고상하신 우리 주인님이 피를 나눈 형제란 말인가. 나와 이강욱만큼이나 언밸런스한 혈연관계이다.
"어유, 우리 애기! 너 괜찮은 거야? 어쩌자고 그 몸을 해서 집을 나가? 엄마한테 서운한 거 있어서 그런 거니?"
내가 처음부터 보지 않았더라면 저 앞의 그 기세등등하고 살벌한 분위기는 졸면서 꾼 개꿈이라고 믿을 만하다. 어찌나 변화무쌍하신지 표독하고 상스러운 계모에서 끈적거리게 살갑고 심하게 들러붙는, 세상에 둘도 없을 정도의 사랑이 넘치는 엄마로 돌변하는 데에 1초도 안 걸렸다.
역시 세상에서 제일 무서운 건 사람이다.
"엄마, 지금 형한테 태클 걸고 있었지?"
"아니, 내가 웬만해야 받아들이지. 저 계집애가 그 원조 교제 하던 의사 놈 동생이라잖아. 그때 나하고 머리끄덩이 잡고 이년 저년 하던 그년이라니까."
맹세코 난 이년 저년은 안 했다.
"엄마는 왜 알지도 못하면서 일을 벌여서는 형수랑 싸우고 그래?

혜진이가 얼마나 성질을 낸 줄 알아? 엄마 병원 가서 깽판 친 거 가지고?"

"그년은 또 뭐가 잘났다고 그래? 우리 아들 가슴에 대못 박아 놓고."

"엄마, 쪽팔려. 그만해. 엄마 아들이 끼고 돌아다닌 계집애들이 얼마나 많은 줄 알아? 걔는 끼고 돌아다녀 본 적도 없는데 나한테 무슨 대못이냐고. 오버 좀 하지 마. 쪽팔려 죽겠어."

이번에 다칠 때 영혼이 바뀐 건가? 어쩌자고 저렇게 착해진 거지.

"형, 형수랑 얼른 가. 여긴 내가 있을 테니까. 그리고 형수 미안해요."

선균이는 나와 그를 몰아내다시피 일으켜 내보냈고, 오 여사는 나와 그를 매서운 눈으로 이리저리 째려봤지만 귀하신 선균이의 눈치도 살살 보시느라고 더 이상의 악다구니를 하지 못했다.

쥐가 오를 대로 오른 다리를 질질 끌고 아파트 앞에 서니 하늘이 노랗게 보였다. 휘청하는 나를 그가 붙잡았다.

"고생 많았어, 욱 양."

"죽을 고생이었죠."

"죽을 고생하면서 조냐?"

"봤어?"

"그럼 안 보이냐?"

"어머니도 보셨나?"

"보셨으면 가만 있으셨겠니? 난리가 한 번 더 났지. 참 대단한 여인이란 건 알고 있지만 어떻게 그 와중에 조냐?"

"주인님은 말대꾸나 했죠. 나는 입에 자물쇠 채우고 앉아 있었잖아요. 얼마나 지루한 줄 알아요? 내가 오죽했으면 좋았겠냐구요."
"알아. 고생 많았어. 가자, 맛있는 거 사 줄게."
"그럽시다. 봄도 오는데 뭐 좀 먹읍시다. 목련도 피고 좋잖아."
"지금 피는 목련은 미친 목련이야. 제정신이 아닌 거지."
주차장까지 가면서 우리는 티격태격했다. 늘 있는 일이지만 힘든 일이 있거나 마음이 상할 때마다 우리는 사소한 걸 가지고 옥신각신한다.
나는 안다. 그도 알 것이다.
우리가 이런 식으로 산 하나를 같이 넘고 있다는 걸 말이다.

정말 궁금하다. 내 오라버니 이강욱의 뇌 구조가.
가끔 드라마 주인공들의 뇌 구조를 그려서 인터넷에 올린 걸 볼 때마다 나는 이강욱의 머리통을 저렇게 해 놓으면 얼마나 좋을까 하고 생각한다.
믿기지 않게 노는 날 싫어하는 인간이 오프라고 집에 왔다. 그것도 치킨을 두 마리나 사 가지고 말이다. 엄마는 늦을 거라서 결국 두 마리를 둘이서 뜯어 먹고 있었다. 그런데 내 기억에 나는 다리 세 개와 날개 네 개를 먹어 치운 후 나머지 잡다한 부위도 꽤 먹었는데, 강욱이는 닭다리 하나를 손에 들고 음악 감상 중이다.
우리 집과 어울리지 않게 피아노 독주곡을 좋아하는 강욱이는 백건우의 광팬이다. 원래 사람이건, 사물이건, 열광 같은 거와는 거리가 먼 차가운 피의 강욱이가 가슴 벅차게 사모하는 그분이 베토벤 소나타 앨범을 새로 내셨는지 오라방은 닭다리 하나를 들고 앉아서 내가 옆에서 나머지 닭을 뜯는지 마는지, 심지어는 전혀 존재를 못 느낀다는 듯이 음악에만 열중한다.

사람도 자꾸 보면 정들고, 똥개도 자꾸 보면 귀엽듯이 연주 시작하면 5분 내에 반드시 자던 나도 더 이상 그렇게 졸지 않는다. 백건우가 대가라서 그런 건지 아니면 내 귀가 업그레이드된 건지 몰라도 피아노 소리에 내 마음이 왈랑왈랑 반응하기도 한다.

드디어 음악이 끝났다.

"끝났냐?"

"듣고도 모르냐?"

"좋더라."

"진심이냐?"

설마 하는 얼굴로 나를 보며 진지하게 묻는다.

"나도 귀는 있거든."

"그 닭을 다 먹었냐?"

내가 남긴 무수한 닭 뼈를 뒤적이던 강욱이가 혀를 찬다.

나도 혀를 차고 싶다. 웨딩드레스 가봉하고 와서 이렇게 먹어 대도 되는 건지.

"네가 안 먹으니까 나라도 먹어서 시집가는 데 체력 좀 키워야지."

"네 체력은 이미 K1에 나가도 되니까 그건 안 길러도 돼."

"나 식장 들어갈 때 네 손을 잡고 들어가는 거 맞지?"

"아마 그럴걸. 왜 싫냐?"

"싫은 건 아니고. 네가 좀 그럴까 봐. 오라버니 장가도 안 보내고 내가 날름 가는 거 좀 그렇잖아."

"네가 스무 살쯤 돼서 때도 아닌데 굳이 가는 거면 그렇겠지만 넌 지금 너무 올드해. 서른한 살이라니 늦은 신부잖아. 신랑도 늦고."

"요즘 트렌드야. 늙은 신부."

"요즘 트렌드는 늙은 신부에 어린 신랑이야. 네 신랑이 어리냐?"

"안 어리지. 거기다 한 번 다녀오시기까지 했지."

원래 나와 강욱이는 말싸움에 관한 한 어느 정도 득도를 한 상태가 되어 놔서 이렇게 슬슬 시비를 걸어오면 끝을 봐야 하는데 나는 자꾸 목소리가 가라앉고 졸렸다.

"배가 부르니까 무거워서 가라앉나. 자꾸 기분이 땅 밑으로 꺼지려고 해."

"내가 보기엔 말이지 네가 방방 뜨던 약발이 좀 가라앉은 거 아닐까?"

"확실히 그런 거 같아. 근데 이게 일시적인 기분일까? 설마 뭔가 불길한 미래에 대한 예지력 같은 건 아니겠지?"

"진짜 가지가지로 한다. 내가 아는 인간 중에 코앞의 일도 절대 모르는 인간이 둘 있어. 너하고 고민태. 근데 네가 더 심하거든, 그러니까 방정맞은 소리해서 엄마한테 얻어맞지나 마."

"오빤 그대로 끝난 거야?"

"뭐가?"

CD 케이스를 어루만지며 강욱이가 심드렁하게 묻는다. 나는 그동안 정말 그 바쁜 와중에 이 기회를 틈틈이 노렸다. 혜진이에 대한 강욱이의 마음을 알고 싶었다.

"혜진이."

강욱이가 눈을 들고 먼 곳을 담담하게 본다. 남매라서, 너무 가까운 사이라서 놓치고 만 강욱이의 또 다른 모습 같아서 낯설다.

"시작이나 제대로 했나? 그냥 덮은 거라고 하는 게 맞지."

"괜찮아?"

"안 괜찮으면 어쩔 건데? 가끔 수술하다 보면 환자들 배 열어 허연 암 덩어리들 보고 놀라서 다시 덮어 버리는 케이스가 있어. 그런 거 같아. 그냥 열어 보지 말걸, 후회하는 케이스 같은 거."

누가 칼잡이 외과 의사 아니랄까 봐 비유도 저딴 식으로 한다.

"엄마 다 안다."

오빠의 눈썹이 휙 올라간다.

"뭘?"

"오빠랑 혜진이."

"그걸 다 불었어?"

"미쳤냐? 엄마 눈치가 몇 단인데 그게 안 보이겠어. 다 알고 물으시더라. 너무 조용히 넘어간 거 이상하다고 생각 안 했어?"

두 손을 마주 잡고 강욱이가 한참 생각한다.

정말 몰랐을까?

"그러게. 쉽게 넘어간다고 했더니 그게 아니었네."

이쯤에서 또 하나의 폭탄을 떨어뜨려야 한다. 안쓰러운 마음도 있지만 솔직히 나는 강욱이의 반응이 정말 궁금했다.

"혜진이 의대 붙었다던데."

"연락하니?"

"혜진이 아줌마 선우 씨네 집에 오시잖아."

"좋아하시겠네."

"너무 좋아하시더라고. 막 우시더라."

"잘된 거지 뭐. 어느 학교 붙었다든?"

"너네 학교."

강욱이가 멈칫한다. 자기도 긴장되겠지. 사람인데.
"오빠 너 군의관 갔다 오면 병원에서 볼 수도 있겠다."
"학교에 자리가 나면 그럴 수도 있겠지."
갑자기 할 말이 없어진다. 그냥 싸우는 게 더 편하다. 화제를 돌려야 한다.
"근데 오라방. 너 나 시집가는데 뭐 해 줄 거야?"
이런 수준의 대화가 우리에겐 어울린다.
"손잡아 주잖아."
"물질적인 걸로 말해 줘. 난 단순 무식 하고 속물이라서 눈에 보이고 팔아서 돈 되는 거 좋아해."
"부자한테 가는 게 돈, 돈 하기는."
"오라버니의 성의를 물질로 확인해 보고 싶다는 말이지, 나는."
강욱이가 벌떡 일어나 제 방으로 가더니 뭔가를, 통장이 분명한 걸 들고 나온다. 얼마나 있으려나?
"받아. 그래도 만기 지나서 시집가니까 이자가 좀 붙더라."
이천만 원짜리 정기 적금 통장이었다.
"너 무슨 돈이 이렇게 많아?"
"많아서 모은 거 아니야. 네가 아무리 깡욱이, 깡욱이 해도 내가 네 오빤데 빈손으로 어떻게 시집보내나 싶어서 인턴 때부터 모은 거야. 근데 어찌나 시집을 안 가고 버티는지 원래는 천만 원짜리였는데 묵히니까 자꾸 불더라."
가슴이 먹먹해졌다. 이 통장 때문이 아니라, 나는 진짜로 강욱이가 아주 든든한 내 오빠 같아서 그런 거 같다.
"고맙다는 말도 안 하냐?"

"내가 세상을 참 잘 산 거 같아. 내 자신이 자랑스러워."
"이게 무슨 거지 깽깽이 같은 소리야?"
"그렇잖아. 너한테 이런 돈도 받고."

잘난 척, 당연한 척, 넘어가려고 했는데 목이 멘다. 그리고 눈물이 난다. 내가 돈을 이렇게 좋아했나?

"골고루 한다. 닦아."

오빠가 티슈를 뽑아 준다. 정말 감동이다.

"나 인생에 감사해야 할 거 같아."

"인생은 무슨. 거창하게 나가지 말고 나한테나 감사해. 엄마한테 감사하고, 또 너 데리고 가겠다고 나선 그 걱정스러운 네 신랑한테도 감사하고."

아무렇지도 않게 TV를 켜고 리모컨으로 이리저리 채널을 돌리는 오빠를 보면서 나는 인생에 감사한다.

오빠가 내 오빠인 인생에 감사하고, 엄마가 내 엄마인 인생에 감사하고, 내 남자가 김선우 씨인 내 인생에 감사한다. 갑작스럽게 인생이 감격 시대인 것은 강욱이의 통장이 원인이기는 하지만, 돈이 아니라 넘어진 내 손을 잡아 주는 그들이 함께하는 내 인생이고 앞으로도 그 손을 놓지 않아도 되는 내 인생이어서다.

나는 정말 복 많은 인간이다.

에필로그

  아무리 두 번째라도 결혼식은 긴장되기 마련이다. 끼고 있는 하얀 장갑이 땀에 젖어서 손이 답답하다.
  옆에서 손님을 맞고 있는 새어머니는 워낙에 이런 이벤트를 좋아하는 탓에 사무실 사람들과 이런저런 금융 회사 사람들이 아는 척하면 호들갑을 떨면서 자연스럽게 인사하고 덕담을 나눈다.
  내 옆에서 서 있는 선균이는 신랑 동생이 아니라 조폭 하다가 개과천선해서 보디가드로 전업한 놈처럼 인상을 쓰고 있다.
  처음도 아닌데 가슴이 덜덜 떨린다. 맞은편에서 손님을 받고 있는 박 선생님이나 이강욱 씨는 몰려오는 손님에 적잖이 당황하는 표정이었다.
  청첩을 딱 100명만 하겠다며 미안해하시는 박 선생님께 나는 더 미안했다. 내 사정을 배려하시느라 개혼임에도 이렇게 단출하게 일을 치르시려는 게 죄송했다. 나는 살면서 가족들의 배려라는 게 어떤 건지 경험해 보지 못해서 이럴 땐 어떻게 해야 하는지 당황했다.

이강욱 씨가 내게로 와서 그와 어울리지 않는 미안한 얼굴로 말했다.

"청첩을 안 했는데도 소식을 듣고 오신 분들이 많아서 정말 미안합니다. 우리도 생각을 못 했어요."

"제가 더 죄송하죠. 저 때문에 모실 분들도 다 못 모시고. 신경 쓰지 마세요."

"신경이 왜 안 쓰이니?"

귀 밝으신 새어머니가 그냥 넘어가지 않고 태클을 걸었다.

"아니, 이럴 줄 알았으면 우리도 청첩 제대로 했죠. 우리가 너무 기울어 보이잖아. 속사정은 그게 아닌데 말이야."

얼굴이 화끈 달아오르고 귀가 멍해지는 것 같았다.

"엄마. 쇼 해? 시합하는 것도 아니고 손님이 누가 더 많이 오냐를 왜 그렇게 따지냐고. 두 번째 장가가면서 신문에 날 일 있어?"

"이 자식이! 넌 입 다물고 있어. 원래 혼사란 게 그런 게 아니야."

"촌스럽게. 난 엄마 이러는 거 싫어서 혼인 신고만 하고 살 거야."

요즘 선균이 놈은 갑자기 사리 분별이 멀쩡해지고 의젓해져서 여기저기로 치고 들어오는 새어머니의 태클을 모두 막아 준다. 처음엔 의아했고, 중간엔 고마웠고, 이제는 안쓰럽고 미안해진다.

만약 아버지가 친부가 아니라는 걸 몰랐다면 선균이 눈이 저렇게 깊어지지 않았을 거고, 여전히 철없어도 그늘은 보이지 않았을 거다.

"걱정 마세요, 사돈 아저씨. 엄마나 그렇지, 우린 괜찮아요."

나름대로 연적이었던 선균이와 이강욱 씨는 마주 보고 담담히 웃는다.

"고마워, 사돈총각."

웃으며 자리로 돌아가는 이강욱 씨를 보고 선균이가 '젠장'이라고 내뱉는다.

"너 또 왜 그래?"

"불안해하지 마. 저 아저씨랑 싸우려고 그러는 거 아니야. 근데 형. 나도 저 아저씨만큼 나이 먹으면 저딴 식으로 멋질까? 꼭 총 잘 쏘고 씩 웃는 갱 같잖아. 쌩하니 멋진 게."

"그래서 나이 먹고 총 잘 쏘는 갱 하려고?"

"내가 바보냐? 여기가 미국도 아니고. 요즘은 갱들도 총질 안 한다더라."

"알면 됐어."

"형, 있잖아. 나도 나이 제대로 먹어서 저렇게 멋지게 되고 싶어."

나는 선균이의 이런 말에 어울리는 멋진 답변을 해 줄 수가 없다. 정답이 없는 질문이 아닐까?

"선우, 축하한다."

전씨 아저씨였다.

"안 오시는 줄 알았어요."

"왜 안 와? 늦어서 미안하네. 일찍 와서 자리 지켜야 하는데."

"일본 가셨다고 해서 못 오시겠구나 했어요. 재욱이랑 인사를 못 드리러 가서 죄송해요, 아저씨."

"좀 전에 도착했어. 그래도 첫 비행기 탔더니만 시간을 대충 맞추네. 잘 살아라. 그리고 신부 데리고 한번 와. 내가 맛있는 밥 사줄게. 근데 이름만 보면 청첩장 잘못 찍은 줄 알겠다. 신부는 재욱이고, 신랑은 선우고."

"성격도 그래요. 아저씨. 우리 형수 열라 잘 싸워요."
"너랑 싸우면 되겠다."
"저도 못 이겨요."
"지난번엔 꼴값 공주더니 이번에는 쌈닭이냐? 취향 하고는……."
새어머니가 혀를 찼다.
"오영실 여사 오랜만이네."
"오랜만이네요. 알은척은 하시네요. 그냥 안면 깔 줄 알았더니만."
"그럼 쓰나, 형수. 여전히 예쁘네. 근데 좀, 아주 조금 늙었어."
아저씨는 새어머니 놀려 먹는 일을 원래 재미있어했고 새어머니는 여전히 팽해서는 파르르 떤다.
"저기 신랑님, 저 좀 잠깐."
도우미 아가씨가 얼굴이 노래져서 나를 부른다.
어쩐지 모든 게 너무 순조로웠다. 무슨 일일까?
어깨에 힘이 들어가면서 신부 대기실로 뛰어가는 내 발걸음이 후들거린다.

"살다 살다 별짓을 다 한다. 그러게 작작 좀 먹으라고 했지?"
"언젠 배가 든든해야 결혼식 때 안 쓰러진다며. 새벽부터 머슴밥 해서 입에 넣어 준 게 누군데."
"시끄러, 이 계집애야."
나는 정말 웃음이 비어져 나왔다.
"웃지 마요."
재욱이는 페티코트만 입은 채로 성질을 팽하니 낸다.
결혼식은 지금 5분째 지연되고 있다. 식장 안에서는 정태가 노래

자랑이며, 뱀 쇼며, 무언가를 하면서 시간을 벌고 있을 것이다.

이 모든 사달의 시발은 재욱이의 위장이었다. 결혼 준비 하느라 힘들다면서 이 핑계 저 핑계로 하루에 다섯 끼씩 먹어 대는 재욱이의 위장이 비대해진 것이 문제였다. 재욱이 말로는 식장에 들어가기 전에 심호흡한 거 말고는 아무 짓도 안 했다는데 겉보기에 튼튼한 것 같은 웨딩드레스의 지퍼가 우드득 터지고 말았다.

이런저런 응급 상황에 대비해서 면봉이나 청심환은 들고 다녔어도 웨딩드레스 등판 전체를 보수할 실 바늘이 없었던 도우미 아가씨는 진땀을 흘리면서 드레스 뒤를 꿰매고 있었다. 그리고 박 선생님과 재욱이는 애틋한 얼굴로 시집을 가고 보내는 모녀가 아니라, 이 사달의 원인을 서로에게 미루며 티격태격하는, 본래의 앙숙 같은 모녀지간으로 돌아가 있었다.

나름대로 상황이 심각한 건 알겠는데, 이 와중에도 본인의 캐릭터에 어울리게 드레스까지 터트려 주시는 재욱이의 센스에 정말 웃음을 머금을 수밖에 없었다.

"왜 웃어요?"

"웃기잖아."

"이거 무슨 징조 아냐? 신혼여행 가다 비행기 떨어지고 그러는 걸로."

갑자기 쩌억 살과 살이 맞부딪치는 소리가 작렬했다.

"이 계집애 입방정 하고는! 어쩌자고 이 모양이야. 저걸 시집보내 놓고 내가 심장 조여서 제대로 살까 싶다. 어디 할 말이 없어서 그딴 소리를 해."

끈도 없이 어깨가 훌러덩 드러나는 드레스 덕분에 때리기 탐스럽게 보이는 등짝에 야구 글러브급인 박 쌤의 손자국을 벌겋게 찍은 재욱이는 따갑다고 펄펄 뛰었다. 맞아도 싸지 싶지만 등 터진 드레스에, 맞아서 손자국이 벌건 신부 등짝에…….

결혼식이 점점 '개그 콘서트'가 되는 분위기였다.

"액땜이라고 하면 되죠, 뭐. 너무 마음 쓰지 마세요."

"서게 저렇게 부실해. 내가 선우 씨한테 미안한 게 진짜 많아."

"내가 엄마 딸이지, 저 아저씨가 엄마 아들이야?"

"너 같은 하자를 떠맡기니 내가 면목이 없다."

두 모녀의 설전이 또 시작될 판이었다.

"드레스 입어요. 다 됐어요."

도우미 목소리가 하늘에서 들리는 신의 목소리 같았다. 재욱이는 대충 얼기설기 응급 복구 한 드레스를 조심조심 입은 후 부케를 받아 들고는 얼굴에 분칠을 살짝 더하면서 거울 너머로 웃었다.

"주인님, 준비됐어요?"

나는 어깨를 똑바로 세우고 예복 깃을 다잡으며 예쁜 신부 재욱이에게 환하게, 내 얼굴 근육이 보여 줄 수 있는 제일 큰 웃음으로 답했다.

"준비됐어. 나 먼저 간다. 얼른 와."

"알았어요. 멋지게 들어가서 기다려요."

신부 대기실의 문을 활짝 열자 앞이 잠시 뿌옇게 안 보였다. 찰나의 순간 동안 막막하게 하얗던 눈앞에 식장 입구가 나타나자마자 나는 숨을 크게 들이쉬고 성큼성큼 앞으로 걸어 들어갔다.

길 잃고 심란한 마음으로 헤매던 봄비 내리던 밤에 만난 건 머리에 꽃 꽂고 돌아다니는 이상한 여자가 아니라 아무 말 없이 내 손을 따뜻하게 잡아 주는 재욱이였다.

나는 이제 오래 앉아 쉬어도 되는 내 자리를 찾은 거다.

정태의 신랑 입장 소리에 맞추어 식장으로 걸어 들어가면서 내게 박수를 쳐 주는 하객들에게 그들은 모르는 나만의 약속을 했다.

도망치지도 않고, 비웃지도 않고, 포기하지도 않고, 꼭 행복해지 겠다고.

"임신 맞지? 어쩐지 너 무지 수상했어."
"너 전과했냐? 외과 의사가 왜 산부인과 영역을 침범해?"
"내가 네 애 받겠다든?"

신혼여행에서 돌아와 마포 집에 왔을 때까지도 나는 임신했다는 사실을 전혀 몰랐다. 알았다면 스노클링을 해서 뭐가 흘러들었을지도 모를 인도양 바닷물을 그렇게 들이마시지도 않았을 거고, 공짜라고 와인을 그렇게 퍼마시지도 않았을 거다.

우리보다 조금 늦게 퇴근해 들어온 강욱이는 대충의 인사를 끝낸 후 나를 조용히 불러 작은 상자를 주면서 화장실 가서 확인해 보라고 했다.

설마 했다가 뒤통수를 제대로 맞았다. 임신 진단 시약의 임신 확인 선 두 줄을 보고 입이 쩍 벌어졌다.

이게 무슨 일이란 말인가!

"넌 어떻게 알았어? 산부인과로 전업한 거 아니야?"
"의학 상식이 아니라 일반 상식으로 접근한 거야."

저 오지게 재수 없는 잘난 척을 오늘도 변함없이 보는구나. 잘난 인간, 쳇.

"첫째, 네가 아무리 겨울잠 곰띠라고 해도 너무 자더라. 머리만 대면 코를 골더만. 살림살이를 바꾸는 것도 아니고 옷이나 사러 다니면서 시집가는 유세라기엔 너무 심했어. 둘째, 또 너무 먹더라. 원래 많이 먹기는 하지만 무섭게 먹더라고. 이상하다 했는데 결혼식 날 드레스 터지는 거 보면서 한 90퍼센트 확신했어. 많이 먹었기 때문이라면 상복부 쪽 지퍼가 터져야 하는데 넌 가슴 쪽이 터졌거든. 대부분의 임신부들 증상이 가슴이 커지는 거니까."

"조심하라고 말해 주지 그랬어."

"식 끝나고 그럴 틈이 있어야지. 그리고 휴대폰은 왜 그렇게 미리 꺼 둔 거야? 내가 문자 메시지 여러 번 보냈는데 너 확인 안 했지? 내일이라도 병원 가 봐라. 당연히 산전 검사 그딴 건 안 했을 테니."

"그게 뭐 하는 건데."

강욱이가 한숨을 푹 내쉬더니 한심하다는 표정으로 나를 본다.

"가면 안 다."

저 뒤통수를 한 대 확 갈기고 싶다.

근데 낌새를 알았는지 등을 돌려 나가던 강욱이가 갑자기 홱 돌아서 희미하게 웃는다. 저게 또 뭐로 염장을 지르려고 그러는 거지.

"이재욱. 그래도 할 건 다 하네. 아무튼 축하한다."

축하 인사까지 저따위로 하다니.

신혼여행 갔다 오자마자 또 엄마한테 욕먹을 일이 생기다니.

아니지. 욕먹을 일은 아니다. 난 엄연히 유부녀니까! 난 당당해도 된다.

"왜들 그래? 다들 나한테 잘하라고! 나 임신했어!"

강욱이는 입으로 다 불어 버린 나를 보며 어이없어하는 얼굴이고, 엄마는 기함하는 얼굴이고, 그리고 내 남편 김선우 씨는 멍청한 얼굴이다.

기왕에 팔릴 쪽이라면 이렇게 다 같이 모아 놓고 한 번에 터뜨려야 한다. 각개 전투를 하는 것도 아니고 한 명 한 명 상대하는 거, 좀 피곤하다.

"농담이지?"

그가 묻는다.

"진담이지. 내가 그딴 걸 뻥칠까 봐."

"근데 나한테 왜 미리 말 안 했어?"

"나도 몰랐거든, 엄마. 강욱이 쟤 의대 허투루 다닌 거 아니더라. 나보다 먼저 알았더라고."

엄마가 기가 막힌다는 얼굴로 어이없어하며 입을 열었다.

"너는 뭐 한 건데? 아니, 낌새도 몰랐어?"

"몰랐다니까. 왜 자꾸들 물어."

"아이구 저 둔탱이. 너 이상한 약 먹은 거 없지?"

"약은 하나도 먹은 게 없는데 술은 좀 마셨거든, 그게 걸리네. 어이, 이 선생 상담 좀 해 주지?"

"내일 병원으로 와. 산부인과 연결해 줄게."

한참 동안 엄마와 나, 강욱이가 입씨름을 하는데 기분이 이상했다. 그가 너무 조용했다.

"주인님, 뭐 불만 있어요? 왜 그렇게 조용해요?"

엄마가 그의 눈치를 살핀다. 갑자기 기분이 상하려고 한다. 그에게 내 임신은 떨떠름한 일일까?

"아니, 그냥. 갑작스러워서."

"그렇지. 나도 날벼락 맞은 거 같은데 김 서방도 그렇겠지. 그래도 나이가 있으니까 애 안 생겨서 고생하는 거에 비하면 좋은 거지. 경사야, 경사."

엄마가 분위기를 바꾸려고 나름대로 뒤늦은 축하를 해 줬지만 그는 언짢은 것도 아니고, 그렇다고 기뻐 날뛰는 것도 아니고, 또 무덤덤한 것도 아닌, 아주 이상야릇한 얼굴로 그 축하를 받았다.

기분이 살짝이 아니라 확 상해서 나는 입을 다물어 버렸다.

그는 무슨 생각을 하는 걸까?

"재욱아."

벌떡 일어나 앉았다.

앗! 이게 아닌데. 나는 지금 화가 나 있어서 그가 뭐라고 하든지 골을 내고 있어야 하는데…….

잠에 취해서 비몽사몽간에 일어나 앉았다. 그러나 정말 그와 내가 만나 지금까지 오면서 이렇게 어색한 기분인 건 처음이었다. 입을 열기가 힘들었다.

"저기, 나 임신한 거 싫어요?"

"그렇게 생각할 수 있었을 거야. 미안해."

"왜 그런 건데요?"

"좀 놀라긴 했는데 그건 아니야. 그냥 처음 느끼는 감정이라서 놀랐어."

"나만큼이나 놀랐겠어요?"

"나는 정말 바보고 모자라는 게 많은 인간이야."

"돌리지 말고 말해요. 나 사실 속상하고 화도 좀 나려고 하니까."

"왜 그랬나 계속 생각했는데, 난 가족이 생기는 게 어떤 건지 그 기분을 몰랐던 거 같아. 나한테 있어서 가족들은 때 되면 헤어지고, 그러다 영영 안 만나는 사람들이었거든. 이렇게 새로 만들어지는 거라는 걸 몰랐나 봐. 아버지 생각이 내내 났어. 명확히는 모르겠는데 가슴도 먹먹해지는 거 같고, 눈물이 날 것도 같고. 글쎄 이런 게 뭔지 잘 모르겠는데 근데 말이야……."

마른침이 꼴깍 넘어간다. 소리가 커서 그도 들었을 거 같다.

"지금은 정말로 기뻐."

어깨에 힘이 좍 빠진다.

언제나처럼 그는 부드럽게 나를 무너뜨린다.

그럼 나는 기쁜 걸까? 나는 아이가 생겼다는 게 기쁘다거나, 감격스럽다거나 하는 마음을 아직 가져 보지 못했다. 그저 이 폭탄 같은 소식을 어떻게 무리 없이 구렁이 담 넘어가듯 모두에게 알리느냐를 고민했고, 그의 반응을 신경 쓰느라고 정작 내 몸에 일어나고 있는 이 변화에 대해서 나 스스로에게 물어보지 못했다. 기쁨인지 슬픔인지 모를 뭔가가 내 명치를 누르는 것 같았다.

눈물이 펑펑 나온다.

나도 아버지가 생각나는 것 같기도 하다. 새로운 가족은 헤어지고 잃어버린 가족을 상기시키는 존재이기도 하는 걸까.

나는 울고 그는 조용히 내 어깨를 다독인다.

그가 말해 주지 않았으면 나는 이 새로운 상황에 내 주관은 전혀 들어가지 않은 채 상식에 끌려다니면서 화내고, 좋아했을 거다. 그런데 생각 많고 표현 못 하는 내 남편은 나의 급한 템포를 한 번 잡아 준다.

그는 나로 인해 마음을 말하는 법을 배웠다고 하지만 나는 그로 인해 내 마음을 들여다보는 법을 배웠다. 가다 보면 넘어지고, 싸우고, 욕하고, 울겠지만 나는 내 결혼이 가진 긍정의 힘을 믿는다.

가족의 힘을 믿고, 사랑의 힘을 믿고, 또 나와 그의 마음을 믿는다.

내가 허투루 나이를 먹지 않은 건 내가 사랑하는 사람들이 있기 때문이고, 또 그들과 살아갈 내 미래가 있기 때문이다. 나는 그가 잡은 내 손을 더 세게 잡을 것이고, 있는 그대로의 그를 사랑하려고 노력할 것이고, 그를 내게 맞춰서 바꾸겠다는 마음도 갖지 않을 것이다.

우리는 서로에게서 평안과 위로를 얻을 것이라고 믿는다.

내가 하는 사랑이 그런 것이었으면 좋겠다.

그의 어깨 뒤로 보이는 창밖에 봄비가 조용히 내린다.

봄이 다시 왔다.

_This love story is over, but Love is forever

Side Story - 내가 사는 이야기

"이 선생이 해."

차라리 수능을 다시 보는 게 나을지도 모르겠다.

"전 일기도 안 썼는데요."

"초딩 때 썼을 거 아니야."

"손바닥 맞고 안 썼어요."

물론 이건 거짓말이다. 맞긴 맞았다. 어머니한테 뒤지게 맞았다. 일기를 써야 하는 이유를 납득할 수 없었던 나는 국어 교사이신 모친을 두고도 일기를 쓰지 않겠다고 버텼고, 결국 얻어터져 가면서 일기장 다섯 줄을 채웠다.

내 인생을 통틀어서 제일 하기 싫은 일이었다.

"우리 과에 총각은 이 선생뿐이야."

"그거하고 원고 쓰는 거하고 무슨 상관인데요?"

"우린 병원하고 집 말고는 인생에 다이내믹이 없잖아. 그럼 정

선생 집에 가서 애 보는 이야기 쓰고, 마 선생 와이프랑 불임 클리닉 다니는 이야기 쓰냐? 적당히 거짓말도 좀 섞고 해서 3개월만 버텨. 그담엔 흥부로 공 던져 줄게. 스타일리시하게 잘 써 줘. 만날 외과 무식하다고 그러는 거 이번에 확 날려 버려."

스타일리시 좋아하시네. 일기 다섯 줄도 '줄빠따'를 맞고 썼던 나더러 잡지에 '외과 일기'라는 섹션을 맡으라는 건 내가 골탕 먹는 걸 제일 좋아하는 재욱이도 기막혀할 일이다.

나 또한 자기들과 하등의 차이가 없이 병원과 집만 왔다 갔다 하는 걸 알면서도 저렇게 성가시고 귀찮은 일은 미혼이라는 이유로 나한테 떠넘긴다. 오히려 애 보고 병원 치료를 받는 게 다이내믹 하지, 간만에 집에 가면 라면에 맥주 한 병 마시고 곱게 자다 나오는 내가 다이내믹 하겠는가?

외과 과장이 새로 바뀐다고 병원 생활이 갑자기 인간다워질 거라고는 생각지도 않았지만, 브랜치에서 낙하산식으로 날아 들어온 윤보승 과장은 내가 의대 입학한 이래 직접 겪을 거라고는 꿈에도 생각지 않았던 유형의 상사였다.

수술 실력은 좋았다. 폐 쪽으로는 아마 조만간 명의 소리를 들을 수도 있겠다 싶게 출중했다. 탄광촌부터 시작해서 공기 나쁜 동네를 돌아다니며 근무한 보람이 있겠다 싶기도 하다. 응급 폐 절제도 압뻬맹장 수술 다루듯이 해 대고, 연달아 세 건의 수술도 기운차게 해낸다.

문제는 그의 의술이 아니라 스타 의사가 되고 싶은 욕구에 있다. 오만 가지 케이블 방송부터 뜬금없는 의료 다큐까지, 건수만 있다면 병원 홍보에 외과 저변의 확대란 핑계를 대면서 일을 벌인다. 그

중의 하나가 돈도 못 버는 외과를 거들떠보지도 않던 병원 홍보실을 구워삶아 아무도 볼 것 같지 않은 잡지의 꼭지 하나를 점지받아 온 것이다. 그리고 그 뒤치다꺼리를 만만한 나더러 하라는, 기도 안 차는 짓을 자꾸 한다. 이번이 끝이겠지 하고 받아 주면 생각도 못했던 일거리를 또 가져와 안긴다.

생긴 것으로도, 성격으로도 나는 누구한테 만만하다는 말을 들어 본 적이 없다. 나를 만만하게 보는 건 이재욱과 이재욱하고 똑같이 드세기 짝이 없는 재욱이 딸 정우밖에 없는데 말이다.

날 만만하게 보는 걸로 태교했는지 정우와 재욱이는 갈수록 하는 짓이 가관이다.

시끄럽게 오만 참견을 하는 재욱이나 어쩌다 한 번씩 참견하는, 말이 촌철살인인 정우 때문에 나는 방배동 쪽 전화번호만 떠도 뒷골이 당긴다.

더군다나 오늘은 재욱이 집에서 어머니 생신상을 차린다 했으니 거기 가 있는 내내 날 강아지 껌으로도 안 보는 인간들하고만 보낼 판이다.

봐야 할 논문도 많고 수술하고 중환자실에 들어간 환자들도 많아서 예후를 봐야 하는데 재욱이하고 정우는 둘이서 번갈아 가며 문자 메시지에 전화질이다.

-삼촌, 나 정우.
"정우예요."
-엄마가 일찍 안 오면 잡으러 간대.
"너 말 예쁘게 안 해?"
뚝.

할 말만 하고 또 전화를 끊는다. 남들은 여자 조카 재롱에 자극받아 결혼하고 싶다는데 나는 조카 전화만 받으면 가슴이 갑갑해진다.

남자 이름이라 힘쓰는 일만 한다면서 딸 이름은 곱게 지을 거라더니 남자들 밟아 버리라며 곱디고운 김선우 씨가 재욱이의 거센 반대에도 불구하고 남자 이름으로 지어 버린 김정우 양은 생긴 건 아빠 닮고 하는 짓은 이재욱의 도플갱어다. 가끔 어머니 성질도 나온다.

논문을 마저 읽고 상 차릴 시간에 가서 밥만 잽싸게 먹고 금일봉 전달하고 와야지 했는데 또 전화가 울린다.

집요한 것도 닮은 모녀이다.

"삼촌 일 끝나고 간다고 해."

아무 말이 없다. 전화하다 말고 또 딴 데로 빠진 거다.

이런 짓도 재욱이랑 닮았다. 이제 이야기의 논점을 잃고 눈에 보이는 현상에 집중해서 딴소리하는 것이 남았다.

"너 지금 '폴리' 틀어 놨지? 할 말 없으면 끊어. 삼촌 바빠."

-저도 바쁜데요.

정우의 목소리가 아니다. 너무 올드하다.

"누구세요?"

-홍보실에서 연락받으셨죠? 전 ≪시티 라이프≫ 칼럼 담당자 박지예인데요.

"아! 그런데요?"

-칼럼 싣기 전에 잠깐 말씀을 나누시든지 뵙든지 해야 할 것 같은데, 시간 어떠세요?

윤 과장은 칼럼 쓰는 일이 만나서 회의를 해야 할 만큼 중차대하다고는 일언반구도 하지 않았는데 아니었나 보다.

"회의를 해야 하는 건가요?"

내가 듣기에도 귀찮음이 뚝뚝 떨어진다. 상대에게 미안했지만 내 목소리는 자제가 안 된다.

―글 쓰는 일이 처음이신 분이라고 해서요. 주제 잡는 거나 칼럼 스타일은 정해 놓고 가야 두 번 세 번 고치는 일이 없거든요.

정말 짜증이 났다.

"제가 알아서 보낼게요. 보시고 고칠 거 있으시면 대충 고치세요."

잠시 침묵.

말해 놓고 나도 아차 싶기는 했다. 상대는 느닷없이 내 짜증을 받아 내고 있는 것이다. 어떻게 수습해야 하나. 입 밖으로 나온 말은 언제나 갈 길을 잃어버린다.

―이 선생님은 수술 대충하시나 본데 저희는 책 대충 안 만들거든요. 어떻게 할까요? 제가 갈까요? 아니면 이 선생님께서 저희 쪽으로 오시겠어요?

입으로 싸지른 망신살은 이렇게 부메랑이 되어 날아 돌아온다. 이건 내가 늘 재욱이에게 하던 말인데, 결국은 내가 내 무덤을 판다.

―저 지금 병원 로비 카페에 와 있거든요. 아직 병원 안에 계신다는 거 다 확인했구요. 수술 없는 것도 알고 있어요. 급한 환자 있으면 미련 없이 보내드릴 테니까 내려오시죠?

"굉장히 치밀하시네요."

―먹고사는 문제니까요. 다른 사람 돈 받아서 살리려면 이 정도는 해야 되지 않겠어요? 노트북 펼치고 앉아 있는, 안경 낀 여자 찾으시면 되니까 찾기는 쉬우실 거예요. 여기 저 말고 그런 여자 없거든요.

가끔씩 일에 강박증 내지는 편집증이 있는, 마녀 같은 여자 의사들을 볼 때가 있다. 남자들도 그런 사람들이 있지만, 여자들은 상대하기가 더 어렵기 때문에 인간관계가 피차 훨씬 고생스럽다. 그런데 박지예라는 생면부지의 잡지사 편집자도 그들과 비슷한 부류가 아닐까 하는 생각이 들었다. 나는 찍소리도 못하고 혼나러 가는 초등학생처럼 태블릿을 챙겨 들고 일어섰다.

30년을 넘어 40년을 향해 가는 내 인생에서 특별히 하자라고 말할 만한 것이 그다지 없다고 나는 나름 자부했다.
이재욱의 말처럼 공감 능력이 부족해 보일 수는 있을지 모르지만, 그건 이재욱처럼 온 세상이 다 알 정도로 떠들썩하게 드러내지 않기 때문이다. 나도 남들 슬픈 거 다 느끼고 남들 웃긴 거 똑같이 뱃속이 근질거리게 웃긴다.
그런데 나는 이 나이를 먹어서 내가 치명적인 약점이 있는 인간이라는 것을 깨닫고 말았다.
나는 글을 못 쓴다.
그걸 왜 써야 하는지 모를 일이다. 글을 쓰고 싶어 병나는 인간들이 득시글한 이 세상에서 나까지 거기에 숟가락을 얹을 필요는 없는 것 아닌가 말이다.
먹고살아야 하는 일에 있어서 위계질서는 필연적이고, 결국 어찌하다 보니 잡지 연재까지 하게 되었지만, 나의 글은 내가 봐도 쓰기 싫어 몸서리치는 것이 고스란히 느껴지는 단점이 있었다. 수학 경시 대회를 아침마다 보는 기분이었고, ≪시티 라이프≫에서 에디터라는 직업을 가진 박지예 씨는 첫 문장 첫 글자부터 귀신같이 그 냄새를 맡고는 전부 고치라고 날 달달 볶았다.
인턴, 레지던트를 지나 전문의가 될 때까지, 나도 남에게 볶여도 보았고 다른 사람을 볶아도 보았지만 이 여자만큼 타당한 이유와 당위성을 단시간에 피력해서 복종하게 만드는 사람은 본 적이 없었다.

"하실 만하죠?"

두 번 연재 후에 너덜너덜해진 내 자존감에 억장이 무너지고 있을 때 칼을 휘둘러 목을 치고 시크하게 웃는 망나니처럼 생크림 잔뜩 올린 캐러멜 마키아토를 들이밀며 박지예가 물어 왔다.

인간이 저렇게 사심 없이, 온전하게 얄미울 수 있을까 싶다.

"내 얼굴이 할 만해 보여요?"

"아닌 거 같아서 그냥 물어본 거예요."

그걸 안다는 말을 저렇게 심드렁하게 물어보는 마음은 어떤 걸까?

"약 올립니까?"

"글 쓰는 게 쉽지 않아요. 더구나 평생 글이라고는 서술형 문제 답 외에 다른 걸 써 봤겠냐구요. 그걸 알면서 사람 볶아야 하는 나도 좀 봐줘요."

"양심선언인가?"

"내 양심의 무게를 그렇게나 많이 쳐주는 거예요?"

"나한테 고해해요? 그건 신부한테 하는 거지."

"종교가 없는지라. 내가 볶아치고 괴롭히는 사람들을 다 내 업보라 생각하고 미리 비는 거예요. 죄 안 짓고는 못 살 거 같으니까 빌기라도 잘해야 정상 참작이 있지 않겠어요? 세상에서 제일 독하게 남 괴롭히는 게 사채업자하고 글 받아 책 내는 사람들이라잖아요."

나는 심란할 정도로 크림이 잔뜩 올라가 있는 커피를 저 여자가 내미는 화해쯤 된다고 생각하기로 했다.

"박지예 씨는 연애 잘했겠어요."

"왜요? 선수처럼 보여요?"

"아니. 뭐 거기까지는 알 바 아니고. 적어도 솔직하잖아요. 요즘 레지던트들 짝짓기 철인지 여기저기서 연애질하면서 서로 내숭 떨다 싸우고, 울고 아주 꼴값이 가관인데, 내가 보기에는 서로 사기 치느라고 사달이 나는 거더라구요. 적어도 한 명이 솔직하면 상대도 뻥은 안 칠 거 아니에요."

"내 익히 이강욱 선생에게 연애 고자의 기질이 있을 거라고는 짐작했지만 상태가 심하네요."

고자란다.

아무리 내가 다른 사람 아픈 걸로 먹고사는 인간이라지만 그래도 잘 알지도 못하는 남자한테 대뜸 고자라니. 그것도 연애 고자라고 단정 짓는 부류의 여자는 이재욱 말고 처음이다.

재욱이는 나더러 연애 등신이라고 했다.

"내 연애에 대해서 뭘 안다고 고자라는 겁니까?"

"어머, 삐치셨나 봐! 왜요? 너무 직구로 들어오니까 숨 막혀서 성질나요?"

갈수록 기도 안 차는 소리만 한다.

"서로 좋아서 하는 게 연애인데 솔직하게 다 말 못 하면 나중에 사기 쳤다는 소리밖에 더 듣겠어요?"

"난 그거 아닌 거 같은데. 내가 연애를 오래는 해 봤어도 건수는 미미한지라 다양한 연애에 대해서는 잘 모르겠구요. 그래도 너무 다 드러내는 감정은 사람을 지치게 하더라구요. 이래서 기쁘고 저래서 힘들고. 그냥 좀 가릴 건 가려 주는 게 서로한테 좋더라구요. 난 상대를 100프로 다 알아야 하는 게 좋은 연애라고는 생각 안 해요."

나는 한 번도 혜진이에게 솔직하지 못했다. 4년이 다 되도록 나는 그 점이 제일 미안했다.

어쩌면 나는 나 자신에게 가장 큰 실수를 저질렀는지도 모른다.

"이 선생이 너무 솔직해서 숨 막히는 사람을 한번 만나 봤어야 해요. 자기 마음은 자기가 짊어지는 거예요. 나누긴 뭘 나눠. 다 부질없어요."

궁금해졌다.

박지예라는 사람이 했던 연애가 어떤 거였는지 말이다.

"이 선생님 여자 친구가 숨기는 게 많은 사람이었어요?"

혜진이는 한 번도 자기감정에 망설였던 적이 없었다.

"내가. 내가 그랬어요."

"그래서 그렇구나."

"뭐가요?"

"그 사람한테 많이 미안해서 그런 생각을 했다구요. 근데 정답이 어디 있겠어요. 이래도 실패하고, 저래도 실패하는 게 연애인데. 결혼한다고 그게 꼭 성공한 연애가 아닌 것처럼. 내가 이래요. 정답이 없는 인간이라. 근데 원고 늦고 대충 쓰면 좀 지랄 맞은 건 확실하니까 이번 원고 한 번만 더 손보고 넘어가지요?"

자기 일에는 전혀 손해 보지 않고 실수 안 하려고 하는 깍쟁이다.

처음 만났을 때부터 지금까지 박지예라는 여자는 고개를 삐딱하게 하고, 이말 저말 많이 하지 않고, 그러면서도 집요하게 주제에 맞는 사례를 자꾸 묻고, 파고들어서 결국은 글 한 꼭지를 써 내게 한다. 진 빠지게 10시간 넘는 수술을 하고 나온 것처럼 원고를 주고 나면 나는 이내 다리가 후들거리고 입에서 단내가 났다.

Side Story – 내가 사는 이야기

박지예한테 말리는 기분이 이렇다는 걸 안 것도 두 번째 원고를 넘겨주고 나서였다.
　묘하게 기분이 상했던 지난 두 번과는 다르게 나는 웃으면서 그녀의 부탁을 순하게 들어줬다.
　그녀는 모르겠지만 처음으로 내 상처 입은 연애가 위로를 받았다.
　그래서 고마웠다. 누구에게도 말하지 못했고 앞으로도 영영 못 하겠지만, 내가 잘못한 게 아니라는 말이 나는 정말 고마웠다.
　그러니 저 깍쟁이한테 웃어 주면서 넘어가는 거다. 한 번쯤은 인심 쓰는 거다.
　기분이 나쁘지 않았다.

　　　　　　　　　　✦

"이 선생님, 대필 쓴 거 아니라면서요?"
"네."
"그런 재주가 있는지 몰랐어요."
"그러게요."
"원고료 나오면 한턱 꼭 쏘셔야 해요."
"그러지요."
　윤 간호사는 남이 한턱 쏘는 거에 무척 민감하다. 아마 변비 끝에 말똥을 쌌다 해도 한턱내라고 할 사람이다. 한 회 두 회 원고를 쓰고, 책이 나오고, 재욱이의 돈 많은 김 서방은 자꾸 사재기를 하고. 그러다가 인터넷에 글이 돌더니만 서서히 입소문이 나서 홍보실로 내 인터뷰 요청이 오기 시작했다.

그랬더니 전혀 모르고 있던 병원 사람들이 할 말 없이 지나가기 뭣하면 꼭 알은척을 한다. 그것도 꼭 대필 이야기와 원고료 이야기를 하면서 말이다.

술 퍼마실 시간도 없는지라 원고료는 인터넷 기부 사이트에 몽땅 기부하는 걸로 했고, 한 달에 한 번씩 기부 내역서와 감사 카드를 받는 것으로 끝을 보고 있건만, 이리들 내 돈에 민감하다.

나는 어차피 곰이고 재주는 박지예가 부리는 거다. 곰 데리고 용 쓰는 재주를 부리느라 늦는다고 오늘 아침부터 문자 메시지를 끊임없이 보내고 있다.

미안하지만 나는 단 한 통의 문자도 답하지 않았다.

오늘은 외래, 수술이 모두 있어 내 본업만으로도 숨이 막힐 지경인지라 내 재산 형성에는 한 톨 도움이 안 되는 부업을 위해 할애할 시간도, 마음도 없었다.

잠수를 타는 것이다.

수술방까지 쳐들어오지 못할 것이다.

살다 보니 수술방에서 안온함을 다 느낀다.

"반가운 척 좀 하죠?"
"내가 연기력이 덜떨어져서 안 되네요."
"쫓아올 줄은 몰랐죠?"
모르긴. 자기가 나 들볶으려고 병원 수술방과 중환자실 앞 대기 의자에서 독사처럼 똬리 틀고 기다리는 게 한두 번도 아니고. 심지어 이젠 수술방 공기에도 박지예의 기운이 감도는 걸 느낄 판이다.

"또 뭐가 맘에 안 들어서 온 건데?"

"전부 다라고 그러면 날 죽이고 싶을 거고. 3분의 1쯤 들어내고 3분의 1은 손 좀 보고 3분의 1은 남겨 두는 걸로."

"장난해요?"

"나 일로 장난 안 하는 거 몰라요?"

"몰라. 난 할 만큼 했어. 논문 자료 회의도 해야 하고, 나 그거 고치고 들어낼 시간 없어요."

"2시간만."

"일없어요."

"그럼 1시간 30분."

"바쁘다니까."

"나도 겁나게 바쁘거든요. 내가 잡고 있는 원고가 몇 개인 줄은 알아요? 이 선생 거 하나면 내가 이러지도 않아요. 이 선생 잡고 나 택시 잡아타고 잠실 가서 또 죽치고 앉아 있어야 한단 말이에요."

전국에 빚 깔아 두고 수금 다니는 사채업자도 아니고, 동에 번쩍 서에 번쩍 정신 사납게 나타났다 소식이 없었다가 계속 반복이다.

"바쁜 거 배틀하는 것도 아니고, 대충 문맥 통하고 무슨 말인지 알면 그걸로 끝냅시다."

"싫은데요."

"나도 싫어요."

아무 말도 안 하고 빤히 쳐다본다. 다다다 뭐라고 해야 하는 타이밍인데 입 다물고 가만히 있으니 저것도 불길하다.

"불안하게 그러지 말고 하고 싶은 말 해요."

"내가 하고 싶은 말 다 알면서 뭘 하라고 해요. 자꾸 미안해지니까 할 말이 없어져서요. 나도 늙나. 맘이 약해져."

쌈닭 같던 여자가 3일 굶은 백조처럼 웃는다. 쌈닭이면 맞서 싸우기라도 할 텐데 저러면 어떻게 해야 할지 모르겠다.

늙어서 마음이 약해지는 건 박지예가 아니라 나 같다.

나이를 먹으니 예전에는 안 보이던 것들이 보인다. 예전에는 안 보였던 사람들이 보이고, 그 마음이 보이고. 집중력이 떨어진 건지 고민도 했는데 또 그런 건 아닌 거 같고.

어쩌면 나는 지금 사춘기를 겪고 있는지도 모른다.

"그럼 1시간."

불쑥 말이 나왔다.

꼭 해야 할 말도 씹고 또 씹어 곤죽이 되어야만 입 밖으로 나오던 시간들이 있었는데, 내 머리보다 입이 먼저 움직여 버렸다.

"진짜?"

"싫음 말고."

"싫을 리가. 나 여우 짓도 안 했는데 왜 그래요? 무섭게."

"내가 더 급속도로 늙는 거지. 그래서 지는 게 편하다 싶은 건지도 몰라요. 진짜 딱 1시간만 손보는 거예요."

"나도 그 정도 염치는 있거든요!"

"염치씩이나."

"왜 이래요? 내가 모질기는 해도 기본은 하잖아요."

"일이나 합시다. 시간 카운트할 거야."

이내 노트북을 열고 내 원고를 왜 고쳐야 하는지를 속사포 쏘듯이 뿜어 대는 걸 보고 있자니 내가 말렸구나 싶었지만, 그 또한 내가 한 짓이니 더 할 말은 없다.

 말도 안 되는 일이지만, 병원 로비 커피숍 구석에서 노트북에 자료를 있는 대로 펼쳐 놓고 떠들어 대는 한 줌의 시간이 가끔 숨 쉴 수 있는 여유로 느껴질 때가 있다.

 분명 일로 받아들인 것인데, 일이 아닌 것 같은 기분이 든다.

───

"말도 안 돼!"
역시 이런 반응이 나올 줄 알았다.
"이따위 말도 안 되는 세상에 불가능은 없어요. 늘 백성들의 상상 이상의 일들이 터진다구요."
"그거 실명 넣어서 칼럼 쓰면 우리 쇠고랑이겠죠?"
"아마 칼럼이 세상에 나오기도 전에 발목에 돌 매단 채 한강에 던져질 수도 있어요."
그녀는 미간에 쫀쫀하게 주름을 잡으며 인상을 쓴다.
"노! 노! 노! 안 돼요. 그럼 큰일 나. 나 아직 남은 대출이 있어서."
대출 때문에 죽지 못하는 인생이 여기 또 하나 있다.
"죽는 마당에 대출이 뭔 상관이래."
"연대 보증이 들어간 거라."
"부모님? 형제자매?"
"그럼 걱정 안 하지."
"그럼?"
"대학 때 사귀다 헤어진 남자 친구요."

치정으로 얼룩진 대출이었다.

"그 남자 걱정을 왜 해요? 아직도 연연하고 그런가 봐."

"그럴 리가. 이제 두 번 남았어요. 특별히 나쁘게 헤어진 것도 아닌데 그런 걸로 엿 먹일 건 없잖아요. 모양 빠지게."

"참 쓸데없는 거에 모양 챙기셔."

"사람은 다 다른 거니까. 이 선생님은 그럼 죽고 나서 사람들이 이 선생님을 돈 떼먹고 죽은 인간으로 기억했으면 좋겠어요?"

"난 죽은 다음 일은 걱정 안 하는데. 그런 걱정을 왜 해? 죽으면 다 끝인데."

"죽으면 다라는 생각, 난 안 해요."

"왜? 영혼이 어쩌고 그런 거 믿으시나?"

"믿음의 문제가 아니라."

"그럼?"

"내가 죽고 나서 뭐가 남겠어요."

"남긴 뭐가 남아. 아무것도 없어요."

"나는 누군가가 날 기억해 줬으면 좋겠어요. 누구도 날 기억해 주지 않는다면, 뭐랄까, 죽어서도 뻘쭘할 거 같아요. 난 성격이 안 좋아서 어디서든지 언제든지 내내 뻘쭘했거든요."

"그럼 다른 사람들도 지예 씨를 뻘쭘해했던 그 여자 정도로 기억할 텐데 그래도 좋으려나?"

"그래서 열심히 아닌 척 살잖아요. 모든 거에 익숙한 사람처럼."

"인생이 고단하겠네."

"맞아요. 집에 들어가서 발 닦고 누우면 이게 뭔가 싶고, 내 인생은 어떻게 흘러가는 건가 싶고. 그래도 난 잊히고 싶지는 않아요.

덕분에 열심히 사는 것도 있고, 마냥 구차하지는 않다구요."
 나는 기억이라는 단어가 어색하다.
 환자의 병증이나 기록 따위는 기억하겠다는 의지가 있지만 사람을 대상으로 하는 기억은 해야 할 것도 많지 않았고, 하고 싶지도 않았다.
 기억에 발목을 잡히고 나면 수습이 어렵다는 걸 나는 혜진이 일로 이미 경험했다.
 나는 오랫동안 혜진이를 기억했고, 숨겨 두고 무시했던 내 진심의 환영에 시달렸다.
 더구나 사람의 기억이란 언제나 주관적이라서 나는 내 감정의 깊이를 왜곡하는 모든 기억을 지우기까지 긴 시간을 무기력하기 짝이 없게 끌려다녔다.
 나는 기억의 힘을 안다.
 그래서 기억을 대하는, 전혀 다른 마음의 그녀가 갑자기 낯설었다.
 그동안 칼럼 때문에 만나서 싸우고, 독촉당하고, 신경질 내고 하면서 기본적으로 나랑 주파수가 비슷한 사람이라고 생각했는데, 처음 보는 것처럼 그녀가 순간 낯설었다.

 맥주 캔을 우그러뜨려서 쓰레기통에 던졌다. 아까 먹은 두 개는 노 골이었는데 세 캔째 들어서야 함지박만 한 쓰레기통 입구에 쏙 들어갔다. 정신 멀쩡할 땐 안 들어가고, 술 먹고 알싸해지니까 골인이 된다. 농구할 때 맥주라도 마시고 뛰어야 하나.
 "맨 정신엔 안 되더니. 젠장."
 "이강욱 선생님 늙나 봐. 안 되는 일이 술 먹어야 되는 건 늙는 게 불쌍해서 인생이 베푸는 친절이라는데."

"이미 늙고 있거든요. 내가 무슨 뱀파이어라고 안 늙어. 내 여동생은 서른에 시집가 지금 둘째 낳을 준비를 하고 사는데."

"뱀파이어? 꿈도 쫀쫀해라. 뱀파이어는 섹슈얼 아이콘이거든요!"

이렇게 말꼬리를 잡아 주신다. 방심하다가는 등신 된다.

"개나 소나 섹슈얼에 집착하는 줄 아시나 본데 인간들 배 가르면 다 똑같아요. 간 하나, 위 하나, 폐 하고 신장 두 개. 그러니까 껍데기에 집착할거 없어요."

"그 껍데기 분류하고, 파헤치고, 옷 입히고, 까발려서 먹고사는 비천한 목숨인지라 예쁘고 잘빠진 간이나 심장은 관심 안 가네요. 근데 여동생이 애들 줄줄이 낳는 동안 댁은 뭐 하시고? 의학 발전에 이바지하시느라 고고하게 늙고 계시나?"

깐족거리는 거 잘하는 박지예가 요즘 들어 좀 친절했다 싶었다.

"그리 거창씩이나 하겠어? 수술하고 욕먹고 까이느라 시간가는 거 모르고 늙는 거지. 지예 씨도 늙고 있으면서 나한테 그렇게 깐족거리면 안 되는 거지."

"나는 요즘 급속도로 늙고 있어요. 서른 살을 넘겨서 그런가. 하루하루 다르네. 친구들 만나도 그래. 지난번에 본 애들이 아주 미묘하게 늙었더라구요."

글 쓰는 게 일인 사람이라 그런지 이 여자는 쓰는 단어가 좀 다르다. 내 주변의 남자들과도 다르고, 여의사들과도 다르고, 공대 나와 집만 지어 대던 재욱이하고도 다르다.

매주 칼럼을 넘기고, 수정하고 싸우면서 마셨던 술이 이젠 서로 늙어 간다는 말도 편하게 할 수 있게 만들었다. 약속했던 6개월을 넘어 9개월째 접어든 칼럼은 내가 대충 쓰고 능력자 박지예가 완성시켜 세상에 사기를 치고 있는데, 반응이 감당하기 어렵게 좋아서 윤 과장과 나는 메이크업까지 하고 인터뷰했다.

이 어려운 시국에 한 번에 500부를 사서 쟁여 둔, 돈 많은 여동생 남편 덕인지 연재 기간까지 늘어나 이젠 빼도 박도 못 하고 이 여자에게 질질 끌려다닌다.

재욱이처럼 시끄럽지는 않아도 입 다물고 씩 웃으면 재욱이 날뛸 때보다 무서운 여자다. 어머니부터 여동생에 조카딸까지 만만한 구석 하나도 없는 우리 집 여자들과는 또 다른 사람이다.

"참 이상한 게 있어요."

"뭐가 그렇게 이상합디까?"

"책 나오고 잠깐 한가한 거 말고는 만날 만날 바쁘거든요. 마감 때는 화장실 갈 시간도 없는데 말이에요."

"한가할 틈도 있고. 사람 사는 거처럼 사네."

"잘난 척 좀 그만하시고. 바쁜 거 알거든요. 원고 꼬라지 보면."

"최선을 다했다고 누누이 말하죠."

"네네. 어련하시겠어요. 그런데요. 나름 정신 줄 놓게 바쁜데 말이에요. 이상하게 나 간간이 심심해요."

"그건 또 뭔 소리예요?"

"심심하다니까요. 지루하고 심심하다구요."

"성격 진짜 이상해."

"이게 성격 문제로 보여요?"

"그럼 인간성으로까지 파고들 문제였나?"

"중간이 없어. 마음도 없고, 영혼도 없고."

"딱 뱀파이어네. 섹시한!"

"뱀파이어 영화를 뭘 봤기에 그렇게 왜곡해요?"

"그래서 요점이 뭐냐구?"

"≪시티 라이프≫를 그만둘 때가 된 거 아닌가 싶어요."

심장이 쿵하는 게 분명한데 췌장 쪽에서 뭔가가 툭 떨어졌다.

"딴 회사로 가요?"

"아뇨."

"그럼 귀농하시나?"

"전원생활에 로망 없거든요."

"뭐해 먹고살라고? 대출도 남았다면서."

"이번 달에 당장 그만둔다는 건 아니구요. 대출금이랑 적금이 같은 달에 끝나니까 그때 맞춰서 그만두고 놀아 보려구요."

"난 어쩌라고?"

그러게 난 어쩌라고 저 여자는 저따위 결정을 하는 것일까.

"어쩌긴 어째요. 다른 편집자 만나서 스타 닥터로 계속 고고 하는 거지."

입맛이 썼다. 술술 넘어가 맛있게 마셨던 맥주와 짭짤하게 간이 잘 맞았던 문어 다리의 뒷맛이 아주 씁쓸하게 느껴진다.

"왜요? 윤 과장님보다 더 무섭고 진저리나는 게 내 전화라면서? 그사이에 나한테 길들여졌나?"

"퍽이나!"

"내가 또 필자들한테 은근하게 어필하는 뭔가가 있긴 하지요."

"그럴 리가?"

"근데 왜 나한테 매달리는 기분이 들지."

Side Story – 내가 사는 이야기

다 안다는 얼굴로 비실거리는 웃음을 달고 그녀는 강 건너 불빛을 본다.

나는 저 여자의 저 눈에 담긴 마음을 순간 이해해 버렸다.

미친 듯이 볶아치며 달리다가 달리는 이유를 잃어버렸을 때의 기분을 알고 있다.

"그래도 좋은 직업이고 용감한 사람이네. 지예 씨"

"어떤 게 그런 건데요?"

"바빠서 죽을 것 같은데 심심한 것도 알고, 멈추고 싶은 마음도 아는데 난 멈추질 못하거든. 병원 밖의 세상이 무섭기도 하지만, 이 일 말고 다른 일은 할 줄도 모르고 아는 것도 없으니."

"가진 게 많아서 그런 걸지도 몰라요."

"내가? 나도 대출 있는데."

"단순하기는. 열아홉에 직업을 결정한 사람들이잖아요, 의사들은. 긴긴 시간 동안 뭘 해야 할지, 뭐가 하고 싶은지 생각을 했겠죠. 근데 난 그 고민을 지금도 하거든요. 처음에 글 쓰는 일 하러 방송국에 들어갔을 때도 딱 반년만 해야지 그랬는데 2년을 했어요. 그러다 프로그램 없어져서 우왕좌왕하다가 얼결에 잡지사 들어가서 봄이 오면 관둬야지 했는데 또 그게 벌써 몇 년이에요. 이건가, 저건가 집적거리는 것도 못 해 보고, 아등바등 살았는데 말이에요. 비굴하게 핑곗거리로 삼은 게 겨우 대출금 상환이었다는 거죠. 근데 그게 끝나 가니 마음이 조급해졌어요. 어쩌면 내가 죽을 때까지 가질 수 있는 단 한 번의 기회일지도 몰라요. 아무것도 안 하고 그냥 막 쉬어 버리는 거 말이에요."

나는 징징거리지 말고 이 여자를 격려해 줘야 하는 거였다. 그런데 내 머리와 달리 마음은 그게 잘 안 된다.

손잡고 뛰다가 날 버리고 가 버리는 느낌이랄까.

"아마 이 선생님 칼럼이 내가 이곳에서 맡은 마지막 일이 될 거 같아요."

원고가 이상하다, 널을 뛴다, 말이 안 되고, 두서없고, 맞춤법이 이상하며 예시된 사례가 주제와 동떨어진다 해 가면서 나를 들들 볶고, 버럭버럭 화를 내고 싸우다 어색하게 화해하고 만나고를 반복하는 동안 나는 이 여자와 많이 가까워졌다고, 이젠 속 이야기를 툭툭 던져도 불편하지 않는 친구가 되었다고 생각했다.

그런데 이렇게 끝을 말하니 나는 버림받은 기분이 들었다. 내가 사람에게 이런 기분을 느낀 일은 처음이라 당황스러웠다.

나는 들고 있던 사탕을 빼앗긴 아이처럼 멍해졌고 멍청해진 내 얼굴을 보고 박지예 씨는 달관한 표정으로 다 알고 있다는 듯이 씩 웃었다. 그리고 나지막하게 말했다.

"미안해요. 끝까지 같이 못 가서."

이 여자는 나한테 미안해해야 한다. 그것도 아주 많이.

왜라고 묻는다면 답을 할 수는 없지만, 마음에 차가운 바람이 부는 것 같았다.

"기분이 좀 이상하네."

"벌써 내가 아쉽죠?"

"그런가?"

그런지도 모른다.

"날 많이 아쉬워하게 되길 빌어요."

"왜?"

"나의 존재감을 아쉬움으로 승화시켜서 그리워하라구요."

"누굴 그리워해 본 적이 별로 없어서 그게 뭔지 알 수가 없는데 어쩌나. 기대에 부응하질 못해 미안한데."

"내 악다구니가 생각난다거나, 술 마시고 싶을 때 내 얼굴이 생각난다거나 할 때 깨달으시면 되겠네. 아, 내가 박지예가 그립구나! 그렇게."

"뭐 가끔 보면 되는 거지, 그리워까지 하라고."

"그러게 말입니다. 제가 오버했네요. 술이 오르나 자꾸 헛소리가 나오네. 이만 집에 가죠. 우리가 무슨 이팔청춘이라고 오밤중에 한강에서 이러고 있나 몰라!"

그러게 말이다. 무슨 영화를 보겠다고 이 여자랑 이러고 여기 있는지 모를 일이다.

아주 오래 만난 사이도 아니고, 일 때문에 싸우다 말을 튼 사이일 뿐인데 내 마음이 이상하다.

그녀를 택시에 태워 보내고 차량 번호를 메모하다 내 자신이 너무 우습다는 생각이 들었다.

데려다주고 오면 그만인데, 나는 한강에서부터 여기까지 걸어오면서 내내 고민했다. 집까지 데려다줄까 말까를 말이다. 도대체 바보처럼 그딴 걸 고민이랍시고 머리가 부서지도록 이랬다저랬다를 수도 없이 했다.

상 등신도 아니고 이게 이 나이에 뭐 하는 짓인지 나는 병원 정문 앞 벤치에 앉아서 곰곰이 생각하고 또 생각했다.

결론을 인정하고 싶지 않아서 구체적으로 문장화시키지 않았다.

그건 할 일이 아니었다.

나는 다시 그런 개미지옥에 빠지고 싶지 않았다. 그런 경험은 한 번이면 족하다.

"이제 좀 불지?"
"불긴 뭘 불어."
"오빠 니가 나를 속여? 내가 나이 먹고 촉만 늘어 무당 반열에 든 사람이야."
"선무당도 못 되는 게."
"너 요즘 뭐 있지?"
"오빠라고 안 불러?"
"말해 주면 불러 줄게."
안 듣고 만다. 그깟 영혼 없는 오빠 따위.
터질 것같이 부푼 배를 들이밀면서 어기적거리며 난데없이 병원에 나타난 괴상한 나라의 이재욱은 어머니가 사주한 게 분명한 선 자리를 내밀었고, 나는 늘 그랬듯이 싫다고 했을 뿐이다. 그런데 제 말대로 신기가 도는 건지, 아니면 푹 찌른 떡밥에 내가 흠칫한 건지 도끼눈을 하고서 저렇게 나를 달달 볶아친다.
"혜진이도 내가 제일 먼저 냄새 맡았던 거 기억나지? 예전의 내가 아니야. 예민하고 날이 서 있다구!"
임신 중인 재욱이는 그 좋아하는 커피도 못 마시고 오곡 라테를 들이켜면서 덮어 두었던 시간을 무심히 꺼낸다. 늘 그렇듯이 머리보다 한 템포 빠른 입 때문에 사고가 잦은지라 재욱이의 눈이 아차

하며 놀란 것이 보이지만 혜진이와의 일은 재욱이가 놀라지 않아도 될 만큼의 시간이 지났다.

내가 학교에 갈 일이 없으니 볼 일이 없지만, 아마 실습을 나오게 되면 우연이라도 스치게 되겠지만, 아직은 덤덤한 미래의 일일 뿐 나는 더 이상 그때 그 감정에 동요되지 않는다.

"그만 좀 우려먹어. 언제 적 혜진이냐?"

"니가 술 먹고 자빠진 건 걔가 첨이고 마지막이니까. 아닌 척하지 마. 하늘이 알고, 내가 알고, 우리 서방님이 알아."

"어머니도 아시는데 왜 빼?"

"엄마는 공식적으로는 모르는 거잖아."

"웃겨. 무슨 대단한 일이라고 공식 비공식을 따져."

"내가 너 포경 수술 한 거 소문낸 건 하나도 안 미안한데 혜진이 일은 두루두루 막 미안하더라."

"결국 네 양심의 문제지. 나하고는 상관없는……."

"정말 그렇게 생각해? 자유로워진 거야?"

"이도 저도 아닌 게 되어 버린 거지. 다 그렇게 지나가는 거야."

그 일의 당사자도, 실패한 사람도 난데, 상처는 재욱이가 입은 것 같다. 이렇게 덮어 버리고 나면 점점 무덤덤해지고, 잊히고, 사라진다. 사람의 일은 그런 것이다.

아줌마가 된 이후로 더 시끄러워진 이재욱 여사답지 않게 침묵이 길어진다.

단순한 머리로 복잡한 생각을 하는 것이 보인다. 나는 그 일에 대해 재욱이가 짊어지고 있는 죄책감이랄까, 아무튼 감정이 무엇인지 알았지만 알은척하지 않았다. 금기처럼 우리는 혜진이를 지웠고 그만큼의 시간을 살아 내었다.

"그럼 나의 이 번뜩이는 촉이 잡아챈 건 뭘까, 오빠야?"

글쎄 그걸 내가 어떻게 알겠는가.

"그걸 내가 어떻게 알아. 네 촉은 네 건데."

"분명 뭐가 있는데. 너 여자 있을 때 오는 촉 말이야."

"태교나 해. 쫌!"

"잘하고 있거든!"

"퍽이나!"

"술도 안 마셔. 소리도 안 질러. 정우 아빠랑 쌈질도 안 해. 너한테 시비도 안 걸어. 얼마나 더 해야 하는 건데?"

"더해. 더 더 더 많이 해."

"정우 멀쩡하잖아."

"너랑 하는 짓이 똑같은데 멀쩡한 거냐?"

"너 김선우 씨한테 이른다."

"예쁜 건 예쁜데, 정우의 미래가 안 궁금한 건 문제가 있는 거야."

"언제는 세상에 나 같은 애는 둘도 없다고 하더니?"

"둘이 됐는데 셋까지 늘어날까 봐 그런다."

그래, 우린 이래야 한다. 이렇게 쓸데없이 떠들면서 맺힌 것 없이 살아 내야 하는 거다.

그렇게 사는 거다.

"셋이 벽 보고 같이 늙지 않는 것만으로도 난 감사하기로 했어."

"텔레비전이 벽에 있어서 보는 거지, 혼자 산다고 다 벽을 보기야 하겠어요?"

"넌 안 그러더니 나이 먹으면서 말대답을 하더라."

이럴 때는 입을 다무는 게 낫다. 어머니는 웬만해서 잔소리를 하시거나, 시빗거리를 만드는 분이 아니지만 목표를 정하고 달려들 때는 이새욱 따위와 견줄 수가 없다.

재욱이만으로도 어머니의 코털은 남아날 틈이 없었다. 그런데 재욱이가 시집을 가고, 애를 낳고, 곰살맞은 신랑까지 데리고 들어온 이후로 나는 꽤 자주 어머니의 재물이 되곤 했다.

"선보라는 거 입도 못 떼게 했다면서."

돋보기를 콧잔등에 걸치고 신문을 뒤적이시면서 넌지시 선전 포고를 해 오신다.

"너무 바빠서요."

"나도 네가 혼자 사는 게 추접스러울 거라고는 생각 안 해. 재욱이 계집애가 추접스럽게 늘어놓고 도깨비굴 속에서 살면 살았지. 근데 그거 말고 너 혼자 늙는 걸 보는 내 맘도 있는 거니까. 강욱이 너도 심심할 때 내 맘을 좀 생각해 줬으면 하는 거야. 내가 윤 선생 그 여편네한테 너 남자 좋아하는 거 아니냐는 말까지 들어서 이러는 건 아니니까."

헛웃음이 나왔다. 이거였다.

내 결혼에 대해 지나칠 정도로 초연한 자세로 나를 간간이 감동시키기까지 했던 어머니가 뜬금없이 여자 사진을 들이밀고, 중공군 인해전술은 껌도 안 될 막무가내 이재욱이 산만 한 배까지 내밀고 병원에 나타나 혜진이까지 들먹이면서 날 이리저리 떠본 이유는 바로 이것이었다. 혼자서 오래 사니 별소리를 다 들을 거라고 생각했지만 이젠 성 정체성까지 의심받는다.

예전에 재욱이가 시집가기 전에 술 먹고 주정 부리면서 한 말이 있었다. 빌어먹을 이놈의 나라는 시집 안 가고 혼자 사는 자유를 눈 뜨고 못 보는, 배알이 뒤틀린 것들만 모여 산다고 말이다.

그때는 술 처먹고 떠드는 것도 가지가지라고 생각했는데 내 여동생은 나보다 앞선 인생을 살았던 것 같다.

이재욱이 선각자라는 걸 새삼 깨닫는다.

사람 인생 어떻게 될지 모른다더니 별꼴이다.

수술이 몰려 있는 날은 정말 숨 돌릴 틈도 없다. 아침부터 잡혀 있는 수술 스케줄 중에 단 한 건이라도 돌발이 생기면 끝없이 늘어지고 10시가 다 돼서야 회복실을 나와 밥을 먹게 된다.

"우리는 이러다 죽겠죠?"

퉁퉁 불은 짜장면을 먹다가 박 선생이 한숨처럼 말한다.

"왜? 짜장면 많이 불었어?"

"이 선생님은 짜장면이 불면 슬퍼지세요?"

"아니."

"근데 짜장면 불어 터진 이야기가 왜 나와요?"

"뜬금없이 그딴 소릴 하니까 그러지."

나도 박 선생도 의미 따위 없는 소리를 한다. 오늘같이 수술 두 건이 연달아 늘어지면 전날 저녁부터 금식하고 기다렸던 환자들의 낮았던 혈압도 확 올라간다. 수술을 하는 우리도 지치고, 환자도 보호자도 모두 나가떨어지곤 한다.
"아까 속이 안 좋아서 토하고 싶었는데, 결국 되삼키다시피 했거든요. 이러는 거 정상적인 사람이 사는 것이 아니죠?"
"외과 지원해서 전문의 땄잖아. 그럼 그게 정상인 거야."
모든 건 상대적이다. 모든 사람이 같은 기준으로 같은 규격의 삶을 살수는 없다.
"그런 줄 알고 살았는데 말이에요. 갑자기 사는 게 지루해졌어요."
연차로 보나, 성격으로 보나 그럴 때가 되긴 했다. 조만간 잠수를 탈 수도 있겠다.
언젠가 나에게 똑같은 말을 한 사람이 떠올랐다.
갑자기 생각난 것이 아니었다. 나는 간간이 박지예를 생각했고 궁금해했다.
그녀는 두 번의 대출 상환금을 갚았고 나는 두 번의 원고를 그녀에게 보냈다.
마지막 두 번이지만 끝까지 그녀는 깐깐했고 악랄하게 날 들들 볶았다. 그리고 한번 보자는 인사도 없이 원고 고맙다는 문자 메시지만 남기고 우리들의 일은 끝이 났다.
나는 그 후로 여섯 번의 원고를 더 썼고 내 칼럼에 애정이 없는, 후임으로 배정된 남자 편집자는 6개월 만에 나를 《시티 라이프》에서 해방시켜 줬다. 윤 과장은 얼굴을 세상에 알리는 소기의 목적을 달성했으므로 그 끝에 대해서 더 이상 안달복달하지 않았고, 여전히 신나게 방송에 수술복을 입고 얼굴을 내보냈다.
그렇게 모든 것이 끝났는데도 나는 그녀가 생각이 났다.

절실하지는 않았다.

혜진이를 생각했던 것처럼 순간순간의 절실함은 없었지만, 나는 어린 여자를 마음에 두었다는 죄책감이나, 어머니의 제자였다는 인연의 굴레도 없는 박지예를 평안하게 생각할 수 있는 여유를 나름 누리고 있었다.

늙어서 남녀상열지사가 없다 보니 별 이상한 감정을 다 가져 본다는 생각도 했지만, 아무도 모르고 그 누구도 궁금해하지 않을 나만의 감정이니 무슨 상관이겠는가.

쓸쓸한 적은 없지만 심심하기는 하니까 이 정도는 괜찮겠지.

얼마 만에 받은 휴가인데 날짜가 하필이면 장마를 알뜰하게 끌어안고 있었다. 누구에게도 휴가라는 이야기를 하지 않아서인지 아무도 나를 찾지 않았다. 쉼 없이 오던 응급 콜과 이러저러한 문자 메시지들이 멈추니 세상이 멈춘 것만 같았다.

첫날은 시체처럼 잠을 잤고 둘째 날은 집을 치웠다. 논문 자료들을 정리하고 밀린 빨래를 하고 집을 청소했다. 재욱이 말처럼 살짝 돈 놈처럼 쓸고, 닦고, 빨고, 말렸다.

여름 해는 장마의 와중에도 길고 길어서 초저녁이려니 하고 본 시계가 8시를 가리키고 있었다. 갑자기 배가 고파져서 라면을 끓일까 하다가 기분이 좀 가라앉아서 맥주 한 캔을 마시고는 산책을 나갔다. 낮에 내내 쏟아붓던 장맛비는 아까부터 그쳐 있었고, 다시 후끈한 열기가 올라왔다.

여름은 여름이었다.

어슬렁어슬렁 나와서 동네를 걸을 생각이었는데 나는 이내 지하철을 탔고 도시 한가운데로 나섰다.

시청 앞의 잔디는 물 반 잔디 반이었고, 일하는 사람들로 북적이던 빌딩들은 휴가철답게 어두웠다. 내 휴가에 맞추어 전 국민이 쉬는 것 같았다.

어둠에 잠겨 있는 현판에만 조명이 비치는 덕수궁 전각들이 다른 세상으로 보였다. 도로를 경계로 이승과 저승으로 나뉜 것처럼 이질감이 들었다.

아까 산 아이스커피는 얼음이 녹아 컵 표면에 물이 철벅거렸고 비는 다시 후드득 기척도 없이 내리기 시작했다. 집 밖을 나온 순간부터 내 맘대로 되는 것이 없었다.

근처 편의점으로 미친 듯이 뛰어 들어가 우산을 집는데 컵 라면 냄새를 맡자 갑자기 배가 고파졌다. 점심에 식빵 뜯어 먹은 거 말고는 아무것도 먹지 않았다는 생각이 들면서 장이 꼬이는 것 같았다.

큰 사발면과 삼각 김밥을 집어 들고 계산하고 뜨거운 물을 받아 간이 테이블 의자에 앉으려는데, 나를 보고 실실 웃는 낯익은 여자가 눈에 들어왔다.

결계가 쳐진 듯 주변의 모든 것이 멈췄다.

주위의 사람들과 사물들이 회색으로 보이는데 단 한 사람, 박지예만 제대로 보인다.

나는 내 생각 이상으로 이 여자를 생각했고, 보고 싶어 했다.

"무슨 휴가가 그 모양이에요?"
"별반 다른 처지가 아니신 듯한데."
"우린 처지가 다르거든요. 이 선생님은 번듯한 정규직이신데."
"정규직 박차고 나오셨으면 자부심을 가져요. 비천한 목숨을 연명하는 직장인들이 보기엔 엄청 있어 보이니까."
"부러우면 박차고 나오시든가. 의사는 놀다가 해도 다시 시작할 수 있잖아요."
"그럴 리가. 외과는 점점 갈 곳이 없어요."
"메이저에만 있으려고 하니까 그렇지. 의료 현실을 고려해서 지방 오지로 좀 가 봐요."
"군의관을 원통에서 했거든요. 향후 10년은 안 가도 될 만큼 산간 오지 마일리지 쌓아 뒀어요."
"강원도 인제 원통?"
"알아요?"
"한계령 지날 때마다 들러요."
"왜?"
"친구가 거기서 교편 잡고 있거든요. 시인 남편이랑 둘이서 개 세 마리 키우면서."
"이상적이네."
"뭐가요?"
"속 썩이는 자식도 없는 거 같고, 감성 풍부한 남편에, 안정적인 직장에. 그 동네까지 들어가 사는 거면 목가적인 생활을 꿈꿨을 테니 이상적인거 아닌가?"

"모든 일이 그렇게 딱딱 떨어지게 정리가 되나?"

"뻔하지 않나?"

"정리는 뻔한데 개개인의 사정은 뻔하지 않거든요. 친구 남편이 암이에요. 4년 넘어 5년째 투병해요."

"5년 넘기면 성공적인 투병인데."

"갈 때마다 이번이 마지막 보는 거겠구나 하면서 와요. 아슬아슬한 것도 성공적이라고 할 수 있는 건가?"

"생각하기 나름인 거죠. 5년을 버텨 냈다는 것만으로도. 5개월이 소원인 사람들도 많아요. 더구나 젊은 남자들은 진전이 훨씬 빠르니까."

장맛비는 무섭게 내렸고 우산을 쓰는 것이 별 의미가 없었다.

이리저리 방향을 바꿔 가며 몰아치는 빗줄기에 옷은 다 젖어 버렸고 그러다 보니 오뉴월에 한기가 느껴졌다. 라면을 먹고 산책을 마저 하자며 나왔는데 그건 의미가 없었다. 거센 빗소리에 우리는 고래고래 소리를 지르는 지경이 되었고 홀딱 젖어서 더 이상 걷기도 힘들었다.

택시를 타고 그녀가 잘 간다는 삼청동 빈대떡집으로 녹두전에 막걸리를 마시러 들어왔다.

그녀는 반갑다는 표정을 숨기지 않았고 나는 이유 없이 피식피식 덜떨어지게 웃었다.

"그런데 있잖아요. 난 모든 것이 다 우연 같고 전생 같아요."

"뭐가요?"

"모든 것들이요. 너무 놀아서 그런가. 현실 감각이 없어지나 봐요.

시청 앞 편의점에서 이강욱 씨를 이렇게 어이없이 다시 볼 줄도 몰랐고, 또 정신없이 바쁘신 양반이 마침 휴가시라 이렇게 오밤중에 걸쭉하게 막걸리를 마실 줄도 몰랐고."

"놀면서 뭐 했어요?"

"많이 잘 줄 알았는데 불면증이 생겼구요."

"저런. 나 버리고 가더니 벌받았네."

인상을 살짝 쓴다. 예전에 나랑 말싸움할 때 가끔 봤던, 내가 자꾸 장난치고 싶어 하던 그 얼굴이다.

"내가 버린 게 이강욱 씨뿐이겠어요?"

"또 뭘 버렸나? 정규직?"

"그게 젤 큰 건가?"

"지예 씨가 버린 것 중에 제일 큰 게 뭔데?"

"비중이 다들 어중돼요."

"1년 다 되어 가는데 뭐 먹고 살았어요?"

"사실은 딱 3개월 놀고 다시 방송국 들어갔어요."

기가 차서 헛웃음이 나왔다. 날 버리고 가더니 겨우 3개월 놀았다는 거다.

가지도 못하고 발병이 난 거라고 해야 하나.

"능력 좋네."

"좀 유능한 거 같죠?"

그녀가 멋쩍게 웃었다.

"그럼 요즘 뭐 하는데?"

"라디오 프로 하나 해요."

"심야 방송?"

"낭만을 꿈꾸나 봐요?"
"아니면?"
"시사 프로 해요."
"듣는 것만으로도 머리가 아프네."
막걸리 잔을 들면서 무심하게 말했다.
눈을 부릅뜨고 그녀가 나를 빤히 본다. 막걸리에 체하는 것 같다.
내 눈에 들어찬 물음표를 가만히 보던 그녀가 입을 열었다.
"이강욱 씨. 그냥 그러지 말고 세상 밖으로 나와요."
분명히 한국말인데 무슨 말인지 이해가 되지 않는다. 모르는 단어가 없는데 말이다.
"당황하긴."
휴지를 뽑아 주며 그녀가 웃었다.
내가 도 닦으러 절에 들어간 것도 아니고 이게 무슨 말인가 했지만 난 이내 이 여자가 날 속속들이 알고 있다는 생각이 들어서 말문이 막혔다.
"우리가 어리다고 우길 수 있는 나이는 아니잖아요. 아마 나이만큼, 세상에 치인 만큼 감출 것도 많은 게 아닐까 해서 그냥 보기만 했는데, 사실은 꼭 하고 싶은 말이었어요. 그전부터 내내."
재욱이가 늘 나한테 하는 말이 있었다. 그렇게 눌러 담고만 살다가는 어느 날 확 돌아서 홀딱 벗고 광화문 한복판에서 깨춤 출 거라는.
같은 말이겠지만 재욱이가 할 때는 무시하고 넘겼는데 이 여자가 하니 한 마디 한 마디가 목구멍에 박히고, 심장에 박히는 것 같았다.
"아, 시원하다. 하고 싶었던 말 이렇게 뒤늦게라도 해서. 한잔 더 할까요?"

발그레하게 술이 오른 얼굴로 활짝 웃는다.

"내가 원래 남 일에 별로 상관 안 하는데 당신은 늘 맘에 걸리더라구요. 참 쓸데없는 오지랖이야. 아는지 모르겠는데 내가 남 일에 관심이 많은 사람이 아니거든요. 근데 가끔 뜬금없이 이 선생은 생각이 나더라구요. 나한테 꼬라지 부리듯이 아무한테나 그러다가 또 어디서 칼침이나 안 맞았나 걱정도 되고. 어머, 나 미쳤나 봐!"

그녀가 따라 준 술을 나는 더 마시지 않고 내려놓았다. 기왕이면 가장 맨 정신일 때 말하고 싶었다.

"박지예 씨."

"화났어요? 설마?"

"세상 밖이 어떤 건지, 더 좋은지, 더 나쁜지 어떻게 알아요?"

스무 살 이후로, 아니 아주 오래전부터 나는 혼자라고 생각하면서 살았던 거 같다.

혼자 남겨진 것이 아니라 그냥 막연히 나는 혼자라고, 나 말고는 다 낯선 사람들이라고 생각했던 시간도 있었다. 사람에 대해 갖는 그 마음들이 다 같지 않다는 것을 나는 혜진이를 보내면서 알았다. 그 아이를 그 자리에 그냥 두고 뒤돌아설 때의 먹먹함이 그 어떤 마음들보다 쓸쓸했다는 걸 나는 누누이 깨달았고, 또 다독였고, 그 역시 흐려졌다. 흘러가는 것처럼 보이는 시간이 주는 위로는 치열한 일상이었다.

수술실 들어가기 전에 손을 씻으면서, 아무도 없는 수술장 복도를 휘적휘적 걸어 나올 때 문득 생각났던 저 여자 때문에 나는 또 다른 먹먹함을 느꼈다.

알고 있었지만 말하지 않았던 그 마음을 나는 눈앞에 박지예를 앞혀 두고 비로소 인정했다.

어쩌면 나는 소심한 것이 아니라 비겁한 것일지도 모른다.

"내가 아는 세상은 그냥저냥 치대고 살아도 될 만한 거였어요. 한참 걷다가 뒤돌아보니까 진짜 근사한 거리를 생각 없이 걸었구나 하는 느낌도 있었고. 내가 너무 곱게 살았나? 나쁜 기억은 금방 잊는 편이라 그럴시도 모르지만."

"특별히 뭐가 나빴다기보다는 더 좋고 안 좋고를 따질 기준이 없었거든. 내 주변 인간들 대부분 다 나처럼 사니까."

"설마 진짜로 그렇게 생각해요? 사람들이 다 이강욱 씨처럼 조심하고 경계하고, 모른 척하고 산다고?"

"내가 도둑고양이도 아니고, 뭘 그렇게까지?"

"모르셨구만. 관절염 걸린 고양이처럼 이리저리 조심하는 거 다 보이는데."

나한테 조심해야 할 것이 있었던가. 그냥 살았던 것 같은데. 흐르는 대로, 흘러가는 대로.

"이강욱 씨! 연애에 심하게 치여 봤어요?"

"별로."

"그럼 절절한 연애는 해 봤어요?"

"나름 좀."

누가 들어도 뻥이다.

"마음을 다해서? 그 모든 마음을 다해서 진 빼고 얼 빼고 연애해 본 적 있어요?"

"꼭 그래야 하나?"

"그럴 건 없지만. 진짜로 열심히 살았던 때가 언제였나 생각해 보니까 고등학교 때, 방송국에 막내 작가로 처음 들어갔을 때, 그리고 연애했을 때였거든요."

"맞보증 서면서 했다던 그 연애?"

"기억력도 좋아. 남 연애를……. 맞아요. 근데 난 말이에요. 그중에 연애했을 때가 제일 치열했어요. 아침에 눈떠서 밤에 눈 감고 잘 때까지 오로지 그 사람이 전부였거든요. 그것도 시간 지나니까 유통 기한이 지난 우유처럼 시큼해져서 깻박쳤지만 몰입도는 최고였던 거 같아요. 근데 진짜 웃긴 건 시들해서 헤어져 놓고, 다시 그 지난 관계에 대해서 한 1년은 치열하게 생각했어요. 다시 시작하겠다거나 그런 게 아니라 그냥 지난 시간 되씹는 걸로만. 내가 뒤끝이 길어서 그런지는 모르겠지만."

난 지난 연애는 뒤돌아보지 않는다.

돌아보면 내 잘못이 너무 많아서, 그걸 하나씩 재발견하는 게 무서워서 난 끝난 연애를 다시 생각하지 않는다.

혜진이에 대한 생각을 완전히 접은 것이 언제였는지 정확히 기억이 나지는 않지만, 간간이 시험기간 즈음에는 문득 궁금해하고는 했다.

그나마도 안 하고 산 지 한참 지났다. 사람이 사람에 대해 품은 감정의 유통 기한은 얼마나 되는 걸까.

"지예 씨는 연애가 즐거웠나 봐요?"

"즐겁기까지야 했겠어요? 학교 정문 앞에서 꽃다발 내던지고 울고불고 한 추잡스런 짓도 했는데. 근데 그것도 다 그때니까 했던 거란 생각이 들어요. 지금은 그런 짓 못 하지. 아니다. 조화라도 주면 황송해할 거야."

"자기 비하인가?"

"연애에 굶주린 건 아닌데, 딱히 남자가 없어서 외롭거나 슬프지도 않은데 가끔 쓸쓸할 때가 있어요. 감정이나 시간이 너무 남아도 나 봐. 이 선생은요? 어때요? 남자들은 그런 센티한 거 별로 없죠? 그저 본능이 좀 불끈하지?"

아주 평온한 얼굴로 저딴 말을 아무렇지도 않게 툭툭 내뱉는 거에 익숙해졌던 걸 잊고 있었다. 면역이 떨어졌는데 또 훅 들어온다.

"짐승도 아니고, 뭐 그렇게까지야."

"에에. 그런 거 없음 안 되지. 마흔도 안 돼서. 나도 있는 그 울끈불끈이……."

이럴 땐 재욱이만이 아니라 다들 이상한 것만 같다. 모든 여자들이 다 그런 건데, 내가 여자를 몰라서 재욱이를 내내 이상한 애로 알고 있었는지도 모르겠다.

"너무 점잖게 살아서 그래. 잡지사 다닐 때 참 사람 많이 만났는데. 가끔 그런 유형들이 있어요. 당연히 모든 사람이 다 아는 건데, 뭔지 모르는 사람들. 모른 척하는 게 아니라 정말 모르는 거 같더라구요."

"내가 그래요?"

"좀 그런가?"

"뭐야! 명확한 증거도, 확신도 없이 날 모는 거였어."

"가끔은 좀 확 풀어져 봐요. 그거 괜찮던데."

"풀긴 뭘 풀어. 수학이야? 이거저거 막 풀게?"

"아! 촌스럽게 수학이 뭐야! 어디서 그딴 소리 하지 마요."

"난 지극히 도식적인 인간이라니까."

"그건 도식적인 게 아니라 촌스러운 거라구요."

"타고나길 세련되지 못해서……."

빈정 좀 상한다.
"근데 가끔 귀여울 때가 있어요."
뭐라니?
"뭘 놀라고 그래요? 이강욱 선생님 가끔 귀엽다니까."
별로 오래 산 것도 아닌데, 별소리를 다 듣는다.
우리 남매는 평생 그다지 귀여워 본 적이 없는데 이 나이에, 그것도 나보다 어린 여자한테 저딴 말을 다 듣는다.
"비가 또 오네."
나한테 귀엽다는, 기도 안 차는 소리를 해 놓고 저 여자는 술집 창밖으로 쏟아져 내리기 시작하는 빗줄기를 보고 넋을 놓는다.
"장마니까."
"난 장마가 좋아질 거 같아."
힘이 들어간 근육 하나 없이 완전히 풀어진 것 같은 얼굴로 웃어 내리며 그녀가 말한다.
"왜요? 아깐 추적거려서 징글징글하다며."
"아깐 그랬는데 지금은 좋은데요."
"변덕이 좀 있나 보네."
"뭐, 그럴 수도 있고. 장마 통에 우연히 만나 술도 마시고 좋잖아요. 날씨가 너무 좋았으면 우리가 이렇게 만날 일이 없었을 거야."
"날 만나는 바람에 장마가 좋아졌다는 소리를 하는 겁니까?"
눈에 웃음을 잔뜩 문 채 대답은 안 하고 헤실거린다.
"그렇다면 어쩔 건데요?"
날 놀리나. 내가 어디 가서 놀림거리가 되는 캐릭터는 아닌데 말이다.

"별로 마시지도 않았는데 취했어요?"
알 수 없는 얼굴로 배시시 웃는다.
"이강욱 씨?"
"왜요?"
"우리 가끔 볼래요?"
나는 냉큼 대답을 못 한다.
"싫어요? 예전에 칼럼 쓸 때처럼 한 번씩 보자구요. 일로 엮이지 않아도 얼굴 보고, 이렇게 술도 마시고, 밥도 먹고."
"어…… 음……."
"뭘 그렇게 더듬어요?"
"그건 아니고. 그때도 내 시간에 맞추느라고 성질 엄청 냈는데. 괜찮겠어요?"
"그땐 마감이 걸렸으니까 그랬죠. 일이 아닌데 성질 낼 일이 뭐가 있겠어요. 그리고 나도 요즘은 사는 게 전쟁이라 누구한테 지랄거릴 주제가 아니네요."
"왜?"
"지금 하는 프로그램은 매일이 마감이에요. 사람에 치이고, 사건에 치이고. 아침 10시에 일이 끝나면 다들 방전돼서 낮술을 마신다니까요. 어쩌면 이 선생이 날 기다려야 할지도 몰라요."
"바쁜 여자였네."
"바쁜데 돈 별로 못 버는 비정규직 여자."
"자기 비하인가?"
"그깟 걸로 그런 거 안 해요. 내 현실일 뿐이지. 그리고 지금 일이 난 재밌거든. 더 늦기 전에 할 수 있어서 다행이라고 생각해요."

내가 살았던 시간들을 연대기로 나누어서 정리하고 싶어졌다.

공부만 했던 시간도 있었고, 일이 너무 좋아서 미친놈처럼 매달렸던 시간도 있었다. 여자에 미친 적은 없지만 감정 소모가 심했던 시간도 있었더랬다.

오늘을 기점으로 나는 저 여자와 가질 시간들을 어떻게 정의할까?

"그럽시다."

"뭐가요?"

"가끔 이렇게 보자구요. 편안하게."

"진짜?"

"뭘 확인씩이나?"

"오케이한 거죠?"

"그렇다니까."

"그럼 다음에 만날 때는 너무 반가워하지도 말고 그냥 덤덤하게 보는 거예요."

"아까 내가 반가워했나?"

미처 몰랐던 내 감정 앞에서 나는 자꾸 소심해진다.

"아뇨, 내가, 내가요. 난 아까 진짜로 반가웠어요. 어쩌나. 나 너무 쉽죠?"

"본인을 잘 모르는구나? 한 번도 쉬운 적 없어요."

"나 기분 좋아도 되는 건가?"

"그건 박지예 씨가 알아서 할 일이고."

둘 다 별말 없이 몇 시인지도 모르고 한참 동안 비가 내리는 여름밤을 봤다.

까만 하늘에서 바늘이 쏟아지는 것 같았다.

우리가 다시 만난 건 우습게도 그다음 날이었다.

1년에 한 번뿐인 휴가였고 그럼에도 불구하고 그녀도, 나도 딱히 할 일이 없었다.

새벽 2시에 헤어져 집으로 돌아와서 안부를 묻다가 결국 별 볼일 없는 사람들인 우리는 헤어진 지 12시간 만에 경복궁역에서 만나기로 했다.

서촌으로 들어가는 입구에서 오후 2시에 좀 후줄근한 얼굴로 나는 그녀를 기다렸다.

지하철을 타고 올 거라고 생각하고 경복궁역 2번 출구에서 담배를 한 대 물고 지나가는 사람들을 구경하면서 서 있었다.

어제, 내릴 비는 다 내려서인지 모처럼 하늘이 파랗게 보였고 몹시 후텁지근했다.

시원한 커피를 마셨으면 좋겠다는 생각을 했을 때 물방울이 맺힌 커피 두 잔을 들고 그녀가 길 건너에서 손을 흔들고 있었다.

신호가 바뀌기를 기다리면서 반바지에 슬리퍼를 신은 그녀는 표정으로 이야기하고 있었다.

그녀가 하는 소리 없는 말들을 내가 알아듣게 되려면 아마 시간이 필요할 것이다. 그녀 역시 모든 감정에 서툴기만 한 나를 이해하려면 더 긴 시간을 고민할지도 모르겠다.

그렇다고 해도 나는 지금 횡단보도를 사이에 두고 서 있는 우리 두 사람이 함께할 시간들이 불안하지 않다.

저 사람을 다 모른다 해서 마음을 모르는 것이 아닌 것처럼.

상대에 대해서 모든 것을 알아야 한다고 생각하지 않을 만큼의 여유를 나이 먹으면서 알게 된 것 같다.

지난 시간들을 되돌려 보지 않아도, 앞으로의 시간을 미리 겁내지 않아도 된다는 것이 축복처럼 느껴졌다.

신호등이 바뀌고 녹색등이 들어왔다. 내가 서 있는 쪽으로 그녀가 총총 빠른 걸음으로 걸어온다.

나도 횡단보도를 가로질러 그녀에게 걸어갔다.

한 걸음 두 걸음.

왜 오냐는 물음으로 웃는 그녀에게 난 말했다.

"마중 나왔어요."

내게 커피 잔을 건네면서 그녀가 피식 웃었다.

_See you again

추억을 안주 삼아 봄비에 취해

재욱이와 강욱이는 제가 가지는 아들딸의 이상형이었습니다.

이상형이 이상할지는 몰라도 아무튼 그랬습니다. 그리고 그냥 이상형으로 남았습니다.

알아서 잘 커 주는 아이들보다는 상처에도 툭툭 털고 일어나는 아이였으면 했지만 어미가 박강순 선생님이 아닌지라 뭐 그렇겠지요.

월드컵 기념으로 책을 낸다는 소리도 들었던 것 같은데 심지어 신간도 아닌 개정판이네요.

덕분에 아픈 손가락인 강욱이를 나이 먹어서 다시 만날 수 있었습니다.

어릴 적 소꿉친구를 궁금해하듯이 가끔씩 강욱이의 안부를 궁금해할 때가 있었습니다. 나이를 잘 먹고 있기를 기도했지요.

저는 강욱이가 이렇게 나이 먹었다고 믿습니다.

순정에 무너지지 않고 차곡차곡 마음을 쌓아 가면서 나이를 먹고 지나간 시간을 이해하고 덮어 줄 수 있는 다른 사람을 만나기를요.

나이를 먹으면 마음을 거두는 법을 알게 된다는 것을 배우게 되더라구요. 포기라고는 하고 싶지는 않네요.

모처럼 비가 오는 날, 선물받은 밀랍 초에 불을 켰습니다.

고마운 마음이 들더라구요. 함께해 준 사람들에게 고맙습니다.

절 잊지 않고 안부를 물어 주셨던 분들에게 정말 감사합니다.

제일 고마운 사람은 우리 지해 씨이구요.

이 책이 처음 나왔을 때 기뻐해 주셨던 우리 아버지가 생각이 납니다. 열심히 살겠다고 걱정 마시라고 약속드릴께요.

감사합니다.